D1857637

BASTEI LÜBBE

Thierry Breton / Denis Beneich

COMPUTER KRIEG

Spionagethriller
aus der Welt der Informatik

Aus dem Französischen übersetzt
von Karl-Heinz Schäfer

BASTEI
LÜBBE

BASTEI-LÜBBE-TASCHENBUCH
Band 10 674

Deutsche Erstveröffentlichung
Titel der Originalausgabe: SOFTWAR – LA GUERRE DOUCE

Printed in Western Germany 1986
Einbandgestaltung: Manfred Peters
Titelbild: Mall Design
Satz: Fotosatz Froitzheim, Bonn
Druck: Ebner Ulm
ISBN 3-404-10674-1

Danksagung

Die Vorbereitung und das Schreiben von COMPUTER-KRIEG waren größtenteils eine Gemeinschaftsarbeit. Wir hatten das Glück, während dieses langen Unternehmens von einer Gruppe außergewöhnlicher Mitarbeiter begleitet zu werden.

Es liegt uns ganz besonders am Herzen, Patrice de Sevin und Jean-Marie Combes für ihren Rat und ihre Hilfe zu danken.

Auch danken wir unseren Verlegern für ihr Vertrauen und ihre Unterstützung. Jacques Peuchmaurd, Marie-Lise Hieaux, Isabelle Laffont, Henriette Jeol und insbesondere Laurent Laffont, ohne den dieses Buch in seiner jetzigen Form nicht möglich gewesen wäre, möchten wir unseren tiefen Dank aussprechen für ihre ständige Unterstützung. Auch den Mitarbeitern von »Embassy Computer« in New York sowie »Forma Systèmes« in Paris und Dakar sind wir zu Dank verpflichtet, denn sie haben den Fortgang unserer Arbeit mit großer Aufmerksamkeit verfolgt. Unser Dank gilt gleichfalls all denen, die uns in Paris und New York ihre wertvolle Zeit schenkten und das Manuskript redigierten. Schließlich möchten wir all jenen herzlich danken, die ungenannt bleiben möchten. Sie haben uns ihre Zeit geschenkt und uns damit ermöglicht, die sehr umfangreiche Dokumentation zusammenzutragen, deren Ergebnis dieses Buch ist. Ohne sie hätte es nicht geschrieben werden können.

Paris – New York, Mai 1984

1. Kapitel

Boston, 12. Mai 1980

»Los, schlag zu! Schlag zu! Schneller! Herrgott nochmal, schlag doch zu! Deine Linke!«
Brendan senkte den Kopf, und das Leder streifte seine Wange. Er war in eine Ecke des Rings getrieben worden, und die Stimme des Trainers drang wie durch einen Nebel zu ihm – ein Nebel, heiß wie der Dampf aus einer Schmiede – ein Nebel, pausenlos durchbrochen von einer behandschuhten Faust, die mit der Geschwindigkeit einer Kanonenkugel auf ihn zuschoß. Obwohl völlig auf den Kampf konzentriert, war ein Teil seines Ich auch weiterhin damit beschäftigt, ungerührt zu analysieren, zu vergleichen, zu formulieren: Er erlebte eine Zweiteilung der Zeit. Während er den Arm hob, um einen Schwinger abzuwehren, während er seine Faust gegen das Kinn des Gegners vorschnellen ließ, während er ihm auswich, mußte Brendan erschrokken feststellen, mit welch extremer Langsamkeit sein Körper reagierte. Man könnte meinen, ich schaue dem Kampf in einer Aufzeichnung zu . . .
Die Befehle des Trainers und die Angriffe des Gegners, von Brendan wie durch einen Schleier hindurch registriert, der ihn schmerzhaft und erstickend mit eiserner Faust umschlossen hielt, gehörten einer anderen Welt an, einer Welt, in der das Gehirn innerhalb weniger Sekunden reagiert, der Welt der Echtzeit.

»Los vorwärts, los, schlag zu! Schlag zu, sag ich dir, hau doch rein, verdammt nochmal! Deine Linke! Verpaß ihm einen Kinnhaken!«
Brendan schüttelte den Kopf, und Schweißtropfen wurden durch die Luft gesprüht.
»Schlag zu! Du hast vielleicht gut reden... Schließlich kassiere ich einen Schlag nach dem anderen ein, das ist doch auch schon was, oder? Also schön – auf geht's!«
Vorschriftsmäßig tänzelnd, so wie man es ihm beigebracht hatte, versuchte Brendan, auf die linke Seite seines Gegners zu gelangen, doch eine Gerade, die seine rechte Schulter traf, stoppte jäh sein Vorhaben.
Jetzt hat er mir garantiert was gebrochen!
Während ein Teil seines Ich so kaltblütig analysierte, kam ein Stöhnen über seine Lippen. Die Ringseile gruben sich schmerzend in seinen Rücken.
Seine rechte Faust wollte die gegnerische Flanke erwischen, traf aber nur ins Leere.
»Du mußt deinen Schlägen mehr Nachdruck geben! Lang ihm eine! Beweg dich doch, Herrgott nochmal!«
Die Handschuhe wogen tonnenschwer. Er hielt sie vor das Gesicht. Sein Gegenüber kämpfte unverdrossen weiter, schnelle kurze Schläge prasselten auf ihn nieder; der andere führte sich auf wie ein Bildhauer, der ihm das Gesicht neu modellieren wollte. Die Ellbogen vor dem Bauch, die Arme gebeugt, das Gesicht hinter den Händen verborgen, kämpfte Brendan gegen ein Gefühl der Panik an, das in ihm hochstieg. Hinter den schützenden Handschuhen lauerte ein Preßlufthammer, der hartnäckig versuchte, ihn zu verletzen, die empfindlichen Kieferknochen zu treffen, ihm die Nase zu zerschmettern.
Schluß jetzt, ich habe die Schnauze voll!
Brendan neigte seinen Oberkörper unversehens nach links und täuschte eine Rechte vor, gleichzeitig versuchte er mit der anderen Faust einen Haken. Und dann schien es, als

würde ein Rennwagen mit seinem Kinn zusammenkrachen...
Sein ganzer Körper vibrierte von dem Schlag, der ohne böse Absicht, mit der ruhigen Kraft einer Maschine erfolgt war. Perplex registrierte Brendan den lautlosen Zusammenbruch seiner Kräfte.
Seine Beine gaben allmählich unter ihm nach. Der Nebel wurde dichter. Die Zeit verging noch langsamer.
Brendan ging in die Knie.
»Aus!«
Professor Brendan Barnes, ehemaliger Student der Princeton-University und des »Massachusetts Institute of Technology«, Bachelor of Sciences, Master of Sciences und Philosophae Doctor, lag am Boden.
Er hatte einen letzten klaren Gedanken, bevor auch sein Geist dem Abdriften des Körpers folgte: Muß ich jetzt sterben? Er hat mich regelrecht ausgelöscht...
Dann sausten Erinnerungsfetzen, Bilder und Worte durch seinen Kopf.
10 CLS
20 INPUT »Brendan am Boden«
30 IF »Brendan stirbt« THEN »Erinnerungen an ein ganzes Leben« ELSE »Ungeordnete Erinnerungen«
40 PRINT
»Mein Gott, Brendan – mach doch die Zähne auseinander!«
»Brendan, hörst du mich? Tu, was man dir sagt!«
»Ah, endlich...«
Man nahm ihm den Zahnschutz aus dem Mund. Er öffnete die Augen. Zwei Gesichter erschienen in seinem Blickfeld. Tonio, sein puertorikanischer Sparringspartner, verzog seine gutmütige Visage zu einem erleichterten Lächeln. Auf dem durchfurchten und zernarbten Gesicht von Jerry, dem Trainer, lag das übliche sarkastische Grinsen.
»Na, braucht unser Fräulein vielleicht Riechsalz?«
Brendan richtete sich auf und wischte sich den Schweiß von

der Stirn. Man hatte ihm auch den Schutzhelm abgenommen. Er hielt Tonio seine Handschuhe hin, und dieser begann, die Riemen aufzuschnüren.
»Schon gut«, brummelte er, »ich weiß, was du mir sagen willst...«
»Und trotzdem sag ich's dir nochmal! Du hast dich nicht genug...«
»Kon-zen-triert!« vollendete Brendan, während er, von Tonio unterstützt, wieder aufstand.
Jerry baute sich vor Brendan auf und musterte ihn mit seinem Raubvogelblick, der aufgrund der wulstigen buschigen Augenbrauen – wie alles in seinem Gesicht waren auch sie durch den Boxsport neu modelliert worden – noch furchteinflößender wirkte.
»Hör mir gut zu, Brendie! Du magst in deiner Universität und bei deiner Arbeit am Computer ein As sein, aber hier bist du nur ein nicht übermäßig talentierter Amateurboxer der Leichtgewicht-Klasse.«
»Du bist herzlos, Jerry«, meinte Brendan.
Doch in Wahrheit machte ihm Jerrys wenig schmeichelhaftes Urteil nicht sonderlich viel aus; allerdings mußte er sich zerknirscht geben, denn das gehörte einfach zu ihrem Ritual dazu. Brendan mochte seinen Trainer sehr. Jerry Connolly, Ex-Weltmeister im Superweltergewicht, hatte sich mit Haut und Haaren dem Boxsport verschrieben, ihn zu seiner Religion erhoben. Brendan hatte ihm einmal gesagt, daß er ihn an einen Pfarrer erinnere, der seine Schafe in unerschütterlichem Glauben auf den Weg der Erlösung führt, woraufhin das ironische Lächeln, das ständig um Jerrys Lippen spielte, zu verschwinden drohte.
»Mein Junge«, sagte der Trainer jetzt, »ich kann nicht herzlos genug sein – ich will nämlich, daß du bei den Amateurboxmeisterschaften von Massachusetts mehr als nur eine Runde überstehst.«
»Was diese Meisterschaft angeht, so hab' ich noch längst

nicht ja gesagt. Ich weiß nicht, ob ich daran teilnehmen kann...«

»Fang nicht schon wieder mit diesem Schmus an, ist das klar? Hör zu...«

Na wunderbar, dachte Brendan, jetzt kriege ich wieder eine seiner Lebensweisheiten verpaßt.

»Du hast durchaus eine Chance. Ich versichere dir, daß du eine Chance hast. Ich sag' nicht, daß du's bis ins Finale schaffst, aber zumindest bis ins Viertelfinale... Du mußt dich stärker konzentrieren, das hab' ich dir schon hundertmal gesagt! Woran hast du eigentlich während des Kampfes gedacht?«

»An dich, Jerry, ich kann nur noch an dich denken.«

Tonio, der sich mit Handschuhen und Schutzhelmen unter den Seilen durchzwängte, mußte unwillkürlich kichern. Jerry warf ihm einen vernichtenden Blick zu. Seine zernarbten Wangen wurden rot vor Zorn.

»Idiot!« fuhr er Brendan an. »Du hast also *gedacht*– allein das ist schon zuviel! Du mußt dich ganz dem Kampf hingeben, mit... mit all deinen geistigen und körperlichen Kräften.«

»Du sprichst wie ein Buch, Jerry«, foppte Tonio, der auf dem Weg zum Umkleideraum war.

»Halt die Klappe!« brüllte der Trainer und hielt nach einem Wurfgeschoß Ausschau. Aber am Boden lag nur ein Schwamm, und Tonio war ohnehin kurz darauf verschwunden. Jerry holte tief Luft, ballte ein paarmal die Fäuste und wandte sich dann wieder an Brendan.

»So... und außerdem hast du mit deinen Kontern viel zu lang gewartet. Deine Beinarbeit ist nicht schlecht, und du bist hart im Nehmen, aber wie mein Vater schon sagte: Wenn man dir auf die rechte Backe schlägt, dann halt die linke hin, und wenn man dir auf die linke Backe schlägt, halt die rechte hin, und immer so weiter, bis du genug Wut angestaut hast, um deinen Gegner mit einem einzigen

Schlag in die Fresse umzuhauen. Ein Boxkampf ist wie das Leben: man muß allerhand einstecken können, aber irgendwann ist Schluß . . .«
Das nenne ich eine Maxime, dachte Brendan voller Bewunderung. Doch er ließ sich nichts anmerken und behielt vorsichtshalber einen neutralen Gesichtsausdruck bei.

Brendan hob das Gesicht in den heißen Wasserstrahl der Dusche, trat einen Schritt zurück, breitete die Arme ein wenig aus und drehte die Handflächen nach oben: er stand da in einer quasi ekstatischen Pose. Er ließ das Wasser lange über seinen Körper rinnen; es brannte abwechselnd wie Feuer und Eis auf der Haut. Er malträtierte seinen grün und blau geschlagenen Körper aus freien Stücken. Jerry hatte einmal zu ihm gesagt, daß nur solche Rohlinge, die für andere und sich selbst gefährlich sind, im Ring niemals Angst haben. Dennoch war er unzufrieden, denn er hatte sich zu allzu gefühlsbetonten Reaktionen hinreißen lassen.
Er stellte die Dusche ab, nahm ein großes Frottiertuch vom Haken und rieb sich mit einem Eifer, der immer größer wurde, kräftig trocken. Er haßte das Gefühl, die Kontrolle über seine Gedanken zu verlieren. Schließlich stieg er nicht in den Ring, um schwermütig zu werden, sondern um solche Stimmungen mit Fausthieben zu vertreiben.
»Willst du dir die Haut abreißen?« fragte Jerry, als er in den Duschraum kam.
»Das tut gut!« rief Brendan und warf sein Handtuch in den Wäschekorb. »Soli ich dich nach Hause fahren, oder bist du selbst mit dem Wagen da?«
»Meine Kiste steht vor der Tür. Eigentlich wollte ich dich dasselbe fragen . . .«
Jerry verbarg seine Enttäuschung hinter einem sardonischen Lächeln. Er mochte die Autofahrten gemeinsam mit Brendan. Er fragte ihn stets über dessen »Spezialdisziplin« Löcher in den Bauch und bemühte sich, die Unterschiede

zwischen Binär- und Oktalsystemen, zwischen Mikroprozessoren und Minicomputern, zwischen Dispac und Diskette zu begreifen.
»Also, ich verschwinde dann«, sagte er. »Es ist niemand mehr in der Halle. Mach die Tür zu, wenn du gehst. Der Nachtwächter wird schon abschließen.«
Zehn Minuten später steckte Brendan den Autoschlüssel ins Zündschloß und wollte den Motor anlassen. Doch es tat sich nichts. Er versuchte es noch einmal: nichts. Er stöhnte verärgert und stieg wieder aus. Auf dem Bürgersteig der Dorchester Avenue stehend, warf er einen Blick in die dunkle Sackgasse, in der sich der Eingang zu »Connolly's Gym« – Jerrys Trainingssaal – befand. Der Nachtwächter war noch nicht aufgetaucht, und es war nicht sicher, ob dieser schwerhörige alte Italiener ihm überhaupt würde helfen können. Brendan durchwühlte das Handschuhfach auf der Suche nach einer Taschenlampe, fand sie, öffnete die Motorhaube, drückte auf den Taschenlampenschalter: auch die Lampe war tot. Gerade wollte er mit dem Arm weit ausholen, um sie auf dem Trottoir zu zerschmettern, da ertönte eine weibliche Stimme in seinem Rücken:
»Kein Grund zur Aufregung – Ihre Batterie ist leer.«
Brendan fuhr wütend herum. Ein knallroter Volkswagen hatte auf seiner Höhe angehalten. Die Fahrerin hatte die Fensterscheibe heruntergekurbelt und lächelte ihn entwaffnend an. Sie hatte ein sehr sanftes Gesicht, unwahrscheinlich blaue, ein wenig traurig blickende Augen, ein Stupsnäschen und einen zerzausten kastanienbraunen Wuschelkopf. Sie sah so reizend aus, daß Brendans Zorn mit einem Schlag verflog.
»Ich weiß selber, daß meine Batterie leer ist. Aber woher wissen Sie das?«
»Ich hab' meinen Wagen vor einer Stunde hier in der Nähe abgestellt, und dabei sind mir Ihre eingeschalteten Scheinwerfer aufgefallen. Kann ich Sie irgendwohin mitnehmen?«

Brendan schloß die Motorhaube.
»Das wäre sehr nett.«
»Was ist denn mit Ihnen passiert?« entfuhr es ihr, als Brendan auf dem Beifahrersitz Platz nahm. Sie musterte ihn eingehend. »Haben Sie sich mit jemand geprügelt?«
»Nein, nein ... na ja, in gewisser Weise schon. Ich habe vor einiger Zeit mit dem Boxen angefangen, und die meisten Treffer kriege ich natürlich noch ab ...«
»Ich weiß die Reize eines guten Kampfes durchaus zu schätzen – aber schadet das Boxen nicht dem Gehirn?«
»Meinem IQ geht's gut, danke.«
Die junge Frau lachte und sagte: »Ich heiße Sally.«
»Und ich Brendan. Wollen wir heute abend zusammen essen gehen?«
»Na, Sie haben's aber ganz schön eilig! Glauben Sie, daß Sie eine Zukunft im Boxsport haben?«
»Lenken Sie nicht vom Thema ab. Nein, ich boxe nur als Amateur. Ich bin Professor am M. I. T.«
»Oh, Sie unterrichten am Tech? Ich kenne dort eine Menge Leute ...«
»Falls es Ihnen nichts ausmacht, wäre es mir ganz recht, wenn wir uns eine Aufzählung der gemeinsamen Bekannten ersparen. Ich beschäftige mich lieber mit einer Unbekannten, die ich zum Essen eingeladen habe.«
»Sie sind vielleicht hartnäckig! Warum liegt Ihnen eigentlich so viel daran, mich zum Essen auszuführen? Haben Ihre Annäherungsversuche immer soviel Punch?«
Dieser letzte Satz klang nicht im mindesten aggressiv, allerdings schwang ein kaum wahrnehmbarer spöttischer Ton darin.
Brendan setzte eine ungemein wichtige Lehrermiene auf und antwortete: »Es ist von elementarer Bedeutung, in jeder Situation zu determinieren, welche Vorgänge innerhalb eines Prozesses den Sieg davontragen werden. Der augenblickliche Sachverhalt ist noch verschwommen, weil er

voller gegensätzlicher Möglichkeiten steckt. Sie könnten eine Vollbremsung machen, den erstbesten Polizisten zu Hilfe rufen und ihm mitteilen, daß Sie einen Satyr im Wagen mitgenommen haben. Wir könnten eine todlangweilige Diskussion über die Vor- und Nachteile des Boxkampfes führen. Ich könnte mich mürrisch in das Schweigen des Machos hüllen, der von einer schönen Frau in einer nicht sehr ruhmreichen Situation ertappt worden ist – bei einer Autopanne und mit einem riesigen Bluterguß am Kinn. Aber bevor wir uns für eine dieser Möglichkeiten entscheiden, schlage ich vor, daß wir zwei sehr wichtige Punkte berücksichtigen. Erstens: Sie sind so hübsch, daß ich Ihnen überallhin folgen werde. Und zweitens: Sie haben mich zwar am Straßenrand aufgelesen, aber nicht gefragt, wo ich überhaupt hin möchte... und so verstreicht die Zeit, und der Weg zurück nach Hause wird immer länger. Sie fahren mich – ohne meine Zustimmung – offensichtlich irgendwohin. Daher meine Frage: Was halten Sie davon, im ›Another Season‹ ein Hühnchen ›Marcel‹ zu essen? Es sei denn, Sie ziehen ein Hühnchen ›Verdichio‹ bei ›Felicia‹ vor?«

»Uff«, stöhnte sie. »War das ein Vortrag!«

Plötzlich verringerte sie das Tempo. Sie waren gerade am Massachusetts General Hospital vorbeigefahren, und nun bog der Wagen in den Storrow Drive ein: Von hier aus konnten sie die herrlichen Anwesen am Beacon Hill und die vergoldete Kuppel des State House erblicken.

»Wo wollten Sie hin?« fragte Sally.

»Oh, lassen Sie mich ruhig hier aussteigen. Ich werde ein Taxi nehmen. In South Boston eins zu finden, wäre sicher nicht ganz leicht gewesen. Danke, daß Sie mir aus der Klemme geholfen haben.«

Der Wagen hielt am Bordstein. Brendan öffnete die Tür.

»Hören Sie«, sagte Sally, »Sie dürfen nicht denken, daß ich keine Lust habe, mit Ihnen essen zu gehen; aber ich bin heute abend zum Geburtstag einer Freundin eingeladen.

Die Party ist in der Commonwealth Avenue, und ich habe mich ohnehin schon verspätet...«
»Sagen Sie bloß, die Geburtstagsfeier findet im ›Saint Botolph‹ statt?«
»Ja...«
»Und Ihre Freundin heißt Elizabeth...«
»Winfield«, vollendete Sally. »Sie kennen sie?«
»Sie ist eine meiner Studentinnen. Ich bin auch eingeladen, aber ich hatte nicht die geringste Lust hinzugehen. Ich war nicht in der richtigen Stimmung.«
»Sie benutzen die Vergangenheitsform?«
»Sehr richtig«, meinte Brendan. Er nahm wieder Platz und schlug die Tür zu.
»Jetzt«, sagte er lächelnd, »bin ich in der Stimmung, um zu dieser Geburtstagsfeier zu gehen.«

Witebsk, Weißrußland, 12. Mai 1980

Als ich heiratete, hatte ich keinerlei Vorstellung davon, was es für eine Frau bedeutet, den Bund fürs Leben zu schließen. Wahrscheinlich wird man sich automatisch darüber klar, sobald man Abschied nimmt von der Illusion der Freiheit und den Traum vom Märchenprinzen endgültig austräumt.
Ich war 28 Jahre alt, und ich spürte deutlich, daß das junge Mädchen in mir für immer verstummt war, ich fühlte, wie ich von Tag zu Tag mehr zur Frau wurde; ich nahm – wenn man so will – Gestalt an, und mir kam zum Bewußtsein, was an Gefühlen alles in mir steckte.
Lange Zeit war ich der festen Überzeugung, daß an den nebulösen Träumen etwas Wahres sein mußte, und ich versuchte, dessen habhaft zu werden. Ich glaubte an die Geister, die meine Einbildung schuf. Sanft und zärtlich wiegten sie meine romantische Seele. Nimm dich in acht

vor der materiellen Welt, flüsterten sie, sie hat gefährliche Konturen, spitze Ecken, scharfe Kanten ...

Heute weiß ich, daß die Geister die Welt sind, und daß sie das Gesicht hat, das man ihr gibt. Daß ich keine Angst mehr habe, liegt daran, daß ich mich heute in ihr wiedererkenne.

Ich finde, daß man als Frau, die in den heiligen Stand der Ehe tritt, eine Art Bilanz seines bisherigen Lebens ziehen sollte: einen breiten Strich am Horizont, um oben von unten deutlich zu trennen – das, was für alle Zeiten Traum bleibt, von dem, was die Wirklichkeit ausmacht. Man ordnet seine Gefühle ein, und manche sind dazu verurteilt, wie Reiseandenken im Regal allmählich zu verstauben. Das nennt man in seinem Leben aufräumen, und angeblich soll uns diese Ordnung einen gewissen Einfluß auf das eigene Schicksal in die Hand geben. Ich zweifle stark daran. Aber es ist leichter, so zu leben, als sei man davon überzeugt.

Heute, fünf Jahre später, erinnere ich mich noch mit erstaunlicher Deutlichkeit an jenen Tag, als ich diesen Strich unter mein bisheriges Leben zog:

Sergej, mein Mann, sitzt neben mir an der Hochzeitstafel, die mitten in einer bunten Wiese steht. Es ist die Stunde, da der georgische Weinbrand in Strömen fließt. Nach der Zeremonie im »Haus des Volkes« sind alle Größen von Partei, KGB und Universität erschienen, um uns zu gratulieren. Der erste Sekretär des Parteikomitees der Stadt hat sich lange mit Sergej unterhalten, und niemandem ist diese außergewöhnliche Wertschätzung entgangen; genausowenig wie die Telegramme, die der Sekretär des Politbüros von Weißrußland sowie Oberst Kirschniew vom Staatssicherheitsdienst, Sergejs Vorgesetzter, schickten. Meine Mutter stand gerade am anderen Ende der Tafel, als die Telegramme gebracht wurden; sie nahm sie in Empfang und rief mir durch den ganzen Saal zu: «Glückwünsche aus Minsk!«

Unter den zahlreich erschienen Mitarbeitern des Komitees der Region Witebsk, den Leitern der verschiedenen Universitätsabteilungen und den örtlichen Funktionären des KGB war sicher manch einer, der eine solche Bekundung mütterlichen Stolzes unpassend fand. Sergej jedoch lächelte nur. An dem Tag, als sie sich kennenlernten, haben meine Mutter und er einen Nichtangriffspakt geschlossen. Meine Mutter würde sich gewiß niemals so aufführen wie die Bäuerin in jenem Witz (den man sich im Institut erzählte), die ihren Sohn, einen hohen Beamten des ZK, besucht und ausruft, als sie seine Wohnung sieht: »Das ist ja alles sehr hübsch, mein Junge, aber was soll nur aus uns werden, wenn die Roten kommen?«

Meine Babuschka hat sich über so etwas keine Gedanken gemacht, als sie die Wohnung meines zukünftigen Mannes zum ersten Mal sah; im Gegenteil, sie war begeistert. Sie staunte gebührend über seine Sammlung westlicher Schallplatten, eine Sammlung, die weniger von Sergejs gutem musikalischen Geschmack zeugte – und er hat tatsächlich einen guten Geschmack –, sondern vielmehr von seiner Zugehörigkeit zur glücklichen Elite der Vyezdyne – jener Menschen, die ins Ausland reisen dürfen. Sie hat ihm aufmerksam zugehört, als er ihr von den Aufstiegschancen erzählte, die sich einem Staatssicherheitsbeamten bieten, der es verstanden hat, einige heikle Angelegenheiten zur allgemeinen Zufriedenheit zu regeln, der jedoch vor allem das Glück hat, unter Pawliw Pawlowtsev zu arbeiten, einem Mann, den Andropow, der Chef des KGB, in Moskau an seiner Seite haben wollte. Allerdings spickte sie Sergejs Ausführungen mit Randbemerkungen, einem Lächeln und einem Mienenspiel, die ihm nicht entgangen sein konnten und ganz deutlich besagten: »Jaja, Sergej Woronkow, dir steht zweifellos eine glänzende Karriere bevor, aber auch meine Julia kennt Leute in den höchsten Positionen, und außerdem ist sie zehn Jahre jünger als du. In deinem Alter wird es im übrigen höchste Zeit, endlich schneller im Apparat aufzusteigen, als es bisher der Fall gewesen ist...«

Drei Jahre hatte unser Verhältnis schon gedauert; so wurde es schließlich unerläßlich, daß eine Heirat es legalisierte.
Sergej hat meiner Mutter die Vorbereitungen für das Mittagessen überlassen. Am Abend soll ein etwas offizielleres Bankett stattfinden. Mutter hat hauptsächlich Leute aus Witebsk eingeladen: neben den unvermeidlichen Gewerkschaftsbonzen und ihren Kollegen von der Sowchosenbehörde auch meine ehemaligen Schulkameraden, die mir wie als Erwachsene verkleidete Kinder vorkommen, und ein paar alte Freunde, einst für mich der Inbegriff des Erwachsenseins.
Ich lächelte meiner Mutter zu, einer zierlichen weißhaarigen Frau mit faltenloser Haut. Sie scheint ein wenig erschöpft zu sein. Mit ihrer molligen Hand schlägt sie zerstreut den Takt jener Volksweise, die die Musiker in ihren Zigeunerkostümen für mich spielten. Ich nehme an, sie ist davon überzeugt, ihre Mutterpflicht erfüllt zu haben. Und vermutlich hat sie es jetzt eilig, nach Hause zu kommen, um sich einen Moment auszuruhen, bevor sie mit ihren Nachbarinnen über die gute Partie tratscht, die ihre Tochter gemacht hat, und anschließend wieder zur Arbeit geht. Meine Mutter ist für die Verwaltung des Wagenparks der »Sowchose 17. Oktober« zuständig.
Sergej legt seine Hand auf meine, und ich überlasse meine Finger ihrem freundschaftlichen Druck. Ich sehe die blonden Härchen auf den Gliedern, die gepflegten Fingernägel, die kräftigen Gelenke. Seine Hand gibt sich entspannt dem Wonnegefühl hin, mich zu besitzen, sie ist sanft und zärtlich, und doch spüre ich, daß in ihr soviel Energie und Brutalität schlummern ...
Ich liebe Sergej nicht, und mag man auch von ihm behaupten können, daß er sich leidenschaftlich zu mir hingezogen fühlt, so nur deshalb, weil das Wort Leidenschaft eine Mischung aus Fleischeslust und Ambitionen bezeichnet. Ich werde seiner Karriere nützlich sein, genau wie er der mei-

nen. Sein Hochzeitsgeschenk heißt Pawlowtsev, das meine Afanasjew. Wir beide haben Gönner, die weitaus höher gestellt sind als unsere unmittelbaren Vorgesetzten: in unserem Staat eine ungewöhnliche Situation, die nicht lange andauern kann. Der Protégé sollte sich schnellstens in die Nähe seines Gönners begeben. So lautet ein ungeschriebenes Gesetz, das keine Ausnahmen kennt.

Sergej behauptet allerdings, mich zu lieben – vermutlich zwingt ihn sein männlicher Stolz dazu. Und er tut so, als wäre er von der Gegenseitigkeit der Gefühle überzeugt. Ich weiß, daß die Liebe eine Leidenschaft ist, die auf Fehlschlüssen beruht. Ich habe einst einen Mann geliebt, der heute gewiß nicht mehr als ich unter unserer Trennung leidet.

In diesem Augenblick beugt sich der Geiger zur Braut hinunter. Er entlockt seinem Instrument einen wehmütigen Seufzer, und ich schäme mich ein wenig der Tränen, die mir in die Augen treten, wegen der melodramatischen Wendung, die meine Gedanken genommen haben... und wegen Sergejs gerührtem Lächeln. Um ihm nicht unrecht zu tun, darf ich nicht vergessen, daß es zwischen uns ein zärtliches Einverständnis gibt, ohne das – ungeachtet aller Berechnung – unsere Vermählung nicht möglich gewesen wäre. Diese komplizenhafte Zuneigung begann an jenem Tag, als er Swetlana zum Lachen brachte, an dem Tag, als sie ihn akzeptierte. Oh, meine Tochter, mein Herzblatt, mein Kind, mein Augapfel... Deine dunklen Augen, die mich in diesem Augenblick ansehen, wecken in mir die Erinnerung an einen anderen Blick, bringen unwillkürlich die Erinnerung an diesen Mann zurück...

Ich war Luft für ihn. Eine Studentin unter vielen. Es war höchstens mein Status als sowjetische Austauschstudentin am M. I. T., der dafür sorgte, daß er sich kurzfristig für mich interessierte. Aber er kehrte sehr schnell wieder an seine Monitore zurück.

Ich teilte im Ashdown House, einem Studentenwohnheim, das direkt gegenüber vom Hauptgebäude des M.I.T. lag, ein Zimmer mit einer Landsmännin. Wir hatten beide das Glück und die Ehre gehabt, am Austauschprogramm für Studenten aus der UdSSR und den USA teilnehmen zu können. Ludmilla fühlte sich regelrecht zu einer Mission berufen, und sie sprach davon in äußerst geschraubten Tönen, die lächerlich klangen. Was sie zum besten gab, erinnerte mich unweigerlich an die abgedroschenen Phrasen, die ihr Vater, korrespondierendes Mitglied der Akademie der Wissenschaften der UdSSR, stets routiniert herunterzuleiern pflegte; im Gegensatz zu ihrem Vater nahm Ludmilla diese Parolen jedoch ernst.
In ihrem kleinen Blondkopf lebten die Stereotypen über das Heimatland der Werktätigen einträchtig mit den aus Spielfilmen gewonnenen Klischees über das Land der Yankees zusammen. Wie viele meiner Landsleute war auch sie von Hollywood fasziniert. Sobald sie einen neuen Ausdruck aus dem Wortschatz dieses mythischen Landes kennengelernt hatte, berauschte sie sich geradezu daran.
»Sex-Appeal! Er hat Sex-Appeal, verstehst du?«
Wir saßen in unserem Zimmer, eine Teekanne stand zwischen uns auf einem niedrigen Tisch.
»Was bedeutet das?«
»Das bedeutet, wenn ich in seiner Nähe bin, fühle ich, wie ich schwach werde. Wenn er mich flüchtig berührt, wenn er mich anschaut... Sind dir seine Augen aufgefallen? Seine Pupillen lodern wie die eines feurigen Zigeuners...«
Obwohl ich ein immer stärker werdendes Unbehagen verspürte, wollte ich sie necken:
»Du entwickelst ja lyrische Talente! Sex-Appeal bedeutet also nur, verliebt zu sein?«
»Aber nein! Er ist es, der diesen ganz besonderen Zauber ausstrahlt, der etwas Unwiderstehliches hat, eine körperliche Anziehung... Wenn sein Zauber diese Wirkung auf

mich hat, kann es doch eigentlich nur bedeuten, daß ich ihm nicht gleichgültig bin, oder?«
»Schon möglich«, brachte ich mühsam heraus.
Meine Kehle zog sich zusammen. Ich war eifersüchtig und gleichzeitig wütend auf mich selbst, weil ich eifersüchtig war.
»Ganz bestimmt! Weißt du, er hat mich gebeten, ihn Brett zu nennen.«
»Ach? Wie... reizend.«
»Glaubst du, daß die Amerikaner im Bett eine besondere Masche haben?«
Ich wurde von meinen eigenen Gefühlen völlig überrascht. Was gingen mich diese Bettgeschichten an? Als gute Patriotin hätte ich mich sogar darüber freuen müssen, denn sollte Ludmilla diesen Professor tatsächlich verführen, entlockte sie ihm möglicherweise ein paar Informationen, über die die Genossin vom KGB, die Mitglied unserer Gruppe war, entzückt sein würde. Doch war ich weit entfernt von solchen Überlegungen. Die Eifersucht tobte in mir, krankhaft, animalisch, haßerfüllt. Es war ein wildes, unbezähmbares, archaisches Gefühl. Ich war das Weibchen, bereit, der Rivalin beim Kampf um den Anführer der Horde die Augen auszukratzen. Und doch mußte ich gute Miene zum bösen Spiel machen. Scherzhaft wehrte ich ab: »Bildest du dir da auch nicht irgend etwas ein?«
»Überhaupt nicht! Bei den praktischen Übungen hat er nur noch Augen für mich. Er überhäuft mich mit Komplimenten, und er hat mir gesagt, ich hätte einen brillanten Intellekt.«
Ich mußte mich zusammenreißen, um nicht lauthals loszulachen. Gleichzeitig fühlte ich mich ungemein erleichtert. Es war Ludmillas Vater gewesen, der mich höchstpersönlich davon unterrichtet hatte, daß ich ausgewählt worden sei, um am Studentenaustauschprogramm teilzunehmen. Er hatte mich in sein riesiges, karg möbliertes Büro im Zentrum für Informatik von Weißrußland in Minsk bestellt. Ich

könnte noch heute jedes einzelne seiner Worte wiederholen, so sehr haben sie sich mir eingeprägt; damals war ich noch nicht an den ungeschminkten Zynismus mancher Führer unseres Volkes gewöhnt...

»Meine Tochter ist zwar eine Null«, lautete Michail Sewlajins Begrüßungssatz, »aber sie wird zur Delegation gehören. Sie wissen, daß im Heimatland des Sozialismus der Staat – der der Staat des ganzen Volkes ist – sich seine Entscheidungen nicht ausschließlich von Spezialisten diktieren lassen kann. Neben den wirklich kompetenten Teilnehmern setzen wir in jeder wissenschaftlichen Delegation auch immer wieder solche Leute ein, die nach politischen Gesichtspunkten ausgewählt sind. Legt man amerikanische Maßstäbe zugrunde, so ist meine Tochter noch mehr als eine Null. Ich verlasse mich ganz auf Sie, damit sie sich trotz allem nicht gar zu schlecht aus der Affäre zieht. Wie ich von Ihren Lehrern hörte, sind Sie außerordentlich begabt. Sorgen Sie dafür, daß meine Tochter zufriedenstellende Ergebnisse am M.I.T. erzielt. Ich kann Ihnen versichern, daß Sie dann nach Ihrer Rückkehr nicht mehr lang in Witebsk bleiben werden. Ich habe einiges mit Ihnen vor...«

Ich stand Ludmilla hilfreich zur Seite. Zum einen, weil ich der Anweisung ihres Vaters folgen mußte, und andererseits, weil ich sie gern hatte. Ich zwang sie zum Arbeiten, verfaßte ihre Referate und ließ sie alles auswendig lernen, damit sie vor den amerikanischen Lehrern und Studenten nicht irgendwelche unglaublichen Dummheiten zum besten gab. Doch was ihre Intelligenz anging, so konnte Ludmilla nicht verbergen, daß es damit nicht weit her war. Kein Professor würde ihren Intellekt jemals ernsthaft als »brillant« bezeichnen. Sie hatte mir etwas vorgeflunkert; und was sie mir über ihre Beziehung zu Brendan Barnes erzählte, entsprang vermutlich allein ihrer Backfischphantasie. Zu diesem Schluß gekommen, fühlte ich mich dermaßen erleichtert, daß ich mich sogleich deswegen schämte.

Ich sagte: »Er muß ja wirklich verrückt nach dir sein ...«
»Machst du dich etwa über mich lustig?« fragte Ludmilla und sah mich argwöhnisch an.
»Wo denkst du hin! In gewisser Hinsicht bist du tatsächlich eine glänzende Studentin – deine Intelligenz glänzt nämlich durch Abwesenheit ...«
Das hübsche, sommersprossige Gesicht wurde rot vor Zorn.
»Du bist gemein!« rief sie aufgebracht. »Was glaubst du eigentlich, wer du bist? Du hältst dich wohl für den Abel der Welt, was?«
»Nabel.«
»Was Nabel?«
»Es heißt, sich für den Nabel der Welt halten – nicht Abel.«
Ludmilla sprang auf, die Zimmertür knallte zu, und dann war ich allein. Ich seufzte erleichtert. Doch plötzlich erstarrte ich, denn mir war etwas klargeworden, das mich mit der Wucht eines Kinnhakens auf den Solar Plexus traf. Kein Mensch würde Ludmilla je sagen, sie wäre brillant, niemand – ausgenommen ein Mann, der bereit ist, alles zu sagen, nur um mit ihr schlafen zu können ...
Eines zumindest mußte man Ludmilla zugute halten: nachtragend war sie nicht. Am Tag des Erntedankfestes hatten wir uns längst wieder versöhnt.
Es war schon spät am Nachmittag, als sie plötzlich ins Zimmer stürmte und gellende Schreie ausstieß: »Ich hab kein Kostüm für den Ball! Ich hab kein Kostüm für den Ball!«
»Ich auch nicht«, sagte ich gelassen und blickte nicht von dem Puschkin-Roman auf, den ich zum wiederholten Male las.
»Und was hast du heute abend vor?«
»Meine Post zu erledigen.«
»Du bist ja verrückt! Die Universität veranstaltet heute abend einen großen Maskenball. Alle sollen sich als Siedler verkleiden, die gerade mit ›Mayflower‹ angekommen sind.«
»Ich weiß. Aber ich habe nichts zum Anziehen, und ich

hatte auch keine Zeit, wegen eines Kostüms in den Thriftshops herumzustöbern.«
»Thriftshops? Bist du von allen guten Geistern verlassen? Du mußt dich toll herausputzen! Weißt du denn nicht mehr, was uns die Sekretärin vom Komsomol gesagt hat? ›Sie müssen unter allen Umständen Sowjetrussen bleiben, sich aber auch bemühen, das amerikanische Volk besser kennenzulernen, das man nicht mit seinen Führern in einen Topf werfen darf.‹ Heute abend ist *die* Gelegenheit, das amerikanische Volk kennenzulernen.«
»Insbesondere den männlichen Teil...«
»Sehr richtig! Alle Jungs von der Universität werden da sein.«
»Und natürlich Brendan Barnes«, wagte ich mich vor. Mir steckte ein Kloß im Hals.
»Ach der!« meinte Ludmilla obenhin.« Zwischen uns ist es aus. Weißt du, Jenny hat mir erzählt, daß die Nacht meistens in einem Auto endet – auf umlegbaren Sitzen.«
»Es heißt umklappbare Sitze. Aber wie mir scheint, hast du es ganz schön eilig, umgelegt zu werden.«
»Denk doch nur – eine echte amerikanische Orgie! Die Dekadenz des Westens! Ich will erfahren, was das ist, bevor ich nach Minsk zurückkehre. Ich hab' schon genug Zeit vertrödelt.«
Ludmilla lief zu meinem Schrank und begann fieberhaft darin zu wühlen.
»Was tust du denn da?«
»Ich suche! Ich sehe mir deine alten Kleider an, es ist sicher was dabei, das du anziehen kannst... und ich auch. Sie sind ja so schrecklich altmodisch! Sie passen genau zum VOM WINDE VERWEHT-Stil, der heute abend vorgeschrieben ist.«
»Zwischen der Ankunft der ›Mayflower‹ und der Epoche von Scarlett O'Hara liegen 200 Jahre.«
Es gab mir einen Stich, von Ludmilla zu hören, was sie von

meinen Kleidern hielt. Ich mußte allerdings zugeben, daß sie eher dem Geschmack meiner Mutter entsprachen als meinem eigenen. Und so ließ ich mich von Ludmillas Vorfreude anstecken. Als unsere Freundin Jenny vorbeikam, um uns mitzuteilen, daß sich die meisten Studenten und Studentinnen ohnehin nicht verkleiden würden, beschloß ich, das Briefeschreiben auf später zu verlegen.

Auf dem »Thanksgiving«-Ball habe ich mich wohl gefühlt, und zu keinem Augenblick verschwendete ich einen Gedanken an die Dekadenz des Westens. Der riesige Ballsaal, dessen hohe Fenster auf die betonierten Ufer des Charles River hinausgingen, glitzerte und funkelte wie ein Weihnachtsbaum. Die bunten, ineinander verschlungenen Papiergirlanden an der Decke erinnerten an eine üppig blühende Wiese, über die man am liebsten tollen, auf der man Purzelbäume schlagen möchte...

Die lustigen Kostümierungen der einen und die legere Kleidung der anderen sorgten dafür, daß meine Unsicherheit rasch verflog. Ich trug ein Kleid, das meine Mutter aus schwarzem Taft – geerbt von einer Verwandten aus der Zaren-Zeit – genäht hatte. Ich muß zugeben, daß die, die sich nach mir umdrehten, es nicht taten, um mich zu verspotten.

Wie betäubt vor Glück muß ich gewesen sein, denn weder damals noch später hätte ich sagen können, welch schicksalshafter Fügung es zu verdanken war, daß ich plötzlich in den Armen von Brendan Barnes lag. Heute erinnere ich mich lediglich noch daran, daß es schien, als wäre ich – inmitten des fröhlichen Treibens auf diesem Fest – schlagartig von tiefer Stille umgeben. Unsere Blicke waren sich begegnet. Wir haben sicherlich miteinander getanzt, ich weiß es nicht mehr. Unvergeßlich ist mir allein sein Duft, ein Duft nach Unterholz, den ich in dem Augenblick zu erkennen glaubte, da er seine Hand um meinen Hals legte und seinen Mund auf meine Lippen preßte.

Aus heutiger Sicht erscheint mir das, was ich damals empfand, ein wenig backfischhaft, doch bin ich zugleich auch irgendwie stolz darauf, wenigstens einmal in meinem Leben ein Gefühl von solcher Reinheit empfunden zu haben. Ich war überzeugt davon, daß wir uns schon immer liebten, daß wir wie füreinander geschaffen waren, daß unser beider Leben so eng miteinander verschmelzen würden, wie es unsere Lippen an diesem Abend taten.
Wir haben uns sehr lange geküßt. Und plötzlich mußte ich niesen, denn wir standen draußen im feuchten Gras. Vom Charles River stiegen eisige Nebelschwaden auf. Im Haus ging das Fest weiter. Es war mir unmöglich, im Dunkeln Brendans Gesicht zu erkennen, doch spürte ich, daß er lächelte.
Er sagte zärtlich: »Du wirst dich erkälten, laß uns wieder hineingehen.«
Er umarmte mich noch einmal.
»Mein Name ist Julia«, flüsterte ich.
»Ich weiß . . .«
»Ich möchte mit dir schlafen.«
Brendan schreckte leicht zusammen. Dann hielt er mich mit Armeslänge von sich, um mir besser ins Gesicht sehen zu können.
»Laß uns zurückgehen«, sagte er, und seine Stimme klang plötzlich kalt und unpersönlich.
Er schlang seinen Arm um meine Schulter. Wir gingen zum Ballsaal zurück. Nun war ich es, die ihn aufmerksam ansah. Doch er wich meinem Blick aus.
»Hab' ich dich schockiert?« fragte ich, mit einemmal den Tränen nahe.
»Nun . . . nein, na ja, eigentlich schon, ein bißchen. Weißt du, ich finde es wirklich gut, daß du so frei heraus und ohne Umschweife reden kannst; aber ich, ich bin sehr puritanisch erzogen worden. Für mich ist diese Situation nicht etwas Alltägliches, verstehst du?«

»Findest du mich vulgär?«
Wir waren im Ballsaal angelangt. Plötzlich schien es mir, als müßte ich ersticken. Das grelle Licht blendete mich. Die Fröhlichkeit der anderen schien geheuchelt, hinter jedem Lächeln sah ich eine ängstliche Grimasse oder ein gehässiges Grinsen.
»Laß uns gehen«, sagte ich.
»Warte noch ein bißchen.«
Ich wurde von einer unerklärlichen Panik erfaßt. »Nein, laß uns sofort gehen.«
»Genug damit!« versetzte er und fuhr jäh herum. »Ich bin es nicht gewohnt, Befehle zu empfangen.«
Als er sah, wie ich unter seinen Worten zusammenzuckte, besänftigte er sich ein wenig; doch was er anschließend sagte, war unendlich viel verletzender, selbst wenn er wieder in ruhigem Ton zu mir sprach: »In deiner Heimat ist es vielleicht üblich, daß die Frauen sich solchermaßen aufführen. Hier bei uns wird noch Wert auf die äußere Form gelegt.«
Er dachte offenbar, ich hätte es mit dem Gehen nur deswegen so eilig, weil ich unverzüglich mit ihm schlafen wollte. Seine Verachtung machte mich um so zorniger, da sie gewiß nicht ganz unberechtigt war.
Ich machte auf dem Absatz kehrt und lief wortlos davon. Ich rannte über den Parkplatz. Auf den umgeklappten Sitzen der Wagen bewegten sich schattenhafte Gestalten. Ich glaubte, hinter der beschlagenen Windschutzscheibe eines phantastischen Buick mit imposanten Stoßstangen Ludmillas Gesicht zu erkennen. An die Scheibe klopfend, flehte ich darum, daß man mich nach Hause brachte. Aber man hörte mich nicht – oder tat zumindest so.
Ich eilte den Bürgersteig hinunter. Der Wind fuhr mir eisig um die Knöchel, als ich die endlosen Bostoner Straßen entlanglief. Als ich hinter mir einen Wagen bremsen hörte, hatte ich das Gefühl, Stunden wären vergangen, und doch

war ich nur ein paar hundert Meter weit gekommen. Ich drehte mich um. Die Scheinwerfer machten mich blind. Da hörte ich Brendans Stimme:

»Komm, Julia, steig ein! Sei nicht dumm.«

Ohne Widerrede folgte ich seiner Aufforderung, denn ich fror gar zu sehr; dennoch fand ich, daß ein Schmollmund ganz angebracht war.

»Ich möchte dich um Verzeihung bitten«, sagte er, nachdem wir ein paar Minuten schweigend gefahren waren.

»Du brauchst dich bei einer Nymphomanin meines Schlages nicht zu entschuldigen. Ich bin es, der dich um Verzeihung bitten müßte; schließlich bin *ich* dir und deiner edlen Sensibilität auf die Füße getreten.«

»Dein russischer Akzent ist ganz reizend. Und die englische Sprache beherrschst du ausgezeichnet. Du bist eine äußerst begabte Schülerin. Und du bist sehr schön. Ich kann mir lebhaft vorstellen, wie du an der Spitze einer Kosakenhorde reitest und die Alte und die Neue Welt verwüstest. Wirklich, du hast sehr viel Charme – aber auch einen ungeheuren Dickschädel!«

Ich konnte mir ob dieser Tirade ein Lächeln nicht verkneifen. Dann war es wieder für eine Weile still. Wir fuhren über den South-East-Expressway, vorbei am Hafen mit seinem Wald aus Schiffsmasten und Kränen. Brendan nahm die Abzweigung nach Quincy Market. Bald darauf gelangten wir an eine gesichtslose Kreuzung. Brendan fuhr im Kreis um das Rondell. Es kam mir nicht in den Sinn, ihn zu fragen, was er da tat.

»Gefalle ich dir?« fragte er unvermittelt.

»Hab' ich dir das nicht schon zur Genüge bewiesen?« erwiderte ich achselzuckend.

»Ich meine, gefalle ich dir wirklich?«

»Dasselbe könnte ich dich fragen ...«

»Nun, ganz offensichtlich kommen wir so nicht weiter ...«, sagte Brendan bemüht spaßhaft.

Dann machte er eine Vollbremsung. Die Reifen kreischten unerträglich. Er stellte den Motor ab, klappte meinen Sitz nach hinten zur Rückbank um und warf sich über mich. Auf diese Weise – ohne Vorwarnung – begann für uns ein Jahr ungetrübter Seligkeit.

Auf der anderen Seite der Wand liegt Sergej quer über unserem Bett und schlummert friedlich. Jetzt, da ich diese »Beichte« beende, möchte ich der einzigen Leserin, für die diese Seiten bestimmt sind – meiner kleinen Swetlana mit den Augen einer Zigeunerin –, sagen, daß ich mir über die Risiken meines Handelns durchaus im klaren bin. Um einen westlichen Terminus zu gebrauchen: Sergej und ich bilden eine Gesellschaft mit beschränkter Haftung. Heute haben wir geheiratet, doch weder er noch ich haben uns mit ganzer Seele in diese Verbindung eingebracht. Haben sich auch unsere Körper vereinigt und gegenseitig Lust geschenkt, so haben unsere Träume doch vor dem Bett Halt gemacht. Er ist im Besitz des Schlüssels zu einer verschlossenen Tür, hinter der Machtintrigen und Orgien in »Kurhäusern« am Schwarzen Meer einträchtig harmonieren.
Und ich, ich habe meine Erinnerung ...
Meine kleine Swetlana, Du sollst wissen, daß die stillschweigende Übereinkunft zwischen mir und dem Mann, der Dir ein guter Vater sein wird, mich keineswegs daran hindert, Respekt für ihn zu empfinden. Auch werde ich mich niemals so weit erniedrigen, triviale Vergleiche anzustellen. Denn ich weiß, daß Sergej ein Teil der Realität ist, in der Du wirst leben müssen; Brendan dagegen ist nichts weiter als eine traurige, poetische Erinnerung. Und trotzdem! Zwischen uns beiden herrschte vom ersten Augenblick an ein solch inniges Vertrauen, daß ich erst nach einem halben Jahr auf die Idee kam, ihn zu fragen, ob zwischen Ludmilla und ihm etwas gewesen sei. Selbstverständlich verneinte er das, und wir mußten beide herzlich über die Naivität meiner

Freundin lachen. Ich verspürte so etwas wie zärtliche Liebe zu ihr; es war, als teile sie – durch ihre Hirngespinste – unser Glück.

Als es Zeit wurde, unsere Abschlußarbeit zu schreiben, verfaßte ich selbstverständlich auch Ludmillas Aufsatz – was mich einige schlaflose Nächte kostete. Aber sie war mir sehr dankbar. Ich schämte mich ein wenig ihrer Dankbarkeit, denn daß ich ihr half, geschah ja nicht nur aus reiner Freundschaft. Am Ende des Semesters erhielten wir beide hervorragende Noten.

Michail Sewlajin erklärte mir, nachdem wir in die Heimat zurückgekehrt waren, daß er nicht mit einem solch erfolgreichen Abschneiden seiner Tochter gerechnet habe. Nur zwei Tage, nachdem wir uns zum erstenmal wieder gesprochen hatten, bestellte er mich erneut in sein Büro. Dort machte er mich mit Afanasjew bekannt. Dieser informierte mich in groben Zügen über den Plan, die Computerisierung der sowjetischen Gesellschaft in Angriff zu nehmen, und darüber, mit welcher Aufgabe man mich bei diesem Vorhaben betrauen würde. Ich kann wirklich nicht behaupten, daß Sewlajin ein undankbarer Mensch war ...

Nicht ein einziges Mal habe ich den Gedanken erwogen, für immer in den USA zu bleiben. Brendan wollte meine Einstellung nicht begreifen.

»Du liebst mich eben nicht«, sagte er immer wieder.

»Oh, Brendan!« protestierte ich. »Jedesmal wenn du das sagst, bricht es mir das Herz. Vergiß nicht, meine Mutter ist noch drüben. Du weißt, sie würde ihre Arbeit verlieren, kehrte ich nicht zurück. Außerdem möchte ich sie wiedersehen. Das kann ich ihr einfach nicht antun!«

»Es würde uns sicher gelingen, ihr eine Ausreisegenehmigung zu verschaffen.«

»Du weißt genau, daß das unmöglich ist! Aber selbst wenn es meine Mutter nicht gäbe, würde ich trotzdem heimkehren wollen. Ich liebe mein Land. Unser soziales Gefüge ist weit davon entfernt, perfekt zu sein. Doch eine Weiterentwicklung wird nur durch Menschen wie mich möglich sein, glaube ich. Allein wir Wissenschaftler haben es in der Hand, die Untätigkeit unserer Führer zu überwinden. Wir haben häufig darüber gesprochen: die Computerisierung unseres Landes könnte es ermöglichen, gegen Mißwirtschaft und Parasitentum anzukämpfen. Und Rationalisierungen in der Wirtschaft würden gleichzeitig die ungerechtesten Priviligien abschaffen.«

»Kann schon sein ... Aber ich finde, daß nichts so ungewiß ist wie ...«

»Gerade weil nichts gewiß ist, muß ich zurückkehren! Ich muß auf das richtige Ziel hin arbeiten.«

»Du liebst mich nicht ...«

»Oh, hör doch bitte damit auf! Du kannst mich nicht mehr umstimmen. Statt dessen machst du alles noch viel schlimmer. Wir werden Mittel und Wege finden, um einander wiederzusehen. Du kannst dir nicht vorstellen, wie mir allein schon bei dem Gedanken, dich zu verlieren, zumute ist ... Ich kann nicht mehr vernünftig denken, ich habe das Gefühl, verrückt zu werden.«

Ich brach in Tränen aus. Brendan nahm mich in seine Arme, und dann kam dieses wunderbare Verlangen wieder über uns. Wir liebten uns mit der Heftigkeit der Verzweiflung. In jenen Augenblicken hat Brendan mir – ohne es zu wissen – ein Geschenk überlassen, das es mir unmöglich macht, ihn jemals zu vergessen. Swetlana, wenn Du diese Zeilen liest, werde ich schon tot sein oder alt und grau, und die Vorstellung, daß Deine Mutter leidenschaftlich geliebt hat, mag Dir dann lächerlich, ja vielleicht sogar anstößig erscheinen. Aber Du sollst erfahren, daß es während dieser berauschenden Momente am Rande des Abgrunds geschah, daß Du gezeugt wurdest. Du bist das Ergebnis unserer Verbindung (die um so enger war, da wir wußten, daß sie zum Scheitern verurteilt war), dieser völligen Hingabe an den anderen –

Du, Swetlana, meine kleine Tochter mit den großen schwarzen Augen.

Der Saint Botolph-Club, in erster Linie frequentiert von Schriftstellern und den bedeutendsten Professoren von Harvard oder des M. I. T., öffnete seine Pforten nur äußerst selten für Nichtmitglieder, insbesondere wenn es sich dabei um Vertreter des weiblichen Geschlechts handelte. Doch anläßlich des 20. Geburtstags der Tochter des Schatzmeisters gab sich der Club den Anstrich eines beschwipsten Gentleman. Blieb auch die staubige Bibliothek für Fremde geschlossen, so hatte man den Salon in einen Ballsaal umfunktioniert. An den Wänden hingen die Porträts der berühmten Persönlichkeiten, die einst in diesen Räumen wandelten. Sie schienen mit strengem Blick auf die bis zur Decke ragenden Philodendren, die üppigen Blumenarrangements und die weißen Gartenmöbel, die man um die Tanzfläche aufgestellt hatte, herabzusehen.
Sally und Brendan unterhielten sich angeregt und vergaßen darüber das Tanzen. Der junge Informatik-Professor hatte inzwischen erfahren, daß seine neue Bekannte die Tochter eines bedeutenden Wissenschaftlers war – und sich ausschließlich für Literatur interessierte. Sally fand Brendans Gesicht mit den scharfen Zügen und dem kohlrabenschwarzen Haar sehr anziehend. Ihr Begleiter war nur ein oder zwei Zentimeter größer als sie selbst, doch machte er seine kleine Statur durch lebhafte Gestik und eine Sprechweise wett, die sehr gut zum ironischen Funkeln in seinen Augen paßte. Mit amüsierter Skepsis stellte sie ihm Fragen über sein Fachgebiet, und er bemühte sich, sie von der Bedeutung seiner Arbeit zu überzeugen.
»Das ›debugging‹ ist also furchtbar aufregend?« wollte sie wissen.
»Offensichtlich kannst du dir nicht vorstellen, wie sehr! Ich versuche meinen Studenten beizubringen, wie man den

›bugs‹ auf die Spur kommt. Damit sind jene Fehler gemeint, die sich in die Instruktionen, aus denen ein Programm besteht, einschleichen können. Du mußt wissen, daß komplexe Programme aus mehreren Millionen Instruktionszeilen bestehen können...«

»Ist denn ein armer kleiner Fehler unter Millionen richtiger Instruktionen wirklich so schlimm?« fragte Sally scherzhaft.

»Dieser arme kleine Fehler, wie du es ausdrückst, kann einen Computer lahmlegen. Und das wiederum kann unabsehbare Folgen haben. Öltanker beispielsweise laufen heutzutage vollautomatisiert. Während ihrer Fahrten sind sie kaum noch auf menschliche Interventionen angewiesen. Auf jedem Schiff gibt es einen Computer, der an einen Satelliten angeschlossen ist. Dieser gibt meteorologische Daten und Positionen anderer Öltanker weiter. Entsprechend diesen Angaben steuert der Computer das Schiff.«

»Was ist schon dabei! Ich nehme an, daß die Welt nicht gleich untergehen wird, wenn mal ein Tanker einen Tag Verspätung hat oder gar sinkt, nicht wahr?«

»Da irrst du aber gewaltig. Die Computer auf den Öltankern funktionieren nämlich alle nach dem gleichen Programm. Versagt dieses Programm, so betrifft das weltweit fünfzig Prozent der Ölversorgung.«

Brendan lächelte innerlich. Er hatte Wort für Wort jene Argumente wiedergegeben, die Clive Woodward benutzt hatte, als dieser ihm das Beispiel der Öltanker näher erläutert hatte. Er sah den Mann mit dem zerzausten weißen Haar vor sich, wie er andauernd seine Brille auf der Nase hochschob.

Drei Tage zuvor hatte Brendan eine Nachricht von Clive Woodward erhalten, in der dieser ihn aufforderte, so schnell als möglich in seinem Büro vorbeizukommen. Brendan war zunächst ein wenig verunsichert gewesen. Was konnte das hohe Tier der Informatik am M.I.T. von ihm wollen? So wie alle, die auf dem Campus verkehrten, kannte er wohl seine schmale Gestalt, seine britische Eleganz und sein weißes Haar, doch von ein paar zufälligen Worten hier und da abgesehen, hatte der junge Professor bis zu diesem Zeitpunkt noch keine Gelegenheit gehabt, sich mit seinem älteren Kollegen richtig zu unterhalten. Als Brendan Woodwards Büro betrat, sah er sofort, daß dieser eine Ausgabe der Zeitschrift »Computers and Society« vor sich auf dem Tisch liegen hatte; daraufhin wich Brendans Ratlosigkeit einer Art Unruhe. Woodward kam ohne Umschweife auf das Thema zu sprechen, das ihm am Herzen lag.

»Mein lieber Brendan, Ihr Artikel wird dem Bild, das man sich von Ihnen macht, vollauf gerecht: brillant, doch zuweilen etwas . . . unkonventionell.«

Woodward hatte mit seiner artikulierten, gelassenen, leicht ironisch klingenden Stimme jenen Abschnitt vorgelesen, in dem Brendan darlegte, daß die Informatik eine wirksame Waffe und eine Antwort auf die ideologische Infiltration durch die Sowjetunion darstellen könnte.

Als er mit dem Vorlesen geendet hatte, sagte er: »Sie sind also nicht nur einer unserer besten Spezialisten auf dem Gebiet des ›debugging‹, sondern machen sich auch noch allgemeine Gedanken über den weltweiten Einfluß der Informatik?«

»Überrascht Sie das?«

»Vielleicht hat es den Anschein, daß ich mich über Sie lustig mache«, räumte Woodward ein, ohne direkt auf Brendans Frage zu antworten, »aber das kommt daher, daß es mich amüsiert, wie treffsicher und genau Sie meine eigenen Überzeugungen formuliert haben. Dieser Artikel könnte ebensogut von mir stammen. Wären Sie bereit, im Geiste dessen, was Sie da schreiben, zu arbeiten? Oder ziehen Sie es vor, sich ausschließlich mit der Lehre zu beschäftigen? Hätten Sie Bedenken, für die nationale Verteidigung zu arbeiten?«

Brendan lächelte. Das etwas schroffe Wesen seines Gegenübers gefiel ihm. »Bevor ich Ihnen darauf antworten kann, müßte ich wissen, um welche Art von Arbeit es sich dabei handelt.«

»Natürlich, da haben Sie völlig recht. Ich bin Mitglied der Kommission, die beauftragt ist, ein neues Institut ins Leben zu rufen, das zu großen Teilen von der Armee und der NSA, der National Software Agency, finanziert werden wird. Die Idee, ein solches Institut zu gründen, entstand in den siebziger Jahren. Damals begannen die Generäle im Pentagon sich Sorgen zu machen, als sie feststellen mußten, daß die Software für militärische Zwecke ihnen teurer zu stehen kam als die Computer selbst.«

»Da sind sie nicht die einzigen«, meinte Brendan. »Die Software kann zwei- bis zehnmal so teuer sein wie die Hardware.«

»Gewiß, aber was die Militärs so erschreckte, war die Tatsache, daß die Hälfte aller Ausgaben im Software-Bereich darauf zurückzuführen war, daß die Programmsprachen nicht kompatibel sind. EDV-Programme gibt es in rund 50 verschiedenen Sprachen. Möchte man einen Teil eines Programms, das in FORTRAN geschrieben ist, mit einem anderen Teil koppeln, das in COBOL geschrieben ist, muß man gezwungenermaßen alles neu schreiben. Sie wissen das so gut wie ich. Um dieser Kakophonie ein Ende zu bereiten, beschloß die Abteilung für Sicherheit und Planung des Pentagon, einen internationalen Wettbewerb auszuschreiben. Es sollte eine Gruppe von Computerfachleuten rekrutiert werden, die in der Lage sind, eine ›universelle‹, zum militärischen Gebrauch bestimmte Computersprache zu schaffen.«

»Von diesem Wettbewerb habe ich natürlich auch gehört. Es ging darum, eine Sprache zu entwickeln, die problemlos von einem Computertyp zum anderen transferiert werden kann, die im rechnerischen Bereich eine große Leistungsfähigkeit besitzt, damit die Geräte in Echtzeit arbeiten können, und die bis ins Detail ausgefeilt sein sollte,

um das ›debugging‹ so weit wie möglich zu erleichtern.«
»Dieser letzte Punkt müßte Sie ja besonders interessieren. Die Korrektur von Fehlern innerhalb militärischer Programme, die sich bereits in Anwendung befinden, hat den amerikanischen Steuerzahler im Jahr 1979 mehr als 500 Millionen Dollar gekostet. Und man hat ausgerechnet, daß die Ausgaben für eine vollständige Revision sämtlicher von der Navy benutzter Programme sich auf runde 85 Milliarden Dollar belaufen würden. Nicht zu vergessen die Risiken der weltweiten Fehlalarme, die auf solche Fehler zurückzuführen sind. Sie wissen darüber ja Bescheid. Doch zurück zu dem vom Pentagon ausgeschriebenen Wettbewerb. Unter allen Teams, die dem internationalen Aufruf gefolgt sind, wurde das Team eines Franzosen – Jean Ichbicah von CII Honeywell Bull – ausgewählt.«
»Und dieses Team entwickelt momentan die Sprache ADA – so genannt nach dem Vornamen der berühmten Mathematikerin Ada Biron, die im vorigen Jahrhundert lebte. Es waren unter anderem ihre Arbeiten, die es Johann von Neumann ermöglichten, den ersten Computer überhaupt zu bauen. Einer meiner Freunde – wir haben gemeinsam promoviert – arbeitet mit Ichbicah zusammen.«
»Daß ADA seit einer Woche offiziell im Einsatz ist, hat er Ihnen aber sicher nicht mitgeteilt. Die erste Aufgabe der NSA besteht nun darin, die Mehrzahl der militärischen Programme in ADA umzuschreiben. Anschließend wird man neue Programme in dieser Sprache erstellen müssen. Zuletzt wird man eine dritte Tätigkeit in Angriff nehmen, bei der Sie uns sehr nützlich sein könnten. Es gilt, eine Methode zu entwickeln, die ein aktives ›debugging‹ möglich macht, das heißt, Programme ständig zu überwachen und potentielle Fehlerquellen zu eliminieren. Ich werde speziell mit dieser Arbeit bei der NSA betraut sein. Die Abteilung, die ich in Zukunft leiten werde, beschäftigt sich darüber hinaus mit allgemeinen Forschungen, die sich im Rahmen

der in Ihrem Artikel dargelegten Problemkreise bewegen. Ich würde es begrüßen, wenn Sie sich für den Anfang an den Arbeiten der Prospective Commission beteiligen, die in die NSA integriert werden soll, sobald diese offiziell existiert.«
»Einen Augenblick, bitte. Die von Ihnen erwähnten Problemkreise werden also von meiner Behauptung, die Sie vorhin zitierten, zusammengefaßt?«
»So ist es. ›Dem sowjetischen Eindringen in die freie Welt Einhalt gebieten ...‹ Aber lassen Sie mich weiter ausführen: Jeden Mittwoch morgen kommt die Prospective Commission zusammen und untersucht die Folgen massiver Störungen von Systemen, die nicht durch Computerpannen – zumindest nicht durch offizielle Pannen – ausgelöst wurden, obwohl das durchaus möglich gewesen wäre. Wir haben beispielsweise jenen gigantischen Stromausfall untersucht, bei dem im Juli 1976 in New York die Lichter ausgingen; ebenso den Stromausfall letztes Jahr in Frankreich. Was die Verdoppelung der Rohölpreise im Jahr 1973 angeht, so wurde sie durch ein Modell ausgelöst, das der Studien- und Planungscomputer der OPEC in Wien erstellt hatte ... ein sehr schönes Beispiel, das unserer Beobachtung nicht entgehen konnte.«

Nachdem er das OPEC-Beispiel und die Panne in New York erwähnt hatte, wurde Brendan gewahr, daß Sally immer noch nicht beeindruckt war.
»Ich geb's auf, dir die Relevanz meiner Arbeit begreiflich zu machen«, sagte er und schnitt eine Grimasse. »Was hältst du davon, wenn wir noch etwas trinken?« Er wies auf ihre leeren Champagnergläser.
Sally nickte, und Brendan drehte sich um, um einen Kellner zu rufen. Da fiel sein Blick auf ein Porträt, das teilweise von einem Philodendronblatt verdeckt wurde.
»Sieh einer an!« sagte Brendan, »Robert Frost ... Ich wußte nicht, daß er Mitglied im Saint-Botolph war.«

»Aber ja!« rief Sally. »Kennst du Robert Frost?«
»Er ist einer meiner Lieblingsdichter:

Whose woods these are I think I know
His house is in the village, though
He would not mind me stopping here
To watch his woods fill up with snow.«[1]

»Nicht schlecht für einen vertrockneten Informatiker! Es gibt da einen verschneiten Wald, den ich dir eines Tages gerne zeigen möchte. Darin steht ein hübsches Landhaus, ein wahres Pionieranwesen, das mir gehört...«
»Liebste Freundin, ich bin zutiefst gerührt. Da der Kellner unauffindbar ist, gestatten Sie mir sicher, meine Rührung dadurch zu verbergen, daß ich Sie zum Tanzen auffordere, nicht wahr?«

---

1. Wem diese Wälder gehören, ich glaub' es zu wissen
Sein Haus steht in unserem Dorf
Er würde sich freuen, macht' ich hier Rast
Um zu sehen, wie seine Wälder füllt der Schnee

2. Kapitel

Neuilly-sur-Seine, 3. September 1983, 7 Uhr 30

Die Leichtigkeit, mit der sich Richard Thomas, kaum aus dem Schlaf erwacht, in die Lektüre einer Zeitung oder das Durcharbeiten kompliziertester Berichte vertiefen konnte, hatte seine Ehefrau stets erstaunt; doch Cynthia Thomas hatte selten genug Gelegenheit, ihr Erstaunen zu bekunden. Denn die Berufe, die Richard Thomas ausübte – er war CIA-Beamter und erst in zweiter Linie Pariser Korrespondent des »Newsmonth« –, brachten es mit sich, daß er häufig fern von Minneapolis schlief.

Er war aufgestanden, noch bevor seine Weckuhr zu summen begann. Er hatte die Vorhänge aufgezogen und einen verdrießlichen Blick hinaus in das graue, verregnete Dämmerlicht geworfen, daß über dem Garten der Villa lag. Dann hatte er sich, immer noch im Pyjama, an seinen Schreibtisch gesetzt.

In dem weitläufigen Haus war es noch still. Er fühlte sich in diesem der Botschaft gehörenden Gebäude sicherer als in der ›Festung‹ in der Avenue Gabriel.

Richard Thomas öffnete eine Schublade und nahm einen umfangreichen leinengebundenen Aktenordner heraus. Darin befanden sich einige kartonierte Mappen, die er nacheinander aufschlug. Er blätterte rasch die darin liegenden Papiere durch. Nach einer Weile nahm er sich bei seiner Lektüre jedoch mehr Zeit. Er hielt einen Stoß Blätter in der Hand, die alle den Briefkopf der National Software Agency trugen.

NATIONAL SOFTWARE AGENCY
Prospective Commission CONFIDENTIEL DEFENSE
Dossier Frankreich/Perspektiven

Streng geheim – 6 Exemplare

Was für Frankreich auf dem Spiel steht
»Frankreich genießt auf dem Gebiet der Software international einen ausgezeichneten Ruf. Unser Ziel muß es sein, dafür zu sorgen, daß uns unsere Kunden treu bleiben, damit wir der amerikanischen Herausforderung begegnen können. Dazu müssen wir alle uns zur Verfügung stehenden Mittel und Wege anwenden. Wir müssen unseren Partnern – insbesondere den französischsprachigen Ländern – verdeutlichen, daß die Software ein PHANTASTISCHER KULTURELLER VEKTOR ist. EDV-Programme vereinigen in sich die gesamte kulturelle Tradition eines Landes. Wir müssen hervorheben, daß Frankreich – im Gegensatz zum kulturellen Kolonialismus der USA – ein anderes Modell anbietet. Diese Fakten sind von der Regierung eindeutig erkannt worden, denn der Ministerrat hat kürzlich beschlossen, im Bereich des Außenhandels dem Export französischer Software den Vorrang zu geben.«
Pierre Fromentin, »Für eine Software-Politik«, in: En-Jeu, Februar 1983 (P. Fromentin ist persönlicher Referent des Forschungs- und Industrieministers.)

Perspektiven über eine mögliche Intervention der NSA
»Um unseren Vorschlägen mehr Gewicht zu verleihen, wollen wir auf eine Situation hinweisen, die der heuti-

gen sehr ähnlich ist. 1975 trat eine sowjetische Delegation mit dem Angebot an ›Air-France‹ heran, den alten UNIVAC-Computer zu kaufen, auf dem die französische Luftfahrtgesellschaft das bekannte Alpha 3-Programm entwickelt hat, das weltweit sämtliche Reservierungen für ›Air-France‹ abwickelt. Die Franzosen sahen in dieser Transaktion die Möglichkeit, ihre veraltete Hardware zu sehr günstigen Bedingungen abzustoßen, denn die Sowjets waren bereit, für den UNIVAC-Computer den Neuanschaffungspreis zu zahlen.
Da ›Air-France‹ der erste Kunde der amerikanischen Firma UNIVAC gewesen war, übte letztere – um der Fluggesellschaft eine Gefälligkeit zu erweisen – Druck auf Washington aus, damit die Regierung den Franzosen die erforderliche Exporterlaubnis erteilte. Ende 1975 war der Handel perfekt. Die Russen bezahlten nicht nur einen sehr hohen Preis, sondern auch in bar, was beweist, wie überaus dringend sie Computer benötigen.
Zwei Jahre später bat der Pariser ›Aeroflot‹-Direktor den Direktor der EDV-Abteilung von ›Air-France‹ um eine Unterredung. Diplomatisch verbrämt gab Anatolij Kasparow Maurice Daniel zu verstehen, daß die russischen EDV-Spezialisten in argen Rückstand geraten seien, was die Herstellung von Programmen für die ›Aeroflot‹ betrifft. Ohne nennenswerte Erfahrungen bei der Herstellung von leistungsfähiger Software, war den Russen bewußt geworden, daß sie frühestens in einigen Jahren Programme selber würden entwickeln können. Aus diesem Grund erkundigte sich Anatolij Kasparow bei seinem Gesprächspartner, ob die französische Fluggesellschaft möglicherweise bereit sei, das Programm Alpha 3 zu verkaufen.
Die Anfrage wurde an die Generaldirektion weitergeleitet, und der Präsident von ›Air-France‹ konferierte

diesbezüglich mit den höchsten staatlichen Stellen. Zuletzt wurde grünes Licht gegeben. Die Franzosen würden für teures Geld ihre Software in Moskau installieren. Die Russen übernahmen das gigantische Programm unverändert, denn die 152 Informatiker von ›Aeroflot‹ hätten mehr als zehn Jahre gebraucht, um die Millionen von Instruktionszeilen zu ›demontieren‹ und neu ›zusammenzusetzen‹.
Gegenwärtig wird zwischen denselben Ländern eine ähnliche Transaktion ins Auge gefaßt. Aus diesem Grund hat die Prospective Commission die Angelegenheit ›Air-France/Aeroflot‹ genauestens untersucht, um herauszufinden, in welcher Weise die Abteilung Operations des Offensive Software Applications Department hätte eingreifen können und welche Ergebnisse möglich gewesen wären...«

Richard Thomas unterbrach seine Lektüre, denn er kannte diesen Teil des Dossiers auswendig. Gleich würde es eine Sendung im Hörfunk geben, die er auf keinen Fall verpassen wollte. Automatisch überflog er die letzte Seite des Blätterbündels. Auf ihr stand die Liste der Empfänger des Dossiers:

Zwei Kopien an den Senior Vice-President, Verantwortlicher der Prospective Commission und des Offensive Software Applications Department: Clive Woodward;
eine Kopie an den Vice-President, Verantwortlicher des Service of Research and Development: Dr. Arthur McDonald;
eine Kopie an den Vice-President, Verantwortlicher des Service of Activation-Desactivation: Admiral John Eckelberry;
ein Original an das Archiv;
eine Kopie an den Verantwortlichen vor Ort und Mit-

telsmann der Central Intelligence Agency: Richard Thomas;
eine Kopie an den Verfasser des Berichts, Mitglied der Prospective Commission und verantwortlicher Référent: Dr. Brendan Barnes.

Paris, 8 Uhr 15

Der winzige elektronische Wecker spielte leise die Melodie von »La Cucaracha«. Françoise schlug die Augen auf und sprang, entgegen ihrer sonstigen Gewohnheit, mit einem Satz aus dem Bett. Auf dem Boden lag ein Morgenmantel, den sie aufhob und überstreifte, während sie hinüber zur Kochnische ging. Sie blieb kurz vor einem dreieckigen Spiegel stehen, um einen kritischen Blick – den ersten an diesem Tag – auf ihren hochgewachsenen festen braunen Körper zu werfen. Die Musik verstummte in dem Moment, als Françoise die elektrische Kaffeemaschine anstellte. Die ersten Tropfen begannen in die Glaskanne zu filtern, da stellte sich in einer anderen Ecke des Appartements ein Radiowecker automatisch an, und Ivan Levaïs Stimme fing an, durch den Raum zu dröhnen. Françoise lief barfuß zum Empfänger.
»Herr Minister, ich habe Sie heute morgen eingeladen, damit Sie unseren Hörern erklären, was es mit diesem berühmt-berüchtigten Informatikabkommen auf sich hat...«
Die Stimme wurde etwas leiser, als Françoise am Lautstärkeknopf drehte; dennoch ließ sie Ivan Levaï immer noch eine Spur zu laut weitersprechen.
»...für dessen Aushandeln die Sowjets heute nach Frankreich kommen. Schon heute morgen soll die sowjetische Delegation unter Leitung des Akademiemitglieds Fjodor Afanasjew eintreffen, um über den Kauf von sehr großen Computern des nationalen Wetteramtes sowie Software-

Programmen, die auf diesen Computern laufen, zu verhandeln. Was mir zunächst auffällt, ist die Tatsache, daß die CRAIG I-Computer amerikanischer Herkunft sind, die Software dagegen von französischen Informatikern entwickelt wurde...«

»Kikeriki!« machte Françoise und drückte auf den Aufnahme-Knopf des in den Radiowecker integrierten Cassettenrecorders.

»Damit unsere Hörer sich ein besseres Bild darüber machen können, was bei diesen Verhandlungen auf dem Spiel steht, möchte ich Ihnen drei Fragen stellen. Erstens: Wir werden den Russen Hardware liefern, die auf einem sehr hochentwickelten technologischen Stand ist – und demnach auch von strategischer Bedeutung. Steckt hinter diesem Vorhaben der Wille der französichen Regierung, den Transfer von Technologien zwischen Ost und West in verstärktem Maße zu betreiben?

Zweitens: Warum verkaufen wir der Sowjetunion gebrauchte amerikanische Computer? Wir besitzen eine eigene Informatik-Industrie, die den französischen Steuerzahler ziemlich viel Geld kostet; schließlich hat die Regierung erst kürzlich ein Finanzloch von zwei Milliarden Franc in den Kassen der Firma Bull gestopft. Bedeutet das vielleicht, daß unsere Informatik-Industrie nicht konkurrenzfähig ist?

Und nun zur dritten und letzten Frage: Ich möchte von Ihnen wissen, was bei diesen Verhandlungen – betrachtet man den augenblicklichen Zustand der sowjetischen Informatik-Industrie – tatsächlich auf dem Spiel steht. Ist es nicht ein wenig seltsam, daß wir ein solches Geschäft abschließen? Ich meine, einerseits will man verhindern, daß amerikanische Computer auf Umwegen in die Länder des Ostblocks gelangen, andererseits aber liefern wir den Sowjets höchst offiziell einen der leistungsstärksten Computer, die es zur Zeit gibt, und helfen ihnen somit, ihren Rückstand aufzuholen. Was steckt dahinter? Ist es die Präsenz von Kommunisten im Regierungslager, die Sie flexibler werden läßt? Und die Amerikaner, wie reagieren sie auf diese Transaktion?

Also noch einmal, meine erste Frage lautet: Sind Sie tatsächlich bestrebt, den Technologietransfer in den Osten zu unterstützen?«

Während der Journalist sprach, trank Françoise, die in die Kochnische zurückgegangen war, eilig eine Tasse Kaffee. Dann zog sie ihren Bademantel aus und trat an eine Stange, die zwischen den zwei hohen Fenstern des Appartements angebracht war. Sie begann, die Bänder ihrer Ballettschuhe zuzubinden, als die Stimme René Duvallons, des Ministers für Industrie und Forschung, ertönte. Die Hände fest um die Stange gelegt, straffte Françoise ihren Körper, und während die Spitze ihres rechten Schuhs eine Kurve in Richtung Nacken beschrieb, kräuselte ein spöttisches Lächeln ihre Lippen.

»Hören Sie, mein lieber Levaï, es geht doch hier nicht darum, in primitiven Antisowjetismus zu verfallen. Wir verhandeln heute über den Verkauf unseres Systems zur meteorologischen Analyse – unseres gesamten Systems, denn es handelt sich nicht nur um den Computer: wir verkaufen alles, was dazugehört. Die Intelligenz dieser Computer ist hundertprozentig französisch. Es darf nicht vergessen werden – und man kann es nicht oft genug wiederholen –, daß die Software mindestens ebenso wichtig ist wie die Hardware. Immerhin ist es die Software, die einem Computer die Leistungen ermöglicht, die man von ihm erwartet. Und Frankreich ist nun mal weltweit gesehen der zweitgrößte Exporteur von EDV-Programmen, hinter den USA. Uns liegt natürlich daran, diesen Platz zu behaupten. Glauben Sie mir, der Kampf auf diesem Gebiet ist gnadenlos. Wenn wir einen Trumpf in Händen halten, spielen wir ihn selbstverständlich aus...«

»Herr Minister, erlauben Sie eine Zwischenbemerkung. Ein Programm ist eine Sache, gewiß – aber es ist doch nicht alles! Sicher werden die Russen unsere Software dazu benützen, um das Wetter in Moskau oder Wladiwostok vorherzusagen. Doch wer garantiert Ihnen, daß sie diese Computer nicht auch zu militärischen Zwecken verwenden werden?«

»Darauf möchte ich unmißverständlich erwidern: wir verkaufen den Russen meteorologische Programme; es versteht sich von selbst und ist völlig ausgeschlossen, daß wir ihnen militärische Programme verkaufen. Weder heute noch in Zukunft.«

»Sie haben meine Frage nicht beantwortet. Es liegt doch durchaus im Bereich des Möglichen, daß die Russen militärische Programme mit Hilfe der Computer entwickeln, die wir ihnen liefern, oder nicht?«

»Wenn Sie nichts dagegen haben, kommen wir im Zusammenhang mit der dritten Frage auf diesen Punkt zu sprechen. Die Möglichkeit, die von uns gelieferte Software zu modifizieren oder damit gar neue Programme zu entwikkeln, ist äußerst begrenzt. Zum einen besitzen die Sowjets nicht unser Know-how, und andererseits ist das Entwickeln eines neuen Programms für sie noch Zukunftsmusik. Experten haben herausgefunden, daß allerhöchstens 150 Personen gleichzeitig an einem Programm mitarbeiten sollten. Bei einer höheren Zahl nehmen die Probleme des menschlichen Managements überhand, und die allgemeine Produktivität läßt nach. Das meteorologische Programm, das wir den Sowjets verkaufen, besteht aus etwa sechs Millionen Zeilen. Die durchschnittliche Kapazität eines Programmierers liegt bei dreißig Zeilen am Tag. Das hieße, die Russen bräuchten sechs Jahre und ein Team von 150 Programmierern – die noch dazu unseren Wissensstand haben müßten –, um ein gleichwertiges Programm zu erstellen. Aber nach sechs Jahren wäre ein Programm, das nach heutigen Plänen entwickelt worden wäre, völlig veraltet; wir arbeiten nämlich bereits heute an Programmen, die erst in sechs Jahren funktionsfähig sein werden. Außerdem darf man nicht vergessen, daß die durchschnittliche Lebensdauer der Hardware fünf Jahre beträgt. Sie sehen also, daß der Rückstand der Sowjets auf dem Gebiet der Software nicht aufholbar ist. Wollen sie unsere Hardware benutzen, so müssen sie zwangsläufig auch unsere Software benutzen. Das Risiko, daß die von uns verkaufte Hardware zu anderen Zwecken mißbraucht werden könnte, ist, wie Sie sehen, äußerst gering.«

»Es sei denn, die Russen verschaffen sich anderweitig Software...«

»Gewiß. Aber was uns betrifft – und ich wiederhole es noch einmal –, steht es außer Frage, daß wir den Sowjets jemals Software verkaufen, die nichtmeteorologischen Zwecken dient.«

»Also gut... Nun zur zweiten Frage: Warum verkaufen wir ihnen keine französische Hardware?«

Françoise saß im Schneidersitz unter der Stange und schnappte nach Luft. In der Nacht hatte sie böse Träume gehabt: Bilder von der Elendshütte in Saint-Pierre, am Fuße der Montagne Pelée, wo sie ihre Kindheit verbracht hatte. Die Insel Martinique, ein Paradies für Touristen... Françoise lachte bitter. Sie hatte auch von ihrem Vater geträumt. Es hätte ihn stolz gemacht, sie heute in diesem luxuriösen Appartement leben zu sehen; allerdings wäre sein Ehrbarkeitsgefühl wahrscheinlich durch die Bilder an den Wänden und die Einrichtung der Wohnung verletzt worden. Françoise gab sich einen Ruck. Sie gehörte nicht länger dieser traurigen und beschwerlichen Vergangenheit an.

»Mein lieber Levaï«, sagte Duvallon, »die Amerikaner bauen die größten Computer der Welt. Um Ihnen eine Vorstellung von der Größenordnung zu geben, will ich Ihnen ein Beispiel nennen. Die Sowjets bauen heute die

ELORGS. Die leistungsstärksten unter diesen Computern haben eine Kapazität von 1 MIPS, das heißt, sie können eine Million Instruktionen per Sekunde ausführen. Die Amerikaner dagegen erreichen mit ihren Computern, beispielsweise dem CRAIG, 50 MIPS. Unsere Stärke liegt in der Software, und darum ist es auch die Software, die wir verkaufen ...«
Gut pariert, dachte Françoise, René ist in Form. Er bringt viele technische Details, um zu beweisen, daß er ganz genau im Bilde ist, und der Frage nach der französischen Informatik, die den Steuerzahler viel Geld kostet, weicht er geschickt aus ...
»Lassen Sie uns offen miteinander reden, Herr Minister«, meinte Ivan Levaï hartnäckig. »Welche Hintergedanken haben Sie, wenn Sie der Sowjetunion auf solche Weise helfen? Sind Sie sicher, daß die Amerikaner dieser Transaktion ohne weiteres zustimmen werden? Und wenn ja, warum?«
»Ich kann nicht hellsehen und Ihnen demnach auch nicht sagen, was in den Köpfen der Amerikaner vorgeht. Was wir anstreben, ist eine weltweite Festigung der Position unserer Informatik-Industrie, bevor auch die Japaner auf den Markt drängen. Das wird voraussichtlich 1986 der Fall sein. Was die Zustimmung der Amerikaner angeht, so haben wir allen Grund zur Annahme, daß wir sie erhalten werden. Übrigens, eine Gruppe amerikanischer Experten wird heute in Paris eintreffen. Diese Spezialisten werden jene Programme unter die Lupe nehmen, die wir den Sowjets liefern wollen, um zu überprüfen, daß es sich dabei nicht um Software handelt, die von strategischer Bedeutung ist.«
»Finden Sie nicht, daß es für Frankreich beschämend ist, Programme französischer Konzeption von Amerikanern kontrollieren zu lassen?«
»Wir sind Mitglied des COCOM, der internationalen Organisation, die darüber wacht und verhindern soll, daß Exporte stattfinden, die das Militärpotential der Ostblock-

staaten stärken könnten. Frankreich ist eine Nation, die sich ihrer Verantwortung bewußt ist und die Grundsätze der Organisationen respektiert, deren Mitglied sie ist, ob es sich nun um die Europäische Gemeinschaft handelt oder das COCOM. Unsere Souveränität wird dadurch nicht im mindesten angetastet. Es ist eine einfache Formalität, die absolut notwendig ist, wenn wir in der großen Informatikschlacht einen Sieg davontragen wollen. Es handelt sich um ein Rendezvous mit der Zukunft, das Frankreich auf gar keinen Fall verpassen darf.«

»Herr Minister, ich danke Ihnen für dieses Gespräch.«

Françoise erhob sich, um das Radio abzustellen, dann löste sie die Bänder ihrer Schuhe. René hatte sich im großen und ganzen gut aus der Affäre gezogen; besonders bei der letzten Frage, als es um die Souveränität Frankreichs ging. Françoise kannte sich in dieser Problematik aus. Sie hatte für den Senator, dessen Parlamentsassistentin sie war, ein Dossier über »Territoriale Anwendung amerikanischer Rechtsvorschriften und Export hochentwickelter Technologien« zusammengestellt. Duvallon hatte ihr eine Menge Informationen geliefert, die für den Nationalstolz nicht gerade sehr schmeichelhaft waren.

Da gab es zunächst diese der französischen Öffentlichkeit kaum bekannte Organisation, das Coordinating Committee on Export Controls – kurz COCOM –, innerhalb der die USA eine dominierende Rolle spielten. Das COCOM, gegründet 1950 während des Koreakrieges, setzte sich aus den Mitgliedsländern der NATO (mit Ausnahme Irlands) und Japan zusammen. Doch abgesehen von der Kontrolle durch diese internationle Organisation unterliegt der Export von Hard- und Software zusätzlich noch unmittelbar den amerikanischen Gesetzen über die Ausfuhr von Produkten hochentwickelter Technologie. Das Besondere an diesen Gesetzen ist, daß sie »extraterritorial« sind, das heißt, sie können nicht nur in den USA, sondern überall auf der Welt angewendet

werden. Sie ermöglichen es amerikanischen Gerichten, jede in Frankreich wohnhafte Person – einschließlich französischer Staatsbürger – sowie jede französische Firma, die diesen Gesetzen zuwiderhandelt, zu verurteilen. Die Souveränität des französischen Staates erstreckt sich allein auf den Umstand, daß die Urteile amerikanischer Gerichte nicht in Frankreich vollstreckt werden können; allerdings können diese eine Beschlagnahme sämtlicher in den USA befindlicher Güter von Personen oder Firmen veranlassen und selbige Personen oder leitende Angestellte verurteilter Firmen verhaften, sobald diese amerikanischen Boden betreten. Darüber hinaus beinhalten sämtliche Verträge über den Kauf von Computern oder hochentwickelter Software – was eindeutig auf den CRAIG-Computer zutrifft, den die Franzosen von den Amerikanern erworben und anschließend an die Russen weiterverkaufen würden – eine Klausel, die den Käufer daran gemahnt, daß die Ware amerikanischer Gerichtsbarkeit unterliegt und nur unter der Bedingung geliefert wird, daß er die Bestimmungen respektiert. Klauseln dieser Art sind absolut rechtsgültig, denn »der öffentlichen Ordnung Frankreichs nicht entgegenstehend«. Die USA könnten durchaus – auf dem Weg über die französische Justiz – Besitzer amerikanischer Computer dazu zwingen, ihre Kontrakte zu respektieren, das heißt, sich der Export Control Act und möglichen Embargoentscheidungen der amerikanischen Regierung zu beugen.
Françoise drehte die Dusche auf und versuchte sich vorzustellen, was Duvallon geantwortet hätte, wäre ihm von Ivan Levaï folgende Frage gestellt worden: »Stimmt es, daß auf dem Gebiet der Informatik französische Gerichte französische Staatsbürger dazu zwingen können, amerikanischen Gesetzen Folge zu leisten?« Sie hatte kaum begonnen, sich einzuseifen, als das Telefon klingelte.
»Wo steckst du denn?« fragte Duvallon, als sie endlich abhob. »Ich lasse es seit mindestens zehn Minuten läuten.«

»Fünf! Ich war unter der Dusche. Fängst du schon wieder an, mich zu verhören?«
»Entschuldige, mein Liebling. Ich hatte es eilig, deine Meinung zu erfahren. Wie war ich? Du hast mich doch gehört?«
»Ich hab dich sogar aufgenommen. Du sagst zu oft ›absolut‹, doch davon abgesehen warst du perfekt.«
»Ist das auch wahr? Sagst du das nicht nur, um mir zu schmeicheln?«
»Aber nein! Du hast es sehr gut verstanden, den heiklen Fragen auszuweichen. Ein echter Mann der Medien! Du wärst ein phantastischer Premierminister ...«
»Mach dich bitte nicht über mich lustig ... So, ich muß jetzt Schluß machen. Bevor ich die Russen empfange, muß ich noch auf einen Sprung ins Ministerium. Heute abend können wir uns leider nicht sehen, ich gebe ein Essen für die Delegationsleiter ... Ich rufe dich morgen wieder an. Ich liebe dich.«
Françoise legte auf, nachdem sie Duvallon versichert hatte, ihn ebenfalls zu lieben.

Französischer Luftraum, 11 Uhr (französische Zeit)

Julia lehnte das Angebot der Stewardeß lächelnd ab, doch Afanasjew, der neben ihr saß, nahm ihr bereitwillig zum dritten Mal ein Tablett mit Blinis, Lachs, einem Becher Sahne und einem Schüsselchen Kaviar auf Eis ab. Kaum eine Viertelstunde, nachdem die Tupolew 154 vom Flughafen Scheremetiewo abgehoben hatte, begann das Bordpersonal bereits, die offizielle Delegation, die die vorderen acht Plätze in der ersten Klasse belegte, dienstbeflissen zu bedienen. Und seitdem ließen die Stewardessen nicht nach, die Genossen von der Akademie der Wissenschaften und des Außenhandelsministeriums mit Speis und Trank zu versorgen. Als Afanasjew Julias amüsierten Seitenblick bemerkte,

sagte er, die Hände ausbreitend: »Ich weiß ja, es verstößt gegen meine Diät, aber ich kann sie nur in Moskau durchhalten. Der sozialistische Wettstreit zwischen den schwergewichtigen Genossen vom Zentralkomitee, der in der Kantine in der Nikitnikowstraße stattfindet, hilft mir, das kalorienarme Essen zu verkraften ... Du wirst aber doch wenigstens mit mir anstoßen?« fragte er und wies auf den Sektkübel, der zwischen ihnen stand.
»Auf das Gelingen unserer Mission!« antwortete Julia und hielt ihm ihren Sektkelch hin.
Julia, schön wie nie zuvor und in ein schlichtes blaues Kostüm und eine weiße Bluse gekleidet, bildete einen überraschenden Kontrast zu ihrem Nachbarn. Grobschlächtig, mit den Händen eines Holzfällers, einem breiten Stiernakken, kleinen wachsamen Augen, die sich in einem vor Fett aufgeschwemmten Gesicht verloren, weckte Afanasjew in Julia stets sich widerstreitende Gefühle. Sie empfand eine gewisse Befangenheit in der Nähe dieses Mannes, der mit einer einfachen Unterschrift Karrieren zerstören oder bis in höchste Ämter fördern konnte – was er auch ausgiebig tat. Doch gleichzeitig brachte sie ihm eine große Bewunderung entgegen, denn er war auch ein Mann, der Großes vorhatte ...
Was die Computerisierung der UdSSR anging, so stimmten Julia und Afanasjew völlig überein.
Der Rückstand der Sowjetunion auf dem Gebiet der Hardware hatte unabsehbare Folgen auf dem der Software. Dank der Perfektion ihrer Geheimdienste, war es den Sowjets zwar möglich, die Fortschritte des Westens im Bereich der Herstellung von Computern einigermaßen nachzuvollziehen, doch sah das Bild ganz anders aus, wenn es darum ging, diese auch sinnvoll einzusetzen. Der ES 1060, mit dem Julia arbeitete, ähnelte den IBM-Computern der zweiten Generation – so wie auch die Tupolew 51 der Concorde ähnelte. Mochten die Sowjets auch in der Lage sein, diese

Maschine, einmal gebaut, zu fliegen, so bereitete ihnen im Fall der Computer der technologische Rückstand doch arge Probleme. Es fehlte an hochqualifizierten Fachleuten, am Know-how und an finanziellen Mitteln für Entwicklungsprogramme. Der Graben, der sich zwischen den Software-Kapazitäten des Westens und der UdSSR auftat, war um so beunruhigender, da das Prinzip der völligen Zentralisierung, das in der gesamten Sowjetwirtschaft Anwendung fand, die Konsequenzen eines Versagens der Software nur noch verschlimmerte. Im Raumfahrt- und Militärbereich, Gebiete, auf die der Sowjetstaat alle Anstrengungen konzentrierte, waren die Ingenieure in der Lage, extrem komplexe Programme zu entwickeln; im Kommuniktions- und Verwaltungssektor jedoch hatte die UdSSR einen Rückstand, der genaugenommen von Tag zu Tag immer größer wurde. Um gegen diese Entwicklung zu Felde zu ziehen, befürwortete Julia, ebenso wie Afanasjew, daß ein Höchstmaß an Software im Ausland erworben wurde. Ihnen lag so sehr an dem Vertrag, zu dessen Unterzeichnung ihre Delegation nach Frankreich reiste, weil er gleichermaßen den Kauf des CRAIG I als auch den Erwerb der dazugehörigen Software beinhaltete. Afanasjew lächelte, als er sein Sektglas abstellte. »Wir müssen uns auf großes Mißtrauen von seiten mancher Kreise der französischen Regierung gefaßt machen. Nun ja, die Geschichte mit dem Computer, der für die Olympischen Spiele gekauft worden war und in den Räumlichkeiten des Staatssicherheitsdienstes wieder auftauchte, hat im Westen begreiflicherweise eine unangenehme Erinnerung hinterlassen ...«
»Unser Freund wird seine Arbeit schon erledigen«, sagte Julia und blickte hinüber zu dem KGB-Agenten der Delegation, der auf der anderen Seite des Ganges saß. »Allerdings glaube ich kaum, daß seine Behörde sich sehr für den CRAIG I interessiert.«
Afanasjews Lächeln verschwand.

»Meine liebe Julia«, sagte er und legte seine Hand auf die ihre, »ich habe den Eindruck, daß Sergej Sie über die Stimmung, die im KGB vorherrscht, schlecht informiert hat. Die Computerisierung des Landes ist zwischen den Anhängern Andropows und der alten Breschnew-Garde, die gegen alles ist, was ihrer Meinung nach den Spezialisten auf Kosten der Politiker zuviel Macht in die Hände gibt, zu einem enormen Streitobjekt geworden.«

»Dabei habe ich das Gefühl, die Politiker wären gut beraten, würden sie bei den Fachleuten ein wenig in die Lehre gehen. Man braucht sich ja nur den Zustand unserer Wirtschaft anzuschauen...«

Afanasjew lachte.

»Na, na, mein schönes Kind, du klingst ja wie eine Dissidentin! Wie du weißt, stimme ich mit Andropows Zielen voll und ganz überein: Modernisierung, mehr Verantwortlichkeit, weniger Schlamperei, gleichzeitig auch eine Liberalisierung, die Eigeninitiativen fördert – in einem gewissen Umfang, versteht sich... Allerdings wird mich nichts davon abhalten, die Linie seiner Gegner zu unterstützen, falls *sie* es sind, die das Rennen machen. Da ich weiß, daß uns unser Sinn für historische Entwicklungen und die Gesetze des geschichtlichen Materialismus zugute kommt, ist es im Grunde gleich, welche politische Linie momentan den Sieg davonträgt.«

»Was bist du doch für ein Opportunist!« sagte Julia scherzhaft und zog ihre Hand fort.

»Keineswegs – so etwas nennt man einen taktischen Rückzug durchführen..., genau wie du es eben getan hast. Hör mir gut zu, Julia«, fügte Afanasjew dann mit ernster Stimme hinzu, »du darfst nie vergessen, daß du solch freimütige Unterhaltung nur mit mir führen darfst. Die Ehrlichkeit ist eine vorsichtig zu handhabende Waffe.«

»Die Ehrlichkeit eine Waffe? Ich dachte immer, sie sei eine menschliche Qualität«, sagte Julia und gab vor, sich über

den Zynismus ihres Gesprächspartners zu wundern. »Es gibt ehrliche Menschen, genau wie es gute Programme gibt; und es gibt Lügner, genau wie es schlechte Programme gibt.«
»Typisch kleinbürgerlicher Standpunkt«, bemerkte Afanasjew und schenkte die Sektgläser voll.

Flughafen Roissy II, 11 Uhr 30

Brendan Barnes nahm seinen Paß von dem Beamten des Luft- und Grenzschutzes entgegen und steckte ihn in seine Jacke. Richard Thomas trat auf ihn zu. Er war ein hochaufgeschossener Hüne von fast zwei Metern, mit blauen Augen und rötlichem Haarschopf. Die Lehrerbrille und der zerknitterte Mantel unterstrichen das von ihm kultivierte Äußere des Pariser Korrespondenten einer großen amerikanischen Zeitschrift.
Die beiden Männer gaben sich die Hand.
»Na, hat die Ratte endlich ihr Loch verlassen?« fragte Thomas freundlich.
»Aber Richard, ich gehöre doch schon seit mehreren Monaten nicht mehr zu den ›Rats‹!«
Die beiden Männer waren sich zum ersten Mal vor einem Jahr im Souterrain der NSA begegnet und hatten sich auf Anhieb gut verstanden. Innerhalb eines Jahres hatte sich die National Software Agency kolossal ausgeweitet und eine neue Abteilung hinzugewonnen: die OSAD, die der direkten Führung von Clive Woodward unterstand. Nachdem das von ihm und Brendan Barnes geleitete Team eine Methode zum Aufspüren unbeabsichtigter Programmfehler – sogenannter »bugs« – entwickelt hatte, wandte es sich sehr schnell der Erforschung einer Technik zum Einbau gewollter Fehler zu. Von Anfang an hatte Clive Woodward mit diesem Hintergedanken gespielt, schon an jenem Tag, als er Brendan Barnes in sein Büro bestellt hatte.

Richard Thomas war sozusagen aus nächster Nachbarschaft zur NSA gekommen, denn das Institut hatte seinen Sitz in McLean, einem Vorort von Washington, in dem auch die Zentrale der CIA arbeitete. Zu dem Zeitpunkt, als Richard und Brendan sich kennenlernten, arbeitete letzterer beim SRD, dem Service of Research and Development, einer Unterabteilung der NSA. Die Angestellten dieser Abteilung, betraut mit der Entwicklung von Techniken zum Einbau gewollter Fehler und ständig in den futuristisch anmutenden Untergeschossen des Instituts eingeschlossen, hatten von ihren Kollegen den Spitznamen »Rats« erhalten. Diese Bezeichnung wurde im übrigen später offiziell übernommen, denn sie bildete die Initialen auf einem neuen Siegel: Research And Technic Service.

Zur Zeit arbeitete Brendan außerhalb des Instituts und war für die Dauer seiner Mission den direkten Anweisungen Richard Thomas unterstellt. Seine Sachkenntnisse waren für das Gelingen des Vorhabens von essentieller Wichtigkeit. Nachdem sie die üblichen Begrüßungsfloskeln gewechselt hatten, nahm Thomas' Stimme tatsächlich den Tonfall eines Vorgesetzten an.

»Heute abend«, sagte er zu Brendan, »werde ich Sie mit jemandem bekannt machen, der uns sehr nützlich sein wird. Ein Informant, der sehr nah an den Quellen sitzt...«

»Weiß dieser Informant, für wen er arbeitet?«

»Nein. Ich habe dieser Person vorgeschlagen, eine Reportage über Frankreichs Politik auf dem Gebiet der Informatik zu schreiben und ihr versprochen, daß sie im ›Newsmonth‹ veröffentlicht wird. Diese Person ist ziemlich unzufrieden mit ihrer jetzigen beruflichen Tätigkeit und träumt davon, Auslandskorrespondent zu werden. Aus diesem Grund auch hat sich mein Informant sofort bereit erklärt, mir hilfreich zur Seite zu stehen. Ich habe ihm erzählt, daß mein Freund Brendan Barnes, Mitglied der Kontrollkommission des COCOM, ein paar vertrauliche Informationen benötigt...«

»Wie lautet also der Tagesbefehl?«
»Wir müssen Genaueres über die Absichten der Franzosen herausbekommen, ebenso über den Stand ihrer Kenntnisse über ›bugging‹ und ›debugging‹ und über die Art und Weise, wie sie es anstellen wollen, den Computer in der UdSSR zu warten, wenn er erst einmal in Krasnojarsk installiert ist.«
Sie näherten sich den Fahrstühlen, die zu den Parkplätzen führten, und waren bald vom Stimmengewirr der anderen eben eingetroffenen Reisenden umgeben, die denselben Weg einschlugen.
Auf dem Parkplatz angelangt, stiegen sie in einen kleinen schwarzen Renault, an dessen Steuer sich Brendan setzte. Erst als sie die Autobahn in Richtung Paris befuhren, ergriff Thomas wieder das Wort:
»Ich habe vorübergehend eine andere Adresse. Ich werde Ihnen die neue Nummer geben, unter der Sie mich erreichen können. Man hat uns dahingehend informiert, daß ein Wiederaufleben terroristischer Aktivitäten, die gegen uns gerichtet sind, zu befürchten steht.«
»Der Nahe Osten?«
»Nein, diesmal scheint es aus der Karibik zu kommen. Den Splittergruppen, die dort aktiv sind, hat unsere Invasion auf Grenada offensichtlich nicht gepaßt. Steigen Sie nicht im Hotel ›Concorde Lafayette‹ ab, wie Sie es sonst tun. Meiner Ansicht nach ist die Gefahr zwar äußerst gering, aber was wir vorhaben, ist immerhin doch so wichtig, daß wir möglichst kein Risiko eingehen sollten.«

Paris, 21 Uhr 30

In einem Salon im ersten Stock des herrschaftlichen Stadthauses der Duvallons war eine festliche Tafel gedeckt worden. Die Gobelins, die seine Wände schmückten, brachten

die Konversation in Gang, in deren weiteren Verlauf Virginie Fromentin, die Frau des persönlichen Referenten, von der sowjetischen Delegierten wissen wollte, ob man sie Julia Woronkow oder Woronkowa nennen müsse. Letztere erklärte ihr, daß in der Sowjetunion seit kurzem Tendenzen bestünden, dem Westen nachzueifern, indem man die weibliche Endung des Familiennamens wegließ.
»Das ist nicht das einzige Gebiet, auf dem Modernität und Nachahmung des Westens miteinander verschmelzen«, bemerkte Duvallon, der es eilig hatte, seine Gäste auf weniger belangloses Terrain zu manövrieren.
Afanasjew lachte schallend, woraufhin die anderen Gäste sich peinlich berührt ansahen. Julia Woronkow rettete die Situation, indem sie sagte: »Sie sprechen damit sicherlich die Informatik an, nicht wahr? Aber Sie irren mit Ihrer Meinung. Wir ahmen den Westen nicht nach. Es wird eines Tages ein sowjetisches Informatikmodell geben, ebenso wie wir ein Industrialisierungsmodell und ein Landwirtschaftsmodell gehabt haben. Der CRAIG I wird uns dabei behilflich sein.«
Während die sowjetische Beauftragte sprach, ließ Duvallon Afanasjew nicht aus den Augen. Die beiden Abgesandten sprachen von dem Kauf, als wäre der Vertrag bereits unter Dach und Fach. Nach den Unterredungen am heutigen Nachmittag waren sie in ihre Botschaft gefahren und hatten dort offensichtlich aus Moskau die endgültige Zustimmung erhalten. Die Unterzeichnung des Vertrags war für sie nur noch reine Formsache.
Duvallon entspannte sich, und er bemerkte, daß er den Faden der Unterhaltung verloren hatte. Seine Frau war wieder auf das Thema Gobelins zurückgekommen.
»Ich weiß nicht«, sagte Madame Duvallon, »ob sich ästhetische Werturteile mit der Haarspalterei wissenschaftlichen Geistes vereinbaren lassen. Ich jedenfalls finde, daß sich ein Kunstwerk ohne jede Erklärung den Sinnen erschließen

muß, ganz natürlich, so wie eine Frau, die sich ihrem Liebhaber hingibt.«

Auf französischer Seite machte sich betretenes Schweigen breit. Afanasjew grinste übers ganze Gesicht, während er sich ein Fischsoufflé zu Gemüte führte. Julia schien mit ihren Gedanken woanders.

Plötzlich fiel Duvallon ein, daß es heute, am 3. September, etwas zu feiern gab, daß seine Frau und er gemeinsam etwas zu feiern hatten . . .

Er mußte unbedingt etwas unternehmen. Räuspernd wandte er sich an seine Frau: »Sie sind heute abend wirklich in Hochform, meine Liebe.« Dann drehte er sich zu Afanasjew um und sagte: »Ich bin im Besitz eines äußerst seltenen Dokuments: ein Foto von Lenin, aufgenommen während seines Exils in der Schweiz. Mein Vater spielte einst mit Lenin Schach im ›Cabaret Voltaire‹.«

Afanasjew legte seine Gabel hin, wischte sich mit der Serviette über den Mund und meinte: »Wie interessant! Wenn Sie mir das Foto nachher zeigen möchten . . .«

»Ich gehe es holen«, verkündete der Minister und erhob sich eilig. »Entschuldigen Sie mich bitte, es dauert nur eine Minute.«

Duvallon ging hinüber ins Nebenzimmer, das vom Salon nur durch eine einfache Portiere getrennt wurde. Er trat ans Telefon und wählte eine Nummer. Als am anderen Ende der Leitung abgehoben wurde, preßte er seine Lippen gegen die Sprechmuschel, die er mit der linken Hand verdeckte, und flüsterte: »Françoise?«

»Ja?« fragte eine weibliche Stimme.

»Françoise, Liebes, ich hatte solche Sehnsucht danach, dich zu hören.«

»Kannst du nicht lauter reden?«

»Nein!« entfuhr es ihm. Dann wieder ganz leise: »Nein, Françoise . . . Du fehlst mir, weißt du das?«

»Was ist denn los? Bist du nicht allein?«

»Natürlich nicht! Würde ich mich sonst so merkwürdig verhalten?«
»Ich weiß nicht – manchmal bist du schon seltsam.«
»Seltsam ist nur, daß ein vertrockneter, weißhaariger Tattergreis, wie ich es bin, sich noch wie ein Gymnasiast verlieben kann. Hast du was an?«
»Nein – ich bin splitternackt, und drei Männer streiten sich um meinen Körper.«
»Françoise, mach dich doch nicht über mich lustig ...«
»Ach, René, du weißt sehr gut, daß ich um diese Zeit noch nicht im Bett liege. Natürlich habe ich was an.«
»Ich muß genau wissen, wie du herumläufst, um dich mir besser vorstellen zu können, das weißt du doch. Es ist idiotisch, aber es ist nun mal so ...«
»Ich trage die Schuhe aus rotem Eidechsenleder, die du mir geschenkt hast, und mein weißes Kleid von Patou. Aber ist das alles, was du mir zu sagen hast? Wie läuft's mit den Russen?«
»Alles bestens. Moskau ist offenbar einverstanden.«
»Das ist ja wunderbar! Jetzt bist du sicher sehr zufrieden?«
»Ach, weißt du, nach zwanzig Jahren Politik reißt einen so leicht nichts mehr vom Hocker. Dieser blöde Hochschulheini, den man mir als persönlichen Referenten vor die Nase gesetzt hat, der ist ganz gewiß zufrieden ... Hör mal, ich muß mich wieder um meine Gäste kümmern, aber vorher möchte ich dich noch um einen Gefallen bitten. Ich brauche eine Geburtstagstorte.«
»Wie bitte? Was sagst du da? Bist du betrunken?«
»Nein, verdammt nochmal! Hör zu, heute ist unser 30. Hochzeitstag. Meine Frau scheint der Auffassung zu sein, daß man das feiern muß. Ich hatte es völlig vergessen ... Mach einen Feinkosthändler ausfindig und laß ihn unverzüglich eine Torte liefern.«
»Ich hab' keine Ahnung, wo ich um diese Zeit noch einen Feinkosthändler auftreiben soll ...«

»Aber ja doch, es gibt sicher Geschäfte auf den Champs-Elysées oder in Saint-Germain, die noch geöffnet haben. Beeil dich, bitte! Oh – und einen großen Blumenstrauß auch noch, wenn das möglich ist...«
»Also schön, einverstanden. Sonst noch was? Soll ich dir nicht auch gleich deine Zigarren besorgen? Oder vielleicht die Abendzeitung?«
»Bitte, sei nicht beleidigt. Ich rufe dich wieder an, sobald ich kann.«
»Ist gut – aber bitte nicht zu spät.«
Scheiße, dachte Duvallon, sie ist wütend.
Dann nahm er ein altes, unter Glas gerahmtes Foto von der Wand.

Françoise legte auf.
»Er meint, alles läuft bestens«, teilte sie Brendan und Thomas mit.
Während des Telefongesprächs hatte sie die beiden Männer auf eine Art angesehen, die sie davon abgehalten hatte, zu grinsen.
Als sie den Hörer auflegte, saß sie auf der Kante ihres weißen Schreibtisches. Sie schlug die Beine übereinander, und Brendan konnte deren wohlgeformte Konturen bis hinauf zur Hälfte der Schenkel bewundern.
»Ich muß ein paar Anrufe erledigen«, erklärte sie den zwei Amerikanern. »Wenn Sie sich bitte einen Moment unten gedulden wollen... Sie finden dort eine Bar – bedienen Sie sich ruhig.«
Thomas und Brendan stiegen von der Galerie hinunter, wo sie mit Françoise standen, als das Telefon geklingelt hatte. Das Besondere an dem Appartement der jungen Frau war, daß man durch die Wohnungstür auf eine Art Galerie gelangte, von der aus man in einen riesigen Raum – den einzigen – mit hohen Fenstern blicken konnte, die sich auf den im Marais-Viertel gelegenen Square des Guillemites

öffneten. Die beiden Männer setzten sich an eine Theke aus weißem Schleiflack, die mit roten Streifen verziert war. Thomas schenkte zwei Scotch ein.
Von seinem Platz aus konnte Brendan von der Galerie nur noch die Stäbe des Geländers sehen, hinter denen die Knöchel und Waden von Françoise ungeduldig hin und her schwangen. Sie stritt am Telefon mit einem Feinkosthändler und versuchte, ihn dazu zu bewegen, auf der Stelle eine Torte in die Villa de Montmorency im 16. Arrondissement zu liefern.
Brendan Barnes hatte natürlich nicht ahnen können, was ihn erwarten würde, als Thomas von seinem »Informanten« gesprochen hatte. Das gemeinsame Abendessen mit Françoise in einem Restaurant in der Nachbarschaft hatte nicht sehr lange gedauert, denn sie hatte ihnen zu verstehen gegeben, daß sie warten wolle, bis sie wieder zu Hause waren, um ernsthaft mit ihnen zu reden. Françoise mit ihren feinen Gesichtszügen, dem langen geschmeidigen Körper und der zimtfarbenen Haut, die einen zum Liebkosen verführte, war in Brendans Augen eine bezaubernde Antillenschönheit. Er warf seinem Begleiter einen verstohlenen Blick zu. Für Thomas war sie offensichtlich nur eine Informantin.
Der Feinkosthändler blieb allem Anschein nach stur, denn Françoise knallte den Hörer auf die Gabel und wählte gleich eine andere Nummer. Brendan sah hinunter auf den Platz vor dem Haus. Hier in diesem Viertel hatte sich die Spur der Attentäter aus der Rue des Rosiers verlaufen, war eines der blutigsten und geheimnisvollsten Kapitel des Terrorkrieges zu Ende gegangen. Dieser Zufall schien Brendan äußerst denkwürdig. Ihn hatte man zu den Fahnen gerufen, damit er einen ganz anderen Krieg kämpfte, einen Krieg, der ebenso verschwiegen geführt wurde wie der der Geheimdienste – allerdings ohne Blutvergießen, ohne den Lärm von Waffen und das Schreien der Opfer: ein paradoxer Krieg, denn er war bedeutend wirkungsvoller, zerstörerischer, lautloser ...

Françoise legte wieder auf und wählte sofort eine dritte Nummer. Richard Thomas trank seinen Scotch aus.
»Ich verschwinde jetzt«, sagte er leise zu Brendan. »Sie kommen auch ohne mich zurecht. Stellen Sie ihr ein paar Fragen über die Wartungsteams des CRAIG. Es muß uns gelingen vorauszusehen, wie die Franzosen auf unsere Initiative reagieren werden. Sehen wir uns morgen um 10 Uhr in ›Harry's Bar‹?«
»Einverstanden.«
Thomas stieg die Wendeltreppe aus grünem Metall empor zur Galerie und lief an Françoise vorbei, die gerade mit einem Blumenhändler verhandelte, den sie aus dem Bett geklingelt hatte. Da das Gespräch sehr angeregt verlief, winkte sie nur kurz zum Abschied, als der Amerikaner die Wohnung verließ.
Brendan leerte sein Glas und schenkte sich wieder ein. Die Debatte am Telefon dauerte noch eine geraume Weile, doch endlich legte Françoise auf. Sie hatte dem Floristen eine astronomische Summe in Aussicht gestellt – und ihm damit das Versprechen abnehmen können, sofort einen riesigen Blumenstrauß zu Monsieur Duvallon zu bringen. Brendan bewunderte Françoises Überredungskunst – und noch mehr die Bewegung ihrer Beine, als die junge Frau von der Tischkante rutschte, auf der sie bis dahin gesessen hatte. »Das wäre erledigt!« rief sie Brendan von oben zu. »Jetzt stehe ich Ihnen zur Verfügung ...«

Afanasjew lud sich gerade den Rest der »Bavaroise au Cointreau« auf seinen Teller, als der Blick des Ministers dem von Julia begegnete. Er zwang sich, ihr eine höfliche Frage zu stellen, und sie erwiderte im gleichen höflichen Tonfall. Doch mochte die junge Frau auch lächeln, der Ausdruck in ihren Augen blieb kalt wie Eis. Duvallon fühlte sich in ihrer Gegenwart nicht sehr wohl. Es fiel ihm nicht schwer, Afanasjew einzuordnen, denn unter der etwas brutalen rauhen Schale steckte ein sehr kompetenter Mann, der durchaus berechenbar war; diese Julia Woronkow dagegen... Alle gingen hinüber in den Salon, wo der Kaffee serviert wurde. Als die Konversation zu versanden drohte, hüstelte der Minister und fragte, dabei sehr offiziell klingend: »Monsieur Afanasjew und Madame Woronkow, dürfte ich Sie für ein paar Minuten zu einer Unterredung in mein Büro bitten? Auch Sie, Monsieur Fromentin. Ich habe heute abend mit dem Premierminister gesprochen und ihm erklärt, wir seien im Begriff, eine gemeinsame Basis zu finden. Ich würde Ihnen gern meine diesbezüglichen Überlegungen etwas näher erläutern...«

Während er sprach, war der Butler an Madame Duvallons Seite getreten und hatte ihr ein paar Worte ins Ohr geflüstert.

»Oh, René!« gluckste sie und unterbrach seinen Redefluß. »Es ist zu liebenswert, wirklich...«

»Was ist denn passiert, meine Liebe?«

»Eben ist eine Torte gebracht worden.«

Als er die fragenden Blicke seiner Gäste gewahr wurde, erklärte Duvallon: »Wir feiern heute unseren 30. Hochzeitstag. Aber vielleicht ist jetzt nicht der rechte Moment, um...«

»Aber gewiß doch!« rief Afanasjew. »Das ist ja rührend. Zuerst kommen die Gefühle – dann die Geopolitik und das internationale Geschäft mit der Informatik.«

»Bringen Sie die Torte!« befahl Gilberte Duvallon kurzerhand.

»Und Champagner«, fügte der Minister mit verdrossener Miene hinzu.

Die Torte zierte ein riesiges Herz mit der Inschrift »30 Jahre Glück«. Während der Champagner entkorkt wurde, fragte Julia: »Wie nennt man diesen Kuchen?«

»›Liebespein‹«, erwiderte Virginie Fromentin. »Diese Kuchenart backt man auf den Antillen.«

»Madame«, sagte Afanasjew und erhob sein Glas, »erlauben Sie mir, daß ich Ihnen – zu Ehren Ihrer dreißig Jahre währenden Ehe – jene Nachricht zu Füßen lege, die Ihr Gatte uns in der Verschwiegenheit seines Büros zu entlokken gedachte; danach, so hoffe ich zumindest, wird man uns Russen nicht mehr als blindwütige Verfechter der Geheimdiplomatie beschimpfen... Herr Minister, im Namen des Obersten Sowjet der UdSSR und im Namen des Außenhandelsministeriums habe ich die Ehre, Ihnen mitzuteilen, daß wir Ihre Bedingungen akzeptieren. Wenn wir uns morgen im offiziellen Rahmen wieder sehen, werden Julia... Madame Woronkow und ich den Vertrag unterzeichnen.«

Brendan Barnes stolperte gleich bei der ersten Stufe. In diesem Haus aus dem 18. Jahrhundert, das erst kürzlich renoviert worden war, mußte man zahllose Korridore entlanglaufen und eine solche Menge von Treppen auf- und absteigen, daß der Amerikaner – nachdem er die Wohnung von Françoise verlassen hatte – nicht mehr recht wußte, in welchem Stockwerk er sich eigentlich befand. In dem Augenblick, als er hinunterlaufen wollte, ging im Treppenhaus das Licht aus.
Er tastete nach dem Schalter. Als es wieder hell wurde, erschrak Brendan maßlos, denn eine Stufe unter ihm stand plötzlich ein großer schlaksiger Farbiger, der eine abgewetzte Lederjacke trug und ihn mit seinen Blicken durchbohrte. Auf den edlen Gesichtszügen, die von einer Rastafrisur umgeben waren, lag deutlich ein haßerfüllter Ausdruck. Eine Minute lang sahen sich die beiden Männer schweigend an. Brendan konnte sich einfach nicht dazu überwinden, ihm beim Hinunterlaufen den Rücken zuzukehren. Schließlich zog der andere einen Schlüssel aus seiner Tasche, lief an Brendan vorbei, blieb vor der Wohnung von Françoise stehen und öffnete die Tür.

Brendan ging weiter. Er mußte sich sehr beherrschen, um sich nicht umzudrehen.

Um 9 Uhr 45 am nächsten Morgen verließ Brendan die Metrostation Opéra und schlug bis zur Rue Daunou einen Weg ein, den er mittlerweile gut kannte. Das Lokal mit der Täfelung aus Mahagoni war ihm wohlvertraut; zu dieser frühen Stunde war Thomas der einzige Gast in »Harry's Bar«. Brendan setzte sich zu ihm. »Der Minister hat Françoise in der Nacht angerufen, um ihr mitzuteilen, daß der Vertrag bei ihm zu Hause unterzeichnet worden ist. Ich war noch bei ihr ...«
»Diese Russen verstehen es ausgezeichnet, sich über das Protokoll hinwegzusetzen, wann immer es ihnen paßt«, bemerkte Thomas ungerührt. »Nun, Afanasjew wird ja auch von einer hochqualifizierten Technikerin begleitet, wie unsere Nachforschungen ergeben haben – von einer gewissen Julia Woronkow.«
Brendan zuckte zusammen.
Dieser Name war ihm bereits in jenem Bericht aufgefallen, den er vor seinem Abflug nach Paris von Woodward erhalten hatte. »Ja, Françoise hat mir von Afanasjews Assistentin erzählt.«
Er sah Thomas forschend an, doch dessen Miene blieb undurchdringlich. Julia ... Konnte es sich dabei um *seine* Julia handeln? Als er sie kennengelernt hatte, hieß sie Tetschajew. Es war allerdings anzunehmen, daß sie inzwischen geheiratet hatte. Sollte das der Fall sein – welches Spiel spielte dann Thomas? Wußte er tatsächlich nichts von seiner früheren Beziehung zu Julia? Als er von der NSA eingestellt wurde, hatte er weder Woodward noch den für die Sicherheit Verantwortlichen sein früheres Verhältnis mit einer russischen Studentin verheimlicht. Im übrigen wäre es sinnlos gewesen. Die Beamten der NSA – amerikanische Staatsdiener – waren der amerikanischen Armee unterstellt, und

die Einstellungsbedingungen für die von Woodward geleitete Abteilung waren vergleichbar mit denen der »Frontkämpfer« der CIA.
Brendan riß sich zusammen. Jetzt war nicht der Zeitpunkt, um zu phantasieren...
»Oh«, meinte er dann, »da ist eine Sache, die mich beunruhigt. Als ich die Wohnung von Françoise verließ, wäre ich fast mit einem hochgewachsenen Kerl zusammengestoßen. Stammt sicher von den Antillen. Er machte einen aggressiven Eindruck auf mich. Er hat ihre Wohnung betreten. Er besaß einen Schlüssel.«
»Gerade Nase, Rastafrisur und zwei kleine Narben auf der Stirn?«
Brendan nickte.
»Das war der Bruder von Françoise. Ein recht fanatischer Befürworter der Unabhängigkeit seiner Heimat. Bis heute hat er sich zwar mit Worten begnügt, aber er könnte durchaus gefährlich werden. Ich werde unsere Freunde von der Landesüberwachung bitten, ihn auf seine Insel zurückzuschicken. In Anbetracht der Drohungen gegen unsere Botschaft und der Gerüchte über eine bevorstehende Welle terroristischer Aktionen dürfte das nicht allzu problematisch werden. Wir können es uns einfach nicht erlauben, unser Unternehmen dadurch zu gefährden, daß man auf Sie aufmerksam wird.«
»Was Sie da sagen, beruhigt mich ungemein. Ich dachte schon, Sie sorgten sich um meine Gesundheit, und wunderte mich über diese übertriebene Sentimentalität...«
»Schon gut, Brendan. Sie wissen, wie die Dinge stehen. Wir sind dringend auf Ihre Hilfe angewiesen. Wir werden von unserem Recht Gebrauch machen und uns den Computer ansehen, den die Franzosen den Russen verkaufen wollen. Während der Kontrolle des Computers kommen Sie dann zum Zug.«
Der Kellner nahm Brendans Bestellung auf, und bis er ihm

seinen Kaffee brachte, schwiegen die beiden Männer. Brendan nahm einen kräftigen Schluck, stellte die Tasse ab, zog einen Umschlag aus seiner Tasche und reichte ihn Thomas.

»Darin finden Sie alles, was ich von Françoise über die verschiedenen Mitglieder der interministeriellen Delegation, die damit betraut sind, den Vertrag auszuhandeln, erfahren habe. Dank ihrer Arbeit als Parlamentsassistentin eines Senators hat Françoise Zugang zu allen interessanten Informationen.«

»Können Sie es kurz umreißen?«

»In wenigen Worten läßt sich sagen, daß Duvallon keine Probleme bereiten dürfte. Er ist ein alter Fuchs und interessiert sich hauptsächlich für die Innenpolitik. Von den Aufgabenbereichen seines Ministeriums interessiert ihn vor allem die Industrie, weniger die Forschung... und er denkt viel eher darüber nach, welche Auswirkungen seine Entscheidungen bei den nächsten Wahlen haben könnten, als daß er sich Gedanken über eine wirkliche Politik der industriellen Erneuerung macht. Die anderen – Fromentin und die Direktoren verschiedener Ministerien – sind gute Fachleute, aber mehr auch nicht.«

Thomas dachte kurz nach, dann meinte er trocken, beinahe widerwillig: »Sehr schön. Ich weiß, daß dieser Teil Ihrer Mission aus dem Rahmen Ihrer gewöhnlichen Aufgaben fällt, aber da bisher alles so vorzüglich geklappt hat, sollte man auch weitermachen. Was Ihren Kontakt zu Françoise angeht...«

»Genau den hatte ich vor, auch weiterhin zu pflegen«, unterbrach ihn Brendan und grinste verschmitzt.

»Halten Sie den Kontakt aufrecht, damit wir stets über jeden Schritt der Franzosen im Verlauf dieser Operation informiert sind. Sollten Sie allerdings den Eindruck gewinnen, bei ihr Argwohn zu erwecken, dann treten Sie kürzer und ziehen sich vorsichtig zurück.«

»Habe verstanden«, sagte Brendan. Er wunderte sich über den ziemlich unwirschen Ton seines Vorgesetzten.
»Sie wissen, daß ich Sally gut leiden kann«, fügte Thomas etwas freundlicher hinzu.
Brendan, der gerade einen weiteren Schluck Kaffee getrunken hatte, hätte um ein Haar seine Tasse umgestoßen, so sehr überraschte ihn dieser Gedankensprung.
»Ja, das weiß ich«, sagte er. »Es hat mich gefreut zu sehen, wie gut Sie sich auf Anhieb mit ihr verstanden, als ich Sie bekannt machte.«
»Und ich mag ihre Bücher... Es ist nicht unbedingt nötig, daß Sie ihr Kummer bereiten, nur damit Ihre Mission ein voller Erfolg wird...«
Brendan fühlte Unmut in sich aufsteigen.
»Ich hab's vernommen, Thomas. Ich werde mir Ihren Rat zunutze machen... oder sollte ich eher sagen: Ihre Warnung? Ich weiß nicht, wie ich es auffassen soll.«
Die beiden Männer schwiegen einen Augenblick. Ihre Gedanken kehrten wieder zu ihrem gemeinsamen Unternehmen zurück.
»Im Grunde«, sagte Brendan, »befinden wir uns schon mitten in der ersten Phase unserer Mission. Die Maschinerie ist in Gang gesetzt, und nichts wird sie mehr aufhalten.«
»Ja«, pflichtete Thomas ihm bei, »der Computer-Krieg – unser Softwar – hat begonnen.«

3. Kapitel

Krasnojarsk, Südsibirien, 6. Januar 1984

Die ersten Lichtstrahlen eines neuen Tages, der eisig und bleich heraufdämmerte, drangen schon durch den Spalt zwischen den Vorhängen in das Schlafzimmer. Julia streckte schlaftrunken einen Fuß aus dem Bett und tastete damit nach ihren Pantoffeln. Draußen heulte unentwegt der Steppenwind, wütend fuhr er um die hohen Fassaden der Universitätsgebäude. Die Worte eines alten Klagelieds kamen Julia in den Sinn: »Oh, Schicksal, bitteres Schicksal... warum hast du mich nach Sibirien verbannt?« Julia lächelte, als sie dem Wehklagen der imaginären Geige nachlauschte, die diesen Vers begleitete.
Offensichtlich bin ich eine hoffnungslose Romantikerin, dachte sie. Allerdings kann ich mir das in meiner Position nicht mehr erlauben... Tatsächlich gestattete sich Julia, mit 37 Jahren von der Akademie der Wissenschaften der UdSSR an die Spitze des Forschungs- und Entwicklungszentrums für Informatik in Krasnojarsk berufen, keine nostalgischen Gedanken mehr an das Dorf in Weißrußland, in dem sie aufgewachsen war, oder an die Zeit ihrer Jugend im fernen Amerika. Sie war sich bewußt, daß ihre Beförderung eine ganz außergewöhnliche Ehre darstellte, und so gab sie sich mit Leib und Seele der Computerisierung ihres Landes hin.
Es klopfte an der Tür.
»Zeit zum Aufstehen«, sagte Sergej, als er, nur mit einer

blauen Pyjamahose bekleidet, ins Zimmer trat. »Du warst schon wach?« fragte er munter. Er hatte Julias Fuß erblickt, der noch immer nach ihren Pantoffeln suchte. »Geht's meiner kleinen Frau heute morgen gut?«
Er setzte sich auf den Bettrand und legte eine Hand auf Julias Knöchel. Sie zuckte kaum merklich zusammen. Mit einer selbstsicheren Geste hob er ihren Fuß hoch, führte ihn an seine Lippen und entblößte dabei ihr Bein bis hinauf zu den Hüften.
»Ich muß meine Toilette machen«, sagte sie und machte sich von ihm los.
Sie sprang aus dem Bett und lief barfuß ins Badezimmer. Er sah ihr nach und bewunderte melancholisch ihre schmale Taille, ihre schlanken Beine, das sanft gerundete Hinterteil, den geraden kräftigen Rücken.
»Heute ist ein großer Tag!« rief er. Er wollte die Unterhaltung fortsetzen, damit sie gezwungen war, die Tür offenstehen zu lassen. Sie nahm ihre Zahnbürste und die Zahnpasta vom Waschbecken und ließ die Tür tatsächlich einen Spalt offen.
»Ja, das stimmt. Du solltest dich auch fertigmachen.«
»Machst du dich für Afanasjew schön?«
»Red keinen Unsinn!«
»Hast du während der Reise nach Frankreich mit ihm geschlafen?«
Sie gab keine Antwort und fing an, sich die Zähne zu putzen.
»Ich bin sicher, daß du mit ihm geschlafen hast. Und ich weiß auch, daß es nicht deswegen geschah, weil er dir zuviel Champagner eingeflößt hat.«
Er sprach mit dumpfer Stimme und wartete gespannt auf ihre Reaktion. Julia fuhr unerschütterlich fort, sich die Zähne zu putzen. Er stützte sich auf einen Ellbogen, um die vollen Brüste und die Silhouette seiner Frau besser betrachten zu können. Seine Hand strich über das noch warme Laken, und

mit einer Stimme, die leicht verbittert klang, fuhr er fort: »Deine Berufung an die Spitze des Instituts hast du nicht allein deiner beruflichen Qualifikation zu verdanken, darüber machst du dir doch hoffentlich keine Illusionen. Du spielst Afanasjews Spiel. Und das bringt gewisse Risiken mit sich. Er gehört dieser Clique von Spezialisten und Wissenschaftlern an, die Rußland angeblich ›modernisieren‹ wollen. Ganz schön eilig haben sie's damit! Mag Andropow zur Zeit auch noch auf ihrer Seite stehen – wer weiß schon, was uns die Zukunft bringt? Die alte Breschnew-Garde hat noch einen ziemlich starken Einfluß. Weißt du, es ist lustig: unsere Ehe repräsentiert genau die Allianz, die gegenwärtig in Rußland regiert. Wie du ja weißt, bin ich damals von Tschernenkos Leuten und Breschnew-Anhängern auf diesen Posten als KGB-Koordinator für wissenschaftliche Angelegenheiten in Südsibirien gehoben worden. Vielleicht hab ich dich geheiratet, um dich überwachen zu können, wer weiß?«
Julia legte ihre Zahnbürste zurück auf das Waschbecken und öffnete einen kleinen Schrank, in dem sich ihre Toilettensachen befanden. Sergej versetzte dem Kopfkissen einen Fausthieb.
»Möglicherweise hat unsere Ehe ebensowenig Bestand wie diese Allianz«, rief er wütend.
»Geh dich anziehen, du wirst dich sonst noch verspäten«, sagte Julia ruhig. Dann drehte sie den Wasserhahn der Dusche auf. Das laute Rauschen übertönte den Fluch ihres Mannes. Jemand trommelte gegen die zweite Tür, die ins Badezimmer führte. Wie jeden Morgen, so forderte Swetlana auch an diesem Tag ihre Mutter lautstark auf, sich zu beeilen.
Es war neun Uhr, als Julia das moderne Wohnhaus verließ, in dem sie mit ihrem Mann und ihren beiden Kindern lebte. Sie bewohnten eine – zumindest für sowjetische Verhältnisse – sehr große Wohnung. Das Forschungsinstitut lag nur

ein paar hundert Meter entfernt; deswegen benutzte sie auch nie – egal bei welchem Wetter, das um diese Jahreszeit sehr rauh war – die schwarze Limousine der Marke Wolga, die ihr mitsamt Chauffeur zur Verfügung stand.
In der Eingangshalle des Hauptgebäudes des Instituts proklamierten große Spruchbänder die ewige Verbundenheit zwischen Werktätigen und Angestellten und der Kommunistischen Partei der Sowjetunion und hießen die Mitglieder der offiziellen Delegation, die heute aus Moskau angereist kam, um sich die neuen Einrichtungen anzusehen, herzlich willkommen.
Wie an jedem Morgen reichte ein am Eingang postierter Beamter des KGB Julia eine Erkennungsmarke, dann lief sie zum Fahrstuhl. Der Eintritt in dieses Gebäude war der Öffentlichkeit strengstens verboten, und konnte Julia auch direkt in den ersten Stock hinaufgehen, wo sie ihr Büro hatte, so mußte sie einen weiteren Kontrollposten passieren, bevor sie in das erste Untergeschoß gelangte. Dort befand sich ein riesiger Saal mit weißgetünchten Wänden, der von Neonlampen erhellt und mit Geräuschen erfüllt wurde, die ihr vertraut waren. Julia konnte sogar am Geruch erkennen, an welchen Ort sie sich gerade befand: es war der Computersaal, von dem ein großer Teil speziell für die elektronische Datenverarbeitung sämtlicher meteorologischer Informationen reserviert war, die aus allen Teilen der Sowjetunion sowie aus der restlichen Welt hier zusammenliefen. Julia hatte mehrere Berichte verfaßt, die die sowjetische Obrigkeit zu guter Letzt davon überzeugt hatten, wie dringend nötig es war, einen CRAIG-Computer zu erwerben. Dank des mit den Franzosen geschlossenen Vertrages hatten sie das Institut von Krasnojarsk mit diesen neuen Computern amerikanischer Herkunft ausstatten können, auf denen die französischen EDV-Spezialisten ein gigantisches Programm zur meterologischen Datenverarbeitung entwickelt hatten – das beste, das es zur Zeit gab. Die Franzosen waren froh

gewesen, ihren CRAIG I weiterverkaufen zu können, planten sie doch, sich in Kürze mit dem CRAIG II auszurüsten, dem Nonplusultra auf dem Gebiet der EDV. Die nach ausschließlich russischen Entwürfen gebauten Computer waren viel zu leistungsschwach, um die aus aller Welt in Krasnojarsk eintreffenden Daten zu verarbeiten, und so hatten die Verfechter der konservativen Linie schließlich einem neuerlichen Import ausländischer Technologie zustimmen müssen, wenn auch mit Widerwillen.

Julia hatte sich gerade hinter ihren Schreibtisch gesetzt, als es zweimal klopfte. Ohne eine Antwort abzuwarten, steckte ein Mann seinen Kopf zwischen Tür und Angel; und beim Anblick seines blonden Haarschopfes lächelte Julia zum ersten Mal an diesem Morgen aufrichtig.

»Ach, du bist es, Kotusow. Komm rein.«

Der Besucher ließ sich das nicht zweimal sagen, folgte ihrer Aufforderung und nahm ihr gegenüber Platz. Kotusow litt an einem nervösen Tick, so daß es den Anschein hatte, als zwinkerte er ständig mit dem Auge. Dieses seltsame Gebrechen hatte ihm schon manche Unannehmlichkeit bereitet, ganz besonders in jenen verrufenen Spelunken, wo er sich an zwei von drei Abenden in der Woche methodisch betrank. Im Moment zuckte sein Augenlid wie verrückt, was bei ihm ein Zeichen allergrößter Verzweiflung war. Kotusow war der einzige Mann, dem Julia bedingungslos vertraute.

»Irgendwas ist nicht in Ordnung«, sagte er, »die ›Franzosen‹ lassen uns im Stich ...«

»Was soll das heißen? Unsere ›Franzosen‹ funktionieren doch einwandfrei. Erst gestern hab ich mich davon überzeugt ...«

»Ich weiß. Ich begreife es auch nicht.«

»Ach Kotusow, wenn das wieder nur ein Trick sein soll, um mich zum Tee einzuladen, dann sage ich dir gleich: heute habe ich leider keine Zeit.«

»Nein, nein, ich versichere dir, es ist ernst.«

»Gut, dann komme ich mit.«
Erst nachdem sie in der Sicherheitsschleuse ihre Magnetkarten in den Schlitz gesteckt und ihren Identitätscode angegeben hatten, gelangten sie in den Computersaal. Die Tür öffnete sich, und das Brummen der gewaltigen Klimaanlage umfing sie. Wenig später standen sie vor einem Terminal, an das der CRAIG I angeschlossen war. Kotusow bot Julia einen Stuhl an und zog sich selber einen heran. Als sie nebeneinander vor dem Bildschirm saßen, blickte Kotusow nach links und rechts; doch niemand schenkte ihnen Beachtung. Die Angestellten im Saal waren mit besonderer Sorgfalt bei der Arbeit, denn sie erwarteten von einem Augenblick zum anderen die Ankunft der Delegation.
»Das ist die Temperatur, die zur Zeit in Moskau herrscht – behauptet zumindest der CRAIG.«
Kotusow bediente ein paar Tasten auf der Konsole, und auf dem Bildschirm erschien die Information: »XC 2459//Z.«
Julia riß die Augen auf.
»Das ist doch nicht möglich«, flüsterte sie. »Laß mich mal ran.«
Julia setzte sich an die Tastatur und begann zu tippen. Dieselbe rätselhafte Information erschien. Julia versuchte der Panik, die in ihr hochstieg, Herr zu werden. Sie regenerierte das Programm und tippte wieder.
»W! VBBB345«, meldete der Computer.
Julia wurde blaß und sah Kotusow ausdruckslos an.
»Ich habe alles durchprobiert«, versicherte er ihr. »Ich hab' sogar nachgeschaut, ob die Kabel möglicherweise von Mäusen angefressen worden sind.«
»Wann hast du das getan?«
»Vergangene Nacht.«
»Warum hast du mich denn nicht benachrichtigt?«
»Ich wollte dich nicht stören. Du weißt doch, entweder man kann eine Panne allein beheben – oder man ist sogar mit zehn Mann machtlos.«

»Was sollen wir nur tun, Kotusow? Die Delegation wird in Kürze hier sein. Wenn wir den CRAIG I und sein Programm nicht vorführen können, geraten wir in Teufels Küche. Wir schlittern geradewegs in eine Katastrophe hinein ...«
»Das hab ich mir auch gesagt. Die ganze Nacht hab ich überlegt, wie wir unsere Köpfe aus der Schlinge ziehen könnten, und mir ist nur eine Lösung eingefallen: wir müssen die Delegation belügen.«
»Du bist ja wahnsinnig!«
»Hör zu. Das System ist blockiert, das siehst du ja selber. Wir haben nie und nimmer genug Zeit, sämtliche technische Einrichtungen zu überprüfen, um herauszufinden, ob es sich um eine Hard-Panne handelt, oder sämtliche Programme zu durchforsten, um zu sehen, ob es sich um eine Soft-Panne handelt. Wenn wir zugeben, daß der Computer blockiert ist, werden diejenigen, die von jeher gegen dieses Projekt waren, sich bestätigt sehen. Die Folgen, die dieser Zwischenfall haben kann, sind nicht abzuschätzen.«
»Das weiß ich auch. Und was schlägst du vor?«
»Wir schließen die Terminals des CRAIG I an den guten alten ES 1060 an, der noch im alten Institut steht... und wir führen ein ultrasimples Programm vor, um das Publikum bei Laune zu halten. Ich hab mir alles gründlich durch den Kopf gehen lassen – es wäre durchaus machbar.«
»Bist du dir überhaupt bewußt, was du da vorschlägst?«
»Hast du vielleicht eine bessere Idee?«
Julia überlegte fieberhaft. Doch sie mußte sich den Tatsachen beugen: Kotusows Vorschlag war die einzig denkbare Lösung.
»Nur die Franzosen könnten uns sagen, was hier los ist, schließlich haben sie das Programm entwickelt und sind für die Wartung zuständig. Aber das können wir unmöglich vor der Delegation eingestehen. Ich höre sie schon herumlamentieren, weil wir so sehr vom Ausland abhängig sind. Wann ist eigentlich die nächste Wartung fällig?«

»In einer Woche, soviel ich weiß. Ich kann es aber nachsehen.«
»Leider bleibt uns nicht mehr genug Zeit, sie noch vor dem Eintreffen der Delegation einfliegen zu lassen«, meinte Julia ironisch.
»Nein, und ich glaube auch nicht, daß wir das Risiko eingehen können, den ursprünglichen Termin vorzuverlegen. Wenn wir sie in Windeseile herzitieren, weiß sofort alle Welt Bescheid.«
»Aber was werden unsere hochgestellten Besucher sagen, wenn sie um jeden Preis den CRAIG I sehen wollen und wir ihnen nur einen alten Schrotthaufen vorführen?«
»Wir *werden* ihn vorführen... allerdings mit simuliertem Programm. Der 1060 wird durch den CRAIG I sprechen – wie ein Bauchredner.«
»Du legst also nahe, die Genossen von der Akademie der Wissenschaften, vom Ministerium für Planwirtschaft und all die anderen Minister zu täuschen...«
»Uns bleibt keine andere Wahl.«
»Und wenn sie etwas merken?«
»Das ist unmöglich. Und überhaupt«, scherzte Kotusow mit einem pathetischen Augenzwinkern, »nach Sibirien können sie uns nicht mehr schicken – wir sind ja schon da!«
»Na gut, dann wirst du also den 1060 mit den Konsolen des CRAIG verbinden. Aber laß uns vorher noch eine Tasse Tee trinken...«
Kotusows Augenlid begann wie wild zu zucken. »Glaubst du, daß das jetzt der richtige Zeitpunkt ist?«
»Vertausch bitte nicht die Rollen! Ich muß mit dir reden, und hier lenken wir am Ende nur die Aufmerksamkeit auf uns. Du wirst den 1060 nach unserem Gespräch anschließen.«
Fast das gesamte Erdgeschoß wurde von einer Cafeteria mit großen Fensterfronten eingenommen; an den Wänden hingen riesige Fotos, die natürliche Landschaften oder Indu-

strielandschaften Sibiriens zeigten. Auf der Theke stand ein eindrucksvoller Samowar, auf dem eine Teekanne thronte, aus der sich Julia und Kotusow bedienten und ihre Gläser füllten. Dann setzten sie sich in eine stille Ecke.

»Was hältst du von der ganzen Sache?« fragte Julia, die Augen auf die heiße Flüssigkeit geheftet.

»Ich denke, daß unser Betrug auf gar keinen Fall publik werden darf, wenn wir uns größeren Ärger mit den Kollegen deines Mannes ersparen wollen.«

»Da hast du allerdings recht... Und ich kann sogar noch von Glück im Unglück reden, denn du bist der einzige, mit dem ich diese Krise überstehen kann.«

Kotusow fuhr sich mit der Hand durchs Haar, rutschte verlegen auf seinem Stuhl herum und zwinkerte mit dem Auge. »Ach Julia, du weißt doch, ich würde alles für dich tun...«

Julia leerte ihr Glas in einem Zug. »Ich weiß, Kotusow, aber darüber wollte ich eigentlich nicht mit dir reden. Wie kann es bloß zu dieser Panne gekommen sein? Der Computer lief gestern noch einwandfrei. Ich habe nur eine einzige Erklärung: Sabotage!«

Kotusow krümmte sich auf seinem Stuhl zusammen und blickte ängstlich um sich. Außer ihnen hielten sich nur zwei weibliche Angestellte in der Cafeteria auf. Sie saßen am anderen Ende des Saals und unterhielten sich darüber, wie man sich am besten jenes Obst beschaffte, das in normalen Läden nicht zu haben war.

»Sprich dieses Wort nicht aus«, sagte Kotusow. »Sabotage – das bedeutet nicht Sibirien, sondern gleich das Erschießungskommando!«

»Hast du eine andere Erklärung?«

»Ich habe nachgedacht«, murmelte er, »und bin zu dem Ergebnis gekommen, daß ich das alles nicht begreife. Niemand hier im Institut wäre in der Lage, Sabotage zu betreiben. Das Sicherheitssystem funktioniert einwandfrei. Und wer könnte bei uns überhaupt ein Interesse daran haben, so etwas zu tun? Wenn es zum Eklat kommt, werden wir nämlich alle darunter zu leiden haben ...«

»Das hab ich auch gar nicht gemeint. Meines Erachtens muß die Sabotage von außerhalb kommen ...«

»Unmöglich«, meinte Kotusow bestimmt. »Warum sollte jemand unser Zentrum sabotieren? Wir verarbeiten hier keinerlei militärische Daten. Die Meteorologie hat, soviel ich weiß, nicht direkt etwas mit dem Militär zu tun ...«

»Nicht direkt, du sagst es. Aber das Wetter kann schließlich Auswirkungen auf militärische Bewegungen haben, nicht wahr?«

»Eine Sabotage dieser Art ist unvorstellbar!« versetzte Kotusow mit einem energischen Augenzwinkern. »Die ganze Welt hat Zugang zu dem Datennetz, an das wir angeschlossen sind. Wir gehören zur Meterologischen Weltorganisation, und Washington ist ebenfalls Mitglied der WMO. Wenn Washington genau wie Paris oder Tokio Zugang zu diesem Netz hat, ist nicht anzunehmen, daß wir die einzigen Opfer einer Sabotage sind. Selbst während des Krieges zwischen Indien und Pakistan hat das Zentrum von Neu-Delhi weiterhin Daten nach Karatschi geliefert.«

»Und wenn das Programm selbst sabotiert worden ist?«

»Die Franzosen sind doch nicht verrückt! Warum sollten sie einen Vertragsbruch riskieren, der einen gewaltigen internationalen Skandal heraufbeschwören würde? Die Folgen wären für sie katastrophal. Wer würde ihnen nach so einer Geschichte noch Computer und Software abkaufen? Und ich frage dich noch einmal: Was hätten sie davon? Die einzige Hypothese, die mir plausibel erscheint, ist die, daß das Gerät selbst einen Defekt hat.«

Julia erwiderte nichts, denn Kotusows Argumente klangen überzeugend. Aber sie war beunruhigt. Sie hatten keine Zeit mehr, um weiter zu diskutieren. Sie warf einen Blick auf ihre Armbanduhr.

»Geh jetzt und schließ den 1060 an. Wir reden später weiter. Uns bleiben noch 90 Minuten, bevor die Delegation eintrifft.«

Kotusow stand hastig auf.

»Danke«, sagte Julia und lächelte herzlich. »Du bist ein wahrer Freund, Kotusow.«

Julia hatte gerade noch genug Zeit, um die Abteilungsleiter für eine letzte Besprechung zusammenzutrommeln. Sie hatte eben mit der Aufzählung ihrer Anweisungen geendet, als das Telefon klingelte. Die Delegation aus Moskau, so wurde ihr mitgeteilt, werde in wenigen Minuten eintreffen. Kurze Zeit später hielten am Bordstein vor dem Institut drei schwarze Wolgas, aus denen sich massige ältere Herren in Persianermänteln zwängten. Trotz der Zobelmütze, die er sich tief ins Gesicht gezogen hatte, erkannte Julia auf Anhieb Afanasjew, der an der Seite des Generalsekretärs der Akademie der Wissenschaften lief. Als er sie erblickte, eilte er – sich nicht um das Protokoll scherend – auf sie zu und ergriff ihre Hände.

»Du siehst bezaubernd aus!« rief er und sah ihr tief in ihre hellen Augen.

»Ich muß kurz mit dir allein sprechen, es ist schrecklich dringend.«

»Einverstanden, aber später ...«

Afanasjew übernahm es, alle miteinander bekannt zu machen. Julia entdeckte ihren Mann in der dritten Reihe der Besucher, wo er zwischen den örtlichen Vertretern der Obrigkeit stand. Sie wechselte ein paar Worte mit dem Sekretär der Akademie der Wissenschaften, einem alten Gelehrten mit schelmischem Blick, der sie ihres Talentes wegen beglückwünschte, mit dem sie die Trägheit der Behörden zu überwinden verstanden hatte. Dann trat die Delegation grüppchenweise in den Fahrstuhl, um sich in den Computersaal zu begeben.

Im ersten Untergeschoß schritten sie durch lange Korridore,

die von Glaswänden gesäumt wurden, hinter denen sich Arbeitstische, makellose Datensichtgeräte und geheimnisvoll blinkende Apparaturen abwechselten. Die Programmierer standen auf, als die Delegation vorbeikam, und benahmen sich so, als hätte man sie mitten in der Arbeit überrascht.

An der Kontrollschleuse angekommen, erläuterte Julia ausführlich die Sicherheitsvorkehrungen. Die dichtgedrängte Gruppe der Abgesandten aus Moskau murmelte zunächst anerkennend, bald aber schon ungeduldig, denn Julia hielt sich recht lang bei den Ausführungen zu diesem Thema auf; unbewußt wollte sie den Moment hinausschieben, da sie der Moskauer Delegation eine Komödie vorspielen mußte.

Schließlich forderte sie die Gäste auf, nacheinander durch die Sicherheitsschleuse zu treten, und stellte sich auf die Seite. Afanasjew verstand dieses Manöver und trat neben sie, so als wolle er den übrigen Delegierten den Vortritt lassen. Während diese an Afanasjew und Julia vorbeidefilierten, flüsterte sie: »Der CRAIG ist defekt.«

Afanasjew drehte sich halb zu ihr um und fragte leise: »Defekt? Was soll das heißen? Wieso?«

»Ich weiß es nicht. Mir ist unbegreiflich, was da vor sich geht.«

»Das ist ja eine Katastrophe!« flüsterte Afanasjew mit veränderter Stimme. »Für mich ebenso wie für dich . . .«

»Ich habe den alten ES 1060 und sein Programm an das Terminal des CRAIG angeschlossen.«

Julia hatte diesen Satz in höchster Verzweiflung ausgesprochen. Sie setzte alles auf eine Karte. Afanasjew war durchaus imstande, sich von ihr zu distanzieren. Man würde ihn zwar tadeln, ein paar Jahre lang würde es mit seiner Karriere nicht so recht vorwärts gehen, aber er würde sich durch sein Verhalten zumindest aus der direkten Gefahrenzone entfernen. Zog er es allerdings vor, ebenfalls zu schweigen, so würde er – genau wie sie – das Risiko eingehen, daß man

ihm später Sabotage vorwarf. Afanasjew sagte nichts; er lächelte die Delegationsteilnehmer an, die vor ihnen nacheinander in die Sicherheitsschleuse traten. Julia beobachtete ihn verstohlen. Alle Gutmütigkeit schien mit einemmal aus seinem Gesicht gewichen; der Wissenschaftler, dessen Leidenschaft für die Informatik sie teilte, und der väterliche Beschützer waren wie ausgelöscht. Und er dachte in diesem Moment gewiß nicht an jene Nacht, als sie – nachdem sie das Haus von Minister Duvallon verlassen hatten – seinem Drängen nachgegeben hatte, um ihm ihre Zuneigung zu beweisen. Der Mann, der jetzt neben Julia stand, war nur noch ein Funktionär, der unentschlossen darüber nachdachte, wessen Partei er ergreifen sollte, um seine Macht zu retten.
Der letzte in der Reihe war Sergej.
»Kommst du nicht mit hinein?« fragte er seine Frau, Afanasjew dabei keines Blickes würdigend.
»Geh schon vor, ich muß noch ein paar Worte mit dem Genossen Afanasjew reden.«
Die beiden Männer gaben sich kurz die Hand, dann verschwand Sergej in der Sicherheitsschleuse.
»Es ist in Ordnung, Julia«, sagte Afanasjew, als sie allein waren, »du hast richtig gehandelt. Du wirst sehen, alles wird bestens klappen ...«
Die Hände hinter dem Rücken verschränkt, standen die Delegierten vor dem Computer und warteten auf Julia. Sie ergriff das Wort. Sie sprach hauptsächlich über die sowjetischen Errungenschaften, über die von den Forschern unternommenen Anstrengungen, um das Leistungspotential der ausländischen Geräte zu vergrößern, und sie sorgte dafür, daß man die beeindruckende Größe mancher Maschinen gebührend bewunderte. Abschließend lud sie die Zuschauer ein, einer praktischen Vorführung durch Kotusow beizuwohnen.
«Dank der zentralen Erfassung aller meteorologischer

Daten, die auf der ganzen Welt gesammelt werden, sind wir in der Lage, 72 Stunden im voraus das Wetter, das an jedem x-beliebigen Ort der Sowjetunion herrschen wird, vorherzusagen.«
»Kann uns Ihre Maschine denn auch sagen, welche Temperatur hier im Raum herrscht?« wollte der Akademiepräsident wissen. »Man friert sich ja zu Tode!«
Julia fing an zu stottern. Afanasjew mischte sich ein: »Auf jeden Fall ist es hier kalt genug ... wir haben also allen Grund, uns in den Ehrensaal zu begeben und auf den Aufschwung der sowjetischen Wissenschaften anzustoßen ...«
»Ah, noch nicht«, meinte der Präsident hartnäckig, »ich möchte vorher eine kleine Demonstration erleben.«
Julia warf Kotusow einen bestürzten Blick zu, doch ihr Kollege tippte seelenruhig und munter drauflos.
»Wie warm ist es zur Zeit in Samarkand?« fragte ein gebürtiger Usbeke.
Kotusow tippte ein paar Daten ein. Dann erschien auf dem Bildschirm die Information: »Minus 40 Grad.«
»Und in Wladiwostok?« erkundigte sich ein Mann mit Schlitzaugen.
Daß dort nur zehn Grad minus herrschen sollten, rief allgemeine Verwunderung hervor, aber Julia erklärte, daß diese Temperatur wahrscheinlich auf den Einfluß des Ozeans zurückzuführen sei.
Glücklicherweise war der einzige Meteorologe, der ursprünglich diese Delegation hatte begleiten sollen, durch eine in der Parteihierarchie höherstehende Persönlichkeit ersetzt worden. Niemandem fiel es ein, komplizierte Fragen zu stellen. Nachdem der Computer um die Auskunft gebeten worden war, ob in Moskau Sonne und Schnee in Wilnius zu erwarten sei, ließ das Interessse der Besucher nach.
Afanasjew wiederholte seinen Vorschlag und stieß diesmal auf allgemeine Zustimmung.

Kotusow verließ seinen Platz und steckte augenblicklich die Hände in die Hosentaschen. Julia entging sein Benehmen nicht. Er zitterte am ganzen Leib, und sein Auge zwinkerte unaufhörlich.
»Danke«, flüsterte sie ihm zu.
»Der alte 1060 ist also immer noch in der Lage, uns die Temperaturen zu nennen...«
Die Monumentalgemälde im Ehrensaal zum Ruhme der Allianz zwischen Werktätigen und Wissenschaftlern waren mit roten Girlanden, Sternen und Spruchbändern geschmückt. In der Mitte einer Tafel, die mit einem wunderschönen bestickten Tischtuch bedeckt war, standen Dutzende von Schüsselchen, gefüllt mit schwarzem und rotem Kaviar, dergestalt angeordnet, daß sie Hammer und Sichel wiedergaben; eingerahmt wurde das ganze von beige- und rosafarbenen Tellern mit Stör und Räucherlachs. An beiden Tischenden schließlich hatte man Platten mit Blinis, Schüsseln mit saurer Sahne, Smetana genannt, und cremigen Kumis in Schälchen aufgestellt. Dieses Getränk aus den Steppen Sibiriens, das zum größten Teil aus Stutenmilch bestand und angeblich zu einem langen Leben verhelfen sollte, wurde von den Delegationsteilnehmern dem Sekt vorgezogen.
Am anderen Ende des Saals hatte man ein rotverkleidetes Podest errichtet. Afanasjew kletterte als erster hinauf.
»Liebe Genossen, werte Kommissionsmitglieder, liebe Kollegen und Werktätige des Forschungs- und Entwicklungszentrums für Informatik hier in Krasnojarsk! In meiner Eigenschaft als Direktor des Instituts für Informatiktheorie...«
Die Gläser in der Hand und zum Buffet hinüberschielend, hörte ihm die Versammlung nur mit halbem Ohr zu. Sergej trat neben seine Frau und flüsterte: »Was geht hier eigentlich vor, Julia? Was hatte dieses Getuschel mit Afanasjew zu bedeuten? Hast du es darauf abgesehen, mich lächerlich zu machen?«

»Sei still, ich erkläre es dir später. Momentan bist du derjenige, der sich lächerlich macht.«
»Lenin«, fuhr Afanasjew fort, »hat einmal gesagt: Der Kommunismus – das ist der Sowjetmensch ... plus Elektrizität. Es hat eine große symbolische Bedeutung, daß hier in Krasnojarsk der größte Staudamm der Sowjetunion gebaut wurde, ein Staudamm, der sechs Millionen Kilowatt erzeugt, und daß – ebenfalls in Krasnojarsk – auf Beschluß des Obersten Sowjet das bedeutendste Informatikzentrum unserer Heimat eingerichtet wurde ...«
»Ich will wissen, was los ist!« ließ Sergej nicht locker.
»Später ...«
»Nein, jetzt sofort! Dein Kotusow scheint mir ziemlich nervös zu sein. Wie Espenlaub hat er gezittert, als er auf seiner Tastatur herumtippte.«
Afanasjew kam nun auf sein Lieblingsthema zu sprechen: die Notwendigkeit des Zusammenschlusses sämtlicher Computer in der UdSSR. Dicht gefolgt von ihrem Mann, ging Julia zurück zum Buffet und nahm dem Akademiepräsidenten unterwegs sein leeres Glas ab. Lächelnd bedankte er sich für ihre aufmerksame Geste. Sie füllte sein Glas wieder mit Kumis und flüsterte Sergej ins Ohr: »Der CRAIG hat eine Panne. Wir haben ihn an den 1060 angeschlossen. Die ganze Vorführung war ein Bluff.«
»Was? Bist du wahnsinnig? Jetzt sitzen wir alle ganz schön in der Tinte!«
Afanasjew kam zum Schluß seiner Rede: »Heute, unter Genosse Andropow, können wir – in Abwandlung der Worte des großen Lenin – sagen: der Kommunismus, das ist der Sowjetmensch – plus Informatik!«
Es folgte donnernder Applaus.
Julia mußte lauter sprechen, damit ihr Mann sie verstand: »Jetzt verbindet uns beide ein Geheimnis, und unsere Ehe muß sich bewähren ... egal ob freiwillig oder gezwungenermaßen!«

Nach diesen Worten brachte sie dem Präsidenten der russischen Akademie der Wissenschaften sein randvoll mit Kumis gefülltes Glas zurück.

4. Kapitel

Paris, 10. Januar 1984

Als Brendans Taxi am Bordstein hielt, spritzte eine Wasserfontäne empor. Der Fahrer stellte den Zähler ab, und noch bevor er Brendan den Fahrpreis hätte nennen können, hielt dieser ihm, gleichzeitig nach seinem Köfferchen langend, zwei Scheine hin.

»Behalten Sie das Wechselgeld.«

»Danke, Monsieur. Ich glaube, Sie werden heute kaum ohne Tauchermaske und Flossen auskommen.«

»Ein vernünftiger Regenschirm würde es auch tun!«

Brendan trat auf den Bürgersteig und schützte sich, so gut es ging, mit seinem Köfferchen. Der Regen, der auf der Nordautobahn begonnen hatte, hatte sich mittlerweile in eine regelrechte Sintflut verwandelt. Die Place de l'Opéra lag an diesem Nachmittag um vier Uhr wie ausgestorben da, Wind- und Regenböen peitschten erbarmungslos über sie hinweg. Das Palais Garnier, das rund hundert Meter weiter entfernt lag, schien hinter einem Vorhang aus Regen zu verschwinden; der Prachtbau wirkte wie ein im Sturm verlorenes, seltsames sphärisches Schiff. Brendan rannte zu der Telefonzelle, vor der er das Taxi hatte halten lassen, öffnete schwungvoll die Tür, stellte sein Köfferchen hin, nahm den Hörer ab und warf, vor Kälte zitternd, eine Münze in den Geldschlitz. Der Regen war eisig...

Ein paar Sekunden lang starrte er verblüfft auf den Hörer in seiner Hand: die Hörmuschel war aufgeschraubt worden, und ein lächerlicher Draht ragte aus dem unbrauchbar gewordenen Apparat; dann ließ er ihn fallen, ergriff mit einem resignierten Seufzer sein Köfferchen und stürzte sich von neuem in das Unwetter. Rennend überquerte er die Straße und hastete die Stufen einer Metrostation hinunter, wo er schließlich eine intakte Telefonzelle fand.

»Françoise? Ich bin's. Ich komme gerade vom Flughafen. Ich bin hier an der Place de l'Opéra.«

»Oh, mein Liebling, verlier keine Sekunde und komm sofort zu deinem exotischen Schatz, hörst du?«

»Das geht leider nicht, ich muß zu einer Sitzung, und ich habe mich sowieso schon verspätet. Wir könnten uns doch hier in dem Viertel treffen, sagen wir, in anderthalb Stunden? In ›Harry's Bar‹, wie üblich?«

»Einverstanden, aber nicht in ›Harry's Bar‹. Am Boulevard des Capucines gibt es ein hübsches winziges Bistro, es heißt ›Le trou dans le mur‹.«

»Also gut, bis später. Ich liebe dich.«

Sie legte auf. Brendan lächelte. Seine kindliche Vorfreude wischte mit einem Schlag die Müdigkeit hinweg, die sich seiner bemächtigt hatte, seit er zwischen Paris, McLean und Boston, wo er auch weiterhin unterrichtete, hin- und herpendelte und vor lauter Arbeit nicht mehr zur Ruhe kam.

Brendan eilte zurück zum Boulevard des Italiens, auf den noch immer ein Wolkenbruch niederging, und stürzte durch die Tür eines Gebäudes, das zu Haussmanns Zeiten erbaut worden war. Ein altersschwacher Fahrstuhl beförderte ihn in den dritten Stock. An einer Flügeltür, auf der »Coordinating Committee on Export Controls – American Mission« stand, drückte er auf den Klingelknopf. Das nasse Haar klebte ihm an der Stirn, und sein Mantel tropfte auf den Fußabstreifer. Hinter der Tür war ein Geräusch zu hören. Brendan schlug ungeduldig mit dem Fuß und starrte gereizt auf den Spion. Es dauerte eine endlose Minute, bevor die Tür schließlich geöffnet wurde. Ein großer kräftiger Bursche mit breiten Schultern, Bürstenhaarschnitt und einer platten Nase stand vor ihm. Er nahm einen Kaugummi aus dem Mund und sagte mit schleppender Stimme: »Sieht fast so aus, als hätten Sie Ihren Regenschirm vergessen.«

»Sie merken aber auch alles!« meinte Brendan heftig und lief an ihm vorbei.

Er trat in einen großen, hell erleuchteten Konferenzraum. Sechs Männer saßen um einen langen Tisch; Richard Thomas, der den Vorsitz führte, hatte an einem der Tischenden Platz genommen.

»Ah, da sind Sie ja, wir haben bloß noch auf Sie gewartet«, sagte er.

Nachdem Brendan sich zu seiner Rechten gesetzt hatte, ergriff Thomas wieder das Wort und wies auf einen Stapel Zeitungen, der vor ihm lag.

»Ich habe die Wettervorhersagen, die vor vier Tagen in der ›Prawda‹ und im ›Herald Tribune‹ erschienen sind, miteinander verglichen. Sie stimmen nicht überein. Seit einer Woche regnet es nun schon in Paris, doch die ›Prawda‹ sagte wolkenlosen Himmel und sechs Grad Celsius voraus; der ›Herald‹ dagegen kündigte für denselben Tag regnerisches Wetter und drei Grad Celsius an. Bei den Vorhersagen für Bangkok, Neu-Delhi und Mailand lassen sich ähnliche Diskrepanzen feststellen ... Es besteht kein Zweifel mehr: das Zentrum von Krasnojarsk ist tatsächlich lahmgelegt worden, einige Stunden lang wußten die Russen überhaupt nicht mehr, was für ein Wetter herrscht. In höchster Not sind die Franzosen gerufen worden, doch als sie eintrafen, funktionierte der CRAIG wieder einwandfrei. Die Falle war zugeschnappt und wieder aufgegangen, und ich wette, niemand hat sie ausfindig machen können.«

»Phantastisch!« entfuhr es Brendans Nachbarn.

»Phantastisch?« sagte Thomas zweifelnd. »Ich weiß nicht, ob dieses Wort hier zutrifft. Die Bedeutung dessen, was uns

hier gelungen ist, wird Ihnen allen aber auf jeden Fall klar sein.«
Allgemeine Zustimmung am Tisch.
»Aus diesem Grund«, fuhr er fort, »bin ich auch beauftragt, Ihnen Glückwünsche aus Washington zu übermitteln... und auch den Rat, doppelt so wachsam zu sein. Wir befinden uns erst in der Anfangsphase, und wir wissen nicht, wie man auf der anderen Seite reagieren wird. Möglich, daß uns ein harter Kampf bevorsteht... Wir sind den Russen zwar ein Stück voraus, aber wir dürfen nicht glauben, daß wir unbezwingbar sind.«
Die Sitzung ging in einem lauten Stimmengewirr zu Ende. Brendan versuchte sich zum Ausgang davonzustehlen, doch Richard Thomas rief ihn zurück: »Brendan, ich habe etwas unter vier Augen mit Ihnen zu besprechen. Kommen Sie bitte in mein Büro.«
Brendan folgte dem Befehl des Mannes, der in Frankreich sein Vorgesetzter war, ohne zu protestieren; doch übersah er geflissentlich die Geste, mit der Thomas, nachdem er sich hinter seinen Schreibtisch gesetzt hatte, ihn aufforderte, ebenfalls Platz zu nehmen.
»Haben Sie es eilig? Sollte dies der Fall sein, weil Sie ein Rendezvous mit Françoise Vimard haben, dann ist ja alles in bester Ordnung.«
»Es freut mich, daß mein Privatleben die Zustimmung meines Vorgesetzten erhält«, meinte Brendan sarkastisch.
»Wie schön für Sie«, erwiderte Thomas kühl, »denn wäre das Gegenteil der Fall, so bliebe Ihnen nur eines übrig... Die Franzosen haben ein Sprichwort, das Sie sicher kennen. Es lautet: ›Entweder nachgeben oder aufgeben‹. Und Sie wissen ja, daß man in unserem Beruf nicht aufgibt, ohne dabei Federn zu lassen.«
»Aha. Und um mir das zu sagen, haben Sie mich kommen lassen?«
»Ich möchte, daß Sie Françoise so viele Informationen wie

nur irgend möglich über das Verhalten auf französischer Seite entlocken. Was denkt man über die Computerpanne? Hat man uns im Verdacht? Hat man eine Ahnung, wie die Geschichte weitergehen wird? Wir spielen mit dem Feuer, Brendan, und wir können uns nicht erlauben, vor all diesen Fragen die Augen zu verschließen. Glauben Sie, daß Sie mir bis morgen Bericht erstatten können?«

»Schon möglich ...«

»Also gut, dann treffen wir uns morgen zur gewohnten Zeit wie üblich in –«

»Finden Sie nicht, daß ›Harry's Bar‹ ein viel zu auffälliger Treffpunkt ist für zwei amerikanische Beamte?«

»Dort, wo man am meisten auffällt, mein Freund, ist man auch am sichersten. So, nun will ich Sie aber nicht länger aufhalten ...«

Die Fassade des Bistros, in dem Françoise sich mit Brendan verabredet hatte, beschränkte sich auf eine Tür, die kaum breit genug war, um zwei Personen gleichzeitig durchzulassen. Der Name des Bistros, »Le trou dans le mur«, ist der Legende nach auf einen Kanonenschuß zurückzuführen, der während der Revolution von 1830 das Haus getroffen hat.

Brendan lief schräg an der Theke vorbei in den hinteren Teil der Bar, wo Françoise ihn erwartete. Sie hatte sich bereits einen sehr cremigen »Porto Flip« bestellt. Brendan blieb ein paar Schritte von ihr entfernt stehen und musterte die junge Frau bewundernd. Sie trug ein metallisch-graues, leicht ins Blaue changierendes Kostüm. Der enge Rock, die breitschultrige Jacke und ihre Wespentaille ließen sie wie eine Heldin aus einem Science-Fiction-Roman aussehen. Die bizarre Strenge des Kostüms wurde zum Glück durch einen Schal gemildert, den Françoise farblich passend zum unglaublich sinnlichen Rot ihres Lippenstifts ausgewählt hatte.

»Auch wenn du dich nach dem letzten Schrei kostümierst,

so bist du doch immer noch schön«, sagte Brendan und ließ sich neben sie auf die Sitzbank fallen.
»Und du machst immer noch seltsame Komplimente.«
Sie küßten sich. Brendan lehnte sich zurück und sah seiner Freundin aufmerksam ins Gesicht.
»Ich finde, du siehst heute irgendwie abwesend aus. Sollten wir schon wie ein altes Ehepaar geworden sein?«
Françoise lächelte schwach. »Vielleicht liegt's daran, daß ich müde bin ... Mein Senator macht sich Sorgen um seine Wiederwahl und ist wahnsinnig hektisch. Außerdem habe ich sehr hart an dieser Reportage gearbeitet ... Die Informatik fasziniert mich mehr, als ich anfangs gedacht hätte.«
»Hast du viel Neues dazugelernt? Ich habe das Gefühl, daß du einen triumphalen Einzug in die Spalten des ›Newsmonth‹ halten wirst.«
»Kann sein ...«, sagte Françoise.
Brendan runzelte die Stirn und bestellte nachdenklich einen »Tequila Sunrise«. Den zweifelnden Zug um Françoises Lippen betrachtend, fühlte er eine unerklärliche Unruhe in sich aufsteigen. Als die junge Frau ihn ansah, war zwar immer noch die gleiche Sanftmut, die kindliche Zärtlichkeit in ihren Augen – wie an jenem ersten Abend, als ihr weißes Kleid auf die Schuhe aus rotem Eidechsenleder herabgeglitten war –, doch er spürte, daß sie ungewöhnlich angespannt war.
Bis zu diesem Moment hatte er geglaubt, sie gut zu kennen. Richard Thomas hatte sie ihm beschrieben als eine junge Frau, die sich selbst beweisen wollte und »um so mehr nach Erfolg dürstete, da sie eine schwierige Kindheit gehabt hat.« Der CIA-Agent hatte jedoch vergessen zu erwähnen – aber vielleicht wußte er es auch nicht –, daß Françoise ungewöhnlich schnell Kontakt zu fremden Menschen fand. Und das hatte nicht allein mit ihrer Schönheit zu tun. Sie war Duvallon zum ersten Mal in den Korridoren der Nationalversammlung begegnet. Und er, trotz seiner Angst vor dem

Gerede der Leute, war ihrem Charme sofort erlegen. Sie besaß zwar nicht die Dreistigkeit einer Madame Stanier, die seinerzeit behauptet hatte, der Staatspräsident Félix Faure brauche nur sie, um wieder einen klaren Kopf zu bekommen; dennoch hätte Françoise zu recht behaupten können, daß Duvallon in ihr mehr als nur eine begehrenswerte, betörend schöne Frau sah. Und nachdem sie ihm den Kopf verdreht hatte, war es ihr bestens gelungen, ihn wieder zu Sinnen kommen zu lassen. Er vertraute sich ihr gerne an und war bei jedem entscheidenden Schritt seiner politischen Karriere mehr und mehr auf ihre Zustimmung angewiesen. Sie verstand es, ihren Einfluß mit einer Scharfsinnigkeit zu gebrauchen, die Zärtlichkeiten nicht ausschloß. Und sie konnte sich auch ganz ohne Hintergedanken hingeben. Brendan hatte diese Erfahrung gemacht. Um so unbegreiflicher war ihm ihr zugeknöpftes Verhalten an diesem Tag.
Als hätte sie seine Gedanken erraten und wollte ihn nun beruhigen, änderte sie mit der ihr eigenen Unmittelbarkeit ihr Benehmen und schmiegte sich an Brendans Schulter. Mit einem Finger folgte sie liebkosend den Umrissen eines blauen Flecks, der sich in seinem Mundwinkel gebildet hatte.
»Was ist denn mit dir passiert? Hat dir deine Frau eine Eifersuchtsszene gemacht?«
»Das hier? Ach, das ist nichts weiter, ich hab nur beim Training einen Schwinger abbekommen. Weißt du, Sally gehört nicht zu dieser Sorte Frauen... Wir sind immer wieder glücklich, wenn wir uns sehen – mag auch jeder sonst sein eigenes Leben führen... Aber reden wir lieber von dir. Kannst du mir was über diese berühmten ›Informationen‹ sagen, mit denen du deinen Artikel spicken willst?«
Françoise rückte von ihm ab und verzog beleidigt den Mund. »Ach, ich hab wirklich keine Lust, heute abend über meine Arbeit zu sprechen!«
Die Bardame brachte ein Glas, in dem die Farben von

Orangensaft und Grenadinesirup vorzüglich harmonierten. Brendan trank einen Schluck und überlegte fieberhaft. Ja, das war's: ein Sandkorn mußte ins Getriebe geraten sein. Françoise mißtraute ihm! Dessen war er sich nun sicher. Brendan fiel der Ratschlag ein, den Thomas ihm gegeben hatte: Auf keinen Fall insistieren, wenn sie Mißtrauen zu hegen beginnt. Brendan fühlte sich plötzlich enorm erleichtert. Er hatte das Gefühl gehaßt, Françoise zu benutzen. Von nun an würden ihre Beziehungen rein privater Natur sein; er würde nicht länger versuchen, ihr irgendwelche Auskünfte – und seien sie auch noch so unbedeutend – zu entlocken.

»Du hast völlig recht, Liebling«, sagte er und lächelte zufrieden. »Was wollen wir unternehmen? Gehen wir essen, oder eilen wir auf der Stelle in die Rue des Guillemites?«

Françoise blickte ihn kurz an, dann flüchtete sie sich in seine Arme und vergrub ihr Gesicht an seiner Schulter.

»Oh, Brendie, ich schäme mich so«, flüsterte sie.

»Du schämst dich? Weswegen denn?« fragte Brendan verwundert, während er ihr zärtlich über das Haar strich.

»Weil ich dir mißtraut habe...«

Brendans Hand hielt inne. Françoise richtete sich wieder auf.

»Es hat mit meiner Untersuchung über die Anwendungsgebiete der Informatik zu tun...«

»Ja, und? Du mußt schon deutlicher werden.«

»Ich habe kürzlich mit einem der Verantwortlichen der Raumfahrtforschung ein Gespräch über die Trägerrakete Ariane geführt. Wir unterhielten uns über die zahllosen merkwürdigen Pannen, die das europäische Raumfahrtprogramm beinahe an den Rand des Abbruchs geführt hätten.«

»Ich wüßte nicht, welchen Zusammenhang es zwischen mir und der Trägerrakete Ariane gibt...«

»Warte, laß mich dir alles erklären. Dieser Forscher hat mir berichtet, daß die Pannen auf ein Versagen des Computers zurückzuführen waren – eines Computers amerikanischer Herkunft. Eines CRAIG! In dem Programm, das zum Teil von der NSA entwickelt worden ist, fanden sich einige Fehler. Jener Forscher ist der Meinung, daß sie absichtlich eingebaut worden sind ...«

»Wie bitte? Was erzählst du da?«

»Du weißt, daß die Ariane und die amerikanische Raumfähre in harter Konkurrenz zueinander stehen – zumindest was das Aussetzen von Telekommunikationssatelliten angeht. Lukrative Verträge stehen auf dem Spiel ...«

»Glaubst du nicht, daß sich die Franzosen diese Geschichten nur ausdenken, um sich selbst etwas vorzumachen?«

»Auf jeden Fall gab es zwischen den USA und Frankreich auf höchster Regierungsebene Begegnungen, und seitdem hat die Ariane keine Pannen mehr gehabt.«

Brendan leerte sein Glas. »Ich sehe immer noch nicht, was das alles mit mir zu tun hat«, sagte er leicht verstimmt.

»Duvallon hat mir erzählt, daß der CRAIG I, der Computer, den die Franzosen an die UdSSR weiterverkauft haben, eine geheimnisvolle Panne hatte. Ein Team hat Paris überstürzt verlassen, um nach Krasnojarsk zu reisen. Als es eintraf, war alles wieder in Ordnung, und die Leiter des Instituts baten um allergrößte Diskretion. Duvallon meint, diese Panne sei wirklich unbegreiflich. Ich habe mir überlegt, daß deine Landsleute den Computer möglicherweise auf die eine oder andere Art manipuliert haben.«

»Und aus welchem Grund?«

»Erbarmungsloser Konkurrenzkampf. Industriespionage, politische Erpressung – alles läßt sich heutzutage verkaufen. Ich könnte mir vorstellen, daß die amerikanischen Konkurrenten der Franzosen nicht unzufrieden wären, würden sich die Russen in Zukunft an sie wenden ...«

»Und was hab ich damit zu tun?«

»Du hast dich so sehr für diesen Vertrag interessiert, daß ich dachte, du wärst in diese ganze Geschichte verwickelt.«

Brendan lächelte.
»Ich schwöre dir, daß ich nicht eine einzige Aktie von IBM besitze. Im übrigen kommen mir all diese Vermutungen ziemlich abenteuerlich vor. Aber was hat dich denn nun davon überzeugt, daß ich doch kein Industriespion bin?« fragte Brendan grinsend.
»Die Tatsache, daß du nicht darauf bestanden hast, weiter über meine Arbeit zu sprechen. Es schien dich auf einmal nicht mehr zu interessieren. Und du meinst es ehrlich, davon bin ich überzeugt.«
»Ja, ich meine es ehrlich. Und das tue ich auch, wenn ich dir jetzt sage, daß ich von all dem nichts mehr hören will. Möchtest du irgendwohin essen gehen, oder sollen wir gleich zu dir fahren?«
»Ich will auch ehrlich sein«, sagte Françoise und führte Brendans Hand in den Ausschnitt ihrer Jacke: »Sehr viel Hunger habe ich eigentlich nicht...«

Krasnojarsk, 10. Januar 1984

Kotusow fuhr sich gewohnheitsmäßig mit den Fingern durch das dichte blonde Haar. Er gähnte, zwinkerte mit dem Augenlid und reckte sich, bis seine Knochen zu knacken begannen. Unendliche Müdigkeit überfiel ihn jedesmal, wenn er von der Arbeit heimkehrte.
Wie an jedem Abend, so hatte er auch heute, kaum über die Schwelle seiner Wohnung getreten, die Schuhe ausgezogen und Mantel und Jacke achtlos in eine Ecke geworfen. Er schleppte sich in die Küche, nahm ein Tablett, das er nachlässig mit dem Handrücken sauberwischte, und stellte ein Glas Salzgurken, ein großes Stück Graubrot und eine Flasche Wodka darauf. Dann ging er in das kombinierte Wohn-Schlafzimmer, stellte das Tablett auf einen Stuhl, schaltete den Fernsehapparat ein, ließ sich auf das Sofa

plumpsen und zog den Stuhl zu sich heran. Dröhnende Musik erfüllte den Raum, als der Bildschirm hell wurde.
Kotusow schloß die Augen. Eine triumphierende Stimme verkündete die Nachricht, daß die dynamische Arbeiterschaft vom Kombinat »Rote Fahne« sich dazu verpflichtet habe, die Ziele des 5-Jahres-Plans innerhalb von nur zwei Jahren zu erfüllen. Kotusow trank in langen Schlucken aus der Flasche. Eine wohlige Betäubung kam über ihn...
Eine Stunde später wachte er mit einem Ruck auf. Er lag halb auf dem Sofa. Beim Umsinken hatte er mit einem Fuß gegen den Stuhl gestoßen, woraufhin das Tablett umgefallen war. Kotusow hob die Wodkaflasche auf. Der Inhalt hatte sich fast vollständig auf den schmuddligen Teppich ergossen. Der Sprecherin verzweifelt zuzwinkernd, die einen Vortrag über das »Phänomen Minsk« hielt, trank er gierig den Rest.
»Die Einwohner der Hauptstadt Weißrußlands vermehren sich viermal so schnell wie die anderer großer Städte der UdSSR«, erklärte sie. Kotusow war das vollkommen gleichgültig. Er wußte, daß er nun nicht mehr würde schlafen können. Während er die sinnlichen Lippen der Sprecherin betrachtete, überlegte er, wieviel Rubel ihm noch bis zum Monatsende blieben. Auf jeden Fall genug, um den Abend in Liutkos Absteige zu verbringen. Bilder von vollbusigen Prostituierten zogen an seinem geistigen Auge vorbei, während im Fernsehen die Führer der Nation zu sehen waren: sie standen auf Podesten, die mit Hammer und Sichel geschmückt waren, und redeten sich die Seele aus dem Leib.
Anschließend hüpften sowjetische Turnerinnen über den Bildschirm, unter ihnen auch Dalia Kukaite: 17 Jahre, lange schlanke Beine, unendlich zarte Knöchel und Handgelenke... und doch spannte sich der nackte Körper unter dem Sportdreß, rollte sich zusammen, schnellte empor wie eine Feder, erfüllte den Raum mit seinen Arabesken.
Kotusow schalt sich selbst, weil er dieses Kind begehrte. Er

hatte das Gefühl, untreu zu sein. Die Augen schließend, murmelte er einen Vornamen: »Julia...«
Dann sprang er auf und stellte den Fernseher ab. Ihm drehte sich der Kopf. Auf allen Vieren krabbelnd, suchte er nach seinen Schuhen, rief leise: »Dotschka, Dotschka...«, vergaß dann, wonach er eigentlich gesucht hatte, stand wieder auf, zog seine Jacke und seinen Mantel an und verließ die Wohnung.
Am Fuß der Treppe öffnete die Dejurnaja, eine alte Frau, die mehrere nicht zusammenpassende Strickjacken übereinander gezogen hatte, die Tür ihrer Pförtnerloge und fragte: »Na, Kotusow, alter Säufer, wo gehst du nun schon wieder hin? Willst du dich betrinken, wie gewöhnlich?«
»Liebste Freundin«, antwortete Kotusow feierlich, »ich hab' tatsächlich vor, mich – erstens – zu betrinken und – zweitens – zu kopulieren. Haben Sie vielleicht was dagegen einzuwenden, Genossin Spitzel?«
»Ach, Kotusow, Kotusow, wenn dich deine Mutter so sehen könnte! Barfuß in den Schnee hinauszulaufen!«
»Was sagen Sie da? Um Himmels willen!« rief Kotusow, als er seine bloßen Füße sah. »Oh, Dank sei dir, du Milizenblume!«
Er hüpfte zur Treppe zurück und lief hinauf, um sich die Schuhe anzuziehen.
»Danke, du zarte Schönheit, du mutige Denunziantin unsowjetischen Benehmens, danke! Wenn du nicht wärst, würde ich den Rest der Nacht wahrscheinlich im Bau verbringen können...«
Eine halbe Stunde später trat Kotusow durch den Hintereingang in Liutkos Kneipe. Mit lautem Rufen begrüßte ihn die Bruderschaft der Gewohnheitssäufer von Krasnojarsk. Aus irgendwelchen unerklärlichen Gründen wurde diese Herde Alkoholiker, die sich im Hinterzimmer zusammendrängte, von den Parteinotabeln geduldet, die sich ihrerseits der Dienste der »Hostessen« versicherten, die im ersten Stock

arbeiteten. Manchmal ließen sie den einen oder anderen gar heraufkommen, um mit ihm anzustoßen oder ein bißchen zu plaudern. Kotusow sagte sich, daß dies eine der wenigen Möglichkeiten war, über die ihre Führer verfügten, um in Erfahrung zu bringen, was nun wirklich in den Köpfen ihrer Untertanen vorging. Doch behielt er diese Überzeugung selbstverständlich für sich.

»Guten Abend, Professor«, begrüßte er einen alten Mann, der abseits an einem wackligen Tisch saß und seinen abgetragenen Mantel anbehalten hatte.

»Ach, guten Abend, Kotusow«, erwiderte der andere mit belegter Stimme. »Ich freue mich, dich zu sehen. Seit unserer letzten Unterhaltung habe ich viel nachgedacht.«

Kotusow machte der Kellnerin ein Zeichen; kurz darauf stellte sie eine Flasche Wodka und ein Glas vor ihn hin.

»Und zu welchem Ergebnis sind Sie dabei gekommen?« fragte Kotusow, während er das Glas seines Zechkumpans füllte.

»Tja, weißt du, ich kann dir nicht zustimmen. Ich bin keineswegs der Meinung, daß die Liebe sich ausschließlich auf körperliche Leidenschaft beschränkt. Ich glaube, sie hat auch was mit Gefühlen zu tun ...«

Kotusow stürzte sich mit Wonne in das endlose Geschwafel zweier philosophierender Saufbrüder.

Die Nacht war schon fortgeschritten, als der Professor den Kopf auf den Tisch legte und einschlief. Es war die Stunde, da Kotusow, nachdem er glorreich alle Sperren der Trunkenheit überwunden hatte, einen Zustand extremer Geistesklarheit erreichte.

Da war etwas, das ihn beunruhigte. Ein Problem, das er verdrängt hatte, weil er es nicht lösen konnte; und doch ließ es ihm keine Ruhe. Warum hatte der CRAIG I plötzlich nicht mehr funktioniert? Das war eine Frage, die sogleich eine zweite, noch verwirrendere nach sich zog: Wieso hatte er auf einmal wieder funktioniert?

Kotusow stellte sich flüchtig eine Prostituierte mit breiten schweren Hüften vor.
Er brauchte nur durch diese Tür zu gehen und in den ersten Stock hinaufzusteigen. Doch in seine Vorstellung drängte sich das Bild eines Gesichts mit hohen Backenknochen, blaßblauen Augen und schwarzem Haar. Er sprang auf und lief hinaus in die Nacht.
Das Institut lag nur wenige hundert Meter entfernt.

Zur selben Zeit lagen Françoise und Brendan nebeneinander auf dem Teppichboden in der in grellen Farben gehaltenen Wohnung in der Rue des Guillemites. Sie genossen die Ruhe und Entspanntheit, die sie nach dem Liebesakt umfing. Brendan erinnerte sich an eine ähnliche Situation... Vor seinem Appartement an der Massachusetts Avenue, daheim in Boston, gab es einen Baum, dessen Äste mit leisem melancholischem Geräusch an sein Fenster kratzten... Er drehte den Kopf zur Seite und sah Françoise an. Sie hatte die Augen weit geöffnet.
»Woran denkst du?« fragte er.
»An meinen Bruder. An dem Tag, als er dir im Treppenhaus begegnet ist, hat er mir eine Szene gemacht. Ich hab ihn hinausgeworfen und seitdem nichts mehr von ihm gehört. Vielleicht sollte ich versuchen, herauszufinden, was mit ihm geschehen ist.«
»Ach, laß doch, er ist alt genug, um zu wissen, was er tut.«
»Da bin ich mir eben nicht so sicher...«

Ohne Schwierigkeiten zu machen, gewährte der Sicherheitsdienst Kotusow den Eintritt zum Institut. Alle wußten, daß Kotusow häufig nachts arbeitete. Manche dachten, dies geschehe aus »sozialistischem Pflichtbewußtsein«, und waren der Meinung, das unmittelbar bevorstehende Eintreffen eines indischen »Superprogramms« rechtfertige durchaus eine Verdoppelung der Anstrengungen. Die meisten

waren allerdings ganz einfach der Ansicht, daß Kotusow verrückt sei.
Es stimmte, daß jenes Programm, von den Sowjets in Indien gekauft, Kotusow in Begeisterung versetzte. Es handelte sich um einen Routing Controler, ein Leitwegprogramm, das es dem CRAIG I ermöglichen würde, die Zentralcomputer der Sowjetunion zu koordinieren und sie gleichzeitig an die großen westlichen Datenbanken anzuschließen: ein entscheidender Schritt nach vorn auf dem Weg der Zentralisierung der EDV.
Dennoch hatte es einen ganz anderen Grund, daß Kotusow seit drei Tagen seine Nächte in der unwirklichen Stille des Computersaals verbrachte. Er versuchte, einer Intelligenz auf die Spur zu kommen, die sich hinter den Abertausenden von Zeilen des Programms verbarg; eine Intelligenz, die den Computer für eine Weile blockiert und ihn dann wieder normal hatte weiterlaufen lassen. Und dies war vorsätzlich herbeigeführt worden. Gleich am ersten Abend, als das Gerät nicht einwandfrei funktionierte, war er zu der Überzeugung gelangt, daß diese Panne kein Zufall sein konnte. Julia hatte er nichts davon erzählt, aus dem einfachen Grund, weil ihm die Konsequenzen, die aus einer solchen Entdeckung resultierten, angst machten; sogar heute, in dieser Nacht, zitterte er noch, als er sich vor seine Konsole setzte.
Julia ...
Kotusow strich sanft über das kalte Metall des Computers. Julia ... die einzige Frau, die ihn jemals mit Zärtlichkeit in den Augen angesehen hatte. Sein Augenlid zwinkerte erbärmlich, und er rutschte auf dem Stuhl herum, gerade so, als hätten ihn die blaßblauen Augen bei seinen Gedanken ertappt. Eilig vertiefte er sich in seine Arbeit, es schien, als wolle er vor seinen Schuldgefühlen fliehen ...
Er würde jener Intelligenz, die Julias ruhiges Dasein gestört hatte, schon auf die Spur kommen.

Kotusow mußte an den Menschen denken, der sich diese Falle ausgedacht hatte. Was war das für ein Mensch? Vermutlich ein EDV-Spezialist wie er selbst, jemand, der ihn – verborgen vom Dickicht der Instruktionszeilen – herausforderte. Bei dem Gedanken an den bevorstehenden Kampf verspürte Kotusow eine seltsame Erregung.
Welche Waffen auch immer benutzt werden – nackte Fäuste oder Interkontinentalraketen –, jede Konfrontation erfordert List, Finten, eine Taktik. Doch hier, begleitet vom Brummen der Klimaanlage, unter dem grellen Licht, das dem Saal nicht ein Eckchen Schatten zugestand, würde ein Gefecht stattfinden, bei dem die Gegner reine Intelligenzen waren. Das Kriegsmaterial war auf das absolut erforderliche Mindestmaß reduziert: Bedienungstasten, ein Bildschirm, über den Informationen huschten, die nur Eingeweihten verständlich waren... Mochten die zu überwindenden Mauern auch immateriell sein, so waren sie nichtsdestotrotz von einer fürchterlich konkreten Effektivität. Sie waren schuld daran, daß ein Land mit nahezu 300 Millionen Einwohnern ein paar Stunden lang nicht gewußt hatte, welches Wetter herrscht. Das, wonach Kotusow suchte, waren Verfahrensweisen, Taktiken, Ideen... Abstraktionen, die zwangsläufig den Stempel jenes Geistes trugen, der sie entwickelt hatte. Das war es, was Kotusow begeisterte: der Kampf gegen diese Intelligenz bedeutete nicht, sie zu vernichten, sondern ihre immanente Logik zu erfassen, in ihre Geheimnisse vorzudringen. Während er sich Papierstreifen mit ausgedruckten Daten genauer ansah, fühlte Kotusow in sich den unbändigen Siegeswillen eines Go-Spielers, der sich in die nächsten Züge seines Gegners hineinzuversetzen sucht. Und gleichzeitig konnte er nicht umhin, gleichsam über die Wirksamkeit der Falle zu frohlocken, die so ausgezeichnet funktioniert hatte, bevor sie wieder im Nichts verschwunden war...
In der Tat war das beunruhigendste an der ganzen Sache,

daß das Programm plötzlich wieder einwandfrei funktioniert hatte: ein Sachverhalt, aus dem sie noch nicht sämtliche Schlüsse gezogen hatten, davon war Kotusow überzeugt.
Er fuhr sich mit der Hand durchs Haar, zwinkerte mit dem Auge und nahm seinen Gedankengang wieder auf.
Wollen doch mal sehen, dachte er. Damit das Programm aus heiterem Himmel zum Stillstand kommt, muß es exakte dahingehende Instruktionen beinhalten. Also handelt es sich zwangsläufig um ein Programm, das von Anfang an »vermint« ist. Damit diese »Minen« jedoch nicht ununterbrochen hochgehen, damit der Computer die meiste Zeit störungsfrei läuft, muß das Programm diesen »Minen« fast ständig geschickt ausweichen...
Doch wo befanden sich diese »Minen«? Wie sollte man sie unter den Abertausenden von Instruktionszeilen, aus denen ein Programm besteht, ausfindig machen?
Er bemühte sich, nicht von Julias Bild abgelenkt zu werden, das sich ohne Unterlaß zwischen die Konsole und ihn selbst drängte. Seine Hand strich erneut über das Gerät. Nie hatte er gesehen, daß irgend etwas den Blick aus ihren blaßblauen Augen getrübt hätte. Julia liebte Sergej, diesen ungehobelten Kerl, nicht, davon war Kotusow überzeugt. Der KGB-Oberst war allerdings in seine Frau verliebt; das wurde deutlich an der Art, wie er seiner Frau überallhin folgte, wenn er ihr im Institut einen Besuch abstattete. Unterhielt er sich mit ihr, so lächelte sie zwar, doch nichts in ihrem Verhalten deutete darauf hin, daß sie etwas für ihn empfand. Da gab es auch noch diesen Afanasjew, der mit der Delegation angereist war. Er hatte sie mit den Augen eines naschhaften Kindes angesehen, das sehnsüchtig ein fest verschlossenes Marmeladenglas betrachtet. Und doch mußte Julia in ihrem Leben jemanden geliebt haben. Kotusow hatte an ihr soviel Zärtlichkeit und Güte entdeckt, daß es gar nicht anders sein konnte. Er sagte sich, daß, sollte sie eines Tages einen Mann verliebt ansehen, er diesen Blick mit Sicherheit

sofort würde deuten können, daß es sich dabei unweigerlich um einen Blick handeln mußte, wie zuvor noch keiner gewesen war...
Kotusow fuhr wie elektrisiert von seinem Stuhl hoch, außer sich vor Freude. Er hatte die Lösung gefunden!
Er hatte noch nie gesehen, wie Julia jemanden verliebt anschaute, und doch würde er es sofort merken, allein deswegen, weil dieser Blick so radikal anders sein würde... wie eine Instruktionszeile, die noch nie benutzt worden ist! In dieser künstlichen Intelligenz, die ihm die Stirn bot, steckte ein Hintergedanke, ein teuflisches Augenzwinkern, das ihm von einem Menschen herübergeschickt wurde, der wie er selbst und viele andere ganze Nächte opferte, nur mit dem einen Ziel, eine leblose kalte Maschine zu verführen...
Dieses Augenzwinkern, diesen Hintergedanken mußte er entdecken, und beides steckte in einer Instruktionszeile, die noch nie benutzt worden war. Noch nie... oder fast nie. Um diese »Mine« zu entdecken, jene Falle, die das Programm blockiert hatte, war es absolut nicht notwendig, sämtliche Instruktionszeilen zu »lesen«; es genügte, diejenigen ausfindig zu machen, die vom Programm die meiste Zeit »überlesen« wurden...
Kotusow gab dem Computer den Befehl ein, die Nummern all jener Zeilen zu notieren, die während des normalen Programmablaufs inaktiv blieben. Hatte dieser erste Filter funktioniert, würde er die extrahierten Daten von einem komplexeren Filter überprüfen lassen, einer Art Drahtsieb, dessen Maschen von Mal zu Mal enger wurden...
Auf diese Weise drang Kotusow allmählich und Schritt für Schritt in die geheimen Tiefen des Programms vor. Je mehr sich die Einzelteile des Puzzles zu einem Gesamtbild zusammenfügten, um so größer wurde seine Erregung. Und als er endlich, eine halbe Stunde, bevor im Institut die Arbeit wieder aufgenommen wurde, das Störungssystem ausfindig

gemacht hatte, fing er an zu weinen, so perfekt und von eleganter Einfachheit war es.
Er riß sich von seinem Stuhl los und rieb sich den Rücken. Mit schleppendem Gang lief er zur Cafeteria, ohne darauf zu achten, daß ihn die ersten Ankömmlinge ansahen, als wäre er ein geistig verwirrtes Gespenst.
Kotusow empfand für den, der sich diese Falle ausgedacht hatte, für diesen Mann, dem es – in gewisser Hinsicht – gelungen war, Julias Gemüt zu erschüttern, ein Gefühl, das man fast schon Bewunderung nennen konnte.

5. Kapitel

Krasnojarsk, 11. Januar 1984

Sergej Woronkow schnallte seinen Ledergürtel zu und bückte sich, um sich die Schuhe anzuziehen. Eine Hand mit abgekauten Fingernägeln streichelte über seinen Nacken. Er schnellte hoch wie eine Feder und warf der Hosteß aus Liutkos Etablissement, einer prachtvollen Turkmenin mit kupferfarbener Haut, einen wütenden Blick zu.

»Zieh dich an und verschwinde!«

Wortlos glitt die Frau aus dem Bett, warf sich einen Morgenrock um die Schultern und ging hinaus. Woronkow setzte sich auf den Bettrand und schnürte seine Schuhsenkel zu. Da klopfte es an der Tür, und nachdem der Oberst »Herein!« gerufen hatte, trat der »Professor«, Kotusows Zechkumpan, ins Zimmer. Die sachlich-präzise Sprache, mit der er Bericht erstattete, hatte nichts mehr gemein mit der schwerfälligen Ausdrucksweise eines Betrunkenen.

»Kotusow hat mir etwas von manipulierten Programmen erzählt, aber seine Äußerungen waren viel zu konfus, als daß ich Ihnen jetzt mehr darüber sagen könnte. Auf jeden Fall glaubt er, daß die Sabotage vom Westen aus gesteuert wurde. Vergangene Nacht ist er wieder ins Institut gegangen, um zu versuchen herauszufinden, auf welche Weise die französische Software sabotiert worden ist. Seit drei Nächten tut er das nun schon.«

»Sehr gut. Du kannst jetzt gehen, Nikolai.«

Woronkow wartete, bis sein Informant das Zimmer verlassen hatte; dann legte er die Hand auf das Telefon, das auf einem Tischchen neben dem Kopfende des Bettes stand, nahm den Hörer aber nicht sofort ab. Er überlegte.
Die »Panne« im Wetteramt von Krasnojarsk war den höchsten Stellen des Staates selbstverständlich nicht entgangen. Allerdings war nicht einen Augenblick lang in Erwägung gezogen worden, die Öffentlichkeit darüber zu informieren; noch dazu, wo die Computer nach einer Weile wieder normal funktioniert und die Franzosen bei ihrer Überprüfung nichts hatten finden können. Afanasjew hatte sich persönlich mit Sergej Woronkow über das Problem unterhalten. Ohne viele Worte zu benutzen, hatte er ihm zu verstehen gegeben, daß die Befürworter der Computerisierung und Modernisierung erreicht hatten, daß über diesen Störfall hinweggesehen wurde, indem sie versicherten, daß das Zentrum in Zukunft einwandfrei funktionieren werde. Trotzdem mußte die Ursache für diese Panne entdeckt und ein Schuldiger gefunden werden. Noch stand es nicht zur Debatte, Julia die Schuld zuzuschieben, es sei denn, es stellte sich nachträglich heraus, daß sie die direkte Verantwortung für den Zwischenfall trug. Die hohen Parteifunktionäre, samt und sonders von Julia hinters Licht geführt, hatten dem Zentralkomitee einen Bericht zukommen lassen, in dem sie in den höchsten Tönen gelobt wurde, und so konnten sie es sich nicht erlauben, mit einemmal ihr Urteil zu revidieren. Eigene Fehler einzugestehen, bedeutete, sich möglicherweise selbst zu Fall zu bringen.
Sergej Woronkow nahm zuletzt doch noch den Hörer ab, wählte eine Nummer und begann alsbald zu sprechen. Er gab eine Zusammenfassung vom Bericht des »Professors« wieder und fügte hinzu: »Ich schlage vor, daß wir noch ein wenig warten. Sollte er tatsächlich etwas herausfinden, schlagen wir zwei Fliegen mit einer Klappe.«

»Einverstanden, aber warten Sie nicht zu lang. Wir müssen schnellstens wissen, an wen wir uns wegen dieser Sache halten müssen. Sollten die Kapitalisten die Urheber sein, so wird sie das teuer zu stehen kommen!«
Sergej legte auf und ging ins Badezimmer, um sich schnell mit dem Kamm durch die Haare zu fahren. Fünf Minuten später war er fertig und wollte eben das Zimmer verlassen, da klingelte das Telefon.
»Gegenbefehl«, sagte die Stimme am anderen Ende der Leitung.
»Ich habe an maßgeblicher Stelle Bericht erstattet. Kotusow darf seine Nachforschungen nicht fortsetzen, auf gar keinen Fall. Hindern Sie ihn daran!«

Eine Stunde später saßen sich Kotusow und Julia an einem Tisch in der Cafeteria des Instituts gegenüber.
»Die Insel St. Thomas«, wiederholte er nun schon zum dritten Mal.
Er gestikulierte aufgeregt mit den Händen und stieß dabei seine Teetasse um. Ein paar Leute sahen zu ihnen herüber.
»Beruhige dich«, sagte Julia unwirsch. »Das reicht jetzt... sag mir endlich, was los ist!«
»Die Insel St. Thomas! Werden 1029 Millibar über der Insel St. Thomas gemessen, haben alle nachfolgenden Befehle die Aufgabe, das System nach und nach zu blockieren, sie breiten sich aus wie Ringe auf dem Wasser. Werden 1028 Millibar für St. Thomas angegeben, funktioniert das System wieder reibungslos, und dann ist es, als hätte das Meer beim Zurückfluten sämtliche Spuren auf dem nassen Sand verwischt...«
Er stotterte geradezu vor Aufregung.
»Derjenige, der sich diesen Plan ausgedacht hat, ist ein Genie«, meinte er atemlos, »ganz einfach ein Genie! Ich würde ihn gern kennenlernen. Sicher, ich weiß, daß er unser Feind ist, und ich würde alles in meiner Macht

Stehende tun, um ihn zu bekämpfen; aber was macht es doch gleichzeitig für einen Spaß, sich mit solchen Problemen auseinanderzusetzen! Ehrlich, Julia, so ein EDV-Spezialist ist zu bewundern.«

Julia mußte unwillkürlich über die Erregung ihres Freundes lächeln.

»Du hast recht, die Sache ist nicht schlecht eingefädelt. Aber beruhige dich endlich. Bist du dir eigentlich über das Ausmaß dessen bewußt, was du da entdeckt hast? Mach die Leute nicht unnötig auf uns aufmerksam... Ich muß darüber nachdenken, welche Konsequenzen deine Entdeckung für uns haben kann...«

Sie stand auf und fügte hinzu: »Ich werde mich mit Afanasjew in Verbindung setzen.«

Kotusow wurde blaß.

»Warte, warte... Setz dich wieder, bitte.«

»Ich hab's eilig, Kotusow.«

»Hör zu, ist es unbedingt nötig, daß du meine Entdeckung publik machst? Könnten wir nicht...«

Kotusows Erregung war mit einemmal von ihm abgefallen. Zusammengesunken hockte er auf seinem Stuhl und sah Julia ängstlich an, von der Bedeutung seiner Entdeckung geradezu erdrückt. Er hatte es stets sorgfältig vermieden, zu sehr in den Vordergrund zu treten. Alles was er wollte, war, daß man ihn an seinen EDV-Programmen arbeiten ließ. Die Vorstellung, in eine Affäre von internationalen Ausmaßen verstrickt zu werden, machte ihm angst, obwohl er nicht hätte sagen können, wieso.

»Können wir nicht alles vergessen?« fragte er kläglich. »Der Computer funktioniert doch wieder...«

»Du bist ja verrückt!« entfuhr es Julia. Sie erhob sich. »Oder betrunken...«

»Julia, ich habe Angst. Es ist so gewaltig...«

»Komm, jetzt beruhige dich erst mal«, sagte Julia mitfühlend. »Du wirst sehen, alles kommt in Ordnung. Du hast

verdient, daß man dir für deine Entdeckung den Orden der Sozialistischen Arbeit verleiht.«
»Vergiß nicht, Julia, daß wir die Panne vertuscht haben«, flüsterte Kotusow.
»Ich weiß, aber hab Vertrauen. Ich werde dich auf dem laufenden halten.«
Julia ging davon. Kotusow blieb bedrückt auf seinem Stuhl sitzen.
Er achtete zunächst nicht darauf, als sich zwei Männer seinem Tisch näherten, denn er war ganz in Gedanken. Die Männer nahmen rechts und links neben ihm Platz, und nun konnte er sich nicht länger den Tatsachen entziehen. Die anderen Tische um sie herum waren leer. Kotusows Auge begann rasend schnell zu zwinkern, als die beiden Herren ihn aufforderten, sich nach Hause zu begeben, um dort das Allernötigste einzupacken.

McLean, 20. Januar 1984

»Wie Sie alle wissen«, sagte Clive Woodward, »besteht die National Software Agency, abgesehen von der Abteilung, die damit beauftragt ist, militärische Programme mit Hilfe der Sprache ADA zu vereinheitlichen, aus einer weiteren, der Öffentlichkeit unbekannten Abteilung, deren Direktor ich bin. Das Offensive Software Applications Department bereitet den Krieg der Zukunft vor, einen sanften, seltsam sanften Krieg... den Computer-Krieg.«
Der feierliche Klang in Woodwards Stimme entging den vier Männern, die in dem großen Konferenzsaal im vierten Untergeschoß der NSA zugegen waren, nicht. Die vielen leeren Sitzreihen hinten ihnen gaben Woodwards Zuhörern ein merkwürdiges Gefühl der Unsicherheit. George Bush warf McFarlane einen anerkennenden Blick zu. In seiner Funktion als Direktor der CIA hatte letzterer bereits mit

Woodward zu tun gehabt; der Vize-Präsident jedoch sah ihn heute zum ersten Mal, und er war beeindruckt von seiner ruhigen Selbstsicherheit, von dem Magnetismus, den dieser weißhaarige Professor ausstrahlte.

»Die Aufgabe dieser Abteilung besteht darin«, fuhr Woodward fort, »Bomben zu bauen – und natürlich auch die Sprengkapseln, die nötig sind, um sie zu zünden. Doch diese Bomben sind ein Paradox. Einerseits sind es die zerstörerischsten, die schrecklichsten, die es je gab, andererseits die, die am wenigsten Blut vergießen werden; Bomben, die nicht zerstören, die nicht töten – sanfte Bomben, sogenannte Softbombs... Diese Bomben bestehen aus wenigen Programmzeilen. In Standardprogramme eingebaut, vermögen sie die Software eines Computers, in den sie eingesetzt sind, zu verändern, umzuwandeln, zu pervertieren. Diese Krebszellen der Software zerstören, sind sie erst einmal aktiviert, in Windeseile die gesamte Intelligenz jener Geräte, ohne die der Mensch heutzutage keine Entscheidungen mehr treffen kann. Der Service of Research and Development der NSA, geleitet von Dr. Arthur McDonald, der hier anwesend ist, hat die Aufgabe, diese Fallen zu entwickeln...«

Ein kleiner, schmerbäuchiger Mann, der eine auffallende, gelbe Krawatte trug, nickte zustimmend und fügte erläuternd hinzu: »... diese Fallen und auch die Art und Weise, wie sie aus der Ferne kontrolliert werden. Dies wird mit Hilfe des nichtstrategischen Datennetzes geschehen, das die ganze Welt umspannt; da gibt es wirtschaftliche Informationen, Informationen über Transport- und Kommunikationswesen, Börsendaten ... und meteorologische Daten!«

»Sehr richtig«, sagte Woodward. »Sind die Softbombs erst einmal an Ort und Stelle gebracht, muß immer noch eine Möglichkeit gefunden werden, sie... unauffällig zu zünden. Der SAD – Service of Activation Desactivation –, geleitet von Vizeadmiral John Eckelberry, der ebenfalls anwesend ist, ist der aktive Dienst des OSAD...«

Mit seinen 48 Jahren war der Vizeadmiral einer der jüngsten seines Dienstgrades; George Bush hatte bereits von ihm gehört. Er war eine der Hoffnungen des Pentagon.

»Der SAD«, sagte Woodward, »besteht aus einer Abteilung, die den Auftrag hat, aus der Ferne die Zündung oder Neutralisierung von Softbombs vorzunehmen; das ist die Central Command, sozusagen das Hauptquartier des Computerkriegs. Die Abteilung, die damit beauftragt ist, Softbombs in die Software einzubauen, wird von einem Mann geleitet, auf den ich große Stücke halte. Abgesehen von seinen menschlichen Qualitäten weist Brendan Barnes' Leben eine Besonderheit auf, die uns vielleicht eines Tages von Vorteil sein wird. Zu jener Zeit, als die heutige Leiterin des Instituts von Krasnojarsk eine einfache Austauschstudentin am M. I. T. war, hat er nämlich ein Verhältnis mit ihr gehabt. Das ist eine Trumpfkarte, die wir nicht voreilig aus der Hand geben werden ...«

Bush verzog skeptisch den Mund. Er konnte sich nicht vorstellen, wozu solche Überlegungen gut sein sollten.

»Neben diesen beiden Abteilungen gibt es noch zwei weitere Ausschüsse, deren Arbeit ich persönlich überwache«, fuhr Woodward fort. »Zunächst einmal die Prospective Commission, die jeden Mittwoch zusammentrifft. Um dem Konzept des sanften Krieges treu zu bleiben, haben wir beschlossen, uns hauptsächlich auf den wirtschaftlichen Bereich zu konzentrieren, in dem Pannen etwas Alltägliches geworden sind; dies ist ein Bereich, in dem das Zünden einer Softbomb die Öffentlichkeit nicht beunruhigen würde. In der Sparte ›Ernährung‹ haben wir die jüngsten Unruhen in Tunesien sehr aufmerksam studiert; sie wurden durch eine Erhöhung der Preise für Grundnahrungsmittel ausgelöst, die der in Washington befindliche Computer des IWF empfohlen hatte. Wir haben uns auch mit dem Verhalten der Beamten von der Elfenbeinküste beschäftigt, die seit drei Monaten kein Gehalt mehr bekommen, weil der Zentral-

computer des Finanzministeriums eine Panne hatte; ebenso mit dem Zusammenbruch des gesamten sowjetischen Telefonnetzes im November 1982; die offizielle Version der ›Prawda‹ lautete damals: Panne im Zentralcomputer für Fernmeldewesen in Moskau. 1981 gab es auch einen länger als zwei Monate andauernden Stillstand in der russischen Schuhindustrie, nachdem sich in die EDV-Programme für Versorgung und Verwaltung der Rohstoffvorräte Fehler eingeschlichen hatten. Und schließlich haben wir uns sehr intensiv mit der Affäre des von den Russen abgeschossenen südkoreanischen Jumbos befaßt. Wie Sie wissen, Herr Vize-Präsident, haben die CIA und der japanische Geheimdienst herausgefunden, daß am Tod der 240 Passagiere des Fluges 007 der Korean Airlines genaugenommen der auf der Militärbasis Kamtschatka stationierte Computer ELORG ES 1030 schuld ist; er hatte nach mehr als einer Stunde Berechnungen die Auskunft gegeben: ›Wahrscheinlichkeit für Spionage durch unbekanntes Flugzeug: 88%‹.«
Bush rutschte nervös auf seinem Stuhl herum; er fühlte sich nicht wohl in seiner Haut. Es war ihm neu, daß die NSA Zugang zu streng geheimen Informationen erhalten hatte.
»Die näheren Umstände und Folgen all dieser Störungen«, führte Woodward weiter aus, »werden von uns untersucht, gleichfalls die technischen Ursachen und jene, bei denen menschliches Versagen in Frage kommt, ebenso die wirtschaftlichen, sozialen, politischen Konsequenzen – und zwar so detailliert wie nur möglich. Ausgehend von unserer Kenntnis einer ähnlich gelagerten Situation im Jahre 1975, als die ›Aeroflot‹ es brandeilig hatte, der ›Air France‹ einen Computer und Software abzukaufen, haben wir einen Plan entwickelt, nach dem das erste Manöver des Computerkriegs im Maßstab 1:1 abgelaufen ist. Als wir davon erfuhren, daß das nationale französische Wetteramt einen Vertrag mit den Russen abschließen würde, haben wir, in Zusammenarbeit mit dem Pentagon, die erste Phase des Computer-

Kriegs eingeleitet. In seiner Funktion als Mitglied der Kontrollmission des COCOM hat Brendan Barnes Zugang zu der französischen Software gehabt und die erste wirkliche Softbomb eingebaut. Das Prinzip dieses Störprogramms ist im Grunde sehr einfach. Da das französische Programm meteorologische Daten verarbeitet, mußte eine Softbomb eingebaut werden, die auf ganz bestimmte Informationen anspricht, die immer wieder von uns eingespeist werden können. Wir haben als Sprengkapsel die meteorologischen Daten der Insel St. Thomas genommen, einer der Jungferninseln, auf der sich eine Militärbasis befindet. Von dieser Militärbasis werden die Wetterinformationen über diesen Punkt der Erde in das internationale meteorologische Datennetz der WMO eingegeben. Die Armeemeteorologen haben vom Pentagon geheime Anweisungen erhalten: Für die Insel St. Thomas darf nie – es sei denn, es ergeht der ausdrückliche Befehl – ein Luftdruck von 1029 Millibar angegeben werden. Erreicht der Luftdruck in dieser Gegend tatsächlich diese Marke, müssen eben 1030 Millibar angegeben werden. Der sowjetische Computer ist nämlich dahingehend manipuliert worden, daß er, sobald man die Information ›1029 Millibar über St. Thomas‹ einspeist, blockiert. Das Programm ermöglicht es auch, den Computer wieder einwandfrei laufen zu lassen, indem 1028 Millibar eingegeben werden – ein Wert, der in normalen Zeiten ebenfalls ›verboten‹ ist.«

Bush unterbrach ihn. »Etwas ist mir noch nicht ganz klar. Offenbar können Sie Ihre Softbomb nicht zünden, wann Sie wollen, und sollten die meteorologischen Daten der Nachbarinseln von St. Thomas zu verschieden sein von denen der Insel selbst, wird man es merken. Die 1029 Millibar über St. Thomas müssen demnach auf jeden Fall glaubhaft klingen ...«

»Genau das ist der wunde Punkt der ganzen Geschichte«, räumte Eckelberry ein. »Wir können selbstverständlich keine Daten senden, die zuviel Aufmerksamkeit auf die Insel St. Thomas lenken würde.«

»Hm«, machte Bush, »eine Pistole, die nur bei schönem Wetter schießt, ist nicht viel wert, oder?«

»Es handelt sich nicht um eine ›Pistole‹«, widersprach Woodward, »sondern um eine neuartige Waffe, die am Anfang einer ganz neuen Form des Krieges steht... Eine Waffe, deren Bedeutung wir als einzige schon heute erfassen; und das gibt uns einen phantastischen Vorsprung bei allen künftigen Konflikten. Stellen Sie sich vor, wir könnten unsere Fallen in all jene Bereiche einbauen, die ich vorhin nannte: Ernährung, Energie, Transportwesen, die Wirtschaft im allgemeinen – wir könnten restlos alles lahmlegen! Technisch gesehen ist das durchaus möglich...«

»Vorausgesetzt, das Wetter spielt mit«, meinte Bush hartnäckig.

McFarlane lachte. Es kam ihm sehr gelegen, daß der Vize-Präsident den Leistungen einer Behörde skeptisch gegenüberstand, die der CIA in gewisser Weise Konkurrenz zu machen begann.

»Über dieses Thema möchte ich mich nicht weiter auslassen«, sagte Woodward, »aus dem einfachen Grund, weil wir andere Mittel und Wege finden werden, mit denen wir aus der Ferne die sowjetischen Computer beeinflussen können.«

»Was die Sache in Krasnojarsk angeht«, bemerkte McFarlane, »so sind wir ja nur knapp an einer Katastrophe vorbeigeschlittert...«

»Was soll das heißen?« fragte Bush.

Eckelberry kam McFarlane zuvor. Es war besser, man ließ ihn die Dinge nicht aus seiner Sicht schildern.

»Am Tag der Panne gab es einen offiziellen Besuch im Institut – Bonzen von der Akademie der Wissenschaften und vom Zentralkomitee... Wenn sie gemerkt hätten, daß der Computer nicht richtig funktioniert, hätte ihre Reaktion

einen internationalen Skandal zur Folge haben können.«
Bush schien diese Mitteilung zu verdrießen.
McFarlane nutzte die Gelegenheit, um gegen die NSA aufzutrumpfen.
»Es wäre unklug«, sagte er an Woodward gewandt, »wenn unser Rat nicht eingeholt und unsere Informationen nicht berücksichtigt würden, nur weil es um Operationen geht, die außerhalb unseres Kompetenzbereiches liegen. Wir hatten Ihnen rechtzeitig mitgeteilt, daß der für die Operation gewählte Tag in gefährlicher Nähe des Besuchsdatums lag. Wir haben Sie gebeten, zu warten ... aber Sie haben sich einfach über unsere Empfehlung hinweggesetzt!«
»Wir konnten nicht anders«, verteidigte sich Woodward. »Wir sind nun mal abhängig von den meteorologischen Daten, wie der Herr Vize-Präsident vorhin richtig bemerkte, und wir mußten die Gelegenheit ergreifen, denn der Luftdruck über St. Thomas lag nahe bei 1029 Millibar.«
»Aber in Rußland gab es einen Schneesturm, und deshalb wurde der Besuch verschoben. Wir haben das erst drei Tage später erfahren, doch zwischenzeitlich hatte der Besuch bereits stattgefunden, just an dem Tag, als der Computer blockiert wurde. Eine Katastrophe wurde nur um Haaresbreite vermieden, und offenbar haben wir das der Kaltblütigkeit der Direktorin des Instituts zu verdanken, der früheren Geliebten Ihres Schützlings. Es ist ihr nämlich gelungen, den Funktionären vorzugaukeln, daß der Computer einwandfrei funktioniert.« McFarlane holte tief Luft, bevor er seinen letzten Pfeil abschoß. »Meines Erachtens ist diese Ungeschicklichkeit jedoch nicht einmal das gravierendste ... das gravierendste ist, daß auf eine Dummheit noch ein grober Fehler draufgesetzt wurde. Es war nämlich ein äußerst grober Fehler, die Falle zu desaktivieren und das Programm wieder in Marsch zu setzen. Daß ein Computer mal nicht funktioniert, kann durchaus vorkommen; aber daß er sich dann wieder von ganz allein in Gang setzt – was ebenso

unerklärlich ist wie die Panne selbst–, das muß einen doch aufhorchen lassen . . . und deutet zudem auf eine Manipulation von außen hin . . .«

»Wir hatten keine andere Wahl«, sagte Woodward gelassen. »Die Franzosen hätten die Falle entdecken können. Sie ist nämlich bedeutend leichter auszumachen, solange sie ›in Betrieb‹ ist. Nun, wir werden auf jeden Fall aus dieser Lektion lernen und uns zunächst einmal Zündsysteme ausdenken, die zuverlässiger sind. Die Schwierigkeit liegt darin, daß es sich um Daten handeln muß, die im internationalen EDV-Netz zirkulieren, das heißt: nichtstrategische Informationen. Und gleichzeitig müssen wir in der Lage sein, diese Daten zum gewünschten Zeitpunkt einzusetzen, ohne daß es dabei zu Nebenwirkungen kommt. Beispielsweise können wir keine falschen Daten eingeben, die das Fernmeldewesen betreffen, denn das würde nicht nur in der UdSSR zu folgenschweren Störungen führen. Der zweite Schwachpunkt unserer Softbomb ist Mr. McFarlane allerdings offenbar entgangen . . .

Woodward machte eine Pause und lächelte. Der Direktor der CIA warf ihm einen bösen Blick zu.

»Ich nehme an, Sie werden uns umgehend erklären, um was es sich handelt?« fragte er.

»Selbstverständlich. Diese Art Falle ist im Grunde sehr verwundbar. Ein russischer EDV-Fachmann, der ein bißchen schlauer ist als seine Kollegen, würde sie mit der Zeit sicher ausfindig machen können. Dazu braucht er nicht einmal das gesamte Programm zu sondieren. Mit Hilfe einer Art logischem Filter kann man nämlich ziemlich schnell ans Ziel gelangen . . . Es würde genügen, sich jene Instruktionen näher anzusehen, die praktisch nie aktiviert werden . . . Aus diesem Grund haben wir andere Lösungen ins Auge gefaßt. Verschiedene Techniken sind möglich. Eine davon steht uns bereits zur Verfügung: die der Polaris-Raketen. Sie alle kennen das Prinzip der mehrköpfigen Nuklearraketen. Nur einige der Sprengköpfe sind tatsächlich gefährlich, doch der Feind ist gezwungen, alle abzufangen, um sicherzugehen, dabei auch die scharfen Köpfe auszuschalten. Die Polaris-Softbomb würde also aus einer großen Anzahl inaktiver Zeilen bestehen, die im Programm verteilt sind, und von denen nur einige ›gefährlich‹ sind. Um sie zu finden, müßte das ganze Programm durchsiebt, müßten sämtliche inaktiven Zeilen untersucht werden.«

Bush schüttelte den Kopf. »Was wir brauchen, ist ein absolut sicheres Programm, eine Falle, die man unter *keinen* Umständen entdecken darf. Selbst wenn Sie 50000 inaktive Zeilen einbauen, so haben die Russen doch immer noch die Möglichkeit – wenn sie es für nötig halten –, 500 Personen für eine solche Arbeit einzusetzen. Das bedeutet, jede Person hat gerade noch 100 Zeilen zu untersuchen. Nein, wir brauchen etwas ganz anderes. Wir dürfen uns nicht mehr den kleinsten Fehler erlauben. Ihre Abteilung hat gute Arbeit geleistet, meine Herren, ist aber gleichzeitig ein zu großes Risiko eingegangen. Was wir in Zukunft brauchen, ist perfekte Arbeit.«

»Genau die haben wir uns vorgenommen«, entgegnete Woodward, der sich nicht aus der Fassung bringen ließ. »Eine perfekte Technik ...«

Moskau, 16. Januar 1984

Der Saaldiener, ein Koloß von fast zwei Metern, führte Julia in einen Salon. Die Möbel darin waren pompös, doch verglichen mit den Schätzen, die sie auf ihrem Weg durch die anderen Säle des Kreml gesehen hatte, wirkten sie ziemlich banal.

»Der Generalsekretär wird gleich da sein.«

Julia stand gegenüber der Flügeltür und kämpfte gegen die Aufregung an, die sie zu lähmen drohte. Der Generalsekretär... Diese einfachen Worte, sie bedeuteten seit ihrer Kindheit so viel! Sie beschworen Erinnerungen herauf an den Patriotismusunterricht, an die Versammlungen des Komsomol, an die Lieder im Pionierlager, an feierliche Kommuniqués, an endlose Aufzählungen der Namen von Parteisekretären, Vorsitzenden, Untersekretären und Mitgliedern verschiedener Organisationen, die stets nach dem Titel des Führers der UdSSR genannt wurden, der an erster Stelle stand...

»Der Generalsekretär!« verkündete der Saaldiener.

Zwei hochgewachsene Männer betraten den Raum. Zwischen ihren riesigen Körpern ging die bekannte Gestalt, die, aus der Nähe gesehen, einen noch viel zerbrechlicheren Eindruck machte. Der Generalsekretär lächelte Julia zu, während seine beiden Helfer ihn zu einem Sessel geleiteten, ihn beinahe hin trugen. Die Tatsache, daß sich die Lippen in diesem bewegungslosen Gesicht, das zum Teil hinter einer großen Brille verschwand, zu einem Lächeln verzogen, hatte etwas Überraschendes, fast Beunruhigendes.

Mit einer knappen Geste entließ Andropow seine beiden Schutzengel.

»Bitte setzen Sie sich, Julia Woronkowa«, sagte Andropow mit schwacher, aber warmherziger Stimme.

Der Generalsekretär gehörte einer Generation an, die sich nicht von alten Sprachgewohnheiten lösen konnte.

»Ich freue mich, Sie endlich persönlich kennenzulernen«, sagte er, während seine Besucherin Platz nahm. »Afanasjew hat mir viel Gutes von Ihnen berichtet.«

Julia wollte höflich protestieren, doch Andropow achtete nicht darauf und fuhr fort: »Auch habe ich Ihren Bericht an das Zentralkomitee über die Computerisierung unseres Vaterlandes gelesen. Und außerdem...« Er lächelte verschmitzt und machte eine Pause. Julia wagte nicht, sich zu rühren.

»... und außerdem«, fuhr er nach einer Minute fort, die ihr

wie eine halbe Ewigkeit vorgekommen war, »ist die Delegation der Akademie der Wissenschaften äußerst zufrieden von ihrer Reise nach Krasnojarsk zurückgekehrt.«

Während Julia auf den Fortgang seiner Rede wartete, wuchs in ihr die Anspannung. War der Generalsekretär längst über alles informiert, was im Institut vorgefallen war? Oder war die Information noch nicht über die Grenzen der Akademie hinausgekommen? Vielleicht war es angebracht, daß sie, Julia, von selbst auf diese merkwürdige Panne zu sprechen kam, die aufgrund der Änderung des Luftdrucks über einer kleinen Insel irgendwo östlich von Puerto Rico verursacht worden war.

Als man Julia in den Kreml zitierte, hatte Sergej mit Nachdruck von ihr verlangt, daß sie auch weiterhin über diesen Vorfall schwieg. Diese Einladung, die ihn eigentlich mit Stolz und Freude hätte erfüllen müssen, schien ihn zu beunruhigen und völlig überrascht zu haben. Julia dagegen hatte die Ereignisse auf sich zukommen lassen; sie sagte sich, daß es unwahrscheinlich war, daß der Generalsekretär der KPdSU eine einfache Institutsleiterin zu sich kommen ließ, nur um ihr ihre Entlassung mitzuteilen.

»Ich setze große Hoffnungen auf Sie, Julia.«

Andropows Stimme klang verändert. Man hätte meinen können, er spräche aus sehr weiter Ferne.

»Hoffnungen auf Sie und Ihresgleichen. Sie sind die neue Generation, die der tüchtigen Experten, die unser Land so dringend benötigt. Ein neues Kapitel in der Geschichte der Menschheit, der Aufbau einer neuen kommunistischen Gesellschaft wird nur dann möglich sein, wenn wir uns mit den neuen Techniken vertraut machen, die die Imperialisten viel besser beherrschen als wir, zur Zeit jedenfalls noch... Gefällt es Ihnen eigentlich in Sibirien?« fragte er unvermittelt. Sein Ton war plötzlich viel lebhafter.

»Ich stamme aus der Gegend von Witebsk. Es ist natürlich eine ziemliche Umstellung für meine Familie und mich.

Aber die Aufgabe, die mir übertragen wurde, ist so faszinierend, daß der Klima- und Landschaftswechsel halb so schlimm ist.«
»Ihre Antwort gefällt mir. Begeisterung für die Aufbauarbeiten des Sozialismus – das ist es, woran es unserem Volk am meisten fehlt!«
Seine Stimme wurde leiser, er sprach langsamer.
Julia fragte sich, ob er im Begriff war, einzuschlafen. Und bei dem Gedanken, daß er hier, in ihrem Beisein, einen Schwächeanfall erleiden könnte, wurde sie von Panik erfaßt.
»Sehen Sie«, fuhr er nach kurzem Schweigen fort, »ich bin krank, sehr krank. Ich weiß, daß wir auf Ihre Diskretion zählen können ... Die Partei hat vielleicht schon bald einen neuen Generalsekretär ...«
Julia wollte erneut protestieren, doch Andropow hinderte sie am Sprechen. Hinter den dicken Brillengläsern blinzelten seine Augen schelmisch.
»In meiner Position beobachtet man mit einer gewissen Gleichgültigkeit die Unruhe unter den Anwärtern auf die Nachfolge. Leider begünstigt uns die augenblickliche Lage nicht sehr ...«
Julia stand der offiziellen Sprache, den großartigen Erklärungen der Führer ihres Landes kritisch gegenüber; die Bekanntschaft mit Afanasjew hatte ihr eine gehörige Portion Zynismus eingeimpft. Doch in diesem Augenblick berührte das von Andropow, dem Führer einer der beiden mächtigsten Nationen der Welt, benutzte »uns« Julia zutiefst.
»Es ist durchaus möglich, daß eine Zeitlang die Verfechter der Fortschrittsfeindlichkeit ans Ruder gelangen. Dennoch weiß ich, daß unsere Leute auf ihren Posten bleiben werden. Sie müssen auf dem Posten, den Sie bekleiden, fortfahren, in der richtigen Richtung weiterzuarbeiten: Modernisierung, Verantwortlichkeit, Förderung von Eigeninitiative und Verstärkung der Kontrollen; das alles gehört untrennbar

zusammen. Die Informatik muß uns helfen, die Schlamperei zu beseitigen, diese Plage unserer Wirtschaft. Als ich vor siebzehn Jahren meinen Freund Afanasjew darum bat, meine Behörde, den KGB, zu computerisieren, mußte ich gegen viele Widerstände ankämpfen. Es war ein langer, beschwerlicher Weg, aber zuletzt haben wir doch alle Hindernisse überwunden ...«

Er war immer mehr in Schwung gekommen; den letzten Satz sprach er mit großer Vehemenz und unterstrich seine Worte mit einer scharfen Handbewegung. Julia schauderte. Für kurze Augenblicke schien es, als steckte in diesem Mann noch immer eine furchtbare Kraft – versteckt zwar und doch bereit loszubrechen. Sie bewunderte diesen gebrechlichen Körper, in dem so viel Energie verborgen war. Er holte tief Luft und unterdrückte das leichte Zittern seines Kinns.

»Ich habe mit meinem Freund Gorbatschow über Sie gesprochen«, fuhr er fort. »Wie Sie wissen, ist er der eigentliche Vater der Computerisierung der UdSSR. Wenn ich nicht mehr da bin, können Sie sich direkt an ihn wenden. Sie sind jung«, sagte er und lächelte seltsam fröhlich, »und schön. Sie besitzen viel Persönlichkeit. Wir sind der Meinung, daß Sie sich besonders gut dazu eignen, die Modernisierung unseres Landes zu verkörpern. Machen Sie sich darauf gefaßt, daß die Zeitungen viel über Sie schreiben werden. Bei uns haben Stars gewiß nicht soviel Bedeutung wie im Westen – wir fallen nicht in die lächerlichen Extreme, wie es dort der Fall ist –, aber die Persönlichkeiten, von denen bei uns im Fernsehen oder in den Zeitungen häufig die Rede ist, haben nichtsdestotrotz einen gewissen Einfluß. Unser Volk braucht Träume ebenso wie Elan. Sie können ihm beides bringen. Sie verkörpern die Zukunft. Und je populärer Sie sind, um so weniger wird man unserer politischen Linie etwas anhaben können ...«

»Ich will versuchen, mich dieser Aufgabe würdig zu erweisen.«

»Die im übrigen nicht die einzige sein wird. Sie werden zur Leiterin einer neuen Behörde ernannt, dem Komitee zur Überwachung der Datenzentren. Ihre Aufgabe wird zum einen darin bestehen, dafür zu sorgen, daß die EDV gleichmäßig über das ganze Gebiet der Sowjetunion verteilt wird – gemäß unserer Planungsprinzipien. Auf der anderen Seite – und das ist der schwerste Teil Ihrer Aufgabe – müssen wir es schaffen, vom Westen so unabhängig wie nur irgend möglich zu werden. Wir müssen uns seine Technologien, seine Geräte – und was Sie betrifft –, vor allem seine Software zu eigen machen. Ihr Komitee muß sich zu einem regelrechten Institut entwickeln, das alles, was der Westen auf diesem Gebiet am besten beherrscht, ›assimiliert‹. Bei dieser Aufgabe werden Sie selbstverständlich uneingeschränkt vom KGB unterstützt. Diese neue Behörde muß schließlich auch für eine genaue Überwachung der Software, die wir im Westen erwerben, sorgen. Es ist nicht gut, daß wir in so hohem Maße von der Technik der Kapitalisten abhängig sind. Gorbatschow hat mir einmal gesagt, daß man die Software in gewisser Weise mit jenen ausländischen Technikern vergleichen kann, die wir in den ersten Jahren nach der großen Oktoberrevolution zu uns ins Land holten. Wir waren gezwungen, uns auf ihr Wissen zu verlassen, aber nichts garantierte uns, daß sie ihre Arbeit nicht im entscheidenden Moment sabotieren würden. Und manche haben das tatsächlich getan. Ihr Komitee wird Methoden zur Analyse jener EDV-Programme entwickeln, die wir im Ausland kaufen ...«
Julia wartete schicksalsergeben. Gleich würde er die Panne erwähnen. Was sollte sie ihm dann entgegnen? Wäre es nicht das beste, ehrlich zu sein? »Die Ehrlichkeit ist eine mit Vorsicht zu handhabende Waffe«, hatte Afanasjew einmal zu ihr gesagt.
Doch Andropow schwieg. Er hielt die Augen halb geschlossen. Eine geraume Weile rührte er sich nicht, dann drückte

er auf den Klingelknopf, der sich in der Nähe des Sofas befand. Die beiden Kolosse kamen herein und halfen ihm beim Aufstehen. Julia erhob sich.
»Ich verlasse mich auf Sie«, flüsterte Andropow. Er wirkte plötzlich erschöpft.
Das Gespräch war beendet.

Paris, 1. Februar 1984, 10 Uhr

Brendan lief am Tresen von Harry's Bar vorbei und erwiderte automatisch den Gruß des Barkeepers. Richard Thomas saß bereits an einem Tisch – wie jedesmal, wenn sie sich hier trafen. Brendan nahm neben ihm Platz. Der Kellner brachte einen Kaffee, ohne daß er eine Bestellung hätte aufgeben müssen.
»Wir haben erfahren, daß ein Oberst des KGB nach Frankreich kommen wird, um in der Affäre der französischen Software Nachforschungen anzustellen«, berichtete nun Thomas.
»Das ist das mindeste, was die Russen tun können«, sagte Brendan. Er sah seinen Gesprächspartner aufmerksam ins Gesicht und fügte hinzu: »Sie scheinen sich darüber Gedanken zu machen ... Ich persönlich glaube nicht, daß er viel herausfinden wird.«
»Na, seien Sie da nicht so sicher. Was mich nur wundert, ist, daß sie sich so viel Zeit gelassen haben, um zu reagieren.« Brendan trank einen Schluck von dem heißen Kaffee. Richard Thomas, dachte er, ist ja ein ziemlich ängstlicher Mensch.
Die Tür des Cafés ging auf, ein hochgewachsener Farbiger in einer abgewetzten Lederjacke trat herein. Es war dunkel in der Bar, und während er forschend in den hinteren Teil des Raums blickte, die Augen des Mannes sich an das Dämmerlicht gewöhnten, hatte Brendan reichlich Zeit, ihn

zu erkennen: es handelte sich um den Bruder von Françoise. Sieh einer an, dachte Brendan. Und ich war der Meinung, man hätte ihn nach Martinique zurückgeschickt...
Doch plötzlich wurde er von Panik erfaßt, denn der Mann hatte, ohne dem Barkeeper auf dessen Frage zu antworten, mit der Hand in die Jackentasche gegriffen.
Brendan packte Thomas am Hals, ließ sich zu Boden fallen und riß ihn dabei mit; fast in der gleichen Sekunde wurde der Tisch von einer Explosion in die Höhe geschleudert. Und während ein Teil der Decke auf sie herabstürzte, dachte Brendan noch, daß die Russen sich doch nicht so viel Zeit gelassen hatten...

6. Kapitel

Krasnojarsk, 10. Februar 1984

»Das Zentralkomitee der KPdSU, das Präsidium des Obersten Sowjet und der Ministerrat der UdSSR haben aus Anlaß des Todes von Jurij Wladimirowitsch Andropow, Generalsekretär des ZK der KPdSU und Vorsitzender des Präsidiums des Obersten Sowjet, folgendes beschlossen: Für die Zeit vom 11. bis 14. Februar 1984 wird eine viertägige Staatstrauer angeordnet...«

Julia und Sergej hatten sich gemeinsam darauf geeinigt, daß der Freitagabend ein besonderer Tag sein und ganz allein der Familie gehören sollte. Im Gegensatz zu den anderen Tagen der Woche spielten die Eheleute – einträchtig auf dem Sofa sitzend, Zeitungen in der Hand – gewissenhaft die Rolle der Erziehungsberechtigten, während der achtjährige Alexej auf dem Teppich herumlümmelte und Swetlana, 11 Jahre alt, die Stirn in Falten gezogen und die Zunge aus dem Mund gestreckt, »die geheimnisvolle Insel« oder »das Leben der Isadora Duncan« las. Das Fernsehgerät lief leise, aber sie warfen nur ab und zu einen flüchtigen Blick auf den Bildschirm. An diesem Abend verlas der Sprecher mit Trauerstimme ein Kommuniqué, das schon den ganzen Tag über von sämtlichen Rundfunk- und Fernsehstationen verbreitet worden war.

»...am Tag der Beisetzung wird in allen Volksschulen und Gymnasien unterrichtsfrei gegeben...«

»Fällt meine Ballettstunde dann etwa auch aus?« fragte Swetlana, ohne von ihrem Buch aufzusehen.

»Gewiß«, antwortete Sergej. »Weißt du, das ist normal, schließlich war Andropow der höchste Führer unseres Landes. Wir müssen der ganzen Welt zeigen, daß wir traurig sind.«

»... im Augenblick der Beisetzung von Jurij Wladimirowitsch Andropow werden Artilleriesalven abgefeuert in Moskau, den Hauptstädten der Sowjetrepubliken, den Heldenstädten Leningrad, Wolgograd ...«

»Schade, daß ich nicht zum Ballettunterricht gehen kann«, meinte Swetlana ernst.

»Weißt du«, sagte Sergej und warf Julia einen Seitenblick zu, »der Tod unseres höchsten Führers zwingt auch die Erwachsenen, ihre Pläne zu ändern ...«

»... der Heldenfestung Brest sowie in Kaliningrad, Lwow, Rostow-am-Don ...«

»Kinder, es wird Zeit, ins Bett zu gehen!« rief Julia.

Swetlana schien sich noch mehr in ihre Lektüre zu vertiefen.

»Komm, mein Schatz.« Julia blieb unerbittlich. »Und nimm deinen Bruder mit.«

Swetlana stieß einen resignierten Seufzer aus, faßte Alexej an der Hand und ging in das angrenzende Zimmer.

»Ich komme gleich nach«, sagte Julia, während der Sprecher mit dem Verlesen all jener Städte zu Ende kam, die zu Ehren des Verstorbenen Böllerschüsse abfeuern würden.

Sie wandte sich an ihren Mann. »Was wird sich mit Andropows Tod für uns ändern?« fragte sie unbeteiligt.

Sergej antwortete nicht sofort. Er schien plötzlich vom Geschehen auf dem Fernsehschirm gefesselt. In Wirklichkeit, das wußte Julia, dachte er angestrengt nach. Seit sie bei Andropow gewesen war, überlegte er sich jeden Satz zweimal, den er in ihrer Gegenwart sprach.

»... während dieser Zeit ist in sämtlichen Fabriken und Betrieben auf dem Territorium der Sowjetunion, mit Ausnahme der Fabriken, die auf Dauerproduktion eingerichtet sind, die Arbeit fünf Minuten lang niederzulegen ...«

»Du weißt ja, wer sein Nachfolger wird«, sagte Sergej endlich. »Das einzige, was Tschernenko interessiert, ist das Funktionieren des Apparates.«

»... und drei Minuten lang sollen die Sirenen in Fabriken und Betrieben, auf Eisenbahnen, See- und Flußdampfern ertönen ...«

Julia stand auf und stellte den Fernseher ab. »Afanasjew gehört der Bestattungskommission an«, bemerkte sie.

»Und Gorbatschow bleibt weiterhin in aussichtsreicher Position, ich weiß. Aber wie auch immer – was deine Stellung angeht, so bist du besonders verwundbar. Du mußt vorsichtig sein. Der kleinste Fehler könnte fatale Folgen für dich haben. Du mußt unbedingt damit aufhören, herausfinden zu wollen, was mit Kotusow geschehen ist.«

Julia wurde blaß. Sergej freute sich insgeheim, als er sah, wie sie endlich ein wenig die Fassung verlor. Mit einem leichten Triumph in der Stimme fuhr er fort: »Du hast mich die ganze Zeit hintergangen, um mehr herauszubekommen. Aber jeder einzelne deiner Briefe, all deine Besuche bei meinen Vorgesetzten und deinen Freunden von der Akademie der Wissenschaften sind mir zugetragen worden. Man hat mich aufgefordert, dich zur Räson zu bringen. Kotusow ist aufgrund der lächerlichen Komödie, die er den Besuchern von der Akademie und des Ministeriums Anfang Januar vorgespielt hat, seiner Funktionen im Institut enthoben worden.«

»Sergej!« rief Julia empört. »Du weißt genau, daß ich diejenige war, die ...«

»Nein, ich weiß es nicht!« fuhr Sergej ihr ins Wort.

Swetlanas Stimme drang durch die Schlafzimmertür: »Mama, wir haben unsere Schlafanzüge an. Kommst du?«

»Ja, Swetlanotschka, gleich ... Warum wird dem armen Kotusow so übel mitgespielt?«

»Weil man einen Schuldigen brauchte. Außerdem war er viel zu labil und unkontrollierbar, als daß er weiterhin mit dir hätte zusammenarbeiten können. Julia, laß gut sein! Du verschlimmerst höchstens dein Schicksal – und bringst uns alle in Gefahr.«

»Uns?« wiederholte sie sarkastisch.

»Jawohl: dich, mich . . . und die Kinder.«

Julia sah ihn einen Augenblick stumm an. Schließlich senkte Sergej den Blick, und sie lief hinüber ins Kinderzimmer, wo Swetlana wieder nach ihr rief.

Sommerset House, Massachusetts, 10. Februar 1984

Die Axt sauste auf den Holzscheit nieder und spaltete ihn in zwei gleich große Stücke, die beiderseits des Hackklotzes zu Boden fielen. Zufrieden seufzend bückte sich Brendan, stellte einen weiteren Holzscheit auf den Hackklotz und schwang die Axt über den Kopf. Die rhythmischen Geräusche des Holz spaltenden Metalls und der kleinen Scheite, die auf größer werdende Haufen fielen, verloren sich in der großen Stille der schneebedeckten, weißwattierten Wälder. Brendan belud einen Schubkarren mit dem Holz, das er gerade gehackt hatte, legte die Axt auf seine Fuhre und machte sich auf den Heimweg. Als der Pfad eine Biegung beschrieb, tauchte Sommerset House in seinem Blickfeld auf. Es war ein weitläufiges, anheimelnd wirkendes Blockhaus mit einer Veranda. Der Reifen des Schubkarrens knirschte im Schnee. Brendan atmete schnaubend. Sein rechtes Handgelenk schmerzte. Als Brendan sich in Harry's Bar auf den Boden hatte fallen lassen und Richard Thomas in seinem Fall mitzog, war ihm der Tisch draufgefallen. Der CIA-Agent hatte nicht eine einzige Schramme abbekommen. Der Barkeeper war von einem Splitter getroffen worden und mit einer vernähten Wunde davongekommen.

Jacques Vimard hatte sich höchst ungeschickt angestellt: seine Handgranate war zirka drei Meter neben dem anvisierten Ziel gelandet. Allerdings war ihm die Flucht gelungen, und da es keine Opfer zu beklagen gab, beschäftigten sich die Zeitungen nur vorübergehend mit dem Attentat. Freilich erhielten sie nur recht spärliche Informationen; weder die Identität des »Terroristen« noch die der »beiden Beamten der amerikanischen Botschaft« wurden der Öffentlichkeit bekanntgegeben.

Brendan räumte die Holzscheite in den kleinen Schuppen neben der an der Rückseite des Hauses gelegenen Küchentür. Dann trat er ins Haus, wusch sich die Hände und machte sich daran, einen kräftigen morgendlichen Imbiß für zwei zuzubereiten. Bald mischten sich Kaffeeduft und der Geruch von Rühreiern mit gebratenem Speck; aus dem Toaster hüpften goldbraun geröstete Weißbrotscheiben, die Brendan neben die Butterdose, die Karaffe mit Orangensaft und alles, was sonst noch zu einem traditionellen Frühstück in Sommerset House gehörte, auf das Tablett legte.

Die Arbeit ging Brendan leicht von der Hand. Es tat gut, sich wieder mit alltäglichen Verrichtungen zu beschäftigen. Und es tat gut, wieder bei Sally zu sein, die an diesem Morgen, wie an zahlreichen Morgen zuvor, nicht wußte, ob sie ihrer Eßlust nachgeben oder die letzten halbwachen Minuten eines erquickenden Schlafes genießen sollte.

»Das Wetter ist phantastisch«, verkündete Brendan und zog die Vorhänge energisch auf.

Er stöhnte unwillkürlich vor Schmerz, und während er an das Bett trat, rieb er sich das Handgelenk. Sally sah ihn mit weit geöffneten Augen an. An diesem Morgen wirkte ihr sonst so sanftes Gesicht sehr ernst.

»Brendie, ich bin in der Nacht aufgewacht ...«

»In der Tat ein Ereignis, das wert ist, begossen zu werden«, sagte Brendan bemüht jovial. »Möchtest du ein Glas Orangensaft?«

Sally richtete sich auf, und Brendan stopfte ihr zwei Kopfkissen in den Rücken.
»Mir ist nicht zum Spaßen zumute«, sagte sie bestimmt. Ihr Gesichtsausdruck wirkte verstockt.
»Ich bin wach geworden, weil ich die ganze Zeit darüber nachdenken mußte, ob dieses Attentat vielleicht doch nicht – wie du mir weismachen wolltest – gegen eine Kneipe gerichtet war, die in der Hauptsache von Amerikanern frequentiert wird, sondern gegen ganz bestimmte Amerikaner. Ich hatte große Schwierigkeiten, wieder einzuschlafen ...«
Brendan setzte sich auf den Bettrand, seufzte anteilnehmend und küßte seine Frau auf die Lippen. Dann stellte er, ohne etwas zu sagen, das Tablett vor sie hin, und wartete, bis sie ihren Orangensaft getrunken hatte. Zuletzt meinte er: »Du weißt doch, daß ich dir stets deine Fragen beantwortet habe ...«
»Und du weißt, daß ich mich meistens davor gehütet habe, überhaupt irgendwelche Fragen zu stellen.«
»Das ist wahr ... Also gut, ja, es stimmt: das Attentat hat vermutlich Thomas und mir gegolten.«
»Und wenn es nur einem von euch beiden gegolten hat, wem dann wohl am ehesten?«
»Nun, mir ... Hör zu, Sally«, sagte Brendan, als er sah, daß seine Frau den Tränen nahe war, »du darfst nicht glauben, daß ich James Bond bin. Was da passiert ist, ist eine Ausnahme; so etwas geschieht normalerweise nicht. Der Krieg, den ich führe, hat nichts mit Terrorismus zu tun. Das die andere Seite auf diese Weise reagiert hat, müßte uns im Grunde freuen ...«
»Wieso denn das? Und wer, Brendan, soll das sein: die andere Seite? Ich will unbedingt mehr darüber erfahren, was da vor sich geht. Ich habe mich damit abgefunden, daß du ein merkwürdiges Leben führst, ich habe mich mit der Idee angefreundet, daß du ständig in Gefahr lebst, aber du hast

mir auch versprochen, mir nichts zu verheimlichen, sollte ich dir eines Tages Fragen stellen ...«
»Ja, du hast recht. Ich glaube, es ist an der Zeit, daß ich dir mehr erzähle ... Trotzdem solltest du deinen Kaffee trinken, bevor er kalt ist ... Ich kenne den Kerl, der das Attentat begangen hat. Er hatte ganz persönliche Gründe, um mir eins auszuwischen. Er ist der Bruder einer Pariser Bekannten.«
»Einer Bekannten?« wiederholte Sally und warf Brendan über den Rand ihrer Tasse hinweg einen Blick zu.
Er lächelte verlegen, und Sally fügte hinzu: »Ich verstehe, das gehört wohl zu deinem Auftrag. Liebst du sie?«
»Manchmal rede ich mir das ein, ja.«
»So sehr wie mich?«
Sallys Stimme zitterte ein wenig.
»Nein, natürlich nicht. Oh, mein Liebling!« rief Brendan und liebkoste die Wange seiner Frau mit den Fingerspitzen. »Es ist schön, jemanden wie dich zu haben, jemanden, dem man voll und ganz vertrauen kann ... Jacques Vimard, mein Terrorist, hatte seiner Schwester verboten, mich zu sehen. Er wurde von den französischen Behörden des Landes verwiesen und auf die Antillen zurückgeschickt. Es ist ihm jedoch gelungen, der dortigen polizeilichen Überwachung zu entkommen und problemlos nach Frankreich zurückzukehren, was beweist, daß ihm von Leuten geholfen wurde, die weitaus mehr Macht und Einfluß haben als die winzigen Splittergruppen, denen er angehört.«
Brendan unterbrach sich, um in die Toastbrotscheibe zu beißen, die Sally ihm gebuttert hatte.
»Der KGB hat ihm geholfen – willst du das damit sagen?«
»Genau. Und das ist es, was mich freut. Unsere Gegner – oder zumindest eine ganz bestimmte Gruppe – haben auf die herkömmliche Weise reagiert. Sie sind offensichtlich nicht in der Lage, uns auf unserem Terrain Paroli zu bieten.«

»Du sprichst in Rätseln! Gegen was Paroli bieten? Und auf welchem Terrain?«

Jetzt war es Brendan, der Sally einen gebutterten Toast reichte. Die alten Gewohnheiten ...

»Ich darf dir keine weiteren Einzelheiten nennen. Laß dir soviel sagen, daß ich an der ersten Phase eines ganz speziellen Krieges teilgenommen habe, dessen Ziel darin besteht, die Computer des Gegners zu blockieren.«

»Ein Krieg? Soviel ich weiß, befinden wir uns momentan nicht im Kriegszustand ...«

»Oh doch, das tun wir! Seit 1945 geht der Krieg zwischen den Siegermächten ununterbrochen weiter ... Die UdSSR infiltriert uns mit ihrer Ideologie, sie manipuliert Parteien, Gewerkschaften, Friedensorganisationen. Der Ostblock hat die Möglichkeit, aus der Ferne hier bei uns im westlichen Bündnis Streiks und Massendemonstrationen auszulösen. Die UdSSR verfügt über eine Waffe namens Ideologie, mit deren Hilfe sie in der Lage ist, bei uns Störungsprozesse in Gang zu setzen. Und diese Möglichkeit schöpft sie natürlich aus: Die Friedensbewegung wird zum Teil von Moskau aus gesteuert. Das Leben ist wie ein Boxkampf – man muß zwar allerhand einstecken können, aber irgendwann ist Schluß!«

»Eine sehr männliche Weisheit.«

»Sie stammt nicht von mir. Aber folgendes stammt von mir, es ist aus einem Artikel, den ich für ›Computers and Society‹ geschrieben habe: ›Das internationale Interesse richtet sich auch heute noch hauptsächlich auf Probleme des atomaren Gleichgewichts; dabei stellen diese nur die Spitze eines Eisbergs dar. Es besteht ein viel tiefgreifenderes Ungleichgewicht zwischen den vorherrschenden ideologischen Kräften, das weniger sichtbar ist. Es war an der Zeit, eine Antwort auf die sowjetische Infiltration zu finden. In der Informatik besitzen wir das perfekte Instrument, um das nötige Gleichgewicht wiederherzustellen ...‹«

»Ich kann nicht begreifen, wie eine neue Technik eine solch gewichtige Rolle spielen kann ...«

»Weil du viel zu linear denkst! Überall, wo Computer installiert werden, findet eine Revolution in der Intelligenz statt. Diejenigen, die diese Form von Intelligenz beherrschen, halten einen entscheidenden Trumpf in der Hand. Du weißt ja, ich habe mich mit der Pädagogik auf dem Gebiet der EDV beschäftigt, bevor ich mich auf das ›debugging‹ spezialisierte. Als ich Kindern die Grundbegriffe der Informatik beibrachte, konnte ich beobachten, wie rasch sie begriffen und damit umgehen konnten, besser oft als Erwachsene, und daß sie sich nie die Gebrauchsanweisungen der Computer ansahen. Das natürliche Verhalten der Kinder – das darin besteht, Dinge auszuprobieren und durch Aktion und Reaktion zu lernen – gewährleistet eine optimale Ausnutzung des Gerätes. Was ist das für ein Gerät? Nun, eine Art Kasten, der viele Daten enthält, um den man herumschleicht auf der Suche nach dem richtigen Einstieg, nach einem Weg, über den man bis zu der Information dringen kann, die man benötigt. Das hat zur Folge, daß man in kreisförmigen Gedankenstrukturen reflektiert, nicht in linearen: eine Gedankenstruktur, die sich weniger für das Modell als für das Resultat interessiert. Ein guter Informatiker, der sich mit einer Unmenge von Daten konfrontiert sieht, wird nicht den Versuch unternehmen, herauszufinden, welches Modell das Ganze regiert; er interessiert sich nur für die Prozedur, die nötig ist, um zum gewünschten Ergebnis zu gelangen.«

»Was zwangsläufig bedeutet, daß man das computerimmanente Modell akzeptiert, ohne sich kritisch damit auseinanderzusetzen. Ist das nicht ein bißchen leichtsinnig? Du hast mir doch selbst einmal gesagt, daß EDV-Programme ganze Kulturen komprimieren ...«

»In der Tat, die Informatik schafft keine Diskontinuität mit der Kultur, sie konzentriert sie, das ist alles. Aber ich sehe schon, worauf du hinauswillst... Ein Modell, das man nicht diskutieren kann – da lauert Big Brother im Hintergrund, das meinst du doch, nicht wahr? Die Informatik – der Totalitarismus unserer Zeit... Nicht im geringsten; im Gegenteil: die Informatik bietet die große Chance, der herkömmlichen politischen Debatte ein Ende zu bereiten und nicht mehr länger nur zwischen zwei Parteien wählen zu müssen, was im Grunde überhaupt nicht demokratisch ist, denn dabei wird die eine Hälfte der Bevölkerung immer auf Kosten der anderen profitieren... Die Informatik bietet seltsamerweise die Möglichkeit einer Rückkehr zum antiken Stadtstaat.«

Während er das sagte, hatte sich Brendan neben Sally auf das Bett gesetzt. Sie lehnte ihren Kopf an die Schulter ihres Mannes. »Erzähl, Onkel Brendie«, sagte sie mit Kleinmädchenstimme, »erzähl mir die wundervolle Geschichte von der Informatikfee!«

»Die Informatik wird die Gründung einer Agora ermöglichen, eines ständigen elektronischen Forums. Die Entscheidungen, die dann getroffen werden können, werden sich um vieles genauer und näher am unmittelbaren individuellen Leben orientieren. Die Informatik erlaubt es, eine Art ständiges Referendum abzuhalten, ohne daß es dabei zu einem Bruch im täglichen Leben kommt, wie das bei herkömmlichen Wahlen der Fall ist. In der Tat birgt die Informatik in sich Gesellschaftsformen, die uns arg utopisch vorkommen mögen, viel weniger jedoch unseren Kindern, die im Zeitalter des Computers geboren sind und mit ihm aufwachsen. Es ist absolut denkbar, daß die Welt der Zukunft eine Welt von Mikrogesellschaften ist, die vom Computer regiert werden.«

»Jetzt kann ich dir aber wirklich nicht mehr folgen.«

»Für eine Schriftstellerin hast du erstaunlich wenig Phantasie... Siehst du denn nicht, daß die Informatik die Menschen mehr und mehr daran gewöhnen wird, daß ihre Wünsche sofort erfüllt werden? Die Regulierung der Bedürfnisse und ihre Befriedigung wird eine individuelle Angelegenheit werden. Dank des Computers, der so viele Gesetze speichern kann, wie man nur will, wird jeder einzelne all jene Gesetzestexte kennen, die auf seine individuelle Situation Anwendung finden. Selbstverständlich wird es auch weiterhin einen allgemeinen legalen Rahmen geben, aber jeder wird nach seinen eigenen Gesetzen leben können.«

»Die Informatik soll also nicht nur *keine* totalitäre Technik sein, sondern *die* demokratische Technik schlechthin?«

»Genau! Sie ist eine Art Multiplikator der Demokratie.«

»Und in den Ländern des Ostblocks?«

»Genaugenommen ist der Geist der Informatik mit der Ideologie der östlichen Regime unvereinbar, denn dort versucht man, die Realität in einem einzigen Modell zu fassen. Verallgemeinernd könnte man jedoch sagen, daß im Osten wie im Westen Modelle und Ideologien immer weniger Einfluß auf die Menschen haben, weil Modelle und Ideologien immer weniger Einfluß auf die Realität haben, die das Verschmelzen von Kulturen und die zunehmende Vertechnisierung immer vielgestaltiger hat werden lassen. Die Geisteshaltung des Computerbenutzers besteht darin, wie ich bereits sagte, verschiedene Prozeduren auszuprobieren, um zu sehen, ob sie funktionieren. Diese Geisteshaltung entspricht viel mehr der mannigfaltigen Realität. Das Paradoxe an der Informatik ist, daß man durch ein Höchstmaß an Künstlichkeit zu natürlichen Gesetzen zurückfindet. Das Leben ist ein ständiger Versuch, neue Lebensformen hervorzubringen – man denke nur an die Spontanmutationen. Lebensformen, die sich als resistent erweisen und weiterentwickeln können, wenn sie der Realität angepaßt sind. Dank der Informatik wird jedes Individuum, jede Mikrogesellschaft eigene Modelle ausprobieren können, unter der Voraussetzung, daß man sich an ein gemeinsames Gesetz hält: Wenn etwas lebensfähig ist, soll es sich auch entwickeln; wenn nicht, muß man eben etwas anderes versuchen ...«

»Was hältst du davon, wenn du jetzt versuchen würdest, mich zu verführen?« fragte Sally und ließ ihre Hand unter das Hemd ihres Mannes gleiten.
Brendan kam dieser Aufforderung nur zu gerne nach. Wenn er mit Françoise zusammen war, erlebte er Momente heftigen leidenschaftlichen Glücks; doch es war Sally, die ihn ein Glück fühlen ließ, das in jedem Augenblick präsent war.

Zwei Tage später betrat Brendan, nachdem er die vier aufeinanderfolgenden, von streng blickenden MPs durchgeführten Kontrollen hinter sich gebracht hatte, den Konferenzsaal der NSA. Er erkannte sofort jenen Mann wieder, der sich angeregt mit Clive Woodward unterhielt: es war George Bush, der Vize-Präsident. Woodward machte sie bekannt und ging dann unverzüglich in medias res.
»Herr Vize-Präsident, ich werde Ihnen im folgenden erläutern, was unser nächstes Ziel sein wird – falls wir Ihre Zustimmung erhalten, und daran anschließend wird Ihnen Brendan Barnes die besonderen Merkmale unserer neuen Softbomb erklären. Sie hatten von uns eine perfekte Technik verlangt, und ich glaube, wir haben sie endlich entwickelt. Aber zunächst ein paar Bemerkungen zur indischen Connection ...« Woodward baute sich vor den beiden Männern auf, die in der ersten Reihe Platz genommen hatten.
»Die Inder haben die Zahl Null und das Schachspiel erfunden, und ihre Programme gehören heute zu den besten auf der Welt. Wir waren es, die die Informatik in ihr Land eingeführt haben; IBM hat die ersten indischen EDV-Spezialisten ausgebildet und dem Land die ersten Computer geliefert. Und dann, eines schönen Tages, nachdem die Sowjets Frau Gandhi im Nuklearbereich besondere Hilfen versprochen hatten, machten ihnen die Inder eine ganze Reihe von Zugeständnissen; das hatte zur Folge, daß IBM seine Monopolstellung verlor und durch sowjetische Technologie ersetzt wurde. Die russischen ELORG-Computer wurden die

Nachfolger der amerikanischen IBM-Geräte. Doch für die UdSSR war das nur die erste Phase eines Unternehmens, das darauf abzielte, Indien zum Trichter für westliche Technologien zu machen. Da der ES 1060, der größte sowjetische Computer, in der Lage ist, den IBM 4341 zu emulieren ...«

»Entschuldigen Sie«, unterbrach Bush, »aber was bedeutet emulieren?«

»Ein Computer X emuliert einen Computer Y – das heißt nichts weiter, als daß Y so funktioniert, als wäre er X, daß er X imitiert und seine Leistungen vollbringt. Nun, da die Russen über Computer verfügten, die amerikanische Computer emulieren konnten, empfahlen sie den Indern wärmstens, amerikanische Software zu kaufen. Von brillanten indischen EDV-Fachleuten modifiziert, setzte diese Software ihre Reise in die UdSSR fort. Dieses Umdirigieren von westlicher Software zum Nutzen der Russen ist eine Angelegenheit, die wir mittlerweile fest im Griff haben, und die indische Connection hat sich inzwischen zu einer verstopften Autobahn entwickelt, die von Firmen aus der westlichen Welt stark befahren wird. Als die Russen den Franzosen den CRAIG abkauften und ihn im Institut von Krasnojarsk installierten, hatten sie etwas ganz anderes im Sinn als nur eine Zentralisierung ihrer Meteorologie. Wir haben gleich so etwas vermutet, doch heute wissen wir es mit Sicherheit. Sie wollen – natürlich mit den Indern als Strohmänner – einen Routing Controler erwerben, ein riesiges Leitwegprogramm, das sämtliche Computer auf dem Territorium der Sowjetunion überwachen und ihnen insbesondere ermöglichen wird, sich an die großen westlichen nichtstrategischen Datenbanken anzuschließen, von denen sie Börsenkurse, wirtschaftliche Informationen oder solche, die Verkehrsverbindungen betreffen, abrufen können ... Dieses Leitwegprogramm – selbstverständlich ein amerikanisches Fabrikat – ist das perfektionierteste, das momentan auf dem Markt zu haben ist; es wurde von der Firma ›Megasoft‹ in

Minneapolis entwickelt. Die Inder sind verpflichtet, vor dem Kauf dieser Software unsere Zustimmung einzuholen. Wir treten dafür ein, sie ihnen zu geben. Doch bevor die Software nach Indien geschickt wird, werden wir im Verlauf der Sicherheitskontrollen eine Softbomb einbauen, die nicht ausfindig zu machen ist. Natürlich ist sie nicht für die Inder gedacht, sondern für den tatsächlichen Endabnehmer, der bei dieser Transaktion nicht in Erscheinung tritt: die UdSSR.«

Woodward verstummte, und Brendan fuhr fort: »Ich möchte noch einmal daran erinnern, daß unser Problem folgendermaßen aussah: Die Instruktionszeilen, die eine vollständige Blockierung des Programms befahlen, konnte man ausfindig machen, da sie niemals außerhalb der Störungszeiten benutzt wurden. Wir hatten zunächst ein Polaris-System in Betracht gezogen, mit einer weit größeren Anzahl überflüssiger Zeilen; damit wollten wir es schwieriger gestalten, die Falle zu entdecken. Allerdings – und Sie hatten damals recht mit Ihrem Hinweis, Herr Vize-Präsident – würden die Sowjets, sollten sie alles daran setzen, schließlich doch noch diese Falle ausfindig machen...«

Bush sagte: »Wenn wir aus dem einen oder anderen Grund Druck auf die UdSSR ausüben wollen, indem wir ihr EDV-Netz lahmlegen, so dürfen die Russen keinesfalls in der Lage sein, es wieder funktionstüchtig zu machen – es sei denn, sie gehen auf unsere Bedingungen ein. Solange diese Art von Waffe nicht perfekt ist, ist sie nutzlos. Denn haben wir sie erst einmal angewandt und geben zu, daß es sich um einen ›Angriff‹ unsererseits handelt, dürfen wir auf gar keinen Fall das Risiko eingehen, zu verlieren. Wir würden uns sonst eine schreckliche Blöße geben – und das nicht nur gegenüber der UdSSR, sondern auch gegenüber unseren Verbündeten.«

»Und aus diesem Grund«, fuhr Brendan fort, »haben wir in einer anderen Richtung geforscht. Wir haben ein System entwickelt, das bedeutend komplexer ist. Wir haben ihm den Namen ›aleatorische Falle‹ gegeben. Dem Störprogramm, das wir in das allgemeine Programm einbauen, fügen wir ein weiteres Programm hinzu, dessen Aufgabe ganz einfach darin besteht, nach jeder Benutzung des allgemeinen Programms die Falle zu verschieben. So wird jedesmal, wenn das System läuft, das Verschiebungsprogramm – oder anders ausgedrückt: das ›aleatorische Modul‹ – in Gang gesetzt. Und da seine Zeilen aktiviert worden sind, kann man es unmöglich ausfindig machen.«

»Aber die Softbomb selbst bleibt doch inaktiv, solange man sich nicht entschließt, sie zu zünden?« fragte Bush.

»Genau so ist es.«

»Kann man sie in diesem Fall denn nicht orten?«

»Nein, sie verschiebt sich ununterbrochen.«

»Für einen Außenstehenden klingt das ja alles recht überzeugend«, bemerkte Bush nach kurzem Schweigen.

»Für einen Experten auch, das kann ich Ihnen versichern«, sagte Woodward und lächelte zufrieden.

»Aber da gab es doch *noch* eine Schwachstelle«, erinnerte sich der Vize-Präsident. »Das Problem der Zündung ...«

»Das haben wir auch bedacht«, erklärte Brendan. »Diesmal wird das System absolut zuverlässig sein – nicht zu vergleichen mit dem Luftdruck über der Insel St. Thomas. Es ist ein System, das wir restlos unter Kontrolle haben werden.«

7. Kapitel

Paris, 12. April 1984

Wie an jedem Donnerstagabend, so hatte René Duvallon auch an diesem Tag seinen Dienstwagen, einen grünen Renault 30, abbestellt und dem Fahrer aufgetragen, ihn an einer Hintertür des Ministeriums am Steuer eines unauffälligen blauen Citroën CX zu erwarten; doch welche Vorsichtsmaßnahmen er auch immer treffen mochte, unter den Mitarbeitern seines Stabes war bekannt, daß der Minister für industrielle Erneuerung und Forschung – ein neuer Titel, der auf ein Mehrfaches an Verantwortung hindeutete – sich auf dem Weg zu seiner Geliebten befand. Amüsiert registrierten sie die Rastlosigkeit des Chefs, der so schnell wie möglich Feierabend machen wollte. An diesem Donnerstag schien er es besonders eilig zu haben; dabei waren die anstehenden Probleme von größter Wichtigkeit: der Stahlplan der sozialistischen Regierung hatte in Lothringen zu Unmut und Zorn geführt, und die jüngste Pressekonferenz des Staatspräsidenten hatte lediglich zur Folge gehabt, daß sich der Graben zwischen ihm und seiner Wählerschaft noch weiter vertieft hatte, ohne ihm gleichzeitig eine verstärkte Unterstützung durch das konservative Lager zu bringen.

Während René Duvallon ein paar Dossiers durchblätterte, ließ er sich düstere Gedanken durch den Kopf gehen. Er saß im Fond des Wagens, der auf der Avenue de New York entlangrollte, bevor er die Steigung nach Passy hinauffuhr.

»Fahren Sie zu Mademoiselle«, hatte er seinem Chauffeur gesagt, der den Weg kannte. Je mehr sie sich dem Appartement in der Rue Raynouard näherten, das er speziell für seine Rendezvous mit Françoise angemietet hatte, um so mehr entspannte sich René Duvallon und nahmen seine Züge wieder jenen desillusionierten, gelassenen Ausdruck an, dem er es zu verdanken hatte, daß er in den Umfragen von Frauenzeitschriften regelmäßig als attraktiver Mann eingestuft wurde. Die Strenge seines Gesichts – das eines Protestanten aus den Cevennen, mit großer Nase und eleganter Glatze – wurde glücklicherweise durch die naschhafte Sinnlichkeit seines Mundes gemildert. Donnerstags abends kehrte regelmäßig das Lächeln auf seine Lippen zurück, und sein Teint strahlte so jugendlich-frisch wie an jedem Dienstagnachmittag; an diesem Tag der Woche besuchte Duvallon nämlich ein Schönheitsinstitut, um später, beim Verlassen der Ministerratssitzung – im Blitzlichtgewitter der Pressefotografen – eine möglichst gute Figur zu machen: eine bei Männern um die sechzig, die in der Öffentlichkeit stehen, recht häufig anzutreffende Eitelkeit.
Zum Thema Eitelkeit bei Männern seines Alters gehörte auch jenes Verhältnis mit einer bedeutend jüngeren, hinreißenden Frau, das er den beruflich Neugierigen kaum verhehlte. »In meinem Alter keine Geliebte zu haben, macht einen in den Augen der anderen verdächtig«, hatte er einmal zu Françoise gesagt.
Der Wagen hielt vor dem Eingangsgewölbe eines luxuriösen Hauses.
»Angenehmen Abend, Monsieur«, sagte der Chauffeur, der den Auftrag hatte, den Wagenschlag nicht zu öffnen, damit keine Aufmerksamkeit erregt wurde.
»Gute Nacht, Julien, gute Nacht«, murmelte Duvallon und zwängte sich, die Akten unter den Arm geklemmt, aus seinem Wagen.
Die Limousine brauste davon, und Duvallon schritt durch

die Toreinfahrt. Das Appartement lag in der obersten Etage. Von der großen Terrasse aus – einem regelrechten hängenden Garten über den Dächern von Paris – konnte man das stille Glitzern des Flusses beobachten, der exakt die Grenze zwischen zwei Welten markierte: auf dem linken Seineufer arbeitete Duvallon und auf dem rechten liebte er.
Françoise war für ihn jedoch nicht nur ein Luxusgegenstand zum Vorzeigen. Gleich an dem Abend, als sie sich auf einer jener sterbenslangweiligen Cocktailparties, die zum Alltag eines Ministers dazugehören, zum ersten Mal begegnet waren, hatte Duvallon begriffen, daß eine Liaison mit ihr keine Routineangelegenheit werden würde. Er hatte gespürt, daß sich hinter ihrer köstlichen Art zu flirten eine nicht alltägliche Energie, eine kalte Entschlossenheit verbargen, die bei einer so jungen Frau überraschten. Fromentin hatte sie ihm vorgestellt, und während Duvallon das puppenhaft sanfte, kaffeebraune Gesicht betrachtete, hatte ihn plötzlich eine rasende Eifersucht auf seinen persönlichen Referenten gepackt.
Sobald dieser sich entfernt hatte, hatte Duvallon, ein wenig beschwipst, gerufen: »Er weiß ja nicht, was er für ein Glück hat, dieser blöde Hochschulheini!«
So nannte Duvallon seinen persönlichen Referenten stets im privaten Kreis. Er hegte eine tiefe Abneigung gegen ihn, doch hatte er sich nach einigen obskuren Händeln innerhalb der verschiedenen Strömungen seiner Partei mit ihm abfinden müssen.
Françoise hatte lachend gefragt: »Wieso hat er Glück?«
»Weil er Sie länger kennt als ich.«
»Oh, aber auch erst seit ein paar Wochen ...«
Duvallon hatte gespürt, wie seine Eifersucht ein wenig nachließ, doch seit jenem Tag hatte ihn dieses Gefühl nicht mehr ganz verlassen. Alle Männer, die mit Françoise zu tun hatten, all jene, mit denen sie in beruflichem Kontakt stand, waren in seinen Augen hassenswerte Rivalen. Françoise

hatte nicht sofort seinem hartnäckigen Werben nachgegeben.
Auf die Gefahr hin, den Unmut der Polizeigewerkschaft heraufzubeschwören, ließ der Minister seiner Geliebten durch einen Motorradboten in weißen Handschuhen Nachrichten zukommen; es handelte sich stets um ein paar handgeschriebene Zeilen in einem Umschlag, der mit dem persönlichen Siegel des Ministers versehen war. Er ließ es an jeglicher Bedachtsamkeit mangeln, und sein Kollege vom Innenministerium hatte ihn am Ende einer Ministerratssitzung unter vier Augen auf sein Verhalten aufmerksam machen müssen.
Wütend darüber, wie ein ungezogener Bengel gescholten worden zu sein, war Duvallon vom Elysée-Palast direkt in die Rue des Guillemites geeilt, um Françoise vorzuschlagen, alles aufzugeben und Frankreich gemeinsam zu verlassen, um fortan auf Martinique zu leben.
Dachte er heute an diese Episode zurück, so konnte Duvallon nicht genau sagen, wie ernst es ihm mit seinem Entschluß gewesen war; auch damals hatte er sich nicht darüber klarwerden können, denn Françoise hatte sich ihm an diesem Abend hingegeben, nicht ohne ihm vorher das Versprechen abzunehmen, sich in Zukunft wieder vernünftig zu benehmen.
Als er aus dem Fahrstuhl trat, mußte Duvallon an den romantischen Beginn ihrer Liebesbeziehung denken, und das beflügelte ihn. Als Françoise, in einem dieser leichten, knappen Kleider, die ihn ganz wild machten, die Tür öffnete, nahm er sie so stürmisch in die Arme, daß sämtliche Dossiers sich über den Boden verstreuten.
»Paß doch auf, René!« schalt sie ihn. »Laß mich los, laß mich die Tür zumachen. Schau dir nur diese Bescherung an!«
»Jaja«, meinte der Minister und bückte sich, um die Mappen aufzuheben, »eine Katastrophe! Nun, unsere Liebe wird auf

jeden Fall in einer Katastrophe enden, davon bin ich überzeugt.«

»Red doch nicht so einen Unsinn! Leg alles auf den Wohnzimmertisch. Soll ich dir einen Drink zurechtmachen?«

»Ja – mit viel Whisky und sehr wenig Perrier. Ich hab ihn dringend nötig.«

Duvallon ließ sich im Wohnzimmer auf das Sofa fallen und schaute über die Dächer von Paris. Der Anblick seiner Akten hatte ihn erneut mißmutig gestimmt.

»Nun?« fragte Françoise, stellte das Glas vor ihn hin und setzte sich neben ihn. »Warum bist du so ernst? Blutet dein Herz für Lothringen?«

»Abbau von Tausenden von Arbeitsplätzen, aber nicht eine einzige Entlassung – das ist die Aufgabe, die ich bewerkstelligen soll. So etwas nennt man die Quadratur des Kreises ...«

»Du weißt doch, daß in Frankreich die Linke immer nur an die Macht kommt, um an Stelle der Rechten die Drecksarbeit zu erledigen.«

»Bitte keine subversiven Sprüche, ja? Ein Extremist in der Familie reicht mir!«

Françoises Lächeln verschwand. »Hast du was von Jacques gehört?«

»Nichts. Im Innenministerium glaubt man, er sei im Libanon; aber es fehlen die Beweise. Und überhaupt, was hättest du davon, wenn du wüßtest, wo er sich aufhält? Je weiter fort er ist, um so mehr Ruhe werden wir haben.«

»Gewiß, aber ich muß sicher sein, daß er noch lebt und nicht gar zu unglücklich ist. Du kannst dir nicht vorstellen, wie goldig er als kleiner Junge war ...«

»Nein, das kann ich mir wahrhaftig nicht vorstellen«, brummte Duvallon und trank einen Schluck Whisky. »Aber ich kann mir den Skandal schon lebhaft vorstellen, sollten die Journalisten die Sache spitzkriegen. ›Schwester des Ter-

roristen Geliebte des Ministers!‹ Ich begreife einfach nicht, wie er es geschafft hat, nach Frankreich zurückzukommen ... obwohl – ich fürchte fast, ich verstehe es nur zu gut.«
»Sprich nicht in Rätseln!«
»Es ist sicher nicht seine lächerliche Splittergruppe, die ihn mit der nötigen Logistik versorgt hat, um unserer Überwachung zu entgehen, nach Frankreich zurückzugelangen, im Untergrund zu leben und wieder zu verschwinden, nachdem er seinen Anschlag verübt hat. Dazu braucht man viel Geld, falsche Papiere, Schlupfwinkel ... Da hat ihm garantiert irgendein Geheimdienst geholfen. Alle Hypothesen sind erlaubt ... Die Amerikaner haben so viele Feinde ... Aber es gibt da eine Hypothese, die wir für sehr wahrscheinlich halten. Es ist gut möglich, daß die ganze Angelegenheit mit dem Verkauf des CRAIG an die Sowjets zusammenhängt.«
»Oh, schon stecken wir mitten in einem Spionageroman! Was sollte mein armer Bruder mit einem Computer zu tun haben, der den Russen dazu dient, das Wetter vorherzusagen?«
»Sollte dein Bruder, wie ich vermute, tatsächlich manipuliert worden sein, so könnte es sich um die Antwort des KGB auf die amerikanische Sabotage des Wetterprogrammes handeln.«
»Eine gewagte Mutmaßung! Zunächst einmal müßte dieses Programm tatsächlich sabotiert worden sein ...«
»Was wir inzwischen mit absoluter Sicherheit wissen«, versetzte der Minister und stellte sein leeres Glas auf den niedrigen Tisch.
»Aber was veranlaßt euch zu glauben, daß das Attentat eine Art Antwort auf diese Sabotage war?«
»Die Identität der beiden Amerikaner, denen die Handgranate gegolten hat.«
»Ach, habt ihr endlich ein bißchen mehr über diese geheimnisvollen Botschaftsangehörigen herausbekommen?«

meinte Françoise spöttisch. »Nun, wir Franzosen haben ja schließlich auch einen Geheimdienst, das darf man nicht vergessen, was? Wer sind also diese beiden Amerikaner?«
»Der eine konnte vom DGST leicht identifiziert werden. Es handelt sich um Richard Thomas, den Frankreichkorrespondenten des ›Newsmonth‹, der gleichzeitig eine der CIA-Größen hier im Lande ist...«
Françoise stand unvermittelt auf.
»Was ist los?«
»Das siehst du doch«, sagte sie und beugte sich über den niedrigen Tisch, »ich bringe dein Glas in die Küche.«
Sie drehte ihm den Rücken zu, dennoch hörte Duvallon das Zittern in ihrer Stimme.
»Was hast du denn auf einmal? Du scheinst dich nicht wohl zu fühlen... Hat es damit zu tun, was ich über deinen Bruder gesagt habe? Ich bin ein Grobian, ich weiß. Bitte, verzeih mir«, bat Duvallon und umarmte Françoises lange Beine.
»Aber nein, mir geht es gut, bestimmt«, sagte Françoise und machte sich los. »Warte, ich bringe nur schnell das Glas in die Küche.«
»Was soll denn plötzlich diese Aufräumwut?« rief Duvallon Françoise hinterher, die geschäftig davonlief. »Hast du heute keine Lust, ist es das?«
»Aber nein, ich komme ja gleich«, rief sie aus der Küche. »Und wer war der andere Amerikaner?«
»Brendan Barnes heißt er. Ein Mitglied der amerikanischen COCOM-Delegation. Unseren Informationen zufolge ein Informatiker, der für den CIA arbeitet.«
In der Küche ging ein Glas zu Bruch, und Duvallon wollte schon eine Frage stellen, da kam Françoise zurück.
»Schluß jetzt mit dem Thema Arbeit!« entschied sie.
Duvallon faßte seine Geliebte um die Taille und zog sie an sich. Françoise hob ihren Rock leicht hoch, und als sie es für angebracht hielt, fing sie an zu stöhnen.

Krasnojarsk, 12. April 1984

»Und das? Was ist das, Ihrer Meinung nach?« rief die Lehrerin erregt und hielt ein unförmiges Ding aus grünem Papier in die Luft. »Was soll dieses Ergebnis der kreativen Phantasie Ihrer Kinder wohl darstellen?«
Die Angesprochenen blieben stumm.
»Nun, eines steht zumindest fest, so redselig wie Ihre Sprößlinge sind Sie nicht...«
Unter den dichten, dunklen Bogen ihrer Brauen sprühten Natalja Georgiewnas Augen Blitze. Als sie die betretenen Gesichter derjenigen sah, die sie gerade angefahren hatte, plusterte sie sich auf.
»Natürlich«, räumte sie, plötzlich großmütig, ein, »natürlich wissen Sie nicht, was das ist; Sie leben ja nicht mit Ihren Kindern. Aber ich, ich lebe mit ihnen, ich kenne sie, ich weiß, wozu sie fähig sind. Ich kenne Ihre Kinder besser, als Sie sie kennen. Das hier ist ein Flugzeug«, sagte sie unvermittelt.
Die linke Hand mit dem Corpus delicti fuchtelte frenetisch herum, während der rechte Zeigefinger auf einen Mann deutete, der in der letzten Reihe der Klassenbänke saß.
»Und dieses Flugzeug gehört Ihrem Sohn«, sagte sie anklagend. »Kommen Sie und holen Sie Ihr Hab und Gut! Da Sie sein Vater sind, gehört es Ihnen...«
Sie hielt ihm das Flugzeug entgegen, an dessen Spitze offensichtlich ausgiebig herumgekaut worden war. Der aufgerufene Vater, ein großer kräftiger Bursche, der im Binnenhafen von Krasnojarsk arbeitete, schälte sich umständlich aus seinem Stuhl heraus. Mit schweren Schritten lief er nach vorn zu dem Podest, auf dem die Lehrerin stand und ihm streng entgegenblickte.
Julia, genauso unbequem da sitzend wie die anderen, wartete darauf, daß die Lehrerin auf ihren Sohn Alexej zu sprechen kam. Um sie herum war Ungeduld zu spüren,

doch keiner wagte, sie in Worten auszudrücken. Natalja Georgiewna sprach jetzt über die »sozialistische Erziehung«.
Julia verlor bald den Faden ihres Vortrags. Dieser Klassenraum erinnerte sie so sehr an ihren eigenen. Sie versuchte zu erraten, an welchem Pult Alexej wohl saß. Sie konnte ihn sich gut in Fensternähe vorstellen, denn er war ein großer Träumer. Die bleichen Strahlen der sibirischen Sonne spielten sicher in seinen schwarzen Locken, ließen sie blauschimmernd aufleuchten. Sie stellte ihn sich in seiner vorschriftsmäßigen grauen Schuluniform vor, in der er ein wenig martialisch, aber auch ganz reizend aussah. Sie nannte ihn ihren »kleinen Puschkin«.
Der heftige Wortschwall ergoß sich immer noch über die verdutzten Eltern. Mit einem mahnenden Finger folgte die Lehrerin an der Tafel der absteigenden Kurve einer Graphik, die die Notenentwicklung des vergangenen Jahres darstellte.
»Da! Da sehen Sie, was Ihre Kinder wert sind!«
Sie ging zu ihrem Schreibtisch zurück, auf dem ein Stapel Schulhefte lag, und fing an, diese zu kommentieren.
Der Name Alexej Woronkow riß Julia aus ihren Gedanken. Dem Beispiel der anderen Eltern folgend, hob Julia die Hand und wartete, bis die Lehrerin ihr mit einem knappen Lächeln gestattete, sie wieder herunterzunehmen.
»Wie können Sie nur so etwas dulden?« fragte die Lehrerin und hielt ihr ein Heft mit zerknitterten Seiten und Tintenflekken hin, in dem die Schrift die Windungen eines Bergpfades nachzuahmen schien.
Julia hütete sich davor, zu lächeln, und setzte eine betroffene Miene auf. Das sah ihrem Puschkin ähnlich; er haßte gerade Linien ...
»Außerdem«, sagte die Lehrerin streng, »schwätzt er sehr viel. Ist er zu Hause auch so redselig?«
Julia machte eine hilflose Handbewegung, und plötzlich schien der Lehrerin bewußt zu werden, daß sie zu dick

auftrug. Mit einemmal hörte sie sich ganz anders an. »Oh, ich weiß«, seufzte sie, »Ihre große Verantwortung hindert Sie gewiß daran, sich so häufig, wie Sie es gerne tun würden, um Ihre Kinder zu kümmern. Ich verstehe... Ich gebe mir zwar die allergrößte Mühe, Sie zu ersetzen, aber es ist klar, daß Alexej mich nicht so bewundert, wie er Sie bewundert.«

Julia waren die Blicke der anderen Eltern schrecklich unangenehm. Es war merkwürdig, solchermaßen Gefühle, die sie während der eigenen Schulzeit gehabt hatte, noch einmal zu erleben. Als sie in Alexejs Alter gewesen war, hatte sie jene Augenblicke verabscheut, da die Lehrerin sie vor der versammelten Klasse in den höchsten Tönen lobte. Und nun tat Alexejs Lehrerin im Grunde genau dasselbe.

»Er spricht tatsächlich nur von Ihnen. Er zeigt seinen Freunden Ihre Fotos aus der Zeitung... Ich habe die Zeitung natürlich konfisziert, hier ist sie. Weitergeben!« befahl sie einem Postangestellten, der in der ersten Reihe saß, und reichte ihm das Blatt.

Der Mann, der mit seinen Gedanken woanders gewesen war, vertiefte sich in die Lektüre der Titelseite. Die Lehrerin starrte ihn schweigend und durchdringend an. Endlich wurde er sich seines Schnitzers bewußt und reichte die Zeitung unter allgemeinem Gelächter weiter.

Auf der ersten Seite stand zu lesen: »11. FÜNFJAHRESPLAN ANGELAUFEN. Wirtschaft, Kultur und Wohlstand der Bevölkerung sind die drei Elemente, die – global gesehen – einen erhöhten Lebensstandard garantieren.« Drei Fotos illustrierten die drei »in ständiger Progression« befindlichen Komponenten: »Erzabbau in einem Vorkommen in Kasachstan«, »Die Schauspieler des Taganka-Theaters in Moskau nehmen die Ovationen des Publikums entgegen«, und »Julia Woronkow, Direktorin des Komitees zur Überwachung der Informatikzentren, ist fest entschlossen, unser Land in das 21. Jahrhundert zu führen.« Julia mochte ihr Foto nicht; sie

fand, daß sie darauf einen stereotypen Gesichtsausdruck hatte.
»Das hier habe ich ihm ebenfalls abgenommen«, fuhr die Lehrerin fort und brachte ihr ein großes Heft.
Ungefähr die Hälfte der Seiten war vollgeklebt mit Fotos von Julia, die Alexej aus Zeitungen ausgeschnitten hatte. Die Bildunterschriften lauteten: »Julia Woronkow, ein Vorbild für die sowjetische Frau«, »Julia Woronkow, Direktorin des CSII: ›Der sozialistische Charakter unserer Heimat – ein entscheidender Vorteil in der Informatikschlacht!‹«, »Julia Woronkow, die ganze Weiblichkeit der sowjetischen Frau im Dienste der künstlichen Intelligenz.«
Julia schlug das Heft zu. Diese Seite ihres Berufs behagte ihr überhaupt nicht, aber sie entledigte sich ohne Murren auch dieser Pflicht. Sie hatte begriffen, wie wichtig es war, daß sie eine öffentliche Person wurde. Julia war in dem Kampf zwischen der zur Zeit von Gorbatschow verkörperten Linie und der der mittlerweile wieder an die Macht gelangten alten Garde zu einer entscheidenden Figur geworden. Ihr persönlicher Erfolg in der Öffentlichkeit hatte selbst diejenigen überrascht, die sie lanciert hatten. Ihr Charme in Verbindung mit der geheimnisvollen, erschreckenden Aura, die einem die Informatik verleiht, hatte in seiner Wirkung sämtliche Erwartungen übertroffen. Man sprach von ihr bereits im Ausland.
Die Elternversammlung war eine halbe Stunde später zu Ende. Nachdem sie sich bei allen persönlich dafür bedankt hatte, daß man »an der gemeinsamen Aufgabe zur Sozialisierung der Kinder« teilgenommen habe, machte die Lehrerin das Licht im Klassenzimmer aus, noch bevor die letzten Eltern den Raum verlassen hatten.
Dank des neuen und wichtigen Amtes, das Julia bekleidete, konnte sie Tag und Nacht über einen Dienstwagen (samt Chauffeur) verfügen, dessen Anblick bei den anderen Eltern ein gewisses Aufsehen hervorrief; man war jedoch vor allem

von dem Mann im blauen Mantel und dem weichen Filzhut beeindruckt, der Julia salutierend begrüßte und ihr den Wagenschlag des imposanten schwarzen Wolga öffnete.
Der Wagen fuhr davon, ließ die Eltern und ihre Unterhaltungen hinter sich. Heute abend würde Julia mit den Kindern essen können; Sergej war nicht da, wie beinahe jeden Abend in letzter Zeit. Abgesehen von dem Chauffeur und dem Wagen stand Julia – neben vielen anderen Privilegien – auch eine Haushälterin zu, die die Aufgabe hatte, die Kinder von der Schule abzuholen, das Essen zu kochen und die Wohnung sauber zu halten.

Irina öffnete die Tür und trug das Abendessen auf. Die Familie Woronkow liebte die Zeremonie der Abendmahlzeit. Alexej neckte seine Schwester, indem er Swetlanas herzzerreißende Seufzer und ihren verklärten Gesichtsausdruck nachäffte, die sie jedesmal zum besten gab, wenn sie vom Ballettunterricht kam. Julia hatte Verständnis für die Stimmung ihrer Tochter. Wenn sie ihr Fragen stellte, erhielt sie stets die gleichen einsilbigen Antworten, vorgetragen mit geheimnisvoller Miene.
»Wie war die Stunde?«
»Anstrengend ... wahnsinnig anstrengend.«
Seitdem Julia den Ballettlehrer ihrer Tochter, Konstantin Schakurow, einen großen blonden affektierten jungen Mann, kennengelernt hatte, begriff sie auch die Gründe für Swetlanas Verhalten. Julia hatte ihn ziemlich fade gefunden, trotz seiner blauen Augen und seiner sehr roten Lippen; er sprach emphatisch von seiner »Kunst«, der »Poesie des Körpers«, der »Lyrik der Gesten«, und Swetlana wiederholte seine Worte, dabei unbewußt die gezierte Sprechweise ihres Lehrers nachahmend. Das reizte Alexej zum Lachen, der seiner Schwester den Spitznamen »göttliche Pawlowa« gegeben hatte, in Anspielung auf die berühmte russische Ballerina. Swetlana gefiel sich in der Rolle der unverstande-

nen Künstlerin, und Julia ließ sie gewähren. Sie war überzeugt, daß es sich nur um eine vorübergehende, unvermeidliche Phase handelte.
»Sie können jetzt gehen, Irina. Ich werde mich selber um den Tee kümmern.«
Julia liebte vor allem jene Augenblicke, da die Haushälterin gegangen war und Alexej, Swetlana und sie im Wohnzimmer miteinander schwatzten, während sie, Julia, jenen Tee trank, der ihr später beim Wachbleiben half, wenn die Kinder zu Bett gegangen waren.
Julia betrachtete Swetlanas ernstes Gesicht, ihre schwarzen Zigeuneraugen, und sie fragte sich, ob sie sich eines Tages dazu entschließen würde, ihr das geheime Heft zu geben, in dem sie ihre Erinnerungen an Amerika aufgeschrieben hatte.
Das junge Mädchen hatte schon öfter gefragt, wie es denn kam, daß sie – bei Eltern mit blauen Augen – schwarze Augen hatte. Jedesmal hatte Julia von diesem Thema abgelenkt, doch bei jedem Mal wuchs ihr Schuldgefühl.
Auf welche Weise sollte sie diesem Kind, das für seinen Ballettlehrer schwärmte, von einem Amerikaner erzählen, einem Wesen, das für diese in Sibirien lebende kleine Belorussin genauso fremd war wie ein Marsmensch?
»Ich habe eine Überraschung für dich«, sagte Julia zu ihrer Tochter.
»Und für mich? Für mich auch?« fragte Alexej.
»Nein, mein kleiner Puschkin, heute nicht. – Wir werden beide verreisen«, fuhr sie, an ihre Tochter gewandt, fort. »Während dieser Zeit fährt Alexej nach Witebsk, zu Babuschka.«
Swetlana schüttelte bockig ihr Haar. »Das geht nicht, Mama. Ich hab doch meine Ballettstunden! Ich werde ein anderes Mal nach Moskau fahren.«
»Die Reise geht zwar nicht nach Moskau, aber bitte... wenn du deine Ballettstunden nicht verpassen willst...

Schade, ich hatte mich schon so gefreut, dich nach Europa mitzunehmen.«

»Nach Europa? Das ist ja toll ... äh, ich meine, das ist ja toll für dich«, fügte Swetlana unglücklich hinzu. Sie schwankte zwischen Begeisterung und dem Wunsch, ihre erste Entscheidung nicht so schnell zu revidieren.

Alexej hüpfte vor Freude auf und ab.

»Kann ich mit dir fahren, wenn sie nicht will?«

»Bist du ganz sicher, daß du nicht mitkommen möchtest?« fragte Julia beharrlich und strich über das Haar ihrer Tochter.

»Ich weiß nicht... ich muß darüber nachdenken. – Also gut, ja, einverstanden, es wäre dir gegenüber nicht nett. Oh, Mama, ich freue mich ja so!«

Sie konnte ihre Freude nicht länger zurückhalten und warf sich in die Arme ihrer Mutter.

»Oh, und warum darf ich nicht mit?« jammerte Alexej. »Warum können wir nicht alle drei fahren?«

»Weil du noch zu klein bist, mein Schatz.«

Doch als Julia sah, wie ihm die Tränen in die Augen stiegen, fügte sie schnell hinzu: »Also schön, ich will sehen, ob ich dich auch mitnehmen kann.«

Alexej stürzte zu seiner Mutter und seiner Schwester, und alle drei umarmten sich für einen Moment.

Doch Swetlana machte sich plötzlich los. Ihr war etwas eingefallen.

»Wann fahren wir?«

»Im Oktober, mein Schatz.«

»Na Gott sei Dank! Weißt du, im Juni führen wir nämlich in der Schule ›Schwanensee‹ auf.«

»Schon wieder – wie langweilig!« rief Alexej, den man zu den Vorstellungen, bei denen seine Schwester mitwirkte, regelrecht schleifen mußte.

»Das hätte ich für nichts auf der Welt verpassen wollen«, fuhr Swetlana fort, ohne sich um die Zwischenbemerkung

zu kümmern. »Dann hätte ich lieber auf Paris verzichtet...«
»Wer spricht denn von Paris, mein Schatz?«
»Ich weiß nicht, ich dachte nur...«, sagte Swetlana und errötete. »Ich dachte, wir fahren nach Paris. Ich wäre gern in die Oper gegangen.«
»In Genf gibt es auch eine Oper, und wer weiß, vielleicht wird dort auch gerade ›Schwanensee‹ aufgeführt...«
»Wieso fahren wir denn nach Genf, Mama?«
»Weil dort eine große Konferenz stattfindet, auf der Kollegen von mir aus der ganzen Welt zusammentreffen. Ich werde dich zur Eröffnungssitzung mitnehmen, das wird dich sehr beeindrucken.«
»Oh, du hast Glück, Mama, daß du so herumreisen kannst! Wenn ich groß bin, werde ich auch herumreisen und meine Kinder überallhin mitnehmen.«
»Um das zu verwirklichen, mußt du aber in der Schule besser mitarbeiten.«
Alexej war auf der Stelle beleidigt. »Das sagst du nur, weil du bei meiner Lehrerin warst und sie dir Lügen über mich erzählt hat.«
»Deine Lehrerin ist sehr nett, und ich glaube, sie hat dich gern. Aber du solltest wirklich ein bißchen weniger schwätzen und etwas mehr mitarbeiten.«
Alexej zuckte die Achseln. »Ach, arbeiten, arbeiten, warum muß man immerzu arbeiten?«
»Wenn du fleißig lernen würdest, könntest du später einmal einen Beruf wie meinen ausüben und auch überallhin reisen...«
»Ich will nicht so einen Beruf wie deinen!«
Der Satz war ihm spontan herausgerutscht. Julia war leicht verwundert. Wie kam es, daß Alexej, der Fotos von seiner Mutter sammelte, eine so schlechte Meinung von dem Beruf hatte, den sie ausübte?
»Was hast du an meinem Beruf auszusetzen?«
Alexej wurde rot und blieb stumm.

»Idiot!« entfuhr es Swetlana. »Kannst du nicht den Mund halten?«
»Ach, es hat ja fast den Anschein, als würdet ihr mir etwas verheimlichen?« sagte Julia und bemühte sich, trotz einer leisen Beunruhigung, um einen scherzhaften Ton.
Die Kinder sahen sich betreten an.
»Komm, Alexej«, befahl Julia, »bitte erklär mir das: was hast du an meinem Beruf auszusetzen?«
»Och, ich weiß nicht...«, erwiderte der Junge und zuckte die Achseln. »Man hat mir gesagt, du würdest über 'ne Menge Leute befehlen, und wenn sie ihre Arbeit nicht ordentlich machen, machst du's wie der Zwenowoi in der Klasse, du erzählst alles in Moskau weiter, damit sie ins Gefängnis gebracht werden.«
»Wer hat dir das gesagt?« fragte Julia mit zugeschnürter Kehle.
»Klassenkameraden. Swetlana meint, das wären alles Lügen. Das hab ich den anderen auch gesagt, aber die haben mir gesagt, daß du Onkel Kotusow, der uns früher oft besucht hat und der immer so lustig war, ins Lager geschickt hast.«
»Was sind das für Kinder?« wollte Julia wissen. Sie klang streng und war kreidebleich geworden.
Alexej rutschte auf seinem Stuhl hin und her und warf Swetlana, die auf ihre Füße starrte, einen verzweifelten Blick zu.
»Wer hat dir das gesagt?« wiederholte Julia. Doch mit einemmal wurde ihr klar, warum Alexej schwieg, und voller Liebe eilte sie zu ihm hin. Sie nahm ihn in ihre Arme und drückte ihn ganz fest an sich.
»Oh, mein kleiner Puschkin, wie hab ich dich lieb! Das ist das erste Mal – und hoffentlich auch das letzte Mal –, daß dich deine Mama liebhat, weil du ihr nicht gehorchst. Du willst mir nicht verraten, wer dir das erzählt hat, weil du Angst hast, daß sie sonst durch mich Unannehmlichkeiten

bekommen. Du hast ein Herz aus Gold, mein kleiner Liebling, mein kleiner Puschkin...«
Sie bedeckte ihn mit Küssen, und er lachte erleichtert. Doch Julia mußte sich große Mühe geben, um ihren Schmerz zu verbergen. Es waren gewiß Söhne von Institutsangestellten, die Alexej nur das wiederholt hatten, was ihre Eltern sich zu Hause erzählten. Offensichtlich kursierte im Institut das Gerücht, daß Julia für Kotusows Verschwinden verantwortlich war. Es war nur allzu begreiflich.
»Mein geliebter Puschkin«, flüsterte sie, »glaub nicht, was man dir über deine Mutter erzählt. Onkel Kotusow steckt tief in der Klemme, das stimmt; aber ich würde alles auf der Welt dafür hergeben, daß er wieder zu uns zurück nach Krasnojarsk kommen kann.«
Alles, dachte sie, wenn es nur nicht der Zukunft meiner Kinder schadet...

Nun war es Françoise, die einen Whisky trank. Nackt unter ihrem prächtigen Morgenmantel aus Lamé, saß sie neben Duvallon auf dem Sofa und machte eine düstere Miene.
Wie gewöhnlich lag eine Hand des Ministers entspannt auf den Knien seiner Geliebten, und während er erzählte, redete er sich nach und nach die Sorgen, die sich im Lauf der Woche angesammelt hatten, von der Seele. Doch an diesem Abend war es nicht wie sonst. Duvallon spürte deutlich, daß Françoise mit den Gedanken woanders war; er traute sich jedoch nicht, sie darauf anzusprechen.
Ich hätte nicht so von ihrem Bruder reden dürfen, schalt er sich innerlich. Um sein Unbehagen zu verbergen, ließ er sich lang und breit über seinen Kummer aus, häufte ein Detail auf das andere, verlor sich in einem langen Monolog.
»Verstehst du, jetzt, da wir mit Bestimmtheit wissen, daß die Amerikaner das Programm sabotiert haben, sind wir in einer wirklich unangenehmen Lage. Noch wissen die kommunistischen Minister in der Regierung nichts davon, aber

irgendwann wird es ja doch bekannt werden. Wahrhaftig, diese Yankees sind unerträglich! Was für einen Grund hatten sie bloß, uns in diese Affäre zu verstricken?! Sie hätten uns wenigstens in Kenntnis setzen können. Aber nein – anscheinend glauben sie wirklich, sie wären die Herren der Welt. Jetzt haben sie sich allerdings selbst in eine sehr gefährliche Lage hineinmanövriert. Sie wollten besonders schlau sein, aber das Ganze wird sich als Schuß in den Ofen erweisen, du wirst schon sehen... Hörst du mir überhaupt zu?«

»Natürlich«, besänftigte ihn Françoise. »Wieso sind die Amerikaner jetzt in einer gefährlichen Lage?«

Sie klang so desinteressiert, als sie diese Frage stellte, daß Duvallon den Eindruck hatte, sie fordere ihn nur zum Sprechen auf, damit sie in Ruhe an etwas anderes denken konnte. Dennoch führte er seine Erklärungen weiter aus:

»Stell dir vor, die Russen beschließen, diesen Sabotageversuch publik zu machen, die ganze Angelegenheit an die große Glocke zu hängen. Eine herrliche Gelegenheit, um Propaganda zu betreiben. Die kriegerische Gesinnung der USA endlich entlarvt! Die Heimat des Friedens und der Werktätigen auf perfide Weise angegriffen! Das würde genügen, um der Friedensbewegung, der langsam die Luft ausgeht, wieder Auftrieb zu verschaffen. Und viel wichtiger noch, in ganz Europa würden die neutralistischen Tendenzen eine Stärkung erfahren. Das Gleichgewicht zwischen Ost und West ist sehr labil; es könnte zu einer schlimmen Krise kommen, in deren Verlauf die USA möglicherweise an den Pranger gestellt würden.«

»Na, vielleicht wird das den Amerikanern ja eine Lehre sein!« rief Françoise und bereute sogleich diesen dummen Ausspruch.

In diesem Augenblick haßte sie ganz Amerika – und Brendan war daran schuld.

»Sicher«, meinte Duvallon, »dennoch glaube ich, daß ich

die Wünsche der Franzosen richtig interpretiere, wenn ich behaupte, daß sie sich im Fernsehen lieber ›Dallas‹ anschauen als die Reden irgendwelcher Mitglieder des Politbüros.«

8. Kapitel

Paris, 5. Juli 1984

Auf Grund der Wahlen zum Europaparlament blieb der Senat ausnahmsweise bis zum 20. Juli geöffnet. So hatte die ehrwürdige Versammlung denn auch keine Kosten und Mühen gescheut, um eine Delegation des Obersten Sowjet in Paris zu empfangen. Vor den Toren des Palais du Luxembourg ließen die schräg einfallenden Sonnenstrahlen an diesem Spätnachmittag die Helme der Garde Républicaine golden aufblitzen.

In dem Citroën CX der sowjetischen Botschaft, der die Rue de Tournon hinauffuhr, hörte Wladimir Zagladin, stellvertretender Leiter der internationalen Sektion des Zentralkomitees der KPdSU, den Ausführungen Konstantin Bakhtows, des Wirtschaftsberaters der UdSSR in Frankreich, der sich vorgenommen hatte, den Fremdenführer zu spielen, nur mit halbem Ohr zu. Neben ihm saß Sergej Woronkow, der – genervt vom Geschwafel des anderen – die Hände im Schoß gefaltet und die Augen geschlossen hatte und nun so tat, als würde er nachdenken.

Als der Wagen in den gepflasterten Senatshof einfuhr, in dem bereits dichtgedrängt Limousinen mit Diplomatenkennzeichen parkten, wiederholte Bakhtow zum dritten Mal, daß der große Erfolg dieses Besuches darin bestehe, daß es gelungen sei, die Franzosen zu bewegen, jenen Entschluß wieder rückgängig zu machen, der eine Lieferungsbeschrän-

kung von Zubehör für die Herstellung von Telefonzentralen vorgesehen hatte; insbesondere jedoch, daß sie die Franzosen ein wenig unter Druck gesetzt hätten, damit sie auch weiterhin die für die Überwachungssysteme der sibirischen Ferngasleitung benötigte Hardware lieferten. Mit plumper Unterwürfigkeit schrieb Bakhtow den Erfolg der Mission ganz allein dem bestimmten Auftreten Zagladins zu und gefiel sich darin, die Delegation des Obersten Sowjet in den höchsten Tönen zu loben.
Mit wichtiger Miene lief er nun der sowjetischen Delegation voraus; er wollte seinen Landsleuten beweisen, daß er sich im Palais du Luxembourg bestens auskannte.
Auf dem Weg zum Ehrensaal schien Zagladin, der bis dahin nicht sonderlich viel Interesse für Bakhtows Ausführungen aufgebracht hatte, plötzlich munter zu werden.
»Sagen Sie, Bakhtow, was ist das eigentlich, was diese Männer da auf ihren Helmen haben?« fragte er und zeigte mit dem Finger auf einen Angehörigen der Garde Républicaine.
»Oh, das weiß ich leider nicht«, gab der Wirtschaftsberater untröstlich zu.
»Es handelt sich um echte Pferdeschweife«, bemerkte Sergej. »Nachzulesen im Reiseführer, den alle Delegationsteilnehmer erhalten haben; Sie hätten ihn sich auch besorgen können ...«
Bakhtow stotterte eine Entschuldigung zusammen, der Zagladin und Sergej jedoch keine Beachtung schenkten. Sie hatten soeben den riesigen Saal betreten, in dem sich bereits eine große Menschenmenge drängelte. Die Glatzen der Männer und die Juwelen der Frauen glänzten und schimmerten unter dem Licht, das von vier riesigen Kristallüstern verbreitet wurde.
Minister Duvallon lief mit ausgebreiteten Armen und einem herzlichen Lächeln auf Zagladin zu, der Bakhtow zuflüsterte: »Gehen Sie und holen Sie uns was zu trinken!«

Der Wirtschaftsrepräsentant eilte gehorsam davon. Er mußte seine Ellbogen einsetzen, um bis ans Büfett vorzudringen, doch als er es endlich geschafft hatte, hatte er große Mühe, auch bedient zu werden; die Kellner begnügten sich nämlich damit, diesen Mann, der ihnen offenbar das Siegeszeichen V für Victory unter die Nase hielt, lächelnd anzusehen. Als er zuletzt doch noch seine zwei Sektschalen bekommen hatte, schob er sich wieder durch das Gedränge, das den sowjetischen Vertreter und den französischen Minister umgab. Als er sich endlich bis zu ihnen vorgearbeitet hatte, mußte er feststellen, daß Zagladin gerade dabei war, einen Toast auszubringen; er hielt ein Glas, das ihm ein Kellner gebracht hatte, in die Höhe und sagte:
»Herr Minister, ich darf Sie bereits heute im Namen Ihres sowjetischen Kollegen, Herrn Martschuks, des Präsidenten des Staatskomitees für Wissenschaft und Technik, zu einem Gegenbesuch einladen. Und ich wünsche mir, daß der Austausch zwischen unseren beiden Ländern auch in Zukunft beiden Seiten nur zum Vorteil gereicht...«
»Und was mich angeht«, betonte Duvallon, »so wünsche ich mir... dasselbe!«
Die Umstehenden lachten, und Bakhtow lachte mit, obwohl er den Grund für die allgemeine Heiterkeit nicht recht verstand. Sergej Woronkow faßte ihn an der Schulter.
»Geben sie mir doch bitte ein Glas, Bakhtow... und eine Auskunft – natürlich nur, wenn Sie können. Sagen Sie, sind das da drüben nicht amerikanische Diplomaten?«
Er sah zu einer kleinen Gruppe hinüber, die in der Nähe des Büfetts stand.
»Ja, doch, Sie haben recht...«
»Und befinden sich unter ihnen nicht ein paar Agenten der CIA sowie einige Mitglieder des COCOM?«
»Äh... wahrscheinlich... nun«, stammelte Bakhtow. »Um ehrlich zu sein, ich weiß es nicht«, gestand er verzweifelt ein.

Sergej schlug seinem Gesprächspartner vertraulich auf den Rücken.
»Soll ich Ihnen mal was sagen, mein lieber Bakhtow? Ich glaube, Sie sind nicht sehr geeignet für den Posten, den Sie hier bekleiden.«
Er sagte das mit so scharfer Ironie, daß der Ärmste glaubte, in Ohnmacht fallen zu müssen.
In der Gruppe, auf die Sergej gewiesen hatte, befanden sich tatsächlich mindestens zwei Männer, auf die das zutraf, was er vermutet hatte. Brendan Barnes und Richard Thomas unterhielten sich über Belanglosigkeiten, doch während sie sprachen, warfen sie immer wieder Blicke in jene Ecke des Saals, wo Françoise Vimard hin und her lief. Sie trug ein elegantes Kostüm aus rotem Leinen, das ihrer Hautfarbe schmeichelte. Unermüdlich und doch gelassen schüttelte sie Hände, begrüßte Abgeordnete mit dem Vornamen, erkundigte sich bei diesem Journalisten nach seinen Kindern, bei jenem Senator nach Neuigkeiten aus seinem Wahlbezirk, und benahm sich im übrigen so, als wüßte sie nicht um die Wirkung ihres Charmes... was ihren Charme noch um einiges vergrößerte.
Sie kannte das politische Tout-Paris in- und auswendig. Ihre Arbeit an der Seite von Senator Delépine (einem alten Herrn, der ständig in Gefahr war, einzuschlafen) und ihre Liaison mit Duvallon hatten aus ihr eine wichtige Persönlichkeit gemacht; doch sie strebte danach, diesem Milieu den Rücken zu kehren. Ihr größter Wunsch war es, für die internationale Presse zu schreiben und die Grenzen Frankreichs hinter sich zu lassen, die sie als zu eng empfand.
»Ich kann Sie gut verstehen«, murmelte Thomas. »Françoise ist sehr schön. Und sie ist nicht nur das... Aber die Verpflichtungen dem Staat gegenüber haben Vorrang vor privaten Angelegenheiten.«
»Was wollen Sie damit sagen?« fragte Brendan.
Thomas drehte sich um und sah ihm ins Gesicht. »Wissen

Sie denn nicht selber, was Sie jetzt tun müssen? Françoise ist für Sie zu gefährlich geworden. Ihr Bruder...«

»Ich weiß, was mit ihrem Bruder ist«, fiel Brendan ihm ins Wort. »Drücken Sie sich bitte deutlicher aus!«

»Oh«, meinte Thomas und machte eine müde Handbewegung, »Sie wissen sehr gut, was ich meine... Es wäre besser, wenn Sie Ihre Geliebte eine Weile nicht mehr sehen würden.«

»Muß ich Washington neuerdings um Erlaubnis fragen, wenn ich bumsen will?« erhitzte sich Brendan.

»Es sieht fast so aus... Ich hatte Sie gewarnt, daß vielleicht irgendwann der Moment kommt, wo diese Liaison nicht mehr unsere Zustimmung findet.«

»Das ist ja grotesk!«

»Brendan, stellen Sie sich doch nicht so an. Ich glaube, ich kenne Sie inzwischen ganz gut. Sie sind mir recht sympathisch...«

»Wie mich das ehrt!«

»Nein, wirklich, ich kann Sie gut leiden... Brendan, hören Sie doch erst einmal, was ich Ihnen zu sagen habe. Ihre Geliebte, ob Sie das nun einsehen wollen oder nicht, ist nur von nebensächlicher Bedeutung. Erlauben Sie mir, Ihnen einen Rat zu geben: Lassen Sie sie fallen! Es steht zuviel auf dem Spiel, als daß Sie alles verderben und Jacques Vimard erneut die Möglichkeit geben, an Sie heranzukommen. Ich sage Ihnen das in aller Freundschaft... Ein Mann, der um ein Haar mit Ihnen zusammen gestorben wäre, wird Sie doch nicht anlügen, oder?«

Dieser letzte Satz hatte durchaus scherzhaft geklungen, doch Brendan lachte nicht. Er war wütend.

»Ich frage mich, wozu es überhaupt noch gut sein soll, die andere Seite zu bekämpfen, wenn wir ihr allmählich zu ähneln beginnen...«

»Na, na, na! Es handelt sich ja nur um eine vorübergehende Trennung – bis die zweite Phase des Computer-Krieges

abgeschlossen ist. Dann ist es immer noch früh genug, Ihren Abschied zu nehmen. Bis dahin werden wir Sie jedoch auf keinen Fall desertieren lassen.«
»Und wenn ich mich über Ihre Anweisungen hinwegsetze?«
»Von mir werden Sie niemals irgendwelche Drohungen zu hören bekommen. Drücken wir es so aus: ich zähle auf Ihren Patriotismus. Überlegen Sie! Sie werden feststellen, daß das die einzige Lösung ist. Aber lassen Sie uns jetzt von etwas anderem reden... Es gibt keinen besseren Ort, als eine große Menschenmenge, um Geheimnisse auszutauschen. Kommen Sie«, sagte er und nahm ihn am Arm.
Verstohlen beobachtete Françoise, wie die beiden Männer sich im Gedränge entfernten, das immer dichter wurde. Eine Sekunde lang überlegte sie fieberhaft, wie sie Brendan zurückhalten könnte; doch dann schalt sie sich selbst, weil sie ihre Kaltblütigkeit verlor.
»Was ist, meine Liebe, sollten Sie keinen Durst mehr haben?«
Françoise sah auf einen pausbäckigen jungen Mann herab, der ihr ein Glas hinhielt. Es war ein Senatsbeamter, mit dem sie sich unterhalten hatte, als sie die beiden Amerikaner erblickte; sie hatte ihn daraufhin in das Gewimmel am Büfett geschickt, um ihn loszuwerden. Jetzt sah er sie durch seine dicken, viereckigen Brillengläser hindurch neugierig an und hielt ihr hartnäckig die Sektschale entgegen.
»Nein, ich habe keinen Durst mehr.«
»Ah?« machte der andere verwirrt. »Was fange ich jetzt nur mit Ihrem Glas an?«
»Die Lösung dieses Problems, mein Lieber, überlasse ich Ihnen«, versetzte Françoise, lächelte strahlend und drehte ihm den Rücken zu. Sie begegnete Duvallons Blick, doch begnügte sie sich mit einem flüchtigen Lächeln und vermied es, in seine Richtung zu gehen.
»Fromentin«, brummte Duvallon an seinen Referenten gewandt, »sagen Sie doch Mademoiselle Françoise Vimard,

daß ich gerne Neuigkeiten über den lieben Delépine erfahren würde. Ich habe gehört, daß er das Bett hüten muß.«
»Jawohl, Monsieur«, sagte Fromentin, der genau wußte, warum sein Chef sich so plötzlich für den Gesundheitszustand des alten Senators interessierte.
Brendan Barnes und Richard Thomas schritten langsam durch das Gedränge, zeigten kein Interesse an dem lauten Stimmengewirr und dem Anblick französischer Politiker sämtlicher Richtungen, die einträchtig miteinander plauderten. Brendan hatte sich inzwischen beruhigt; seine Leidenschaft hatte wieder von ihm Besitz ergriffen. »Wie Sie sicher wissen«, sagte er, »entwickelten sich die Dinge recht zügig, nachdem wir den Indern das gewünschte Superprogramm verkauft hatten. Die Russen haben es ihnen gleich danach wieder abgekauft – illegal, versteht sich – und in Krasnojarsk installiert. Bis heute hat es keine Zwischenfälle gegeben. Allerdings steht uns jetzt die schwierige Phase bevor ...«
»Ich verstehe zwar nichts davon, aber sind Sie sicher, daß Sie den Zündmechanismus der neuen Softbomb mittlerweile besser im Griff haben? Ist er nicht genauso problematisch wie der Luftdruck über St. Thomas?«
»Wenn Sie nicht mal mehr St. Thomas vertrauen, an welchen Heiligen sollen wir uns denn dann wenden? Aber nein, ganz im Ernst, ich glaube, daß unsere ›Sprengkapsel‹ diesmal absolut zuverlässig ist.«
»Es handelt sich um die Börsenkurse des ›Satellite Business System‹, die das Störprogramm in Gang setzen, nicht wahr?«
»Genauer gesagt um eine Reihe von Kurswerten, die niemals für die SBS-Aktien notiert werden; niemals – es sei denn, wir beschließen, die Softbomb zu zünden.«
»Aber wie kann man sicher sein, daß die betreffende Gesellschaft nicht plötzlich mit den ›reservierten‹ Kurswerten notiert wird?« fragte Thomas. »Handelt es sich um eine Scheinfirma?«

»Nein, nein, eine Scheinfirma wäre viel zu leicht zu ermitteln. Das SBS ist bekanntermaßen für die Verwaltung von EDV-Telekommunikationen über Satellit zuständig; es vermittelt zeitweilige Benutzungsrechte von Satelliten an internationale Gesellschaften.«
»Na und?«
»Nun, man muß halt nur die betreffende Firma kontrollieren. Sie wird von IBM, einer Versicherungsgesellschaft, einer Telekommunikationsgesellschaft und vom Pentagon finanziert, der darüber wacht, daß man die gewünschten Kurswerte dadurch erreicht, daß im rechten Moment gekauft oder abgestoßen wird.«
Richard Thomas pfiff leise durch die Zähne.
»Nicht schlecht, wirklich... Aber all diese schönen Überlegungen könnten schon in den nächsten Tagen wie ein Kartenhaus zusammenfallen. Sehen Sie dahinten jene Gruppe von Männern in den schlechtsitzenden Anzügen?«
»Ja, das ist Zagladins Delegation.«
»Unter den Delegationsteilnehmern befindet sich jemand, der eigens nach Paris gekommen ist, um Nachforschungen darüber anzustellen, ob Frankreich in der Krasnojarsk-Affäre die Hände mit im Spiel hatte. Es handelt sich um den Mann mit den hellblauen Augen, der neben Zagladin steht – einen hohen Offizier des KGB. Er ist der Schnüffler. Sein Name ist Sergej Woronkow. Er ist mit Ihrer Julia verheiratet.«
Brendan blieb abrupt stehen, was Thomas dazu zwang, ebenfalls einzuhalten. Der Lärm der Gespräche um sie herum nahm immer mehr an Lautstärke zu; die Vertreter der französischen Politik waren an diesem Abend ein wenig angesäuselt.
»Was soll das heißen – mit ›meiner‹ Julia?« fragte er.
»Ach, kommen Sie, Sie wissen doch ganz genau, daß wir über Ihre frühere Liaison im Bilde sind. Julia Tetschajew heißt seit 1974 Julia Woronkow.«
So war sie es also doch! Brendan, der diese Nachricht nicht

recht fassen konnte, wurde von einem so starken Gefühl der Melancholie ergriffen, daß für einen kurzen Moment sein Blick tränenverschleiert war. Er hatte die alten Erinnerungen derart gut verdrängt, daß er überzeugt gewesen war, sie wären längst erloschen.
Brendan gab sich scherzhaft. »Was will dieser Woronkow in Paris? Ist er gekommen, um mich kennenzulernen?«
»Sie haben den Nagel fast auf den Kopf getroffen. Er ist hier, um herauszufinden, wer zwischen dem Zeitpunkt, als die Sowjets ihre Bestellung aufgaben, und dem Augenblick der Inbetriebnahme im Institut von Krasnojarsk Zugang hatte zu dem meteorologischen Programm.«
»Was für ein phantastischer Zufall!«
»So ein Zufall, wie Sie glauben, ist das gar nicht... Daß Sie von der NSA angeheuert wurden, hatte selbstverständlich mit Ihren außergewöhnlichen Fähigkeiten auf dem Gebiet der Informatik und Ihrer Loyalität gegenüber Ihrem Vaterland zu tun. Doch die Tatsache, daß Sie einst eine sowjetische EDV-Expertin intim gekannt haben, der man mit gutem Gewissen eine brillante Karriere voraussagen konnte, hat Woodwards Aufmerksamkeit natürlich auch erregt. Und daß Sie speziell für diese Mission ausgewählt wurden, hat ganz gewiß nichts mit Zufall zu tun... Wahrscheinlich ist man an maßgeblicher Stelle der Meinung, daß jemand, der die sowjetischen Informatiker so gut kennt, besonders gut dazu geeignet ist, Fallen aufzustellen, die von ihnen nicht entdeckt werden können...«
»Ich habe das überaus angenehme Gefühl, regelrecht programmiert worden zu sein... Man hätte mir wenigstens etwas sagen können!«
»Warum sollte man Ihre Aufmerksamkeit auf einen im Grunde zweitrangigen Faktor lenken? Damit Ihre Intuition zum Tragen kommt, ist es besser, diese Art von Faktor bleibt Ihnen verborgen. Nun, das alles ist natürlich reine Spekulation meinerseits... Ich gehöre nicht – wie Woodward oder

McFarlane – zu jenen Eingeweihten, die mir in unserer erbärmlichen Welt hier unten im übrigen wie Gottheiten vorkommen: sie sind nämlich allwissend und allmächtig.«

»So allmächtig nun auch wieder nicht! Die Anwesenheit Sergej Woronkows beweist schließlich das Gegenteil. Die Sowjets haben die Falle entdeckt, daran gibt es keinen Zweifel mehr.«

»In der Tat. Und es steht auch zweifelsfrei fest, daß die Sowjets Jacques Vimards Attentat ferngesteuert haben – sozusagen als Antwort auf den Sabotageakt in Krasnojarsk. Jetzt verstehen Sie sicher...«

Richard Thomas brach mitten im Satz ab, denn Françoise war vor ihnen aufgetaucht, lächelnd und in heiterer Stimmung.

»Guten Abend, Richard. Guten Abend, Brendan. Ist doch eine amüsante Gesellschaft, finden Sie nicht?«

»Was findest du daran so amüsant?« fragte Brendan und sah ihr voll in die Augen.

»All diese Leute... die Diplomaten, Politiker, Geheimagenten, die sich mit äußerster Zuvorkommenheit behandeln und dabei gleichzeitig unaufhörlich in Fallgruben stoßen, sich anlügen, einander betrügen...«

Brendan hatte die Vorahnung, daß eine peinliche Szene unmittelbar bevorstand. Françoise sprach mit einer solchen Heftigkeit, daß sie den Eindruck erweckte, kurz vor einem Weinkrampf zu stehen.

Richard versuchte zu scherzen: »Unsere Françoise klingt ja ziemlich bitter heute abend...«

»Sind Sie auch ganz sicher, daß ich eine der Ihren bin?« entgegnete sie mit dem Ungestüm einer Wildkatze. »Brendan, ich würde dich gern unter vier Augen sprechen.«

»Also schön«, sagte Richard, »ich will nicht länger stören. Brendan, ich rufe Sie morgen an. Denken Sie über unser Gespräch nach – und ziehen Sie die Konsequenzen daraus.«

Er gab ihnen die Hand und ging davon. Brendan Barnes sah ihm eine Weile nach und wandte sich dann an Françoise, die ungeduldig darauf wartete, endlich mit ihm sprechen zu können.
»Brendan, ich muß mit dir reden ...«, »Brendan, ich rufe Sie an ...«, »Brendan, denken Sie nach ...« In letzter Zeit verfügt offenbar jeder nach Belieben über meinen freien Willen, dachte Brendan. Er ballte die Fäuste ...
»Françoise«, platzte er heraus, »das Leben ist wie ein Boxkampf – man muß allerhand einstecken können, aber irgendwann ist Schluß!«
»Warum sagst du mir das?« wunderte sie sich.
»Aus keinem besonderen Grund, entschuldige bitte. Hör zu, wir müssen eine Weile aufhören, uns zu sehen ...«
»Hat Richard dir das befohlen?«
»Befohlen? Seit wann kann er mir denn Befehle geben?«
»Oh ja, und ob er das kann! Hältst du die Franzosen wirklich für solche Dummköpfe? Duvallon hat mir erzählt, daß ihr beide keine – oder zumindest nicht hauptsächlich – Journalisten seid ...«
»Ach, du wolltest mir wohl deine Empörung an den Kopf werfen und mir sagen, daß du mich nie wieder sehen willst? Ich bin ein Verräter, und du schickst mich fort – das trifft sich ja gut. Man hat mir nämlich geraten, in Zukunft jeden Kontakt mit dir zu unterlassen.«
»Oh, Brendan!« rief Françoise, »ich wollte dir doch bloß sagen, daß ich zwar Bescheid weiß, dich aber auch weiterhin noch sehen möchte ... Ich glaube, ich habe mich tatsächlich in dich verliebt.«

Krasnojarsk, 28. Juli 1984

Ich warte auf einen Geistesblitz, halte Ausschau nach dem Detail, das mich endlich dessen gewahr werden läßt, was

ich schon so lange anschaue, ohne es zu sehen. Puschkin, mein hübsches Kind, das mich bewundernd ansieht, während ich diese Zeilen schreibe, Puschkin, hilf mir!
Ich muß mir eine Strategie zu eigen machen, die der Kotusows diametral entgegengesetzt ist. (Ich denke oft an Dich, mein Freund – Du warst der einzige Freund, den ich hatte. Ich bin überzeugt, Du würdest genauso handeln wie ich und den Angriffswinkel ändern ...) Ist das von den Indern ausgeliehene Programm, das so ungemein wichtig ist für den Ausbau der EDV-Infrastruktur unseres Landes, über die Andropow mit mir sprach, manipuliert?
Sehen wir uns das Programm einmal genauer an. Es handelt sich um ein gewaltiges Auffangbecken für sämtliche Informationen aus dem Westen. Von Krasnojarsk aus haben wir bezahlten Zugang zu allen großen westlichen Datenbanken, mit Ausnahme derjenigen, die als strategisch eingestuft sind. Daß man für Informationen, die den ganzen Planeten interessieren, auch noch bezahlen muß, scheint mir eine typisch kapitalistische Gepflogenheit zu sein. (Die letzte Bemerkung gehört nicht zum Thema.)
Ich muß kurz mit dem Schreiben aufhören, um meinen Haarknoten zu lösen, den ich nicht mehr ertrage, so sehr zieht er mir an den Schläfen. Ich werde noch eine Migräne davon bekommen ...
So, jetzt geht's mir schon viel besser!
Also, da die ganze Welt diese Daten benutzen kann, scheint es kaum vernünftig, anzunehmen, sie wären manipuliert ... denn dann würde der Fallensteller selber in seine eigenen Fallen tapsen.
Meine Logik erscheint mir manchmal unqualifiziert, überholt, inadäquat – mit einem Wort: einfältig. Ich müßte den Mut haben, unlogisch zu denken!
Doch dazu läßt man mir keine Zeit.
Da man davon überzeugt ist, daß ich ein tüchtiger, leistungsfähiger Mensch bin, werde ich von allen Seiten

bedrängt; aber das bekommt mir nicht. Kotusow hat einmal etwas Lustiges gesagt: »Man braucht viel Zeit, um den Zufall zu zähmen.«
Die erstaunliche Intuition dieses Mannes fehlt mir.

30. Juli

Swetlanotschka und ich vertragen uns wieder. Endlich! Ich habe ihr versprochen, daß ich mein Möglichstes tun werde, damit sie eine Woche länger in Europa bleiben kann. »Doch das wird eine zusätzliche Woche ohne mich sein«, habe ich hinzugefügt. Und sie hat mir geantwortet: »Das macht überhaupt nichts«, und dabei die erwachsene junge Dame gespielt. Aber ich habe gemerkt, daß sie leicht beunruhigt war.
Ich werde mit Tschenyschow darüber sprechen, ob es möglich ist, Swetlana zusätzlich eine Woche in Paris zu lassen. Ich beneide sie. Aber hoffentlich verliebt sie sich in Paris nicht in einen weiteren Ballettlehrer; dann hätte ich keine Möglichkeit mehr, sie auf andere Gedanken zu bringen. Sollte dieses Kind langsam seiner Mutter ähnlich werden, dieser unheilbaren sentimentalen Seele? Oder Brendie? Oder bekam sie allmählich eine eigene Identität?
Wir prüfen, filtern, registrieren und archivieren sämtliche bei uns eintreffenden westlichen Informationen, bevor wir sie in das sowjetische Computernetz eingeben. Alle peripʜären Computer – mit Ausnahme des unseren also sämtliche Computer in der Sowjetunion – werden durch unsere Arbeit versorgt.
Die Programme, die Informationen, die wir aussenden, werden zuvor sorgfältig von uns überprüft. Sie sind sauber, davon bin ich überzeugt.
Trotzdem bin ich weiterhin der Meinung, daß das System zwangsläufig auf die eine oder andere Weise manipuliert ist. Eine solche Gelegenheit läßt man sich einfach nicht entge-

hen! Die Falle befindet sich vermutlich hier im Mittelpunkt, in Krasnojarsk ... aber wo genau? Ich kann sie nicht finden. Keine verdächtigen Instruktionszeilen, keine Programmbereiche, die auf ominöse Weise inaktiv geblieben sind ...
Was kann man daraus folgern? Die Falle muß sich woanders befinden. An der Peripherie? Dieser Gedanke ist der logische Schluß meiner Überlegungen – und doch klingt er absurd.

31. Juli

Ich habe viel über den absurden Gedanken nachgedacht, zu dem ich gestern gelangt bin. Ich konnte ihn jedoch nicht weiterentwickeln, ich war zu müde; ein wenig auch in Sorge, ohne jedoch zu wissen, warum.
Kommen wir auf meinen Gedanken zurück, durchforsten wir seine Absurdität, um vielleicht eine Spur von Vernunft darin zu entdecken. Würde ein Jäger seine Fallen mitten im Wald aufstellen oder eher am Rande? Die Antwort scheint eindeutig: mitten im Wald, denn dort wird das Wild viel häufiger durchkommen. Damit bin ich einverstanden. Aber nur in jenen Bereichen, wo der gesunde Menschenverstand stichhaltig ist, sind alle einer Meinung. In Bereichen, die darüber hinausgehen, sollte man sich besser von den ausgetretenen Pfaden fernhalten.
Ich habe mir vorgestellt, daß mein Jäger ein seltsamer Vogel ist, der sich davor fürchtet, tief in den Wald zu laufen, der vor Tieren und ihrem Verhalten Angst hat und dennoch der Überzeugung ist, daß dieselben Tiere, so grausam sie auch in ihrem natürlichen Lebensraum sein mögen, erheblich geschwächt sind, sobald sie das Dunkel verlassen und in das helle Sonnenlicht am Waldesrand treten. Mein Jäger hat seine Fallen also an der Peripherie aufgestellt.
So einfach ist diese Überlegung und doch – wie mir scheint – einleuchtend. Auf jeden Fall ist dies ein Angriffs-

winkel, der vielversprechender ist als jener, den ich mir bisher vorgestellt habe.
An der Peripherie muß man suchen, denn dort ist man nicht darauf gefaßt, Fallen zu entdecken!
»Am Waldesrand hat man niemals Angst, und wenn man keine Angst hat, nimmt man sich nicht in acht.«
Diesen Spruch haben Alexej und ich uns gestern abend ausgedacht. Als ich zu ihm kam, um ihm vor dem Einschlafen seinen Gute-Nacht-Kuß zu geben, habe ich ihm das kleine Gleichnis von meinem Jäger erzählt. Er hat mir sehr aufmerksam zugehört. Sein Blick hat mich stutzig gemacht, wie jedesmal, wenn er so tief ernst wird, und ich wollte von ihm wissen, was er vom Verhalten des Jägers hält. Er hat lange nachgedacht und mir dann schließlich folgende rätselhafte Antwort gegeben: »Die Jäger sind es nicht, die die Fallen am Waldesrand aufgestellt haben, sondern die Tiere, damit die Menschen nicht in den Wald eindringen . . .«
Ich finde diese poetische Logik ganz bezaubernd, doch sie hilft mir nicht weiter. Im vorliegenden Fall hieße das nämlich, daß die Tiere sich selbst manipuliert haben, sprich, daß wir uns mit Hilfe unseres eigenen Systems manipuliert hätten. Mein Puschkin mag ein Poet sein, aber kein – noch kein? – Informatiker.
Dieses Kind entzückt mich. Und Swetlana schwebt in den Wolken. Sie packt ihren Koffer bereits drei Monate im voraus, weil sie Angst hat, irgend etwas Wichtiges zu vergessen.

1. August (schon)

Es läßt sich nicht bestreiten, daß wir hier am Institut in einer Atmosphäre leben, die sozusagen ständig die gleichen Druckverhältnisse kennt. Wir merken nicht, wie die Jahreszeiten vergehen. Ich habe manchmal den Eindruck, im Innern einer Weltraumkapsel zu arbeiten. Ich glaube, es gibt nichts Schlimmeres, als nicht zu sehen, wie die Zeit vergeht. Es gibt hier nichts, das uns ihr Verrinnen bewußt macht, weder das verlöschende Tageslicht noch ein duftender Windhauch. Es gibt nur das regelmäßige Brummen der Maschinen, das ewig gleich bleibt. Wir sind in einer weißen Zeitlosigkeit gefangen. Eine Isba, eine Bauernhütte – das ist es, wo ich heute gern gewesen wäre ...

Aber wie, in Dreiteufelsnamen, sollte es den Yankees bloß gelungen sein, sämtliche Computer an der Peripherie zu manipulieren – oder auch nur die wichtigsten?

Diese Theorie ist unhaltbar, das weiß ich, und doch muß ich ihr bis auf den Grund nachgehen.

9. Kapitel

Paris, 2. August 1984

»Kannst du mir sagen, was das alles für einen Sinn hat?« fragte Brendan, während er den nackten Rücken von Françoise liebkoste, die neben ihm lag.

Das Gesicht im Kopfkissen vergraben, antwortete Françoise mit einem unverständlichen Murmeln. Dann drehte sie sich um, zog die Decke über ihren Körper und musterte Brendan schweigend. Er stand auf, zog sich hastig an und setzte sich dann auf den Bettrand. Sie beobachtete ihn stumm und rührte sich nicht.

»Françoise, was wir getan haben, ist absurd. Es wäre besser, wenn wir uns nicht mehr sehen.«

»Ich liebe dich ...«

»Hör zu, es handelt sich ja nur um eine vorübergehende Trennung. Ich schwöre dir, daß wir uns wiedersehen werden.«

»Wann?«

»Das weiß ich nicht. Wenn die Geschichte, in die ich verwickelt bin, ein Ende gefunden hat.«

»Was für eine Geschichte? Bist du etwa schon wieder in Gefahr?«

»Mehr kann ich dir leider nicht sagen – ich darf es nicht.«

Françoise rückte zu ihm hin; dabei rutschte das Bettlaken herab und entblößte ihre Brüste. Sie ergriff Brendans Hand und führte sie zu ihrem Bauch. Brendan machte sich sanft von ihr frei.

»Nein, Françoise...«

»Wird es dir nicht allmählich zuviel, für alles eine Erlaubnis einholen zu müssen? Möchtest du nicht selbst über dich bestimmen können?«

»Mein Leben verläuft genau so, wie ich es gewollt habe.«

»Das glaubst auch nur du! Du gehörst dir nicht mehr – du bist von Washington programmiert!«

Über Brendans Gesicht huschte ein Schatten. Programmiert... Dieses Wort hatte auch er benutzt, als er erfahren hatte, daß seine frühere Liaison mit Julia einer der Gründe war, weshalb die NSA ihn eingestellt hatte. Seine Vergangenheit hatte eine maßgebliche Rolle gespielt, als man ihn an die Front des Computer-Krieges schickte. Die Zärtlichkeit und Leidenschaft der Körper, das geteilte Glück, all das war dahin und lebte doch noch irgendwo in ihm, und es hatte auch die Pläne eines alten Professors beeinflußt, der ein wenig größenwahnsinnig – und ein Genie war. Welches Ziel verfolgte Woodward damit, Julia als direkten Gegenspieler einen Mann gegenüberzustellen, der sie einst geliebt hatte?

»Hörst du mir überhaupt zu?« fragte Françoise. »Woran denkst du? Ich flehe dich an, Brendan, verlaß mich nicht... Was ist das für eine Geschichte, in die du verwickelt bist? Dreht es sich immer noch um die Sabotage des Instituts von Krasnojarsk? Ich dachte, das wäre längst erledigt...«

Brendan hatte bereits zuviel gesagt; Françoise wußte nun, daß der Computer-Krieg weiterging.

»Du denkst wohl nur an deine Pflicht, was? Bist du dir eigentlich darüber im klaren, was ich getan habe, als ich diese Informationen an dich weitergab? Ich habe einen Verrat begangen! Aber du, du zögerst, du schwankst, du wägst ab... Ihr ekelt mich alle an, ihr mit euren kleinen Spionageaffären... Wäre ich doch nur auf Jacques' Seite übergewechselt! An dem Tag, als wir uns im ›Trou dans le

mur‹ wiedersahen, hat mich mein erster Eindruck also doch nicht getäuscht...«
Daß sie diesen Namen erwähnte, berührte Brendan unangenehm. Er hatte es im nachhinein merkwürdig gefunden, daß Françoise damals darauf bestanden hatte, ihn nicht mehr in Harry's Bar zu treffen. Hatte sie ihrem Bruder erzählt, daß er, Brendan, ein Stammgast dieser amerikanischen Kneipe war? Es war letztlich egal, ob sie es nun absichtlich oder unbewußt getan hatte; hinterher hatte sie sicher bedauert, Jacques diese Auskunft gegeben zu haben. Und dann hatte sie um sein, Brendans Leben gefürchtet. Er seufzte. Vielleicht war sein Verdacht völlig unbegründet. Möglicherweise hatte sie nur den Wunsch gehabt, einmal woanders hinzugehen, ihm ein neues Lokal zu zeigen... es war durchaus denkbar. Wie auch immer: Brendan mußte sich mit der Tatsache abfinden, daß ihre Beziehung durch den Computer-Krieg belastet würde – zumindest so lange, wie er, Brendan, aktiv daran teilnahm.
»Warum sagst du nichts?«
»Weil wir uns nichts mehr zu sagen haben – wenn auch nur vorübergehend, wie ich hoffe...«
Brendan erhob sich und stieg die grüne Metalleiter hinauf, die zum Ausgang dieses seltsamen Appartements in der Rue des Guillemites führte. Bevor er die Tür zum Treppenhaus öffnete, warf er einen letzten Blick über das Geländer der Galerie. Françoise kniete mit entblößter Brust reglos auf dem Bett und starrte aus dem Fenster, in dessen Scheiben sich das Morgengrauen bläulich widerspiegelte.
Als es eine halbe Stunde später an der Tür klingelte, hatte Françoise sich immer noch nicht gerührt. Sie schüttelte sich, zog einen Morgenmantel an, der mit grellbunten dreieckigen Motiven bedruckt war, und stieg zum Öffnen nach oben. Es war Duvallon. Als sie sein Gesicht sah, mußte sie sich beherrschen, um nicht allzu gereizt und nervös zu reagieren.

»Was willst du denn hier?« fragte sie. »Ich dachte, wir hätten ausgemacht, daß du nie hierherkommst?«
»Außergewöhnliche Umstände zwingen mich dazu«, erwiderte er barsch. »Machst du mir einen Kaffee?«
»Gibst du mir keinen Kuß?«
»Wie du siehst...«
Françoise drehte ihm den Rücken zu. Sie war wirklich nicht in der Stimmung, die unangenehme Szene zu ertragen, die Duvallon ihr offensichtlich machen wollte. Sie hatte nicht die geringste Ahnung, was er ihr vorzuwerfen hatte, und es war ihr ohnehin völlig egal. Duvallon ging hinter ihr her, und dann schwiegen sie, bis die dampfende Kaffeekanne und zwei Tassen zwischen ihnen auf dem Tisch standen.
»Du ziehst vielleicht ein Gesicht!« bemerkte Duvallon scharf. »Hat dir dein Liebhaber den Laufpaß gegeben? Bist du ihm nicht länger nützlich?«
Françoise hatte das Gefühl, den Boden unter den Füßen zu verlieren.
»Was erzählst du da!?«
»Brendan Barnes – Informatikprofessor am M.I.T., Journalist für Informatikzeitschriften... und vor allem: von der NSA – der National Software Agency, einer streng geheimen Organisation, die vom Pentagon finanziert wird – mit einer Sondermission beauftragt. Ich kenne inzwischen sämtliche Einzelheiten über seine Person. Und rate mal, wer sie mir gegeben hat? Du antwortest nicht? Nun, es war Sergej Woronkow, der nach Frankreich gekommen ist, um sich diskret mit uns über die Panne unserer Software zu unterhalten. Wir haben einen ehrlichen Handel abgeschlossen: wir lassen ihn an Ort und Stelle recherchieren, und die Sowjets unterlassen dafür einen öffentlichen Protest. Uns blieb praktisch keine andere Wahl. Unsere Softwareindustrie wäre erledigt gewesen, hätten die Russen uns die Verantwortung für die Panne in die Schuhe geschoben. Kannst du dir vorstellen, wie viele Verträge auf der Stelle annulliert wor-

den wären? Vorerst wollen die Russen noch Stillschweigen bewahren, aber wenn ihnen die Gelegenheit günstig erscheint, sind sie durchaus dazu fähig, zum Angriff überzugehen und die Amerikaner anzuklagen – oder vielleicht sogar uns, wenn ihnen das Freude macht... Sie halten sämtliche Trümpfe in der Hand. Ich erzähle dir das, damit dir bewußt wird, in welcher Angelegenheit du behilflich warst, falls du den Amerikanern tatsächlich Informationen hast zukommen lassen...«

Françoise zuckte die Achseln.

»Du weißt genau, daß ich keinen Zugang zu irgendwelchen wirklich wichtigen Informationen habe. Ich war der Meinung, ich hätte es mit zwei ganz normalen Journalisten zu tun, die auf der Suche nach vertraulichen Daten sind. Ich habe ihnen vor allem das Wesen der in dieser Sache zuständigen Franzosen beschrieben.«

»Du gibst es also zu?« fragte Duvallon, und es klang, als sei er enttäuscht. »Es war dumm und unvorsichtig von dir, gemeinsam mit diesem Barnes den Senat zu verlassen. Fromentin hat euch gesehen.«

»Läßt du uns überwachen?«

»Das ist meine Pflicht als Minister.«

Françoise lachte bitter. »Deine Pflicht! Ihr führt andauernd dieses eine Wort im Mund – nur um eure schmutzigen Taten zu rechtfertigen. Aber sag mal, hast du keine Angst, daß ich unverzüglich zu den Amerikanern renne und ihnen hinterbringe, was du mir gerade zum Thema Woronkow erzählt hast?«

»Ich denke, daß sie es schon früh genug erfahren werden – über andere Kanäle. Und du wirst ihnen überhaupt nichts mehr erzählen, denn du wirst verschwinden...«

Duvallons Stimme brach. Er sackte in sich zusammen, seine Gesichtszüge wirkten plötzlich eingefallen, es schien, als hätte er sich allzulange Zwang angetan. Ein alter Mann trat unter der Maske des temperamentvollen Ministers zutage.

»Wohin soll ich denn deiner Meinung nach verschwinden?« wollte Françoise wissen. »Und wer sagt dir überhaupt, daß ich dir gehorche? Willst du deinen Russen womöglich darum bitten, mich nach Sibirien mitzunehmen?«

»Françoise...«, murmelte Duvallon und näherte seine Hand der Hand der jungen Frau. Diese zuckte brüsk zurück.

»Komm, komm, bloß keine Mätzchen, ja?« rief sie kalt. »Sag mir endlich, wozu deine Pflicht dich zwingt!«

»Du mußt für ein paar Wochen nach Martinique fahren. Ich werde das mit Delépine in Ordnung bringen. Du mußt abwarten, bis sich die Wogen geglättet haben. Ich befinde mich momentan in einer sehr mißlichen Lage. Im Innenministerium hat man mir versichert, daß du keinen Ärger bekommst, wenn du für eine Weile von der Bildfläche verschwindest; wenn nicht, dann...«

Er verstummte erneut.

»Dann?« fragte sie und stampfte mit dem Fuß auf wie ein kleines Mädchen. »Was dann? Wer sollte mir schon Ärger bereiten können? Wenn es publik wird, daß ich ein paar lächerliche Informationen an die Amerikaner weitergegeben habe, dann verliere ich meinen Job... und du dein Ressort – aber das ist mir mittlerweile alles ziemlich gleich.«

»Du könntest der Komplizenschaft mit deinem Bruder angeklagt werden... Ach, übrigens, ich habe eine schlechte Nachricht für dich«, fügte er hinzu und wandte den Blick ab. »Dein Bruder ist... tot. Er wurde in Marseille auf offener Straße erschossen. Er wollte anscheinend gerade das Land auf dem Seeweg verlassen.«

»Jacques? Wer hat ihn getötet?«

»Woher soll ich das wissen? Die Amateurwaffe vom Kaliber 22 – ein Gewehr mit langem Lauf – läßt den Schluß zu, daß es Mitglieder seiner Splittergruppe waren, die ihn umgelegt haben, weil er ihnen zu lästig wurde oder weil sie herausgefunden hatten, daß er vom KGB manipuliert worden war. Es könnte sich aber auch um Berufskiller handeln, die die

Absicht hatten, das Verbrechen wie die Tat eines Amateurs aussehen zu lassen. Alles ist möglich. Die Russen könnten beschlossen haben, ihn loszuwerden ... oder die Amerikaner, sich zu rächen. Es kann jeder gewesen sein.«

»Sogar die Franzosen.«

»Red nicht so einen Unsinn! Wie auch immer, er hatte seine Papiere bei sich und Notizen über das Attentat in Harry's Bar – eine Art technischer Kommentar. Das beweist zwar noch nicht, daß er das Verbrechen begangen hat, aber immerhin ... Es besteht die Gefahr, daß die Presse bei ihren Recherchen bis zu dir vordringt. Wenn herauskommt, daß du nicht nur meine Geliebte, sondern auch die von Barnes gewesen bist ...«

Duvallon machte eine Pause.

»Warst du wirklich seine Geliebte?« fragte er kläglich.

Françoise gab keine Antwort. In Gedanken war sie zwanzig Jahre zurückgegangen, sie sah einen liebenswerten kleinen Jungen, der mit ihr auf dem Marktplatz spielte, umgeben vom Geruch zerquetschter Guajaven; oder in den Zuckerrohrfeldern, nach dem Regen, wenn die Erde wie ein Hochofen dampfte, in der drückenden Hitze ... Sie mußte an ihre Mutter denken, die immer noch auf Martinique lebte. Sie richtete ihre Augen auf Duvallon.

»Ob ich wirklich seine Geliebte war? Das wirst du nie erfahren. Mein Abschiedsgeschenk für dich«, sagte sie und lächelte grausam. »Freu dich, ich fahre nach Martinique zurück. Und jetzt – verschwinde!«

Krasnojarsk, 2. August 1984

Seit einer Woche verliert sich mein Geist in wirren Phantastereien. Ich muß mich wieder fangen und wie ein echter Wissenschaftler vorgehen: das Problem an der Wurzel pakken, mich an konkreten Dingen orientieren. Im vorliegen-

den Fall heißt das, mich an die Computer selbst zu halten. Ich habe zuviel Angst davor, daß alles andere nur Hirngespinste sind. Als Direktorin des CSII habe ich Zugang zum gesamten Datennetz der Sowjetunion.
Das Programm für den CRAIG I, das wir vor kurzem aus Bombay erhalten haben, scheint nicht manipuliert zu sein; Kotusows Tests waren negativ verlaufen. Es steht jedoch – zumindest laut KGB – ziemlich zweifelsfrei fest, daß die Amerikaner irgendwo eine Falle eingebaut haben. Es kann also nur an der Peripherie geschehen sein. Auf diese Schlußfolgerung komme ich immer wieder zurück. Demnach sind es also die Computer an der Peripherie, die manipuliert worden sind. Ich kann nur noch diesen einen Gedanken fassen, so unbegreiflich er auch sein mag. Ich kann mich irren, aber ich darf eine solche Möglichkeit nicht von vornherein ausschließen . . .

3. August

Ich habe Nikolai Krujkow vom Institut in Nowosibirsk darüber informiert, daß ich mich von Krasnojarsk aus an seinen Computer anschließen werde. Nicht eine Sekunde lang hat er mir geglaubt, daß es sich dabei um eine reine Routineüberprüfung handelt. Er war schon immer sehr mißtrauisch; und außerdem ist er eingebildet. Ich glaube, er ist ein wenig eifersüchtig auf mich. Aber diese Tatsache ist für ihn von mehr Belang als für mich.
Wir hatten heute morgen ein sehr langes Telefongespräch, in dessen Verlauf er mir versicherte, wie glücklich und stolz er sei, von mir überprüft zu werden. Dieser Heuchler! Als ob ich nicht wüßte, daß er vor Wut rast, weil er einer Frau unterstellt ist. Ach, vergessen wir das. Schließlich tue ich nur meine Arbeit; soll er die seine erledigen – und gehorchen!
Falls er meine Studie »Die Fernwartung« kennt, weiß er

genau, was auf ihn zukommt: lediglich eine Reihe von Tests, die die Funktionstüchtigkeit der Sicherheitsverfahren kontrollieren sollen; Tests, die ich – mit Hilfe des Netzes, das unsere beiden Institute miteinander verbindet – von meinem Computer aus durchführen kann; weiter nichts. Aber warum ist er dann so nervös? Ich bin sicher, daß ihn irgend etwas beschäftigt, und wahrscheinlich kocht er vor Wut, weil er glaubt, daß Sergej und ich ihn mit vereinten Kräften aus seinem Amt heben wollen, um seinen Posten mit einer uns nahestehenden Person zu besetzen. Als würden wir unsere Zeit damit verplempern, diese elenden Machtspielchen mitzuspielen! Dieser eingebildete Kerl denkt wohl, daß wir uns über ihn Gedanken machen ...

23 Uhr

Ich bin erschöpft. Den ganzen Tag habe ich die Computer von Nowosibirsk überprüft. Nichts. Alle Tests verliefen negativ. Nicht die kleinste Anomalie. Nichts. Wechsel der Programme: keine besonderen Vorkommnisse. Datensicherung der Platten: idem. Dateischutz: idem. Jobadressen und Adresse des virtuellen Speichers: ebenfalls nichts.
Nikolai bereitet es wahrscheinlich einen Heidenspaß, meine Anstrengungen zu verfolgen.
Mit honigsüßer Stimme und einem ekelhaften Lächeln im Gesicht wird er mir versichern, daß er mir voll und ganz zur Verfügung steht und daß er mich außerordentlich bewundert, aber zwischen den Zeilen werde ich lesen können: »Siehst du nun endlich, daß meine Software genauso ›sauber‹ ist wie deine? Einfacher gewiß – aber genauso sauber!«
Ich darf Kotusows Beispiel nicht vergessen. Ich muß mich so verhalten, wie er es getan hat, darf den Schein nicht bedingungslos akzeptieren. Was offensichtlich schien, war für ihn immer viel zu einfach. Hätte er sich mit dem Schein zufriedengegeben, ohne ihm auf den Grund zu gehen, hätte er

sicher die Ansicht vertreten, daß die Panne des meteorologischen Programms auf ein zeitweiliges Versagen der Hardware zurückzuführen sei, und er hätte nicht im Bereich der Software weitergesucht.
Kotusow ließ sich von seiner Intuition leiten. Ich muß das gleiche tun. Ich habe den Eindruck, mit einer Situation konfrontiert zu sein, die das genaue Gegenteil derjenigen ist, die er zu bewältigen hatte. Meine Intuition sagt mir, daß ich mit meinen Anstrengungen nicht aufhören darf, bevor ich nicht irgend etwas gefunden habe. Ich muß etwas finden! Sollte sich herausstellen, daß die Software in Nowosibirsk nicht manipuliert ist, so bleibt immer noch die Hardware... Kotusow hätte dieselbe Schlußfolgerung gezogen. Vielleicht sind einige der Schaltkreise von den Amerikanern modifiziert worden? Ja, warum eigentlich nicht? Aber wie hätten sie das bewerkstelligen sollen? Ich weiß es nicht; für eine Beantwortung dieser Frage bin ich nicht kompetent genug.
Eben fällt mir die hübsche Replik ein, die einst ein Tao-Meister einem Schüler gegeben haben soll, als dieser ihn fragte, was denn Tao eigentlich sei. Alles, was der Meister erwiderte, war: »Geh!«
Morgen nehme ich mir den Speicher von Nowosibirsk vor.

4. August

Sonntag. Ich wäre gern zu Hause geblieben, hätte Puschkin nicht an einem Ausflug teilgenommen und hätte Swetlana nicht eine wichtige Probe gehabt. So bin ich – anstatt mich auszuruhen – wieder an meine Computer zurückgekehrt.
Das Institut arbeitete wie in Zeitlupe. Ich wurde nicht andauernd gestört. Wie gestern beschlossen, habe ich mir heute den Speicher des Computers in Nowosibirsk vorgenommen. Tausende von Speichereinheiten zu überprüfen – Arbeit für eine Besessene, für eine Mystikerin! Und trotz

meines schmerzenden Rückens und meiner brennenden Augen bin ich heute abend glücklich, denn das siebte von mir überprüfte Modul wies unzweifelhaft eine Anomalie auf. Ich habe meine Nachforschungen verstärkt. Der kleine Speicher No. 64518 mit der Adresse FC06 scheint ununterbrochen abgefragt zu werden, ohne daß ich feststellen könnte, von wem oder warum.
So weit bin ich also gekommen. Es war nicht schwierig, den Weg bis zur Anode des direkt an FC06 angeschlossenen integrierten Schaltkreises zurückzuverfolgen. Für mich steht zumindest eines fest: wenn es ein Geheimnis gibt, dann verbirgt es sich hinter dieser Anode. Und ich habe vor, dieses Geheimnis zu lüften.
Als ich in den USA studierte, war unter den Amerikanern schon recht häufig die Rede von Ködern oder wirkungslosen Komponenten, die in die integrierten Schaltkreise eingebaut wurden, um gegen das Abschreiben vorzugehen.
Ich glaube, daß es sich hier um ungefähr das gleiche Prinzip handelt. Nun, da ich mich, wie es der Zufall will, in dieser Problematik genügend auskenne, brauche ich meine Zeit nicht weiter damit zu vertun, von Krasnojarsk aus zusätzliche Kontrollen vorzunehmen. Ich werde die Peripherie vor Ort überprüfen ... und dabei Nikolais griesgrämige Visage wiedersehen. Mein Kommen wird ihm einen gehörigen Schrecken einjagen. Er wird denken, daß er kurz vor seiner Amtsenthebung steht: ein Opfer von Machenschaften, die er nicht vorausgesehen hatte, er, der so fest davon überzeugt ist, selber ein vortrefflicher Ränkeschmied zu sein.

5. August

Morgen fahre ich nach Nowosibirsk. Nikolai ist benachrichtigt worden. Ich unternehme diese Reise in einem Zustand äußerster Ratlosigkeit, denn zu meiner gestrigen Entdeckung ist eine weitere hinzugekommen, die mir weitaus beunruhi-

gender erscheint. Ich habe mir nämlich noch die Zeit genommen, meine zweite Vermutung zu verifizieren.
Oh, Kotusow! Du, der Du von der Entdeckung der Falle in dem meteorologischen Programm so erschüttert worden bist, was würdest Du heute sagen? Wenn man Dir erlaubt hätte, Deine Nachforschungen fortzuführen, vielleicht wäre Dir die Erkenntnis zuteil geworden, die ich heute gewonnen habe?
Ich überlegte mir, daß die Manipulation eines einzigen Computers an der Peripherie ein viel zu riskantes Unterfangen – bei gleichzeitig ungewissem Nutzen – sei; also habe ich auch die anderen Computer abgefragt. Ich habe zunächst zehn von ihnen abgerufen, und alle zehn haben mir die gleiche Antwort geliefert. Es war verblüffend: aus allen Ecken der Sowjetunion – von Wladiwostok bis Riga, von Taschkent bis Murmansk – wurde eine Anomalie im Speicher FC06 aller zehn Computer übermittelt. Daraufhin habe ich den CRAIG I derart programmiert, daß er den Zustand der Speicher sämtlicher wichtiger Computer des Netzes überprüft.
Nach wenigen Sekunden erhielt ich die erstaunlichste Antwort, die mir im Laufe meines Berufslebens je gegeben wurde. Der CRAIG hatte insgesamt 312 ES 1060-Computer überprüft und war dabei auf 312 Anomalien jeweils an der gleichen Stelle gestoßen!
Ich weiß nicht mehr, was ich denken soll. Was kann ich mit einer solchen Entdeckung anfangen? Seit Tagen schon hält mich diese Arbeit so sehr in Atem, daß ich nicht einen Augenblick darüber nachdenken konnte, welche Folgen meine Nachforschungen möglicherweise haben. Ich wollte etwas finden. Ich habe es gefunden. Ich freue mich darüber. Aber je mehr ich nachdenke, um so mehr Sorgen mache ich mir.
Wie kann ich es nur wagen, in diesem Tagebuch festzuhalten, daß das gesamte Computernetz der Sowjetunion mani-

puliert ist? Wie haben die Amerikaner das bloß fertiggebracht?
Ein Gedanke läßt mich nicht los, ein ungeheurer Verdacht, den ich vorerst nur als Frage formulieren möchte: Und wenn es gar nicht die Amerikaner waren?

10. Kapitel

Nowosibirsk, 6. August 1984

Vor einer der Türen des Flughafengebäudes von Nowosibirsk standen zwei KGB-Agenten Wache. Einer von ihnen spitzte bereits die Lippen, um einer gutaussehenden, brünetten Frau in Blau hinterherzupfeifen, als sein Kollege ihm noch rechtzeitig den Ellbogen mit solcher Wucht in die Rippen stieß, daß der andere nach Luft schnappte.

»Bist du verrückt, oder was? Das ist eine bekannte Persönlichkeit. Du hast ja keine Ahnung, was du mit deiner Pfeiferei riskierst!«

»So eine tolle Frau? Wer ist das?«

»Eine von Andropows Verflossenen.«

»Woher weißt du das?«

»Liest du denn keine Zeitung? Die ›Prawda‹ hat damals darüber berichtet. Sie ist eine der letzten, die Andropow lebend gesehen haben. Man munkelt, daß sie allein aus diesem Grund bis heute noch nicht kaltgestellt worden ist; es heißt, dieser alte Fuchs von Andropow hat sie mit voller Absicht ganz offiziell empfangen, damit man sie nach seinem Tode in Ruhe läßt. Seit ihrem Besuch bei Andropow gibt es eine Menge Leute, die behaupten, daß er ihr Geheimnisse anvertraut hat, damit sie sich später zur Wehr setzen kann ... Sie ist eine Kanone, was Computer angeht. Es heißt auch, daß sie – dank ihrer Rechenautomaten – möglicherweise die einzige bei uns im Lande ist, die genau

weiß, in welchen Fabriken am meisten geschludert wird.«
»Na, da sind die Fabrikdirektoren sicher ganz schön bestrebt, sie auf ihrer Seite zu haben!«
»So erzählt man sich ...«
Die beiden Soldaten verstummten, denn Julia lief wieder an ihnen vorbei, gefolgt von zwei Sicherheitsbeamten, die sie bereits seit dem Abflug in Krasnojarsk begleiteten.
Julia kam zurück, um nochmal einen Blick in die Ankunftshalle zu werfen. Sie war unangenehm davon überrascht, nicht von Nikolai Krujkow erwartet zu werden, und dieser Verstoß gegen die elementarsten Regeln von Anstand und Höflichkeit machte sie maßlos wütend. Wahrscheinlich war diese Reaktion auf die Beklommenheit zurückzuführen, die auf ihr lastete, seit sie den Boden von Nowosibirsk betreten hatte.
Julia lief bis zum Polizeibüro. »Lassen Sie Nikolai Krujkow, dem Direktor des Informatikzentrums, ausrichten, daß ich auf ihn warte«, befahl sie barsch.
Der diensthabende Beamte warf einen Blick auf Julia und ihre Eskorte und gehorchte, ohne sich nach der Identität der Besucherin zu erkundigen. Er machte einem Sekretär Zeichen, sich um sie zu kümmern. Der Mann beeilte sich, Julia in einen Raum zu führen, der mit einem weichen Teppich und schweren bequemen Sesseln ausgestattet war. An der Tür war ein Schild mit zwei Inschriften, die erste in Russisch, die zweite in Englisch: »Saal für Abgeordnete des Obersten Sowjet – VIP Hall.«
Kurze Zeit später teilte der Beamte Julia mit, daß Nikolai Krujkow sich nicht wohlfühle – was seine Verspätung begreiflich machte –, daß er Julia inständigst bitte, ihm zu verzeihen, und daß er bald da sein werde.
Julia sagte nichts und zündete sich eine Zigarette an. Sie mußte daran denken, wie sehr sie an den Privilegien und dem Prestige, die sie ihrer Arbeit verdankte, Gefallen gefunden hatte. Mit der Zeit wurde sie immer anspruchsvoller,

auch wenn sie sich stets darüber im klaren blieb, daß ihr Bekanntheitsgrad und ihre Geltung von sehr trügerischer Beschaffenheit waren. Sie durfte es nicht so weit kommen lassen, daß sie darüber das Wesentliche aus den Augen verlor: die gewaltige Aufgabe der Computerisierung des Landes. »Der Einzug der UdSSR ins 21. Jahrhundert«, wie Afanasjew sich auszudrücken pflegte. Die Chancen standen günstig, daß ihr alter Gönner recht bald schon einen Posten im Vorzimmer des Politbüros erhielt. Trotz Andropows Tod war er mächtiger denn je. Im Parteikomitee der Sowjetrepubliken hatte es einen großen Wechsel unter den nationalen Sekretären gegeben, und auch beim KGB waren wichtige Veränderungen erfolgt; Afanasjew und Sergej hatten sich jedoch halten können. Dabei hätte Julia nicht sagen können, auf welcher Seite ihr Mann eigentlich stand. Wahrscheinlich auf seiner eigenen, dachte sie.

»Julia, liebe Julia!« jammerte Krujkow, als er auf sie zueilte. »Kannst du mir diesen Empfang noch einmal verzeihen?«

»Nun, mein Ärmster, ich habe gehört, du bist krank? Du hättest doch einen deiner Mitarbeiter zum Abholen schicken können.«

»Oh, ich sehe schon, daß du mir nicht verzeihst, Julia. Ich verstehe deinen Zorn. Ich hatte Anweisungen erteilt, aber wenn man nicht auf alles selber achtgibt... du weißt ja, wie das ist.«

»Nein, das weiß ich nicht. In meinem Institut werden Befehle stets ausgeführt. Aber lassen wir das. Du bist also krank? Was fehlt dir denn?«

»Die Ärzte wissen es nicht.«

»Dann müssen sie blind sein! An deiner Gesichtsfarbe erkennt man sofort, um was es sich handelt. Gestattest du mir eine Diagnose? Ich glaube, du leidest an einer Überfunktion der Galle...«

»So? Diese Krankheit kenne ich ja gar nicht«, sagte Krujkow verwundert.

»Sie gehört zur alten Nomenklatur. Eine Überfunktion der Galle wird durch Ärger hervorgerufen, durch Neid und ganz besonders durch ... Mißgunst.«
»Oh, Julia, du beliebst zu scherzen! Aber deine Scherze sind grausam. Wem sollte ich wohl etwas mißgönnen? Dich, dich bewundere ich ganz einfach.«
»Dann liegt deine Krankheit vielleicht darin begründet, daß du zu unterwürfig bist. Findest du nicht auch, daß du unterwürfig bist, Krujkow?« fragte sie lachend und klopfte ihm dabei so auf den Rücken, als triebe sie mit einem alten Freund ihren Spaß.
Der Direktor des Informatikzentrums von Nowosibirsk entschied sich, im selben Tonfall zu antworten.
»Aber sicher doch, Julia, natürlich bin ich unterwürfig! Du weißt ja, das ist meine zweite Natur. Wenn du mir jetzt folgen möchtest, der Wagen wartet auf uns ...«
Die obligate schwarze Limousine vom Typ Wolga parkte vor dem Flughafengebäude. Julias Zerberusse zwängten sich in einen Jiguli, in dem bereits drei ihrer Kollegen warteten, und dann fuhren beide Wagen los.
»Sag mir, Krujkow«, begann Julia, als der Wagen angefahren war, »macht dir deine Arbeit im Institut von Nowosibirsk noch Spaß?«
»Soll ich einer sehr lieben Freundin antworten oder der Direktorin des CSII?«
»Der sehr lieben Freundin.«
»Ich bin von meiner Arbeit begeistert.«
»Wenn das so ist, müßten wir uns eigentlich sehr gut verstehen. Wie du weißt, gibt es viele Genossen, die nicht fähig sind, zwischen dem Wohl der Nation und ihrem eigenen Wohlergehen zu unterscheiden; die nur darauf aus sind, ihren Reichtum zu vergrößern oder sich auf Kosten der anderen selbst zu bestätigen. Mit solchen Leuten kann ich nichts anfangen.«
»Da hast du auch völlig recht.«

Julia war nicht besonders stolz auf das, was sie soeben getan hatte. Sie hatte angefangen, Krujkow auszuschimpfen, weil sein Strebertum ihr zuwider war, und dann war sie, ohne es zu wollen, in die Rolle des mächtigen Apparatschik verfallen, der einen Untergebenen in Furcht und Schrecken versetzt.
Kaum hatte der Wagen am Bordstein vor dem Informatikzentrum gehalten, stürzte Krujkow hinaus, um Julia die Tür zu öffnen.
An der langen Fassade des Beton- und Stahlgebäudes war ein Spruchband angebracht: »EIN HERZLICHES WILLKOMMEN UNSERER GENOSSIN JULIA WORONKOW!«
»Weißt du«, sagte Krujkow, »das da ist meine Krankheit... Ich bin in letzter Sekunde von den Vorbereitungen aufgehalten worden.«
»Ich danke dir, Krujkow – aber es sollte doch ein ganz inoffizieller Besuch sein...«
»Wir haben auch einen kleinen Imbiß für dich vorbereitet.«
»Ich werde auf eure Gesundheit trinken – aber danach muß ich mich unverzüglich an die Arbeit machen.«
»Wie du willst. Möchtest du die Computer sehen?«
»Selbstverständlich. Spricht etwas dagegen?« fragte Julia, die den Eindruck hatte, daß ihr Gesprächspartner ein wenig verhalten klang.
»Nein, nein...«
Etwas später stand Julia vor den drei alten ES 1060-Computern, die riesig und imposant unter dem grellen Neonlicht schimmerten.
Julia ließ sich nicht von ihrer Größe beeindrucken, denn sie wußte, daß sie lange nicht so leistungsfähig waren wie der CRAIG, der bedeutend kleiner war. Sie betrachtete die drei Geräte wie ein Dompteur, der seine Wildkatzen beobachtet, bevor er in den Käfig tritt. Dann schickte sie Krujkow fort. Jetzt war sie allein in dem Raum, der vom sanften Brummen der Computer erfüllt wurde.

Julia montierte die Schutzplatte des CPU[1] ab, um Zugang zu seinem buntscheckigen Inneren zu haben. Wie jedesmal bereitete es ihr auch heute wieder ein seltsames Gefühl, dieses Gewirr von farbigen Drähten, dieses scheinbare Durcheinander aus Bauelementen und integrierten Schaltkreisen zu sehen, das jedoch eine unvorstellbare Ordnung verbarg: eine Intelligenz.

Ohne Schwierigkeiten fand sie das Halbleiterplättchen, das den Speicher der Adresse FCO6 enthielt. Sehr schnell entdeckte sie darauf einen roten Draht, so fein wie ein Babyhaar. Sie nahm eine Lupe aus ihrer Tasche, mit deren Hilfe sie dem Verlauf des Drahtes folgen konnte. Unzweifelhaft war dieses Plättchen das einzige seiner Art in diesem Computer. Hatte der Erbauer diese Komponente vielleicht im Innern gelassen, um später die Funktion des Computers modifizieren zu können? Sie verwarf diesen Gedanken. Die ES 1060-Computer, die größten in der Sowjetunion, waren alle von der Firma Elorg hergestellt worden. Sie hatte genug Erfahrungen mit Geräten dieses Typs gesammelt, um zu wissen, daß das nicht der Fall sein konnte. Und überhaupt, wäre eine Modifikation vorgesehen gewesen, so hätte man sie sicher als eine der ersten darüber informiert.
Sie bat telefonisch darum, daß auch die beiden anderen Computer ausgeschaltet wurden. Sie brauchte nicht lange, um an gleicher Stelle die gleichen Siliciumplättchen sowie die gleichen roten Drähte zu finden.
Sie konnte die Augen nicht länger vor den Tatsachen verschließen: Die drei ES 1060-Computer waren modifiziert worden, ohne daß man ihr darüber Mitteilung gemacht hatte. Die drei Geräte im Institut von Nowosibirsk waren mit einem fremden Element durchsetzt, von dem sie weder

1. CPU: Central Processing Unit

wußte, woher es stammte, noch welche Funktion es hatte – im Moment jedenfalls noch nicht...
Mit präzisen, raschen Handbewegungen löste sie das Plättchen, schloß die Türen des Computers und gab Krujkow Bescheid, daß die Geräte wieder in Betrieb genommen werden konnten. Julia beobachtete, wie die Computer allmählich wieder in Gang kamen. Sie wollte sehen, wie sich der Computer verhielt, dem nunmehr ein Plättchen fehlte; aber es geschah nichts Außergewöhnliches.
Julia begab sich in das Büro des Direktors, das dieser seiner Besucherin freundlicherweise überlassen hatte.
»Krujkow«, sagte sie am Telefon, »ich werde länger als vorgesehen hierbleiben...«
»Was ist denn geschehen?«
»Nichts Besonderes. Ich hätte gern den Arbeitsbericht des Zentrums für die letzten zwei Monate.«
Krujkow erschien bald darauf in dem Büro, schier niedergedrückt vom Gewicht zweier dicker Aktenordner. Julia mußte bei seinem Anblick unwillkürlich lachen.
»Ist denn bei euch so viel los?«
»Wir arbeiten sehr hart«, erwiderte Krujkow mit verkniffenem Gesicht, während er die Aktenordner auf dem Schreibtisch ablud. »Brauchst du sonst noch etwas?«
»Höchstens noch ein paar Reste von dem Imbiß, den ihr für mich vorbereitet hattet.«
»In einer Minute wirst du dich sattessen können.«
»Sonst brauche ich nichts. Bis morgen, also...«
»Was soll das heißen – bis morgen?«
»Vermutlich verbringe ich die Nacht hier. Sollte ich müde werden, ruhe ich mich in diesem Sessel aus.«
Krujkow warf ihr einen verdutzten Blick zu, wagte jedoch nicht, irgend etwas zu sagen. Sobald sie wieder allein war, schob Julia die zwei Bände des Institut-Logbuches von sich und nahm das zu untersuchende Plättchen aus ihrer Tasche. Mit einem Fingerspitzengefühl, das sie durch lange Praxis

gewonnen hatte, isolierte Julia nach und nach die Komponenten des Plättchens. Es war eine langwierige Arbeit, die ihr jedoch keine besondere Mühe bereitete. Die Komponenten waren in der Mehrzahl von sowjetischem Fabrikat; einige waren allerdings auch in Amerika gebaut worden. Bei einem so relativ alten Modell war das jedoch nichts wirklich Ungewöhnliches...

Um einen amerikanischen Mikroprozessoren Z80 herum waren zwei ROM[1] – der Speicher dieses Plättchens – angeordnet. Das eigentliche Hirn, der Mikroprozessor Z80, entnahm dort die im Speicher enthaltenen Weisungen.

Das Geheimnis des roten Drahtes klärte sie fast sofort auf.

Es war mit einem schwarzen Modul verbunden, das ungefähr dieselbe Größe hatte wie der Mikroprozessor selbst. Julia erkannte, daß es sich hierbei um einen Komparator handelte.

Dieser Komparator war es, der den Speicher FCO6 direkt abfragte, wahrscheinlich nur aus dem Grund, um zu überprüfen, ob eine exakte, vom Speicher registrierte Instruktion jener Instruktion entsprach, die der Komparator gespeichert hatte. Der Komparator funktionierte dann wie ein »Auslöser«, der dem Mikroprozessoren Z80 einen Befehl übermittelte.

Doch von da an drang sie in unbekanntes Terrain vor, wo sie auf alles gefaßt sein mußte. Worin bestand der Auftrag, der in diesem Komparator enthalten war? Welche Art von Befehl gab er aus, wenn ein ähnlicher Auftrag den Speicher FCO6 erreichte? Es waren zuviele Fragen, die gleichzeitig auf sie einstürmten...

Zunächst mußte sie versuchen, das Paßwort herauszufin-

1. ROM: Read Only Memory

den. Der Schlüssel zu diesem Rätsel steckte im Komparator. Julia nahm aus ihrer Ledermappe einen »ROM-Leser«. Auf dem Digital-Bildschirm des kleinen elektronischen Geräts amerikanischer Fabrikation erschienen nach und nach die Instruktionen, die in der ROM enthalten waren.
Eine große Anzahl davon war zwar codiert, aber es fiel ihr nicht schwer, sie eine nach der anderen zu entschlüsseln. Nach einer Weile entfuhr ihr ein Schrei, in dem sich Überraschung und Freude mischten.
Das Wort, das in der 15. Zeile des Programms erschien, wurde jedesmal mit jenen Wörtern verglichen, die über den Weg des roten Drahtes hereinkamen. Sie schrieb die fünf Buchstaben des Wortes auf ein Blatt Papier: WENIK.
So also lautete das Paßwort. Aber was löste es aus?

Paris, 7. August 1984

Boulevard Lannes. Sergej Woronkow, der in der absurd wirkenden, an einen Bunker gemahnenden russischen Botschaft – die einigen der schönsten Fassaden Pariser Bürgerhäuser den Rücken zukehrte – wartete, wurde langsam ungeduldig. Das Vorzimmer zu Georgij Arbatows Büro bot nicht viel Zerstreuung. Sergej Woronkow sah sich bereits zum vierten Mal ein Gemälde an, das Lenin auf dem 2. Kongreß der sozialdemokratischen Arbeiterpartei Rußlands zeigte, als endlich die Tür aufging.
Arbatows Sekretär teilte Sergej mit, daß er erwartet werde. Der Botschafter beendete gerade ein Telefongespräch, als Woronkow in sein Büro trat.
Sergej wappnete sich für einen leisen und dennoch gnadenlosen verbalen Schlagabtausch. Arbatow gehörte zum Clan derjenigen, die Tschernenko zu Dank verpflichtet waren und sich mehr und mehr gegen eine offensive Politik im Bereich der Informatik sperrten. Die beiden Männer gaben

sich kraftvoll die Hand, wie zwei Ringer vor einem Kampf, und dann nahmen sie beiderseits des riesigen Eichenholzschreibtisches Platz, der das einzige große Möbelstück im Raum war. Wie nicht anders zu erwarten, eröffnete Arbatow sofort das Feuer:

»Nun, wie weit sind Sie inzwischen mit Ihren Untersuchungen gekommen?«

»Alles, was wir bereits wußten, ist bestätigt worden. Es stecken tatsächlich die Amerikaner dahinter – oder genauer gesagt, die Mission des COCOM.«

»Unsere Reaktion ist also doch nicht übereilt gewesen«, bemerkte Arbatow gutmütig. »Wir mußten sehr hartnäckig sein, um beim KGB zu erreichen, das auf französischem Boden etwas gegen diese Sabotage unternommen wird. Seltsam, daß wir so lange diskutieren mußten, um direkte Repressalien zu erhalten, so symbolisch sie auch gewesen sein mögen ...«

»Sie hatten recht, das muß ich zugeben«, räumte Sergej ein, froh darüber, in diesem nebensächlichen Punkt eine Konzession machen zu können. »Und Sie hatten um so mehr recht, da wir eine glückliche Hand hatten ...«

Sergej war nicht unzufrieden mit diesem »wir«, das seine Behörde mit dem Erfolg eines Unternehmens in Verbindung brachte, das er von Anfang an bekämpft hatte.

»Mittlerweile wissen wir auch, wer der Amerikaner ist, der mit Richard Thomas zusammen war. Er hat unmittelbar mit der Sabotage zu tun. Er heißt Brendan Barnes und arbeitet für die NSA. Wir sind davon überzeugt, daß diese Organisation hinter der ganzen Affäre steckt.«

»Sagen Sie mal«, fragte Arbatow honigsüß, »dieser Brendan Barnes ...«

Er machte eine Pause. Sergej verkrampfte sich. Das wohlwollende Lächeln des Botschafters verhieß nichts Gutes.

»Dieser Brendan Barnes ... war das nicht der Liebhaber Ihrer Gattin?«

Diese direkte, massive Attacke traf Sergej völlig unvorbereitet. »Der Liebhaber? Was wollen Sie damit sagen?«
Arbatow schnitt eine bedauernde Grimasse. »Oh, ich merke schon, daß ich ins Fettnäpfchen getreten bin . . . Sie wußten demnach nicht, daß Ihre Gattin während ihres Aufenthaltes am M. I. T. ein Verhältnis mit diesem Mann hatte?«
»Natürlich wußte ich davon. Aber ich war der Ansicht, daß dieser Punkt es nicht wert sei, hier erwähnt zu werden.«
»Ich verstehe. Für Sie persönlich ist das natürlich eine sehr heikle Angelegenheit. Aber Ihre Gattin war damals eine romantische junge Frau. Ihre Vorgesetzten haben im übrigen die Augen vor dieser Herzensangelegenheit verschlossen, solange, wie sie gedauert hat. Der KGB war der Ansicht, daß es möglicherweise eine gute Gelegenheit wäre, um Auskünfte zu sammeln, ja vielleicht gar den Amerikaner auf unsere Seite zu ziehen. Das war zwar nicht der Fall, aber offensichtlich vertrat man an maßgebender Stelle die Meinung, daß diese frühere Liebesbeziehung ein weiterer Pluspunkt auf dem Konto Ihrer Frau sei. Der Umstand, daß sie einen auf seinem Spezialgebiet brillanten amerikanischen Informatiker . . . intim gekannt hat, befähigt sie vermutlich zu einem besseren Verständnis des Gegners.«
Arbatow ließ sich lang und breit und selbstgefällig über dieses Thema aus. Sergej kochte vor Wut, machte aber gute Miene zum bösen Spiel. Arbatow ließ sich jedoch nicht zum Narren halten. Es war ganz offensichtlich, daß Sergej Woronkow von seinen Vorgesetzten nicht unterrichtet worden war.
Das wiederum war ein Beweis dafür, daß man an maßgeblicher Stelle nicht sehr viel von ihm hielt. Sergej war auf alle Welt wütend. Gewiß, er hatte Julia versprechen müssen, sie niemals nach Swetlanas wahrem Vater zu fragen; das war eine der unerläßlichen Voraussetzungen für ihre Heirat gewesen. Aber er hätte niemals gedacht, daß es sich dabei

um einen Amerikaner handelte. Auf jeden Fall hatten seine Vorgesetzten einen Fehler begangen. Durch ihr Verhalten hatten sie ihn in eine Position der Unterlegenheit hineinmanövriert, und das war ein Gefühl, das er über alles verabscheute ... und mehr und mehr empfand, wenn er mit Julia zusammen war.
»Nichtsdestotrotz«, fuhr Arbatow fort, »kann dieser Vorteil sich in einen Nachteil umkehren. Dieser Meinung ist man zumindest im Zentralkomitee... Es werden momentan Überlegungen angestellt, ob Ihre Gattin tatsächlich an dem Kongreß in Genf teilnehmen soll. Können Sie sich vorstellen, was die kapitalistische Sensationspresse aus dieser Geschichte machen würde? Die westlichen Zeitungen haben sich ohnehin schon sehr ausführlich mit Ihrer Gattin beschäftigt...«
Arbatow öffnete einen Ordner, der eine Reihe von Zeitschriften enthielt, die er Sergej reichte, während er weitersprach.
Julias Ehemann empfand unwillkürlich eine eitle Befriedigung, als er daran dachte, daß er jene hochmütige, schöne Frau, deren Foto die Titelseite von »Newsweek« zierte, in seinen Armen gehalten hatte (die Bildunterschrift lautete: »Soviet Computers: Glamorous Julia Comes Out of the Cold«), jene Frau, deren Gesicht auf der ersten Seite von »Paris-Match« unter dem Titel: »Une ambassadrice de charme pour l'Union soviétique« abgebildet und die im Innern des »Spiegel« zu finden war; das deutsche Nachrichtenmagazin brachte Fotos, auf denen Julia sich lebhaft mit Journalisten unterhielt, die sie in ihrem Büro in Krasnojarsk empfangen hatte. Die Überschrift lautete: »Ein exklusives Interview mit der charmanten Botschafterin der Sowjetunion des 21. Jahrhunderts.« Auf dem im Institut aufgenommenen Foto entdeckte Sergej sofort jene zarten Fältchen, die sich in letzter Zeit in ihren Augenwinkeln gebildet hatten. Seit ihrem Besuch bei Andropow und dem Verschwinden Kotu-

sows war sie härter geworden und sah in ihrem Mann immer mehr einen potentiellen Feind...

»Das alles kommt unserer eigenen Propaganda sehr zugute«, sagte Arbatow, »doch die positive Wirkung könnte sich völlig ins Gegenteil verkehren, wenn auf einmal Titel erscheinen wie ›Liebesromanze über den Eisernen Vorhang hinweg‹...«

Sergej gab sich einen Ruck; er mußte zum Gegenangriff übergehen.

»Ich wüßte nicht, wieso uns das schaden sollte. Im Gegenteil, Julia würde noch bekannter werden. Und wir würden der Welt beweisen, daß wir liberal genug sind, um jemandem, der früher mal eine Liaison mit einem Amerikaner hatte, einen verantwortungsvollen Posten zu übertragen.«

»So wie Sie denkt man aber nun mal nicht im Zentralkomitee. Ich wollte Sie nur darauf aufmerksam machen, daß Ihre Gattin jederzeit ersetzt werden kann. Nicht etwa, weil man daran zweifelt, daß sie auf beruflichem Sektor nicht besser qualifiziert wäre als jeder andere, um auf der Genfer Konferenz die Interessen unseres Landes gebührend zu vertreten; aber es genügt eben nicht, fachlich der Beste zu sein – oder die Beste. Die Konferenz in Genf ist hauptsächlich politisch. Sie haben ja selbst während Ihrer Mission feststellen können, was alles auf dem Spiel steht...«

»In der Tat. Und wenn Sie nichts dagegen haben, so werde ich Ihnen jetzt darüber berichten. Das Zentralkomitee wird schon wissen, wie es in bezug auf meine Frau zu entscheiden hat. Es ist nicht unsere Aufgabe, darüber zu diskutieren, hab' ich recht?«

Arbatow verzog anerkennend das Gesicht. Sergej schlug sich wacker. Er würde sich nicht dazu verleiten lassen, gegen seine Frau Position zu beziehen. Der Apparatschik war standhaft geblieben, trotz der Demütigung, die ihm von Julia zugefügt worden war.

»Nun, ich höre... Ach, was diese andere Sache im Zusammenhang mit dem Attentat in Harry's Bar angeht, so ist sie doch inzwischen endgültig geregelt, oder nicht?«

»Ganz richtig. Vor Jacques Vimard haben wir nun Ruhe... für immer. Aber lassen sie mich zur Hauptsache kommen. Wie Sie sicher wissen, ging es vor allem darum, unter dem Deckmantel der Untersuchung einer Affäre, von der wir schon die wichtigsten Elemente kannten, im Hinblick auf die Genfer Konferenz über die Regelung des Informatikhandels Druck auf die Franzosen auszuüben. Das Ergebnis meiner Sondierungsgespräche läßt sich in einem Satz zusammenfassen: Die französische Regierung befindet sich momentan in einer kritschen Lage. Um den wirtschaftlichen Schwierigkeiten zu begegnen, nimmt sich Frankreich ein Beispiel an den Amerikanern. Die Paradoxie einer sozialistischen Regierung, die im Silicon Valley Nachhilfeunterricht nimmt, hat die Wählerschaft zutiefst verstört. Würden wir sie schon jetzt beschuldigen, mit den Amerikanern unter einer Decke zu stecken, könnten wir eine schwerwiegende Destabilisierung herbeiführen. Große Teile der Linken würden ihre abwartende Haltung aufgeben und zur offenen Opposition übergehen...«

»Schön, das wäre *eine* Möglichkeit. Und wie sehen die anderen aus?«

»Gerüchte verbreiten, ohne daß wir selbst offiziell Stellung beziehen. Die rechte wie die linke Presse wäre für diese Affäre sehr empfänglich. Wir könnten beispielsweise die Aufmerksamkeit auf den Blitzbesuch französischer Techniker in Krasnojarsk lenken. Es wird den französischen Journalisten sicher gelingen, den einen oder anderen Techniker – mit denen ich im übrigen noch ein letztes Gespräch führen werde – zum Reden zu bringen. Bei dieser Gelegenheit könnte ich sie diskret über einige der seltsamen Aspekte der Panne von Krasnojarsk in Kenntnis setzen. Wenn ich überzeugende Details weitergebe, werden die Gerüchte sehr schädliche Auswirkungen auf den Informatikhandel der

Amerikaner und ihre politische Glaubwürdigkeit haben. Zur Zeit stehen sie mit China in wichtigen Vertragsverhandlungen – es handelt sich dabei um Verträge, die sie ihren französischen Konkurrenten sozusagen unter der Nase weggeschnappt haben...«

»Ja, auch das ist eine Möglichkeit. Welche überzeugenden Details gedenken Sie weiterzugeben?«

»Nun, zum Beispiel Informationen über die Methode, mit der sie ihr Störsystem aktivieren. Alle Welt wird unsere Behauptungen nachprüfen können. Viele Journalisten werden sich daraufhin für den Luftdruck interessieren, der im vergangenen Jahr über den Jungferninseln herrschte. Man wird feststellen, daß die meteorologischen Daten, die von der amerikanischen Militärbasis für dieses Gebiet angegeben wurden, Anomalien aufweisen... Es gibt aber noch eine dritte Möglichkeit: den Beginn der Genfer Konferenz abzuwarten, um unsere Bombe abzuwerfen. Der Überraschungseffekt wird der Angelegenheit zu einem weitaus größeren Aufsehen in aller Welt verhelfen. Und das um so mehr, da der Vertreter – oder die Vertreterin – unseres Landes sehr gut ausgewählt sein wird...«

Die vorsichtige Formulierung des letzten Satzes amüsierte Arbatow.

»Schön. All diese Möglichkeiten werden schnellstens geprüft, und ich werde Sie über die endgültige Entscheidung unterrichten. Die bürgerliche Konzeption der Pressefreiheit wird uns auf alle Fälle sehr nützlich sein. Wir müssen uns die westlichen Medien – so gut es irgend geht – zunutze machen. Die Amerikaner haben gedacht, sie könnten uns auf einem Terrain angreifen, das wir noch nicht beherrschen; aber wir werden sie gewaltsam auf unser Terrain zurücktreiben: die Ideologie. Wie Sie sehen, befinden sich diejenigen in unserem Lande auf dem Holzweg, die der Ansicht sind, daß wir all unsere Anstrengungen auf die Modernisierung, die Elektronik, die Informatik, die Vollautomatisierung und was weiß ich nicht noch alles konzentrieren sollten – auf Kosten der Politik. Sie haben uns in eine heikle Situation manövriert, indem sie laufend unsere Abhängigkeit von der kapitalistischen Technologie vergrößert haben. Die Affäre von Krasnojarsk sollte uns allen eine Lehre sein. Die Politik muß unter allen Umständen ausschlaggebend bleiben.«

»Selbstverständlich. Und es ist unsere Aufgabe – die Aufgabe der sowjetischen Menschen –, die ideologische Waffe gegen den Feind zu richten. Unsere kommunistische Konzeption bleibt unsere größte Stärke, würde Lenin sagen ... aber er hat auch gesagt: Der Kommunismus, das sind die Sowjets plus Elektrizität. Die Elektrizität von heute ist die Informatik.«

Sergej Woronkow war mit sich selbst äußerst zufrieden, daß er diesen Spruch, während Afanasjews Rede in Krasnojarsk aufgeschnappt, in das Gespräch hatte einflechten können. Wenigstens einmal war ihm dieser eingebildete Intellektuelle zu etwas nütze ...

»Sie haben recht, Woronkow. Ich glaube, wir haben das Problem ausführlich erörtert. Jetzt will ich Sie nicht länger aufhalten.« Sergej erhob sich. Der Botschafter begleitete ihn bis zur Tür des Vorzimmers. Er reichte ihm die Hand.

»Also dann, bis bald ... so will ich doch hoffen.«

»Warum dieser Zweifel?«

»Oh, nur ein Hauch von einem Zweifel ... Aber stellen wir uns einmal vor, Ihre Gattin wird – aus Gründen, die wir vorhin erwähnten – versetzt; dann benötigt sie sicherlich Ihre Hilfe beim Umzug der kleinen Familie ...«

Nowosibirsk, 7. August 1984

Julia verspürte die Befriedigung des Jägers, der das Wild nach langer Jagd endlich in die Enge getrieben hat. Wäh-

rend ihrer Nachforschungen hatte sich die übliche Erregung, die einen EDV-Spezialisten erfaßt, der sich vor ein komplexes Problem gestellt sieht, mit einer ständig größer werdenden Beunruhigung gemischt.
Im Augenblick jedoch freute sich die Informatikerin über ihren Erfolg. Sie hatte recht gehabt, mit ihren Anstrengungen nicht nachzulassen. Die Fallen waren tatsächlich am Waldesrand aufgestellt.
Sie las noch einmal das Code-Wort: WENIK. So nannte man die Birkenruten, mit denen man sich überall in Rußland im Dampfbad »peitschte«. Welche Überlegungen hatte die Amerikaner bloß dazu veranlaßt, sich ausgerechnet für dieses Paßwort zu entscheiden? Sobald das Wort WENIK an die Adresse FCO6 eines jeden Computers, der mit Kransojarsk verbunden ist, geschickt wird, aktiviert man den im Plättchen enthaltenen Befehl und löst jene Anweisung aus, auf die der Mikroprozessor Z80 programmiert ist. Aber was war das für eine Anweisung? Wie reagierten die Computer, denen man WENIK, die Birkenrute, verabreichte? Seltsam, daß die Amerikaner auf dieses Wort gekommen waren, das für eine typische Freizeitbeschäftigung der sowjetischen Männer stand, für ein Ritual – das die Menschen im Westen sicher gern als sadomasochistisch bezeichnen würden –, bei dem man sich gegenseitig peitschte, um die Blutzirkulation anzuregen und stärker zu schwitzen. Währen Julia sich überlegte, welcher Geist sich ein solches Paßwort hatte ausdenken können, war es ihr, als würde sie von einer Art Schwindel erfaßt.
Sie mußte sich davor hüten, allzusehr zu phantasieren; sie durfte keine überflüssigen Vermutungen aufstellen... Sie nahm sich ganz stark zusammen, und dann wandten sich ihre Gedanken einem anderen Thema zu. Die Vorstellung, daß das gesamte EDV-System der UdSSR durch einen einzigen Befehl, von ihr eingegeben, zur gleichen Zeit auf die gleiche unvorhergesehene Weise reagieren würde, hatte

etwas Berauschendes. Und *sie* hatte diese unvorstellbare Kraft, verborgen im Innern der Geräte, aufgestöbert!
Sie mußte an Kotusow denken, an die Riesenfreude, die er nach seiner Entdeckung an den Tag gelegt hatte. Sie verstand ihn mittlerweile besser. Mit einer Art fanatischem Glücksgefühl nahm sie ihre Arbeit wieder auf. Sie mußte jetzt herausfinden, wie der Mikroprozessor auf das Wort WENIK reagierte. Bald würde sie wissen, welche Auswirkungen dieses Wort hatte, das durch die Kabel sämtlicher Datenzentren der UdSSR floß...
Der ROM-Leser ermöglichte es ihr, in kurzer Zeit die an der Adresse FCO6 gespeicherte Befehlsreihe zu entschlüsseln. Je weiter sie mit der Dechiffrierung vorankam, um so mehr wurde sie von Furcht ergiffen.
Als ihr die allgemeine Bedeutung der in dem Mikroprozessoren enthaltenen Instruktionen immer deutlicher wurde, fingen ihre Hände an zu zittern. Sobald das Wort WENIK in einen der manipulierten Computer eingegeben wurde, zerstörte es seine Software – in einer kalten, lautlosen Explosion, die zwar alles an Ort und Stelle ließ, nur eben ... tot.
Als sie entdeckte, welche potentielle Verwüstung den Geräten drohte, denen sie ihr Leben geweiht hatte, beschlich Julia ein seltsame Traurigkeit. Tränen stiegen ihr in die Augen; es war, als hätte sie vom bevorstehenden Tod eines geliebten Menschen erfahren. Diese mörderische Entschlußkraft, versteckt im Herzen des Systems, hatte etwas Erschreckendes, denn damit wurde nicht Materie zerstört, sondern Intelligenz.
Aktivierte man die Falle im alten ES 1060, so würde das Informatikzentrum von Nowosibirsk lahmgelegt, und im Anschluß daran das gesamte Leben der Region – in konzentrischen Wellen – von dieser Lähmung erfaßt werden. Die Computer in den wichtigsten Fabriken würden nicht mehr reibungslos arbeiten, die Stromversorgung würde unterbrochen, das Transportwesen, Telekommunikationsleitungen,

alles würde zum Erliegen konnen; innerhalb kürzester Zeit würde nichts mehr funktionieren.
Julia griff zum Telefon. Sie wollte die Stimmen ihrer Kinder hören. Sie wählte schon die Nummer, da fiel ihr ein, wie spät es bereits war. Die Kinder schliefen seit langem. Und außerdem würde das Gespräch sehr wahrscheinlich vom KGB abgehört...
Bei den ersten Kontrollen, die Julia in Krasnojarsk vorgenommen hatte, war sie auf die Entdeckung gestoßen, daß sämtliche Computer an der Peripherie mit hoher Wahrscheinlichkeit auf stets die gleiche Art und Weise manipuliert waren. Das Ausmaß der möglichen Katastrophe entsetzte sie. Es genügte also, einen Befehl – einen einfachen Befehl, den jeder Informatiker, selbst ein nicht besonders qualifizierter, ausführen konnte –, ein Paßwort an einen bestimmten Speicher weiterzugeben, und schon waren sämtliche Datenzentren des Landes außer Betrieb gesetzt... und in der Folge auch sämtliche Aktivitäten innerhalb der Sowjetunion lahmgelegt!
Julia lehnte sich in ihrem Direktorensessel zurück. Sie haßte diesen Feind ohne Gesicht, der mit einem Schlag so viele Anstrengungen zunichte machen, so viele menschliche Tragödien und Katastrophen herbeiführen konnte, die vielleicht nie mehr wiedergutzumachen waren. Würde sich das Land je von einem solchen Schlag erholen? Die grelle Bürobeleuchtung verursachte Julia ein Brennen in den Augen. Sie machte sie zu und schlief augenblicklich ein. Sie träumte von blühenden Magnolien entlang der Commonwealth Avenue, von einem Ast, der gegen die Fensterscheibe kratzte, von einem Mann mit den Augen eines Zigeuners, der den Computer des Instituts mit Axthieben zerstört – und dann verwandelte sich diese Axt in eine Birkenrute...
Julia schreckte aus dem Schlaf. Draußen dämmerte der Morgen. Auf dem Weg in den Computersaal begegneten ihr ein paar verwundert dreinschauende Angestellte, die sie

jedoch nicht anzusprechen wagten. Sie setzte das Plättchen mitsamt Mikropozessor wieder ein. Dann ging sie zurück zu Krujkows Büro. Der kleine Imbiß vom Vorabend machte keinen sehr appetitlichen Eindruck mehr.

Julia rief in der Cafeteria an, aber es ging niemand an den Apparat; wahrscheinlich war noch nicht geöffnet... So vertiefte sie sich in die Lektüre der Arbeitsberichte des Zentrums von Nowosibirsk.

Tag für Tag die gleichen belanglosen Vorkommnisse: Reparaturarbeiten, Instandsetzung von Büroräumen, Umzug einer Abteilung in ein anderes Stockwerk, Lieferung von Bürobedarf etc. Die Zeilen verschwammen vor ihren Augen. Julia schloß sie erneut, gab sich aber einen Ruck und nahm sich vor, im Flugzeug ausgiebig zu schlafen. Diese ganze Lektüre war so schrecklich langweilig und stumpfsinnig...

Bald würde Krujkow wieder da sein, und allein diese Vorstellung genügte schon, daß sie am liebsten geflohen wäre. Aber das konnte sie nicht, denn da war noch etwas anderes: Ein Verdacht, der ihr in dem Moment gekommen war, als sie das Paßwort entdeckt hatte... Vielleicht war dieser Verdacht aber schon in jenem Moment entstanden, als sie zu dem Schluß gekommen war, daß die Fallen zwangläufig an der Peripherie aufgestellt sein mußten... Sie wollte gerade den ersten Band zuschlagen, als sie plötzlich den Beweis vor Augen hatte.

Puschkin hatte also doch recht, dachte sie absurderweise. Die Vermutung, die sie verdrängte, seitdem sie ihre Reise nach Nowosibirsk angetreten hatte, diese Vermutung war jetzt zur Gewißheit geworden.

Am 12. Juni war der Wartungsdienst dagewesen. Eingetragen als Routineüberprüfung. Solche Wartungen fielen in Julias Zuständigkeitsbereich; sie war jedoch sicher, daß für Nowosibirsk frühestens in einem Monat eine solche wieder vorgesehen war. Erst vor zwei Tagen nämlich hatte sie sich mit der Planung dieser Kontrolle befaßt. Wenn tatsächlich Männer vom Wartungsdienst gekommen waren, ohne daß man sie darüber informiert hatte, konnte das nur bedeuten, daß jemand eine entsprechende Anordnung gegeben hatte, von der sie nichts erfahren sollte. Aber wer?

Als die Tür aufging, zuckte sie erschrocken zusammen. Krujkow, unterwürfiger denn je, trat herein.

»Oh! Was bist du doch für ein wundervolles Vorbild für uns alle, Julia. Nur so verdient man sich seine Sporen!«

»Was hat es mit dieser Wartung auf sich, die hier am 12. Juni eingetragen ist?«

Der Direktor des Zentrums warf einen Blick auf jene Zeile, auf die Julia mit dem Finger wies.

»Ach, das war eine reine Routinekontrolle. Nichts Besonderes, wie mir scheint...«

»Erinnerst du dich noch an diese Wartung? Ich meine, an die Männer, die die Kontrolle vorgenommen haben?«

»Nun...«, sagte Krujkow, hin- und hergerissen zwischen dem Wunsch, seine Sache gut zu machen, und einer anwachsenden Besorgnis.

»Warte, warte, laß mich überlegen... Ja, doch, ich glaube, ich erinnere mich.«

»Ich brauche wohl nicht zu fragen, ob diese Leute offizielle Papiere, einen Auftrag und alles andere bei sich hatten?«

»Wenn das nicht der Fall gewesen wäre, wären sie erst gar nicht in den Computersaal gelassen worden. Wir haben ihren Auftrag sicherlich in den Archiven aufbewahrt, das ist Vorschrift. Willst du ihn sehen?«

»Ja. Sag mir, erinnerst du dich auch an die Männer?«

»Warte«, sagte Krujkow und wählte eine Nummer auf seinem Haustelefon, »laß mich nachdenken... Den Auftrag für die Wartung vom 12. Juni!« befahl er und legte wieder auf.

»Was ist, erinnerst du dich?« fragte Julia ungeduldig. Krujkow sah sich ängstlich um. Ihm war inzwischen klargeworden, daß Julia irgendwelche Unregelmäßigkeiten entdeckt haben mußte. Die Katastrophe, die er vorausahnte, seit sie ihren Besuch angekündigt hatte, würde nun über seinem Kopf losbrechen. Fieberhaft überlegend, versuchte er zu erraten, was hier vor sich ging, um sich eine Antwort zurechtzulegen, die seinen eigenen Interessen am ehesten nützte. Doch sein Kopf war leer...

»Nun?« fragte Julia hartnäckig.

»Ja, ich erinnere mich an diese Männer. Es war nichts Auffälliges an ihnen, sie hatten offizielle Papiere bei sich...«

»Das sagtest du bereits. Waren es dieselben, die normalerweise kommen?«

Krujkows Augenlider flatterten verzweifelt.

»Nein. Nein, ich glaube nicht...«

»Glaubst du nicht, oder bist du dir sicher?«

»Ich bin mir sicher.«

Das Telefon klingelte. Krujkow sprang auf, um den Hörer abzunehmen, erleichtert, dem Kreuzfeuer der Fragen zu entkommen. Er hörte zu und wurde schrecklich blaß.

»Wie bitte?!« brüllte er. »Das ist ja wohl nicht zu fassen! Such gründlicher! Und beeil dich!«

Am anderen Ende der Leitung wurde etwas erwidert.

»Du wirst noch was von mir zu hören bekommen! Ich werde dem Staatssicherheitsdienst einen Bericht zukommen lassen!«

Er legte auf, und bevor er sich widerstrebend erneut an Julia wandte, verharrte er einen Augenblick mit der Hand auf dem Telefon, stumm und nachdenklich.

»Sie haben den Auftrag verlegt«, gestand er mit zerknirschter Miene. »Aber wir werden ihn finden, darauf kannst du dich verlassen.«

»Gut. Das reicht mir«, sagte Julia und nahm ihr Köfferchen in die Hand.

»Du... du willst gehen?«

»Ja. Hör gut zu, Krujkow – deine Zukunft hängt davon ab. Du hast einen enormen Fehler begangen. Allerdings kann ich dir im Augenblick nicht mehr darüber sagen.«
»Oh, Julia, ich schwöre dir, daß ich mich stets genau an die Anweisungen gehalten habe ...«
»Kann sein. Aber momentan beweist mir das nichts – solange nicht, bis du diesen Auftrag gefunden hast. Kannst du die Männer des Wartungsteams beschreiben?«
»Hm, ich glaube schon ... Da war ein Großer, dann ein Kleiner ... und noch ein Großer ... alle drei waren blond. Nein, einer hatte braunes Haar ... Ich kann mich nicht mehr entsinnen«, gestand er schließlich. »Aber ich werde die anderen fragen ...«
Er wollte den Telefonhörer abnehmen, aber Julia hielt ihn zurück.
»Tu das nicht, Krujkow. Ich habe zwar nichts gegen dich, aber eigentlich müßte ich dem Staatssicherheitsdienst auf der Stelle Meldung erstatten ...«
Der Direktor des Instituts von Nowosibirsk ließ sich wie vom Donner gerührt auf einen Stuhl fallen.
»Ich werde es jedoch nicht tun ...«
»Oh, Julia!« rief Krujkow unendlich dankbar.
»Innerhalb meiner Zuständigkeit habe ich einen gewissen Spielraum, um zu entscheiden, was in das Ressort des KGB fällt und was nicht. Ich werde eine vertrauliche Untersuchung durchführen. Du wirst dafür sorgen, daß die Archivangestellten Stillschweigen bewahren. Wir wollen versuchen, diese Angelegenheit unter Informatikern zu regeln ...«
»Julia, ich werde dir bis ans Ende meiner Tage zu Dank verpflichtet sein, wenn du mir aus dieser Klemme hilfst.«
»Tu, was ich dir sage – und reden wir nicht mehr davon!« meinte Julia kurz angebunden; sie wollte verhindern, daß er sie mit lästigen Dankbarkeitsbekundungen überhäufte.
Sie hatte kaum auf ihrem Sitz im Flugzeug Platz genommen,

da spürte Julia, daß sie nicht den Schlaf finden würde, den sie so sehnlichst herbeiwünschte. Und so blieb ihr nichts anderes übrig, als während des gesamten Fluges der Unterhaltung ihrer Nachbarn über das Fußballspiel Spartak gegen Dynamo zuzuhören.

11. Kapitel

Washington, D.C., 12. August 1984

»Meine Herren, so etwas nennt man eine offene Krise!« rief Clive Woodward aus und eröffnete mit diesen Worten eine vom Pentagon einberufene Arbeitssitzung.
An den beiden Enden eines Sofas saßen George Bush und Ronald McFarlane, die zur gleichen Zeit ein Bein über das andere schlugen. General Earle G. Wheeler, auf einem Stuhl sitzend, der seinen spartanischen Neigungen entgegenkam, nickte zustimmend, und sein Adjutant, der auf einem niedrigen Sessel hockte, so daß seine Knie bis in die Kinnhöhe reichten, zückte einen Notizblock. Ihnen gegenüber, auf der anderen Seite eines niedrigen Rauchglastisches, auf dem ein weißlackiertes Telefon stand, öffnete Clive Woodward gerade den obersten Aktenordner eines ganzen Stapels, den er auf seinem Schoß balancierte.
Alle wußten, daß Woodward die Versammlungen im Pentagon nicht besonders mochte, daß er weitaus lieber die Luft seiner Heimat Virginia atmete, als die der Bundeshauptstadt. Allein seine Anwesenheit war schon ein Alarmsignal.
»Der nationale Sicherheitsrat wird in Kürze über diese Krise beraten«, sagte Wheeler, »aber es liegt an uns, ihm Vorschläge zu unterbreiten.«
Der Stabschef der Gesamtstreitkräfte war erst kurz vor der Sitzung über den Stand der Dinge informiert worden und schaute düster drein.

»Diese Krisensituation«, fuhr Woodward fort, »stellt eine Bedrohung unserer lebenswichtigen Interessen fast überall auf der Welt dar. Aus diesem Grund auch haben wir uns erlaubt, Sie alle so kurzfristig hierher zu bitten. – Die Aussichten der Genfer Konferenz sind katastrophal«, meinte Woodward. »Wie Sie wissen, hat sich unser Vorhaben, die Sowjetunion mit Hilfe von Fallen, die in das Datennetz eingebaut sind, zu infiltrieren, als außerordentlich durchführbar erwiesen. Ein erster Versuch, von dem ich Ihnen bereits vor ein paar Monaten berichtete, verlief positiv... trotz einiger Imponderabilien, die auf unsere mangelhafte Erfahrung zurückzuführen waren. Vize-Präsident Bush hat uns damals aufgefordert, das System zu verbessern, besonders im Bereich der Zündung und der Tarnung. Das haben wir getan, und wir haben grünes Licht erhalten, um sofort die entscheidende Phase unseres Infiltrationsplanes in Angriff zu nehmen, das heißt, den Einbau eines neuen Fallentyps, der bedeutend perfektionierter ist als der erste. Dies stellt den zweiten Abschnitt des Computerkriegs dar.«
McFarlane nutzte eine Pause in Woodwards Vortrag, um eine spitze Bemerkung loszuwerden.
»Ihre Formulierung ›Imponderabilien, die auf unsere mangelnde Erfahrung zurückzuführen waren‹ gefällt mir überaus gut. Als Umschreibung für einen sehr groben Patzer klingt das recht nett.«
»Muß das unbedingt sein, Ronnie?« fuhr Bush unwirsch dazwischen. »Jetzt ist nicht der richtige Zeitpunkt, um Streitigkeiten zwischen den einzelnen Abteilungen auszutragen. Fahren Sie fort, Clive.«
Wie ein Stier, der sich von seiner Banderilla zu befreien sucht, schüttelte Woodward seine weiße Mähne und sprach weiter:
»Dieser zweite Abschnitt war von der Prospective Commission der NSA als eine vollständige Infiltration der Sowjetunion mit Hilfe ihres eigenen Datennetzes geplant, das wir

uns schlicht und einfach aneignen wollten. Ausgehend vom Institut in Krasnojarsk – dem Informationsgehirn der Sowjetunion –, das wir gegenwärtig vollkommen im Griff haben, sind wir in der Lage, alle möglichen Fallen im ganzen Land zu aktivieren. Dank des weltweiten Netzes von Börsendaten, die frei verfügbar sind, können wir dem Computer in Krasnojarsk den Befehl erteilen, an jedem beliebigen Ort im Lande eine von uns ausgegebene Meldung einzuspeisen. Die Funktion dieser Meldung besteht darin, einen, zwei, drei, fünfzehn oder gar hundert Computer zu blockieren, ganz nach unserem Dafürhalten. Auf diese Weise können wir unsere Aktionen den von uns gewünschten Ergebnissen anpassen. Stellen Sie sich einmal vor, wir entscheiden uns dazu, eine Generaloffensive der afghanischen Widerstandskämpfer gegen das Regime in Kabul zu unterstützen, wollen dabei jedoch nicht das Risiko einer Ausweitung des Konflikts eingehen. Indem wir die Datenzentren von Taschkent, Samarkand und Aschkabad blockieren, lähmen wir die Grenzprovinzen Kirgisistan, Tadschikistan und Turkmenistan, verhindern den Transport von Nachschub und stören nachhaltig die logistische Unterstützung der sowjetischen Truppen ...«

»Eine sehr wirkungsvolle Waffe«, meinte der General anerkennend. »Dennoch erlaubt sie uns nicht, auf konventionelle Waffen und Nuklearwaffen zu verzichten.«

»Über dieses klassische Streitthema werden wir uns später unterhalten, General. Ich weiß, daß von den 360 Generälen der Air Force nur sechs Informatik studiert haben; bleiben also 354 Personen, die wir überzeugen müssen. Im Moment möchte ich jedoch nur das Ausmaß des Unternehmens begreiflich machen, das heute so sehr gefährdet ist. Um ein solches System auf dem gesamten Gebiet der Sowjetunion zu installieren, brauchen wir viel Zeit. Wir müssen dazu den Umweg über den internationalen Softwarehandel beschreiten. Und das läßt sich nun mal nicht von heute auf morgen

bewerkstelligen. Vorerst ist nur das Institut von Krasnojarsk manipuliert. Es wird noch einige Jahre dauern, bevor wir in der Lage sein werden, den ganzen riesigen Leib der Sowjetunion einzuschläfern. Das Institut von Krasnojarsk ist nur in einer Hinsicht für uns von Belang: Dort werden die Softbombs gezündet, jene Computerblockierungssysteme, die wir in das sowjetische Datennetz einbauen werden. Noch haben wir keine einzige Softbomb an der Peripherie installiert. So kommt es, daß wir zu einem Zeitpunkt, da die Sowjetunion eine ideologische Kampagne ohnegleichen vorbereitet, nicht imstande sind, im Bereich der Informatik zurückzuschlagen.«
»Nun«, meinte McFarlane, »an die ideologischen Kampagnen haben wir uns ja wohl mittlerweile gewöhnt. Auch die Friedensbewegung hat nicht verhindern können, daß in Europa Pershing II-Raketen aufgestellt wurden.«
»Die ins Haus stehende Kampagne droht weitaus heftiger zu werden als alle bisherigen. Die sowjetische Propaganda ist in der Lage, einen entscheidenden Pluspunkt zu verbuchen, wenn sie uns der Unredlichkeit gegenüber unseren Verbündeten bezichtigt. Unser erster Versuch in Sachen Computer-Krieg – die Sabotage des Instituts von Krasnojarsk – ist von den Sowjets entdeckt worden. Sie sind inzwischen davon überzeugt, daß wir die Urheber dieses Sabotageaktes sind.«
»Und so was nennen Sie einen Erfolg?« warf McFarlane erregt ein, der sich nicht länger beherrschen konnte.
»Ich habe vorhin davon gesprochen, daß der erste Versuch – vom technischen Standpunkt aus gesehen – recht positiv verlief«, gab Woodward geduldig zuück. »Gewisse Faktoren hatten wir noch nicht genug unter Kontrolle – und wenn ich wir sage, dann meine ich sowohl die CIA als auch die NSA, denn schließlich haben wir in dieser Sache eng zusammengearbeitet. Aber diskutieren wir nicht länger darüber. Wir haben aus unseren Fehlern gelernt. Die Situation sieht heute folgendermaßen aus: die Franzosen sind wütend

auf uns, und ihr Präsident ist der Meinung, daß wir ihm einen Dolch in den Rücken gestoßen haben. Während er ständig seinen guten Willen unter Beweis stellte, hätten wir Software manipuliert, die Frankreich zu verkaufen beabsichtigte, und damit die Chancen für den Informatikhandel dieses Landes stark beeinträchtigt. Das behauptet er zumindest. Die kommunistischen Minister, durch die Pläne einer Regierungsumbildung ohnehin sehr nervös, drohen mit Rücktritt. Sollte es dazu kommen, würde ihre Gewerkschaftszentrale Unruhen im sozialen Bereich schüren. Vorerst ist die ganze Affäre noch nicht ans Licht der Öffentlichkeit gedrungen, aber eine Gerüchtekampagne hat schon eingesetzt. Es sieht fast so aus, als hätten die französischen Techniker, die während der Panne von Krasnojarsk in höchster Not von den Sowjets gerufen worden sind, etwas ausgeplaudert; erstaunlich ist dabei nur, daß diese Techniker, die nicht imstande waren, die Falle zu entdecken, heute auf einmal genauestens Bescheid wissen und auch das Zündsystem exakt kennen.«

»Garantiert sind es die Sowjets, die sie darüber informiert haben«, sagte McFarlane, ein Kenner der Materie. »Vielleicht sogar dieser Woronkow, den unsere Agenten dabei beobachtet haben, wie er in Paris einen Kontakt nach dem anderen knüpfte...«

»Vermutlich haben Sie recht«, stimmte Woodward zu, froh darüber, dem Direktor der CIA ein Kompliment machen zu können, das diesen möglicherweise ein wenig besänftigte.

George Bush trommelte mit den Fingern ungeduldig auf der Sofalehne. Er wirkte mit einemmal besorgt.

»Wenn die Sowjets Gerüchte verbreiten«, sagte er, »bedeutet das ohne Zweifel, daß sie zum Angriff bereit sind. Zu Andropows Zeiten hätten wir uns vielleicht irgendwie arrangieren können, indem wir ihnen den Vorschlag unterbreiteten, auf den Einsatz der Informatik-Waffe zu verzichten...«

Nervös schob Woodward seine Brille hoch, die ihm auf die Nasenspitze gerutscht war.
»So etwas wäre äußerst dumm ...«
»Nun, so weit sind wir ohnehin nicht. Jetzt, da Tschernenko an der Macht ist, wird die Informatik-Waffe für uns immer unentbehrlicher. Die Anzeichen, daß sich das Klima verschlechtert, mehren sich. Das Verhalten der Sowjets im Vorfeld der Olympischen Spiele von Los Angeles ist ein sehr gutes Beispiel für ihre in jüngster Zeit sich verhärtenden Positionen.«
»Deswegen bin ich auch fest davon überzeugt, daß uns in Kürze eine echte Krise ins Haus steht. Wir müssen mit der gleichen Entschiedenheit auftreten, die wir während der Kubakrise von 1962 gezeigt haben. Sonst geht uns ein wichtiger Teil unseres Einflusses in Europa verloren. Die öffentliche Meinung dort könnte zugunsten neutralistischer Tendenzen umschlagen.«
»Das wäre inakzeptabel!« sagte Wheeler mit Nachdruck. »Nach all den Demütigungen, die wir in Vietnam und im Iran erlitten haben, nachdem wir den Ereignissen in Polen und Afghanistan ohnmächtig zuschauen mußten, können wir es uns nicht erlauben, schon wieder zurückzustecken. Unser Land befindet sich in einer Phase der Wiedererstarkung des nationalen Stolzes.«
»Und wir dürfen auch nicht vergessen«, bemerkte Bush, »daß der UdSSR – falls wir in Europa an Einfluß verlieren – der Rücken gestärkt wird, um sich anderweitig einzumischen.«
»Aber auf welche Weise werden die Russen diese Krise auslösen?« fragte Wheelers Adjutant. »Ich begreife nicht ganz, was im Zusammenhang mit Problemen der Informatik auf dem Spiel stehen soll; vor allem aber, wieso die öffentliche Meinung von einem Thema, das doch im Grunde nur Fachleute interessieren dürfte, so sehr beunruhigt werden sollte?«

»In dieser Hinsicht haben die Russen ganze Arbeit geleistet«, sagte Woodward mit der verhaltenen Erregung eines Schachspielers, der einen erfolgreichen Zug erläutert. »Sie haben sich einige westliche Erkenntnisse zu eigen gemacht. Sie haben aus der Leiterin des Instituts von Krasnojarsk, die auch gleichzeitig im Komitee zur Überwachung der Datenzentren den Vorsitz führt, eine extrem telegene prominente Persönlichkeit gemacht. Diese Julia Woronkow sieht aus wie ein Filmstar und hat ein äußerst einnehmendes Wesen.«
Woodward nahm ein vergrößertes Foto von Julia aus einer Aktenmappe und reichte es weiter. General Wheeler schien an Julia Gefallen zu finden, denn sein strenger Gesichtsausdruck wurde etwas milder, als er ihre Fotografie in Händen hielt.
»In letzter Zeit ist in westlichen Illustrierten häufig von ihr die Rede. Die Russen haben zu diesem Zweck sämtliche Freunde eingeschaltet, die sie in der europäsischen und amerikanischen Presse haben, und Julia Woronkows Reize haben ein übriges getan. Diese Julia Woronkow, deren Ehemann – nebenbei bemerkt – jener Woronkow ist, der die Gerüchte verbreitet hat...«
»Eine reine Familienangelegenheit also«, grinste Wheeler und gab das Foto an seinen Adjutanten weiter.
»...diese Woronkow wird höchstwahrscheinlich die UdSSR auf der Genfer Konferenz über den internationalen Informatik-Handel vertreten. Von diesem im Rampenlicht stehenden Podium aus wird sie die imperialistische Perfidie der Vereinigten Staaten anprangern, und es steht zu befürchten, daß sie dabei von Frankreich unterstützt wird. Eine Studie unserer Prospective Commission hat ergeben, daß in einem solchen Fall zahlreiche europäische Länder und solche aus der Dritten Welt es den Franzosen gleichtun würden. Überall auf der Welt wird man dann unsere Computer beargwöhnen und in ihnen unübertroffene Instrumente

unserer Herrschaft sehen – neuartige Hilfsmittel zur Unterwerfung anderer Völker.«
»Ich verstehe«, sagte Bush. »Wie lauten also Ihre Lösungsvorschläge?«
»Ich habe keine.«
Ein paar Sekunden lang herrschte ein unangenehmes Schweigen. Dann hüstelte Bush.
»Nun, Woodward, Sie haben doch bestimmt irgendeine Vorstellung?«
»Keine vernünftigen Ideen, wenn Sie das meinen. Höchstens eine leise Hoffnung... Aber hätte nicht einer von Ihnen einen vernünftigen Vorschlag zu unterbreiten?«
»Wir könnten etwas ›Handfestes‹ gegen Julia Woronkow unternehmen«, schlug McFarlane vor.
»Woodward bat um vernünftige Vorschläge«, sagte Bush. »Wir müssen mit Bedacht vorgehen und dürfen nicht noch Öl ins Feuer gießen! Das beste wäre, wenn uns etwas einfiele, das die Russen dazu bringt, eine öffentliche Anklage zu unterlassen.«
»Das würde noch nicht ausreichen«, gab Woodward zu bedenken. »Wir müßten sie für alle Zeiten daran hindern, die Entdeckung dieser Falle für Propagandazwecke auszuschlachten.« Bush hörte auf mit den Fingern zu trommeln.
»Sie haben recht. Aber wie sollen wir das erreichen? Worauf stützt sich Ihre Hoffnung?«
»Auf zwei Namen«, sagte Woodward: »Julia Woronkow und Brendan Barnes.«

Krasnojarsk, 13. August 1984

»Karimow«, sagte Julia, »ich muß Sie etwas Wichtiges fragen.«
»Nur zu«, murmelte der junge Informatiker mit der riesigen Brille.

Er war Kotusows Nachfolger, der einzige, der Julia würdig erschienen war, als ihr Assistent den vakanten Platz einzunehmen. Ein einzigartiger Go-Spieler, der nicht von dieser Welt zu sein schien, und der dennoch die kompliziertesten Probleme der Informatik mit erschreckender Leichtigkeit zu lösen verstand.

»In Moskau verlangt man nach mir«, erklärte sie. »Ich weiß allerdings nicht, warum. Eine Kommission des Zentralkomitees will mich ganz dringend sprechen. Dabei habe ich gerade eine sehr wichtige Aufgabe in Angriff genommen, die unbedingt fortgeführt werden muß...«

»Einverstanden.«

»Warten Sie, bevor Sie sich vorschnell zu etwas bereit erklären. Die von mir geführte Untersuchung ist nämlich ganz besonderer Natur. Und sehr vertraulich. So vertraulich, daß man nicht mal am Telefon darüber sprechen darf. Sie verstehen mich?«

Karimow, auf der anderen Seite des Schreibtisches, rutschte unruhig auf seinem Stuhl hin und her. Die Augen hinter seinen dicken Brillengläsern blitzten vor Intelligenz. Er hatte genau verstanden. Ein Telefongespräch wurde automatisch vom KGB abgehört. Wenn Julia sich vor dem Telefon in acht nahm, so konnte das nur bedeuten, daß sie eine Sache in Angriff genommen hatte, die außerhalb der sozialistischen Legalität lag.

»Sie können selbstverständlich ablehnen; doch wenn Sie dazu bereit sind, mir zu helfen, sind wir beide unweigerlich Partner – im Guten wie im Bösen.«

»Sie vertrauen mir, Julia; das allein reicht für meine Entscheidung.«

»Ich danke Ihnen, Karimow. Daß ich diesen Posten bekleide, ist vermutlich darauf zurückzuführen, daß ich das Glück hatte, stets Menschen mit hoher Qualifikation zu begegnen. Aber ich habe nur einen gekannt, der wie Sie war, und der ist nicht mehr hier. Sicherlich sind Ihnen die

Verleumdungen zu Gehör gekommen, die man hinter vorgehaltener Hand über mich erzählt, seit unser guter Kotusow versetzt worden ist...«
»Ich habe nicht einen Augenblick daran geglaubt, daß er durch Ihre Schuld ins Lager geschickt wurde.«
Julia zuckte zusammen. Eine so direkte Sprache war sie bei ihren Untergebenen nicht gewöhnt. Nun war es also Karimow, der ihr Vertrauen entgegenbrachte...
»Es kann sein, daß an Kotusows Unglück seine allzugroße Liebe für seine Arbeit schuld war. Sein Schicksal läßt sich vielleicht so erklären, daß er etwas entdeckt hat, das man unbedingt geheimhalten wollte...«
»Wer ist *man*?«
»Das weiß ich nicht. Sie wissen sicher, daß unsere Führer unterschiedliche Meinungen vertreten. Das hat natürlich nichts mit Politik oppositioneller Tendenz zu tun, wie sie in bürgerlichen Parlamenten zum Ausdruck kommt. Aber es ist doch durchaus vorstellbar, daß manch einer unserer Führer seine Macht und Autorität festigen möchte, indem er Wege beschreitet, die nicht unbedingt zu den klassischen Methoden der Partei gehören.«
»Das alles klingt in meinen Ohren recht schleierhaft.«
»Das ist es auch für mich... Nun, Sie werden besser begreifen, wenn ich Ihnen erst einmal meine Anweisungen gegeben habe. Sie werden nacheinander sämtliche Datenzentren des Landes abfragen, die mit uns verbunden sind. Sie werden sich nach den vom Wartungsdienst durchgeführten Kontrollen erkundigen.«
»Das ist doch völlig überflüssig! Schließlich sind wir es, die diese Kontrollen planen. Wir haben hier sämtliche Unterlagen über jeden einzelnen Besuch der Wartungstechniker in allen Zentren des Landes.«
»Sehr richtig. Wenn Sie tun, was ich Ihnen gesagt habe, werden Sie aller Wahrscheinlichkeit nach feststellen müssen, daß mehrere Zentren – wenn nicht sogar alle – von

Wartungsteams aufgesucht wurden, von denen wir nichts wissen.«

»Was? Das ist doch nicht möglich!«

»Und doch ist so etwas im Zentrum von Nowosibirsk geschehen. Begreifen Sie jetzt, welch bedrohliche Ausmaße die Entdeckung annehmen kann, die wir möglicherweise gemacht haben und die der arme Kotusow im Begriff war zu machen?«

»Ja, tatsächlich. Es ist erschreckend... und gleichzeitig faszinierend.«

»Ich werde Sie morgen am frühen Abend von Moskau aus anrufen. Ich werde Sie fragen, ob im Zentrum alles in Ordnung ist. Wenn Sie mir antworten: ›Keine besonderen Vorkommnisse‹, dann heißt das, Sie haben nichts Anomales entdecken können; wenn Sie mir antworten: ›Alles in Ordnung‹, dann heißt das, Sie haben eine Reihe von Wartungsbesuchen ausfindig gemacht, die außerhalb unserer Kontrolle stattgefunden haben; und wenn Sie mir antworten: ›Alles bestens‹, dann heißt das, sämtliche Zentren sind von einem Wartungsteam besucht worden, das wer weiß woher aufgetaucht, aber mit ordnungsgemäßen Auftragspapieren ausgestattet war.«

»Ich habe verstanden. Dann werde ich mich mal unverzüglich an die Arbeit machen.«

»Ich kann mich also auf Sie verlassen?«

»Aber ja. Kotusow war ein guter Freund von mir, und so merkwürdig das auch klingen mag: ich habe ihn bewundert.«

Moskau, 14. August 1984

Der Tschaika hielt am Rande des Luschniki-Parks, vor einem hohen, schmucklosen Gebäude. Julia ergriff ihr Aktenköfferchen und stieg aus, noch bevor der Fahrer ihr die Tür öffnen

konnte. Während sie die Stufen zum monumentalen Eingang hinaufstieg, verspürte sie ein beklemmendes Gefühl. Sie wußte nicht, weswegen man sie vorlud. Es war Afanasjew gewesen, der ihr, auf äußerst lakonische Art, die Nachricht übermittelt hatte.
»Du sollst morgen um 20 Uhr vor einer Kommission des Zentralskomitees erscheinen. Ich werde auch da sein, und wir können uns vorher noch kurz unterhalten.«
»Was ist denn los?«
»Darüber können wir morgen ausführlich sprechen. Du kannst mir glauben, daß es um etwas sehr Ernstes geht...«
Was Julia am meisten beunruhigt hatte, war die Tatsache, daß er sich nicht einmal nach Swetlana und Alexej erkundigte. In Afanasjews Stimme hatte sie jenen unpersönlichen Klang vernommen, den er in Krasnojarsk angenommen hatte, nachdem Julia ihm von der Panne des CRAIG und ihrer Absicht, sie der offiziellen Delegation zu verheimlichen, erzählt hatte. Für einen kurzen Moment hatte sie in jenen Abgrund geblickt, der sie trennte, der sie immer trennen würde. Afanasjew war zwar bereit, ihr zu helfen, sie zu unterstützen und zu verteidigen – dies allerdings nur so lange, wie seine eigene Position nicht gefährdet war; in einem solchen Fall, das war ihr klar, würde er nicht zögern, sie im Stich zu lassen und sie vielleicht sogar in Grund und Boden zu verdammen.
Julia zeigte ihren Sonderpassierschein einem jungen Offizier, der die Angaben und das Foto auf dem Ausweis eingehend mit der Frau verglich, die vor ihm stand. Entweder hatte dieser Mann noch nie ihr Bild in einer Zeitschrift gesehen, oder er tat so, als würde er sie nicht erkennen. Im Innern des riesigen Gebäudes, das sie nun betrat, war sie nicht länger »ein Vorbild für die sowjetische Frau« oder »eine charmante Botschafterin des 21. Jahrhunderts«, sondern eine ganz gewöhnliche Expertin, von der Rechenschaft zu verlangen die Partei sich anschickte.

Ein Sicherheitsbeamter erwartete sie in der marmorverkleideten Halle. Er führte sie zu einem Fahrstuhl. Im Innern sahen sich Julia und der Mann wortlos an, bis der Aufzug sie endlich in das oberste Stockwerk befördert hatte. Dann lenkte der Mann ihre Schritte durch endlose Korridore, die durch das Geräusch zuschlagender Türen noch unendlicher wirkten.

Zuletzt öffnete er eine anonyme Tür und ließ Julia eintreten. Sie wurde von einer ehrwürdigen Versammlung schwergewichtiger älterer Herren erwartet, die schweigend und mit undurchdringlichen Gesichtern hinter einem langen Tisch saßen. Es waren ihrer sechs. Afanasjew, am Ende des Tisches, deutete ein zerknirschtes Lächeln an, so als wolle er sich dafür entschuldigen, daß er sein Versprechen nicht gehalten und vorher doch nicht mir ihr gesprochen hatte. Mit farbloser Stimme wurde sie von einem der Männer aufgefordert, auf einem Stuhl Platz zu nehmen, der ein paar Schritte vom Tisch entfernt stand.

Julia kam der Aufforderung nach. Während des nachfolgenden kurzen Schweigens versuchte sie, die unbeweglichen Gesichter voneinander zu unterscheiden, und zuletzt erkannte sie auch einige wieder: ein Mitglied der GRU, des zentralen Nachrichtendienstes im Verteidigungsministerium, mit dem sie schon einige Male beruflich zu tun gehabt hatte, und auch den Direktor der Abteilung für Auslandsreisen im Zentralkomitee der KPdSU. Sie erschauerte ein wenig, als sie neben Afanasjew einen Obersten des KGB erblickte, von dem sie wußte, daß er ein treuer Gefährte Tschernenkos war; letzterer hatte ihn wieder aus der Versenkung geholt, in die Andropow ihn geschickt hatte. Dieser Mann haßte Sergej. Julia konnte den letzten beiden Männern keine Namen zuordnen, obwohl sie ihr irgendwie bekannt vorkamen. Die beiden bekleideten sicher höchste Posten in der Hierarchie des Zentralkomitees. Wahrscheinlich sah man sie oft auf den offiziellen Fotos, wo sie stets

hinter den bekanntesten Führern stehen. Julia fühlte, daß sie eine subtile Mischung der verschiedensten Strömungen innerhalb des Politbüros vor sich hatte.
»Julia Woronkow«, begann einer der beiden Unbekannten, der den Vorsitz zu führen schien, »es liegt ein schwerer Verdacht gegen Sie vor.« Dabei wies er auf eine schmale Akte, die vor ihm lag.
Julia bemühte sich, jegliche Gefühlsregung zu unterdrükken. Ihr würde ein harter schwerer Kampf bevorstehen. Sie mußte sich ihrer Emotionen entledigen, sich von der Kälte der Geräte inspirieren lassen, mit denen sie gewöhnlich arbeitete.
»Sie stehen im Verdacht, den zuständigen Stellen Informationen vorenthalten zu haben.«
Daß es sich nur um eine vage Beschuldigung handelte, beruhigte Julia ein wenig; solange man keine konkrete Anschuldigung gegen sie vorbrachte, konnte das nur bedeuten, daß man sie testen... und sie vielleicht dazu bringen wollte, sich selbst zu verraten.
»Ich möchte zunächst erwähnen«, sagte Julia und war selber überrascht von ihrer ruhigen Stimme, »daß es mir sehr schwerfällt, überhaupt etwas zu sagen, bis ich nicht genau weiß, wer die Herren im einzelnen sind, die mich hier befragen, und aus welchem Grund eine Anschuldigung gegen mich erhoben wird.«
Der Vorsitzende lächelte kurz.
»Sie kennen doch die meisten von uns... Ich bin Igor Ludkin, Sekretär im Zentralkomitee und beauftragt mit Fragen der Sicherheit. Das hier ist Dimitrij Antonow, Abteilungsleiter im Innenministerium. Wir sind damit betraut worden, gewisse Unregelmäßigkeiten zu untersuchen, die im Datennetz der Sowjetunion aufgetreten sind... insbesondere jedoch in Ihrem Institut. Wir möchten gern Ihre Meinung dazu hören. Ich sagte bereits zu Anfang, daß ein schwerer Verdacht auf Ihnen lastet; allerdings veranlaßt uns

Ihr guter Ruf als EDV-Expertin und die Tatsache, daß Sie bis zur Stunde die Ihnen übertragenen wichtigen Aufgaben zur allgemeinen Zufriedenheit bewältigt haben, zunächst einmal Zurückhaltung an den Tag zu legen. Sollten sie einen Fehler begangen haben, so gestehen Sie ihn ohne Umschweife ein; wir werden Ihre Ehrlichkeit anzurechnen wissen...«

»Ich habe mit Sicherheit keinen Fehler begangen, der die Einberufung einer Untersuchungskommission erforderlich machen würde. Wie jedermann, so bin auch ich nicht vor Fehlern gefeit; möglich, daß ich mir des einen oder anderen Fehlers nicht bewußt bin. Man soll sie mir aufzählen, und dann will ich sie gern wiedergutmachen.«

Antonow, der rechts neben Ludkin saß, wies jetzt seinerseits auf die Akte, die letzterer vor sich liegen hatte.

»Hierin sind Informationen enthalten, die der ›Spezialmappe‹ entnommen sind. Sie wissen doch, was das bedeutet, nicht wahr?«

Julia nickte. Die Spezialmappe enthielt die Geheimbeschlüsse des Zentralkomitees. Waren sie von den zuständigen Mitarbeitern gelesen worden, wurden die Zusammenfassungen jener Beschlüsse vernichtet und nur einige Exemplare im Zentralarchiv der Partei aufbewahrt. Ein solches Verfahren in Julias Fall deutete darauf hin, daß man die ihr vorgeworfenen Fehler als staatsgefährdende Angelegenheit betrachtete.

»Das von den Franzosen gelieferte meteorologische Programm hat Sie also vollauf zufriedengestellt?« fragte der Vertreter der GRU.

»Ganz zu Anfang gab es ein paar Pannen«, antwortete Julia ohne Zögern. »Einmal hat es uns rund 24 Stunden lang fehlerhafte Vorhersagen geliefert, aber seitdem läuft es einwandfrei...«

»War es in Betrieb, als Sie den Besuch einer Delegation der Akademie der Wissenschaften erhielten?«

Julia richtete ihre Augen auf Afanasjew; doch sein Gesichtsausdruck blieb undurchdringlich. Julia zögerte: »In Betrieb? Was meinen Sie damit?«
»Wir wollen wissen, ob der amerikanische Computer und seine französische Software funktionierten«, wurde der Mann vom KGB, der seine Erregung nur schwer verbergen konnte, deutlicher.
Julia entschied sich für einen Sprung ins kalte Wasser: »Natürlich funktionierten sie. Die Delegation der Akademie der Wissenschaften hat sich im übrigen vor Ort davon überzeugen können . . .«
Afanasjew lächelte kaum merklich. Julia fühlte, daß sie den richtigen Weg eingeschlagen hatte. Sie begann allmählich zu begreifen, was vor sich ging. Vermutlich hatte Kotusow, einem gründlichen Verhör unterzogen, alles zugegeben; allerdings wußten die Führer in Moskau genau, was ein unter solchen Umständen erzwungenes Geständnis wert war. All jene, die in irgendeiner Verbindung standen zu den düpierten Delegationsteilnehmern, verspürten gewiß ein großes Unbehagen, sich an der Suche nach der Wahrheit zu beteiligen. Julia sagte sich, daß ihre Anhörung durch eine Untersuchungskommission vermutlich das Ergebnis eines Kompromisses war, den diejenigen, die vor Andropows Tod die Affäre hatten verheimlichen wollen, und jene, die nach Tschernenkos Aufstieg an die Macht Licht in die Affäre bringen und somit die Befürworter der Vertuschung ausschalten wollten, ausgehandelt hatten. Daß man Julia nicht schlicht und einfach wegen Wirtschaftssabotage verhaftet hatte, bewies, daß die Befürworter von Andropows Linie noch immer wichtige Positionen innerhalb des Parteiapparates innehatten, selbst wenn sie – zumindest momentan – nicht mehr das Sagen hatten.
Als Julia der Erleichterung in Afanasjews Augen gewahr wurde, geriet sie in Versuchung, alles zu gestehen. Die Anhänger des verstorbenen Generalsekretärs sind nicht viel

besser als die des neuen, sagte sie sich. Sie hätten es vermutlich sehr eilig gehabt, sich von ihr zu distanzieren, hätte sie ihren Fehler plötzlich eingestanden. Dadurch, daß sie es nicht tat, erwies sie ihnen natürlich einen großen Dienst...

»Wenn der CRAIG oder seine Software – oder beides – nicht funktioniert hätte, wäre es meine Pflicht gewesen, sofort im Außenhandelsministerium oder bei der Abteilung für wissenschaftliche Forschung im Zentralkomitee davon Meldung zu machen.«

»Daß Sie es nicht getan haben, wird Ihnen ja gerade vorgeworfen!« rief der Vertreter des KGB.

Julia erwiderte mit Bestimmtheit: »Dieser Vorwurf ist ungerechtfertigt. Ich würde gern wissen, auf welche Erkenntnise man sich stützt, um mich derart anzuklagen.«

Der Oberst schlug mit der flachen Hand auf den Tisch.

»Nicht diesen Ton, Julia Woronkow! Es steht Ihnen nicht zu, an den Gründen für unsere Anschuldigungen herumzumäkeln. Sie haben zu antworten!«

»Wenn das hier ein Prozeß ist, dann möchte ich die Anklageschrift sehen.«

»Kommen Sie mir nicht mit bürgerlichem Legalismus!«

»Wenn ich ohnehin schon verurteilt bin, wozu dann noch großartig diskutieren?«

Die Blicke, die sich die übrigen Kommissionsteilnehmer während dieses schnellen, brutalen Wortwechsels zugeworfen hatten, waren Julia nicht entgangen. Ganz offensichtlich mißbilligten sie das Verhalten ihres Kollegen. Ludkin, der Vorsitzende, hüstelte:

»Das hier ist kein Prozeß, sondern die Sitzung einer Untersuchungskommission. – Sie behaupten also, der Computer und seine Software hätten funktioniert; andererseits aber sagen Sie, daß es im meteorologischen Programm einige Pannen gab. Das müssen Sie uns schon näher erläutern...«

»Es ist durchaus kein Widerspruch. Ein Auto kann sehr

gut laufen und trotzdem auf einmal einen Defekt haben.«
»Es kommt selten vor«, bemerkte der frühere Mitarbeiter Tschernenkos mit eisiger Stimme, »es kommt sogar äußerst selten vor, daß ein Wagen eine Panne hat und plötzlich wieder – unerklärlicherweise – von allein läuft.«
»Ein Computer läßt sich auch nicht ohne weiteres mit einem Automobil vergleichen . . . Die meteorologische Software ist nicht so schön einfach konstruiert wie ein Verbrennungsmotor. Sie enthält Zehntausende von Instruktionen, und es gibt Milliarden von Möglichkeiten, wie diese verschiedenen Instruktionen miteinander in Verbindung treten können. Diejenigen, die diese Programme entwickeln, mögen noch so brillante Experten sein – gegen menschliche Fehler sind auch sie nicht gefeit. Ein Fehler ist um so schwieriger zu entdecken, je unbedeutsamer seine Folgen sind. In dem speziellen Fall, der uns hier beschäftigt – ungenaue Wettervorhersagen während eines begrenzten Zeitraums –, ist es praktisch unmöglich, festzustellen, wo dieser Fehler seinen Ursprung hat. Ich hätte für unbestimmte Zeit ein Team einsetzen müssen, um ganz sicher zu gehen, daß ich die Ursache dieses Defekts herausfinde – und das hätte sehr, sehr lange dauern können. In Anbetracht der geringen Zahl qualifizierter Techniker, die mir zur Verfügung stehen, hätte das den Betrieb des Instituts erheblich gestört. Und wozu das alles? Ich habe darauf getippt, daß dieser Defekt sich nicht wiederholt – und allem Anschein nach habe ich bis heute mit meiner Vermutung recht behalten . . .«
Es entstand eine Pause, während der Afanasjew sich ein deutliches – wenn auch nur kurzes – Lächeln erlaubte.
»Nehmen wir an«, sagte Ludkin schließlich, »nehmen wir vorerst an, daß Ihre Darlegung zutrifft: Sie wurden also mit Unregelmäßigkeiten im Betriebsablauf konfrontiert und nicht mit einer Totalpanne des Computers, und deswegen haben Sie nicht sofort die verantwortlichen Stellen benachrichtigt. Dennoch gibt es eine Sache, die Ihnen die Schwere

dieser Unregelmäßigkeiten hätte deutlich machen müssen: nämlich das Verhalten Ihres Ex-Mitarbeiters Kotusow.«
Dieser Angriff kam völlig unverhofft. Als Julia diesen Namen hörte, wäre sie beinahe in Tränen ausgebrochen, denn das Schuldgefühl, das in ihr nagte, seit sie die Versuche aufgegeben hatte, ihren Assistenten dem Nichts zu entreißen, in dem er verschwunden war, hatte sie endlich überwältigt. Wahrscheinlich erriet Afanasjew den Zustand, in dem Julia sich befand, denn er ergriff erstmals das Wort:
»Dieser Kotusow war ein labiler Mensch, auf den bereits der Staatssicherheitsdienst aufmerksam geworden war... Während des Besuchs der Delegation, ist Ihnen da nichts Ungewöhnliches in seinem Benehmen aufgefallen?«
Julia schüttelte den Kopf, und dann platzte sie mit jenen Fragen heraus, die ihr schon so lange auf der Zunge brannten: »Wo ist er? Was ist aus ihm geworden?«
Dimitrij Antonow, die Ellbogen auf die Tischplatte gestützt, beugte sich zu ihr vor.
»Sie haben die Partei, die Sicherheitsorgane und die Akademie der Wissenschaft unablässig mit Fragen nach seinem Schicksal bestürmt. Das ist ein Zeichen mangelnder Disziplin, was bei der Ausführung der Produktionsaufgaben nur schaden kann.«
»Sollte Ihre Hartnäckigkeit, den neues Posten Ihres Assistenten zu erfahren, nicht auf ein schlechtes Gewissen hindeuten?« fragte der KGB-Oberst.
Der triumphierende Klang in seiner Stimme veranlaßte Julia, sich zusammenzureißen. Sie würde Kotusow gewiß nicht dadurch retten, daß sie zugab, er sei ihr Komplize gewesen; sie würde sich damit nur selbst in Gefahr bringen... und ihre Kinder verlieren.
»Daß ich unbedingt erfahren wollte, auf welchen Posten man ihn versetzt hatte, lag einfach daran, daß er mit Abstand mein bester Techniker gewesen war. Er ist der brillanteste Informatiker, den ich je kennengelernt habe. Aber es ist

richtig, ich habe ein schlechtes Gewissen. Ich werfe mir heute vor, ihm nicht rechtzeitig geholfen zu haben.«

»Was soll das heißen?«

Julia zuckte die Achseln. »Ich spiele damit auf seinen Charakter an – er war ein ziemlicher Phantast –, auf seine Probleme im psychologischen Bereich ...«

Antonow gab ein unterdrücktes, leicht verächtliches Lachen von sich.

»Ihre Einschätzung seiner Person bestätigt nur die Ansicht der Mediziner. Ihr Kotusow befindet sich mittlerweile in den Händen von Spezialisten. Er wird zur Zeit in einer seinem Zustand angemessenen Einrichtung wegen torpider Schizophrenie behandelt.«

Julia fuhr sich mit zitternder Hand durchs Haar und brachte mühsam heraus: »Ich glaube nicht, daß er schizophren ist; das wollte ich damit nicht sagen ...«

»Völlig unerheblich!« meinte der Vorsitzende scharf. »Überlassen wir die Psychiatrie den Psychiatern und die Informatik den Informatikern ... alles natürlich unter der Oberaufsicht der Partei«, fügte er schnell hinzu, so als hätte ihn seine ketzerische Erklärung selbst am meisten erschreckt. »Kommen wir nun zu den Tatsachen«, sagte er und öffnete die vor ihm liegende Akte. »Bevor sich die Mediziner seiner annahmen, hat Kotusow dem Staatssicherheitsdienst gestanden, den Versuch unternommen zu haben, jene Unregelmäßigkeiten zu vertuschen, die er im Betriebsablauf des CRAIG festgestellt hatte und die ...«

Innerlich seufzte Julia erleichtert. Wenn nur noch die Rede war von Unregelmäßigkeiten, bedeutete das, daß man sie nicht länger beschuldigen würde, eine regelrechte Panne vor der Delegation verheimlicht zu haben, indem sie einen alten Computer an den neuen angeschlossen hatte.

»... das Ergebnis einer vom Westen betriebenen Sabotage waren. Wollen Sie etwa behaupten, davon nichts gewußt zu haben?«

»Selbstverständlich ist das ein Gedanke, der einem sofort kommt. Aber ich kann mir kein Urteil darüber erlauben, ob dieser Verdacht zutrifft oder nicht. Da ich die in der Software aufgetretenen Unregelmäßigkeiten nicht für so wichtig erachtet habe, um sie einer höheren Stelle zu melden, habe ich es ebenfalls nicht für nötig befunden, eine Sabotage in Betracht zu ziehen. Eine solche hätte ohnehin keine weitreichenden Folgen gehabt. Ich kann mir nicht vorstellen, was der Westen davon gehabt hätte, uns 24 Stunden lang daran zu hindern, das Wetter vorherzusagen – und andererseits kann ich mir sehr gut vorstellen, was die Franzosen, die uns den Computer und die dazugehörige Software verkauft haben, zu verlieren hätten... Ich habe mir gesagt, daß es – sollte es sich tatsächlich um Sabotage handeln – nur das Werk eines antikommunistischen Informatikers sein könnte.«

»Was Sie sagen, beweist in der Tat, daß Sie nicht in der Lage sind, die Tragweite eines solchen Vorfalls zu erfassen«, sagte Ludkin. »Sie geben also immerhin zu, daß es – in technischer Hinsicht – nicht unmöglich wäre, daß der Defekt bedingt durch Sabotage aufgetreten ist?«

»Ganz recht. Die Aufgabe der von mir geleiteten Behörde besteht ja gerade darin, solchen Veränderungen entgegenzuwirken...«

»Mit dieser Äußerung gestehen Sie, sich einer groben Fahrlässigkeit schuldig gemacht zu haben«, erklärte der Verantwortliche der GRU bedächtig. »Mit Hilfe von Kotusows Angaben haben wir feststellen können, daß es die Amerikaner waren, die die Software des Computers modifiziert haben; und zwar geschah es während der vom COCOM vorgenommenen Kontrollen. Das ist eindeutig ein Akt der Aggression.«

»Sehr richtig«, pflichtete Ludkin ihm bei. »Eine Art von Infiltration, die genauso gefährlich und unredlich ist wie die von Lockspitzeln.«

»Sollte diese Modifizierung tatsächlich nicht das Werk eines einzelnen gewesen sein, muß ich natürlich meinen Standpunkt revidieren. Ich gebe zu, fahrlässig gehandelt zu haben, und ich bin bereit, die Strafe anzunehmen, die ich verdiene.«

Seit den Tagen des Komsomol wußte Julia, daß jeder, der sich in einer Situation befindet, wie sie sie jetzt erlebte, die Gelegenheit finden muß, Selbstkritik zu üben, um so glimpflich wie möglich davonzukommen; die politischen Erzieher nannten das »wie ein guter Kommunist handeln.«

»Vorläufig ist der Schaden ja noch nicht sehr groß«, sagte Afanasjew.

Da wußte Julia, daß sie gewonnen hatte. Afanasjew würde niemals eine solch milde Einschätzung der Lage öffentlich kundgetan haben, wäre er nicht sicher gewesen, daß sie sich geschickt aus der Affäre gezogen hatte.

»Ja«, wiederholte Ludkin, »der Schaden ist noch nicht sehr groß...«

Die Mitglieder der Kommission tauschten Blicke aus, und es schien, als würden sie stillschweigend ein Übereinkommen treffen. Der Vertreter des KGB lehnte sich in seinem Stuhl zurück, während der GRU-Mann Julia offen zulächelte. Sie wußte, daß dieser ihr die ganze Zeit über wohlgesonnen gewesen und daß der Vorwurf der Fahrlässigkeit nur erfolgt war, um schwerwiegenderen Anschuldigungen Einhalt zu gebieten.

»Aus diesem Schaden«, hub Ludkin wieder an, »können wir für unser Vaterland sehr viel Nutzen ziehen. Sie werden an der Genfer Konferenz über die Regelung grenzüberschreitenden Datenaustausches teilnehmen. Im Verlauf dieser Konferenz werden Sie der Propaganda unseres Landes gute Dienste leisten können – in einer Weise, die Ihnen später noch erklärt wird. Allein von Ihrem Verhalten in Genf wird es abhängen, welche Maßnahmen wir wegen der von Ihnen eingestandenen Fahrlässigkeit ergreifen.«

Der Vertreter der Kommission für Auslandsreisen meldete sich zum ersten Mal zu Wort:
»Ich muß Sie darauf hinweisen, daß wir Ihnen keine Visa für Ihre beiden Kinder ausstellen können; Sie werden nur ein Kind mitnehmen dürfen.«
Verzeih mir, Puschkin, dachte Julia.
»Genosse Gorbatschow erwartet Sie jetzt. Er wird Ihnen in groben Zügen darlegen, welche Position Sie in Genf zu vertreten haben.«

Mit seinen 53 Jahren war Gorbatschow das jüngste Mitglied im Politbüro. Paradoxerweise verkörperte dieser Mann, der seine Karriere in Breschnews Schatten gemacht hatte und aus dem ultrakonservativen Landwirtschaftssektor kam, die Hoffnung der Andropowianer. Er war ein Mann der Mitte, der sich modernistischen Thesen gegenüber immer aufgeschlossener zeigte. Man schätzte, daß er nach dem Tod Tschernenkos, von dem es hieß, daß er krank sei, am ehesten seine Nachfolge antreten würde. Wenige Monate vor Andropows Tod hatte Gorbatschow Tschernenko eine Bastion abgenommen, in der er auch heute noch saß und wo er bessere Zeiten abwarten konnte: das Hauptbüro des Zentralkomitees, der Apparat des Apparates, die parteiinterne Behörde, die die Karriere all ihrer Beamten überwachte. Daß es Gorbatschow war und nicht der Verantwortliche vom Wissenschaftsministerium, der Julia empfing, machte deutlich, welche Bedeutung der Mission in Genf von der Partei beigemessen wurde.
Er begrüßte Julia mit großer Herzlichkeit in seinem geräumigen, nüchtern eingerichteten Büro. Mit seinem jovialen, pausbäckigen Gesicht, dem sinnlichen, gern lächelnden Mund und der biederen Glatze bot Gorbatschow einen Anblick, der das genaue Gegenteil vom Äußeren des düsteren Tschernenko war.
»Ich freue mich sehr, die entzückende Julia Woronkow

endlich in Fleisch und Blut kennenzulernen«, sagte er, während er ihr die Hand gab und sie etwas länger als unbedingt nötig festhielt. »Man sieht nur noch Sie im Fernsehen. Mit der Zeit wird es sicher langweilig, wie ein Zirkus- oder Filmstar ständig interviewt zu werden, oder?«
»Ich muß zugeben, daß dieser Aspekt meiner Arbeit mir am wenigsten zusagt.«
»Wir werden uns Ihre Fähigkeiten und Ihre Popularität in den Medien zunutze machen. Wir zählen auf Sie, um die Empörung unserer Nation in die Welt hinauszuschreien. Der Umstand, daß die leidenschaftliche Anklage unseres Vaterlandes aus einem so schönen Mund kommt, wird ihr noch mehr Gewicht verleihen.«
»Ich werde bemüht sein, mich dieser bedeutungsvollen Aufgabe als würdig zu erweisen.«
»Die Konferenz in Genf ist für uns *die* Gelegenheit, entscheidende Pluspunkte zu sammeln in der Technologie-Schlacht mit dem Westen. Wenn es uns gelingt, die Kapitalisten auf diesem Gebiet zu destabilisieren, werden wir vielleicht erreichen, daß sämtliche Beschränkungen bei der Einfuhr westlichen Know-hows in unser Land aufgehoben werden.«
»Ich verstehe nicht ganz, was Sie meinen...«
»In der Tat, diese Problematik gehört nicht unbedingt zu Ihrem Ressort. Alles, was von Ihnen verlangt wird, ist, Punkte zu sammeln; das Kapital, das wir dann daraus schlagen – sei es nun ideologischer, wirtschaftlicher oder... militärischer Art – hängt nicht von Ihnen ab. Sollten Sie einen entscheidenden ideologischen Sieg davontragen, so wird es an uns liegen zu entscheiden, was wir damit anfangen. Unser soziales Gefüge ist stark genug, um der westlichen Dekadenz zu widerstehen; unsere Wirtschaft dagegen braucht die Technik des Westens. Wenn es uns gelingt, den Westen in eine Position der Schwäche zu manövrieren, dann werden wir die besten Voraussetzungen er-

halten, um jene Bestrebungen auf dem Gebiet der Modernisierung und Rationalisierung durchzuführen, die Andropow von uns verlangt hatte.«

»Es war mir eine große Ehre, vom unvergessenen Genossen Andropow persönlich aufgefordert worden zu sein, an diesen Bestrebungen teilzunehmen.«

Gorbatschows Augen leuchteten ganz kurz anzüglich auf. »Wir alle wissen, wie sehr Genosse Andropow Ihre verschiedenen Talente geschätzt hat...«

Julia klammerte sich an die Lehne ihres Sessels, um den Zorn, der in ihr hochstieg, besser im Zaum zu halten. Gerüchte über eine Liaison mit Andropow waren ihr von verschiedenen Seiten zu Ohren gekommen. Als sie sich an die Gestalt des schwerkranken Mannes erinnerte, erschienen ihr diese Verdächtigungen um so geschmackloser und lächerlicher.

»Erste Männer des Staates wie wir haben doch wirklich großes Glück«, sagte Gorbatschow vertraulich. »Wir können uns mit den besten Mitarbeitern umgeben – und manchmal sind es obendrein sehr schöne Frauen. Ich hoffe, daß Ihre Mission ein Erfolg wird, der mir die Gelegenheit bietet, Sie wiederzusehen...«

Julia zwang sich zu einem Lächeln.

»Das wäre eine große Ehre für mich.«

»Und für mich eine große Freude... Aber es ist schon spät. Sie werden wegen der Genfer Konferenz mit dem Verantwortlichen des Staatssicherheitsdienstes und mit denen des Ministeriums für Propaganda in den kaptialistischen Ländern zusammentreffen. Mit ihnen werden Sie alle Einzelheiten Ihrer Intervention besprechen. Ich muß Ihnen jetzt noch ein paar Fragen über Ihre gegenwärtige Arbeit und den Betrieb des CSII stellen. Um im voraus die Bedeutung der Unterhaltung, die wir nun führen wollen, zu unterstreichen, möchte ich sagen, daß die Genfer Konferenz von größter Wichtigkeit ist, was unsere ausländischen Interessen betrifft;

darüber hinaus ist ein korrektes Verhalten Ihrerseits an der Spitze des CSII von größter Wichtigkeit für unsere nationalen Interessen.«

Als Julia das in der Nähe des Luschniki-Parks gelegene Gebäude verließ, fühlte sie sich ausgelaugt. Die Anhörung durch die Untersuchungskommission, aber auch ihr Gespräch mit Gorbatschow – und insbesondere der letzte Teil des Gesprächs – hatten ihre Kräfte arg strapaziert. Kotusows Bild tanzte vor ihren Augen.

Armer Kerl, dachte sie. Du bist in einem Irrenhaus gefangen, im siebten Kreis, und du weißt nicht einmal, warum. Aber ich, die ich bequem im Fond eines Tschaika sitze, ich weiß, warum du leidest, und ich kann nichts für dich tun. Ich weiß, warum man dich von deiner Arbeit, deinen geliebten Computern, deinen jämmerlichen kleinen Orgien in Liutkos Etablissement fortgerissen hat. Armer exaltierter Säufer, deine geniale Begabung war eine Gefahr für jene Männer, deren Macht dich zittern ließ wie ein Blatt im Wind...

Als Julia von ihrem Hotelzimmer aus telefonierte, war es im Institut von Krasnojarsk bereits nach vier Uhr; dennoch meldete Karimow sich sofort.

»Ich habe auf ihren Anruf gewartet«, sagte er, und seine Stimme klang sonderbar. »Wenn nötig, hätte ich die ganze Nacht gewartet...« Und nach einer langen Pause sagte er: »Alles läuft bestens.«

Das sowjetische Datennetz war in seiner Gesamtheit manipuliert.

12. Kapitel

Genf, 3. September 1984

Als Julia den Pressesaal des Kongreßgebäudes betrat, zuckte sie unwillkürlich zurück. Sie war wohl darauf gefaßt, sich den Journalisten zu stellen, aber mit diesem krachenden Blitzlichtgewitter und den wie gefährliche Stacheln auf sie gerichteten Mikrofonen hatte sie nicht gerechnet. Die Fotografen rempelten sich gegenseitig an, stiegen einander auf die Schultern, kletterten auf Stühle. Julia drückte Swetlanas Hand ganz fest, um ihr Mut zu machen, doch ein Seitenblick auf ihre Tochter verriet ihr, daß diese den Ansturm mit der Gelassenheit einer erfahrenen Schauspielerin ertrug.

Zwei Saaldiener bahnten ihnen einen Weg bis zum Podium. Ein Tisch, zwei Stühle, die übliche Karaffe mit Wasser, Mikrofone und Kopfhörer für die Simultanübersetzung: alles stand bereit.

Als sie sich setzten, flammten die Blitzlichter von neuem auf. Julia trug ein traumhaft schönes rotes Kleid von Wiatscheslaw Zaitsew, dem großen Moskauer Couturier, und Swetlana die Uniform der sowjetischen Pioniere.

Die Vertreter der internationalen Presse nahmen einer nach dem anderen Platz. Der Sonderkorrespondent des »Nouvel Observateur« stieß seinen Kollegen vom »Magazine-Hebdo« an, wies auf das Bild, das Mutter und Tochter boten, und meinte lapidar: »Der Look ist echt stark.«

»Ja«, grinste der andere, »die Propagandaabteilung macht

Fortschritte. Sex-Appeal für die Herren, rührendes Familienporträt für die Regenbogenpresse und technokratische Effektivität für alle.«

Julia räusperte sich wie ein routinierter Redner, und daraufhin wurde es still im Saal.

»Meine Damen und Herren«, begann sie auf russisch, »erlauben Sie mir, Sie in meiner Muttersprache zu begrüßen. Doch im folgenden«, fuhr sie auf englisch fort, »werde ich mich der englischen Sprache bedienen, um die freundschaftlichen Absichten des Volkes, das ich auf dieser Konferenz vertrete, unter Beweis zu stellen ... Danke, Monsieur, ich brauche Sie nicht mehr«, wandte sie sich an den Dolmetscher.

Sämtliche Köpfe drehten sich zu der Kabine um, in der sich der Übersetzer, baß erstaunt, von seinem Stuhl erhob und Julia fragende Blicke zuwarf.

Als wieder Ruhe eingetreten war, sprach sie weiter:

»Zur Einleitung – und bevor ich mich Ihren Fragen stelle – möchte ich zwei Dinge besonders erwähnen. Erstens – und ich sage dies mit großem Nachdruck –: der Friedenswillen meines Landes kann von einem unparteiischen Beobachter nicht in Zweifel gezogen werden. Das sowjetische Volk hat bewiesen und wird auch in Zukunft immer wieder unter Beweis stellen, daß es bereit ist – jetzt zitiere ich den von uns allen betrauerten Genossen Andropow –, ›die kühnsten Lösungsvorschläge zu akzeptieren, um die nukleare Bedrohung zu verringern.‹«

Die Sonderkorrespondenten kritzelten hektisch diese Anspielung auf den verstorbenen Führer in ihre Notizblöcke.

»Zweitens: Gestatten Sie mir bitte eine leise Kritik. Ich möchte Sie darauf aufmerksam machen, daß Sie sich möglicherweise allzusehr bei einer oberflächlichen Betrachtung meiner Person aufgehalten haben und nicht genug darauf eingegangen sind, was zu repräsentieren ich die Ehre habe –

nämlich das Streben meiner Landsleute nach Wissen und Wissenschaft, ihren Wunsch, aus der Informatikrevolution einen Nutzen zu ziehen, und den Völkern der Dritten Welt ebenfalls zum Nutzen daraus zu verhelfen ...«

»Schlecht!«
So lautete Woodwards Kommentar.
»Journalisten haben es nicht gern, wenn man ihnen die Leviten liest. Da kommen wieder stalinistische Angewohnheiten zum Vorschein ...«
»Dabei hat sie einen fulminanten Start gehabt«, bemerkte George Balbridge, der Botschafter. »Der Gag mit dem Dolmetscher wäre eines Präsidentschaftskandidaten würdig.«
Brendan wandte sich kurz vom Bildschirm ab, um die Anwesenden zu betrachten, die sich, fasziniert von Julia, in diesem Salon der Botschaft vor dem Fernseher drängelten. Neben Balbridge und Woodward waren anwesend: Ken Chowder, der Präsident der amerikanischen Delegation bei der Genfer Konferenz, Howard Jackson – McFarlanes Vertreter – und mehrere hohe Beamte der CIA und des State Department; sie alle gehörten dem Krisenstab an, den das Weiße Haus gebildet hatte, um der Anti-Computerkrieg-Offensive der Sowjets zu begegnen.
Für Brendan hatte die Szenerie etwas Unwirkliches. Er hätte diesen Experten, die jedes Wort, jede Geste Julias auseinandernahmen und deuteten, am liebsten beschrieben, wie unglaublich stolz und von welch unbezähmbarer Intelligenz sie war.
Er hätte ihnen allzugern verständlich gemacht, daß ihr Interpretationsschema falsch war, daß die Julia, die er gekannt hatte, sich nicht in einen Apparatschik verwandelt haben konnte, der die stereotypen Floskeln der offiziellen Sprache wiederkäute ...
Doch er zuckte nur die Achseln und blickte wieder auf den Bildschirm.

»...damit man mir nicht vorwerfen kann, ich hätte die Absicht, Ihnen Ihre Artikel zu diktieren, bitte ich Sie jetzt, mir all jene Fragen zu stellen, die Ihnen am Herzen liegen, und ich verspreche Ihnen, ehrlich und direkt darauf zu antworten... bis auf eine Ausnahme, wie Sie noch feststellen werden. Ich bin ganz Ohr.«

Einem Reporter in der ersten Reihe gelang es, das Mikrofon zu erwischen, das ein Saaldiener der Fülle ausgestreckter Hände entgegenhielt.

»Meine erste Frage betrifft Sie persönlich. Glauben Sie, daß es ein Phänomen Julia Woronkow gibt, und wenn ja, steckt dahinter eine Entscheidung der sowjetischen Regierung, die Methoden des Showbusiness anzuwenden, um eine Propagandakampagne im Westen zu starten?«

»Mein Herr, ich danke Ihnen für die Ehre, die Sie mir erweisen«, antwortete Julia unerschütterlich.

Als die Lacher verklungen waren, fügte sie hinzu: »Begreiflicherweise kann ich am wenigsten beurteilen, ob es ein Phänomen Julia Woronkow gibt. Die sowjetische Regierung hat mir eine schwere Aufgabe übertragen, die ich so gut wie möglich zu erfüllen versuche; dahinter steckt jedoch keinesfalls die Absicht, irgendwelche Regierungen zu destabilisieren.«

»Aber Sie geben doch zu, daß die sowjetische Führung durch Sie eine Charme-Offensive gestartet hat?« Derselbe Journalist, der immer noch das Mikrofon festhielt, ließ nicht locker.

»Ich hoffe, daß man in mir auch ein menschliches Wesen sieht – und nicht nur die Technikerin. Sollte dieses menschliche Wesen einen gewissen Charme verbreiten, so sehen Sie mich darüber entzückt.«

»Wissen Sie eigentlich, daß man Sie die neue scharlachrote Kaiserin nennt?« fragte der Sonderkorrespondent des »Corriere della Sera«. »Freut Sie das?«

»Würde Sie das freuen? – Aber vielleicht können wir jetzt

ein wenig über die Informatik sprechen – falls das Thema Sie interessiert?«

»Eine letzte private Frage«, rief ein Journalist der Illustrierten »People«. »Viele Menschen im Westen werden hinter der Anwesenheit Ihrer Tochter ein plumpes Propagandamanöver vermuten. Sollte das jedoch nicht der Fall sein, so können Sie uns vielleicht sagen, was ihre Anwesenheit zu besagen hat? Ich nehme an, daß Ihre Tochter nicht versteht, was hier gesprochen wird ...«

»Da irren Sie sich aber«, gab Julia zurück. »Sie wird Ihnen selber sagen, warum sie mitgekommen ist.«

Sie schwenkte das Mikrofon zu ihrer Tochter und lächelte ihr aufmunternd zu.

»Swetlana, kannst du den Herrschaften erzählen, warum du mit mir gefahren bist?«

»Ich bin elf Jahre alt«, sagte das Mädchen und sah die Versammlung ruhig an, »und ich glaube, ich habe das Recht, meine Mutter überallhin zu begleiten.«

Ihr sehr gutes Englisch, gefärbt mit einem reizenden russischen Akzent, rief unter den Journalisten bewunderndes Gemurmel hervor.

»Und außerdem«, schloß sie, »hat Mama mir versprochen, mich heute abend in die Oper mitzunehmen, und deswegen werde ich nicht mehr von ihrer Seite weichen, damit sie ihr Versprechen auch ja nicht vergißt!«

»Das ist große Kunst«, bemerkte Woodward. »Sie hat die Reporter bereits in ihren Bann geschlagen.«

»Ja, sie hat sie alle in die Tasche gesteckt!« rief Chowder aus. »Der Trick mit dem kleinen Mädchen, das so gut Englisch spricht, ist erstklassige Propaganda. Damit soll wohl die Vortrefflichkeit des sowjetischen Schulsystems unter Beweis gestellt werden ...«

»Die Kleine hat sicher Privatstunden bekommen«, sagte Woodward. »Wo gehen Sie hin, Brendan? Bleiben Sie hier,

es ist wichtig, daß Sie die gesamte Pressekonferenz mitverfolgen.«
Seufzend nahm Brendan wieder Platz.
Der Vertreter der Nachrichtenagentur Agence France-Presse stellte die Frage, auf die alle gewartet hatten.
»Seit einigen Wochen zirkulieren Gerüchte, denen zufolge die Amerikaner Software sabotiert haben sollen, die von der UdSSR in Frankreich erworben wurde. Steckt in diesen Gerüchten ein Körnchen Wahrheit, und wenn ja, welche?«
»Da hätten wir schon die Ausnahme, von der ich vorhin sprach. Ich kann auf Ihre Frage nicht näher eingehen, da ich morgen im Verlauf meiner Rede diese Problematik anschneiden werde. Und außerdem würden Sie morgen vermutlich nicht mehr erscheinen, wenn ich Ihnen schon heute den Inhalt meines Vortrages verrate ...«
Unter den Anwesenden erhob sich ein enttäuschtes Murmeln.
Der Sonderkorrespondent der »Washington Post« machte dem Saaldiener mit dem Mikrofon ein Zeichen.
»Seit einigen Jahren erwirbt Ihr Land im Westen sehr viel Hard- und Software. Sie sind gewiß – mehr als jeder andere – in der Lage, uns zu sagen, ob Ihr Land bereits die technologische Unabhängigkeit erreicht hat oder ob es auch in Zukunft auf die Hilfe des Westens angewiesen ist.«
»Im Bereich der Informatik brauchen wir den Westen auch weiterhin. Es steht zweifelsohne fest, daß wir vom Handel mit dem Westen profitieren. Aber daß man uns überhaupt Computer verkauft, liegt sicherlich auch darin begründet, daß unsere Handelspartner selbst ordentlich davon profitieren. Die UdSSR ist ein riesiger Absatzmarkt für die Informatikindustrie, und dieser Markt wird sich immer stärker ausweiten. Ost und West werden voneinander abhängig werden. Das ist ein ganz normaler Vorgang, der nicht durch politische Erwägungen gestört werden sollte, wie es augenblicklich der Fall ist. Die jüngsten Boykotte des Westens stellen

eine schwerwiegende Aggression dar; allerdings haben es die USA nicht dabei bewenden lassen. Ich werde morgen die Gelegenheit haben, darauf zurückzukommen...«
Eine deutsche Journalistin hob die Hand.
»Können Sie uns sagen, welches Ziel die Sowjets während dieser Konferenz verfolgen? Die Bedeutung dieser internationalen Tagung ist der Öffentlichkeit ziemlich schleierhaft...«
»Ihr Zweck soll es sein, einen weltweiten freien Austausch von Daten zu garantieren, die Notwendigkeit dieses freien Austausches zu erkennen und sämtliche diskriminierenden Kontrollen aufzuheben, die unter anderem von unseligen Institutionen wie dem COCOM betrieben werden...«
Der Chefredakteur der »Etudes soviétiques« hob den Arm und fragte: »Ihr Anliegen, eine Aufhebung aller Embargos und sämtlicher diskriminierender Kontrollen zu erreichen, steht doch sicherlich im Einklang mit jenem großartigen Bestreben nach Frieden und Völkerverständigung, das Ihr Land unablässig unterstützt?«
»Genau so ist es. Ich freue mich, feststellen zu können, daß es im Westen Journalisten gibt, die die friedlichen Absichten unseres Landes erkennen.«

»Dieser Satz«, erklärte Woodward, »ist für den internen Gebrauch bestimmt. Allerdings wird sich die ›Prawda‹ in ihren Berichten von der Pressekonferenz davor hüten, näher auf die Gesinnung dieses ›westlichen‹ Journalisten einzugehen.«
»Das ist Kim Il Sungs Methode«, sagte Howard Jackson mit seinem Südstaatendialekt. »Was ist das?«
»Nun, der Staatschef von Nord-Korea kauft sich öfter mal westliche Journalisten, die seitenlange positive Artikel veröffentlichen, damit die Presse seines Landes hinterher bestätigen kann, daß ihn westliche Zeitungen mit Lobeshymnen überschütten.«

»Was denken Sie, Brendan?« erkundigte sich Woodward, während Julia eine Frage über den Handel mit Verwaltungssoftware beantwortete.
»Ich denke gar nichts.«
Tatsächlich war Brendan nicht sehr geneigt, seine Gedanken preiszugeben. Es gelang ihm nicht, jenes Bild, das er auf dem Fernsehschirm sah, mit dem in Einklang zu bringen, das er in seiner Erinnerung aufbewahrt hatte. Die Julia, die er gekannt hatte, war Patriotin, hing an ihrer Sprache, ihrer Kultur, den Landschaften ihrer Heimat – und stand doch den politischen Parolen sehr skeptisch gegenüber. Mehrmals hatte er gehört, wie sie sich über Reden lustig gemacht hatte, die derjenigen ähnelten, die sie gerade selber hielt.
Die Julia, die er geliebt hatte, war viel zu intelligent, um mit vollem Ernst jene Ungeheuerlichkeit zum besten zu geben, wie sie es nun tat; auch war sie viel zu ehrlich, um mit gespaltener Zunge zu sprechen...
»Du hast mir deine Julia immer als einen vom Himmel herabgestiegenen Engel beschrieben«, hatte Sally ein paar Tage zuvor zu ihm gesagt.
Sie lagen auf einem Lammfell vor dem rötlich flackernden Kamin vom Sommerset House. Sie hatten sich geliebt und dabei weniger Lust als gewöhnlich empfunden, denn jeden beschäftigten Dinge, die er dem anderen nicht gestehen wollte.
»Welche Laus ist dir denn über die Leber gelaufen?« hatte Brendan gemurmelt, während er mit geschlossenen Augen ihre Schultern liebkoste und nach dem vertrauten Leberfleck tastete.
»Um auf ihren verantwortungsvollen Posten zu gelangen, hat sie vermutlich mit dem ganzen Waffenarsenal des karrieregeilen Bürokraten kämpfen müssen: Heimtücke gegenüber Gleichgestellten, Härte gegenüber Untergebenen und Kriecherei gegenüber Vorgesetzten.«

»Du vergißt, daß sie eine Technikerin ist und keine Beamtin. Sie ist eine brillante EDV-Expertin . . .«
»Du verteidigst sie?«
»Na hör mal!« hatte Brendan ausgerufen und sich auf den Ellbogen gestützt, um seiner Frau ins Gesicht zu sehen, »du bist doch nicht etwa eifersüchtig auf eine Liaison, die mehr als zehn Jahre zurückliegt?«
»Natürlich bin ich das. Was du mir erzählt hast, klingt so romantisch . . . die leidenschaftliche Liebe und die herzzerreißende Trennung eines amerikanischen Romeo und einer russischen Julia. Unsere Begegnung dagegen hätte wohl kaum prosaischer verlaufen können.«
»Sally, du hast ihr gegenüber einen unleugbaren Vorteil. Du bist nämlich wirklich und von einer herrlich fühlbaren Realität . . .«
»Brendan, du lüsternes Monster, laß das, ich hab keine Lust, nicht schon wieder . . . Ich möchte noch ein wenig mit dir reden.«
»Über Julia? Wozu?«
»Hast du denn das ›Time Magazine‹ nicht gelesen?«
»Nein. Ist darin von ihr die Rede? Weißt du, wenn ich schon mal für ein paar Tage hier bin, ziehe ich es vor, überhaupt nichts zu lesen . . .«
»Warte, ich hole es.«
Im hellen Schein des elektrischen Lichts hatte Brendan zum ersten Mal seit über zehn Jahren Julias Gesicht wieder gesehen.
»Na, welche Gefühle weckt sie in dir?«
Brendans Augen waren ein paarmal zwischen Sallys und Julias Gesicht hin und her gewandert, es hatte den Anschein, als vergleiche er seine Vergangenheit mit der Gegenwart.
»Keine. Das da ist Hochglanzpapier . . .«
»Würdest du sie gern wiedersehen?«
»Nein. Nun . . . ja . . . vielleicht . . .«

»Aha, dann liebst du sie also immer noch!«

»Wie man eben in eine Erinnerung verliebt sein kann. Es ist besser, seine Erinnerungen nicht mit der Wirklichkeit und dem, was aus den Menschen geworden ist, zu vergleichen, das weißt du.«

»Würdest du mich verlassen, wenn du sie wiedersähest?«

»Ach Sally!« hatte Brendan ausgerufen. »Dieses Verhör führt zu nichts – es ist lächerlich.«

»Du hast recht, Brendan, mein Benehmen ist lächerlich. Verzeih mir, bitte. Ich habe solche Angst, dich zu verlieren. Ich mache mir häufig Sorgen wegen deines Berufes ...«

Sie hatte an seiner Schulter geweint, und dann hatten sie sich wieder geliebt...

»Na, Brendan, woran denken Sie?«

Brendan sah Woodward erstaunt an, dann auch die anderen, die sich zu ihm umgewandt hatten, und schließlich blickte er wieder auf den Fernseher: er war ausgestellt, die Pressekonferenz war zu Ende.

»An was denken Sie?« wiederholte Woodward.

»Ich frage mich, was ich eigentlich hier zu suchen habe«, flunkerte Brendan.

»Lassen Sie uns kurz in meinem Büro miteinander reden, ja?«

Während Brendan seinem Boß folgte, zog das Leben, das er seit dem Beginn des Computer-Krieges geführt hatte, an ihm vorüber. Er hatte das Gefühl, zum Spielball unmenschlicher Mächte geworden zu sein. Sein Leben war ihm entglitten und nahm einen Verlauf, den er nicht mehr steuern konnte. Und dann war Françoise gekommen. Er hatte sich nicht gescheut, sie auszunutzen, doch schnell hatte er sich in sie verliebt... Es wollte ihm einfach nicht gelingen, sich selbst Vorwürfe zu machen, denn er hatte den Eindruck, selber das Opfer einer ständigen Manipulation zu sein. Man hatte sie zusammengeführt und in dem Moment, als ihre Liaison nicht länger nützlich war, brutal wieder getrennt.

Nach seinem Abschied von Françoise hatte Brendan einen Platz im ersten Flugzeug nach New York gebucht. Er hatte Richard Thomas mitgeteilt, daß er ein paar Tage Urlaub nehmen würde, da die momentane Phase des Computer-Krieges nicht unbedingt seine ständige Anwesenheit erforderte. »Eine weise Entscheidung«, war alles, was Richard Thomas gesagt hatte, denn vermutlich wußte er, daß Brendan das Verbot, Françoise wiederzusehen, nicht beachtet hatte.
Brendan war in aller Eile zum Flughafen Roissy-Charles de Gaulle gefahren. Sein ganzes Gepäck bestand aus einem Aktenköfferchen, das geheime Dokumente enthielt, und einer kleinen Reisetasche. Der Rest konnte – falls nötig – nachgeschickt werden.
Er war gerade dabei, sein Gepäck aufzugeben, als eine Stimme ihm zuflüsterte: »Brendie, ich wollte dich noch einmal sehen ...«
Er fuhr auf dem Absatz herum und sah sich Françoise gegenüber, die eine große Reisetasche in der Hand hielt.
»Ich wollte dich ein letztes Mal sehen«, flüsterte sie.
Sie setzten sich in eines der Flughafencafés. Françoise trug das weiße Kleid, das sie auch an jenem Tag angehabt hatte, als er sie zum ersten Mal sah.
»Verreist du etwa auch?« fragte er und wies auf ihr Gepäck.
»Wie du siehst ... Ich kehre nach Martinique zurück. Oh, Brendan!« rief sie aus und unterdrückte einen Schluchzer. »Jacques ist tot ... Meine Mutter wartet auf mich.«
»Dein Bruder ist tot? Wer hat dir das gesagt?«
»Duvallon. Jacques ist liquidiert worden. Vielleicht von deinen Landsleuten ...«
»Das ist doch Unsinn!«
»Genau das hat Duvallon auch geantwortet, als ich ihm sagte, daß es vielleicht die Franzosen gewesen seien. ›Das ist doch Unsinn!‹ Ihr sprecht dieselbe Sprache ...«
»Bist du gekommen, um mir eine Szene zu machen oder um

von mir zu verlangen, daß ich den Tod eines Menschen betrauere, der mich umbringen wollte?«
Françoise zuckte nur die Achseln und erzählte dann von Duvallons Besuch in der Rue des Guillemites.
»Wir sind die Spielbälle von Mächten, denen wir nicht mehr gewachsen sind«, meinte Brendan und bedauerte sogleich, etwas derart Banales gesagt zu haben.
»Immerhin warst du mit dieser Mission einverstanden.«
»Ich bin amerikanischer Staatsbürger. Für euch Europäer mag Vaterlandsliebe möglicherweise ein überholtes Gefühl sein, aber nicht für uns.«
»Darin gleicht ihr den Russen. Und Europa bereitet sich allmählich darauf vor, als Schlachtfeld zu dienen, sollten diese schönen partiotischen Gefühle eines Tages aufeinanderprallen.«
»Wovon redest du?«
»Erzähl mir doch nicht, daß deine Chefs dich im Unklaren lassen... Ich habe vorhin im Radio gehört, daß in Kürze eine große Konferenz in Genf stattfindet. Die UdSSR wird von Julia Woronkow vertreten. Ich nehme an, dieser Name sagt dir etwas?«
»In der Tat. Sie ist Afanasjews Assistentin.«
»Offensichtlich bekleidet sie mittlerweile viel wichtigere Positionen...«
»Ach übrigens«, sagte Brendan, um vom Thema abzulenken, »woher wußtest du eigentlich, daß ich heute mit diesem Flugzeug das Land verlasse?«
»Ich habe mit Richard Thomas telefoniert.«
Brendan lächelte.
Der alte Fuchs war also doch nicht ganz so bösartig, wie er sich gern den Anschein gab. Wahrscheinlich hatte er sich gesagt, daß er ihnen bedenkenlos erlauben konnte, sich ein letztes Mal zu sehen...
»Ich mußte ihm damit drohen, daß ich den Zeitungen alles erzähle, was ich über seine und deine Rolle weiß...«,

erklärte Françoise und widerlegte damit Brendans nachsichtige Überlegungen.
Er legte seine Hand auf ihre schlanke braune Hand.
Françoise stand unvermittelt auf, warf um ein Haar ihren Stuhl um. Ihre Züge waren hart geworden. Sie sah Brendan mit einemmal an, als würde sie ihn hassen.
»Du weißt ja gar nicht, wohin du treibst . . .«
»Das habe ich nie gewußt«, antwortete er düster. »Ich habe mich immer von den Ereignissen tragen lassen.«
»Solltest du auf einmal Gewissensbisse verspüren?«
»Nein, ich bin nur müde.«
»Na, na, nimm dich zusammen!« rief sie ironisch. »Dein Vaterland braucht dich, um Computer zu manipulieren und Krieg zu spielen.«
»Ach, davon weißt du also auch? Ich hätte mich vor dir in acht nehmen müssen«, sagte Brendan scherzhaft. »Hat Duvallon dich ins Bild gesetzt?«
»Du kannst deine Arbeit auch nicht für eine Sekunde vergessen, was? Du möchtest zu gerne wissen, woher ich meine Informationen habe – wahrscheinlich gehört das zur Routine deines Jobs . . .«
Sie hatte diese Worte in bissigem Ton ausgesprochen, und sie sahen sich an, als wollten sie gleich aufeinander losgehen.
Doch dann brachen sie gemeinsam in Lachen aus.
»Wir sind unverbesserlich«, sagte Françoise. »Im Augenblick, da wir auseinandergehen . . .«
»Ich hoffe, wir sehen uns eines Tages wieder, Françoise.«
»Ja, das hoffe ich auch. Aber dazu muß die Affäre, in die du verstrickt bist, erst einmal ausgestanden sein, nicht wahr? Das sind deine eigenen Worte . . . Ich muß gehen, mein Flug ist aufgerufen worden. Schreib mir an meine Pariser Adresse. Die Post wird nachgeschickt.«
»Auf Wiedersehen, meine Schöne.«
»Good-bye, kleiner Soldat. Gib auf dich acht!«

Sie hatten sich umarmt, und dann war Françoise davongelaufen ...

Als er Woodwards Büro betrat, sah Brendan immer noch das weiße Kleid vor sich, in dem Françoise zur Abflugsperre rannte. »Setzen Sie sich, Brendan«, sagte Woodword und wies auf den Sessel vor seinem Schreibtisch. »Sind Sie heute nicht recht auf der Höhe?«

»Doch, doch, mir geht es sehr gut. Nun, was wollen Sie von mir? Daß ich Ihnen etwas über Julia erzähle? Sie haben mich doch nicht der Beschaulichkeit von Sommerset House entrissen und in höchster Eile nach Genf einfliegen lassen, nur damit ich mir eine Fernsehsendung anschaue?«

»*Ich* werde Ihnen etwas über Julia Woronkow erzählen. Sie ist die Schlüsselfigur. Unsere Analytiker beschäftigen sich seit Jahren mit ihrer Persönlichkeit. Sie waren es, die mir geraten haben, Sie zum Verantwortlichen vor Ort der ersten Phase des Computer-Krieges und zum Hauptbeauftragten der zweiten Phase zu berufen.«

»Das war ja sehr nett von Ihnen, aber auch ein wenig demütigend für mich. Ich war der Meinung, daß ich diese Nominierung meinen Qualifikationen als Informatiker zu verdanken hätte ...«

»Ach, kommen Sie, Sie wissen so gut wie ich, daß Ihre Qualifikationen natürlich ausschlaggebend waren. Auf jeden Fall sind Sie heute in der Lage, eine entscheidende Rolle zu spielen, wenn es darum geht, die sowjetische Ideologieoffensive abzuwehren ... und das dank Ihrer früheren Verbindung zu Julia Woronkow.«

»Was erwarten Sie von mir? Daß ich ihr den Kopf verdrehe und sie entführe? Daß ich sie überrede, die Freiheit zu wählen?«

»Etwas in dieser Richtung, ja«, antwortete Woodward gelassen.

Brendan starrte völlig verdutzt in das hagere Gesicht seines Vorgesetzten. Er schien es tatsächlich ernst zu meinen.

»Das ist ja grotesk! Ich komme mir vor wie in einem billigen Spionageroman.«
»Julia Woronkow«, nahm Woodward ohne sichtliche Gefühlsregung das Thema wieder auf, »befindet sich unseres Wissens nach augenblicklich in einer labilen psychologischen Verfassung. Ihre Karriere hat sie fortschrittlichen Strömungen in ihrer Heimat zu verdanken. Doch heute sind ihre Gönner nicht mehr an der Macht und verlieren in der Administration, in der Wirtschaft, im Grunde überall mehr an Boden. Die Andropowianer setzen auf Gorbatschow als möglichen Nachfolger Tschernenkos. Aber er ist nicht einer der ihren, selbst wenn er weniger unbeweglich ist als der gegenwärtige Generalsekretär. Es ist anzunehmen, daß Julia Woronkows Karriere unter diesem Verlust an Einfluß leidet. Wir wissen, daß sie von einer Untersuchungskommission nach Moskau vorgeladen wurde, die von ihr Rechenschaft verlangt hat für die Panne von Krasnojarsk. Diese Kommission hat sie nur nach Genf fahren lassen, weil die Sowjets es sich nicht erlauben konnten, sie im entscheidenden Moment doch nicht zu benutzen, nachdem sie sich solche Mühe gegeben hatten, ihr Image aufzubauen. Sie ist mehr als jeder andere dazu befähigt, die gegen uns gerichtete Ideologieoffensive zu starten. Allerdings muß sie damit rechnen, nach ihrer Rückkehr ihren Posten zu verlieren... Ich habe mir noch einmal das Protokoll des Gesprächs durchgelesen, das Sie zum Zeitpunkt Ihrer Anstellung mit den Untersuchungsbeamten der CIA geführt haben – insbesondere jenen Abschnitt, in dem Sie von ihr erzählen. Eine Sache ist mir aufgefallen, und zwar sagten Sie, daß Julia davon überzeugt gewesen sei, daß sich in der Zukunft die ideologischen Gegensätze verwischen würden und daß... einen Moment, bitte...«
Woodward beugte sich über eine Akte, schob seine Brille hoch und las vor:
»...›Sie sagte, daß eine Computerisierung ihres Landes

den Kampf gegen Schlamperei und Parasitentum ermöglichen und daß Rationalisierungen im Wirtschaftsbereich zwangsläufig das Verschwinden der schlimmsten Privilegien zur Folge haben würde; der Umstand jedoch, daß diese Entwicklung gar nicht so sicher sei, veranlasse sie zusätzlich, in ihre Heimat zurückzukehren. Sie wollte dort auf dieses Ziel hin arbeiten.‹«

Brendan Barnes zuckte die Achseln.

»Sie war sehr liberal eingestellt. Zwar hat sie sich nicht sonderlich für Politik interessiert und war auch nicht gut auf Dissidenten zu sprechen – in ihren Augen waren das Vaterlandsverräter –, aber sie gab trotz allem zu, daß ihr Land noch einen weiten Weg zurücklegen mußte, um wahrhaft demokratische Strukturen zu entwickeln; als ich sie kennenlernte, waren das ihre Überzeugungen. Als sie vorhin im Fernsehen sprach, habe ich sie nicht wiedererkannt. Ich habe eine romantische junge Slawin gekannt, und jetzt ist sie eine harte hundertprozentige Sowjetrussin, Mutter eines reizenden kleinen Mädchens ...«

»Und auch eines kleinen Jungen, der zu Hause geblieben ist – was beweist, daß man ihr in höchsten Kreisen kein absolutes Vertrauen entgegenbringt. Und es beweist auch, daß Ihr Unterfangen nicht völlig aussichtslos ist ...«

Während er das ernste Gesicht des weißhaarigen Mannes forschend ansah, versuchte Brendan sich vorzustellen, wie das Kind ausgesehen haben mochte, das Woodward einmal gewesen war. Es gelang ihm jedoch nicht.

»Sie lächeln, Brendan? Sie haben unrecht. Was ich Ihnen erzählt habe, ist die leicht verständliche Kurzfassung eines umfangreichen, sehr wissenschaftlichen Berichts unserer Psychologen.«

»Und welche Rolle weisen mir Ihre Psychologen zu? Ich nehme stark an, daß sie ihre Meinung zum besten gegeben haben, was meine Anwesenheit in Genf und meine mögliche Verwendbarkeit angeht?«

»Selbstverständlich. Sie wissen so gut wie ich, daß das subjektive Element – im Gegensatz zu dem, was man glauben könnte – eine sehr wichtige Rolle spielt bei der Enwicklung von Programmen, ebenso beim Auftauchen von ›bugs‹ und ihrem Aufspüren. Die Sowjets haben unsere Anklage schon vorprogrammiert. Und *Sie* werden der ›bug‹ dieses Programms sein. Sie werden mit Julia Woronkow Kontakt aufnehmen und versuchen, sie zu destabilisieren, bevor sie den Westen destabilisiert.«
»Das ist ja lächerlich! Wie soll ich denn, Ihrer Meinung nach, vorgehen, um dieses großartige Ergebnis zu erzielen?«
»Sie werden sie bitten, ihre Angriffe gegen uns zu mäßigen. Sie wird Ihnen entgegnen, daß das unmöglich sei, weil ihre Vorgesetzten ihr das niemals nachsehen würden und sie die Zukunft ihrer Kinder nicht aufs Spiel setzen darf. Dann verlangen Sie eben von ihr, daß sie Ihnen vertrauliche Informationen über die Informatikpolitik der Sowjetunion liefert, die ein Gegengewicht zu den verhängnisvollen Auswirkungen ihrer Erklärungen bilden könnten. Unseres Wissens nach ist beispielsweise nicht auszuschließen, daß die Sowjets die Präsenz kommunistischer Minister in der französischen Regierung ausgenutzt haben. Grob gesagt, versuchen Sie alles in Erfahrung zu bringen, was es uns möglich macht, den regelrechten Schmuggel zu brandmarken, den die UdSSR betreibt, um sich mit Hardware einzudecken.«
»Und warum sollte sie mir helfen? Wegen meiner schönen Augen?«
»Ja, unter anderem ... aber es gibt noch ein entscheidenderes Argument: der Dritte Weltkrieg.«
Obwohl Woodward diesen Satz mit todernster Stimme aussprach, glaubte Brendan zunächst, er mache Spaß; doch der harte Blick hinter den Brillengläsern belehrte ihn eines Besseren.
»Übertreiben Sie doch nicht. Wir werden wohl keinen Krieg

vom Zaun brechen, nur um unser Recht auf Kontrolle des Informatikhandels mit dem Osten zu verteidigen!?«

»War das Attentat von Sarajewo vielleicht ein wichtigeres Ereignis als die Infiltration des sowjetischen Datennetzes? Ich habe den Eindruck, daß Ihnen die Bedeutung dessen, was auf dem Spiel steht, nicht ganz klar ist, Brendan. Ein ungehinderter Informatikhandel mit dem Osten würde bedeuten, daß wir ihnen freie Hand lassen, um Soft- und Hardware für militärische Zwecke umzufunktionieren... Im Vergleich dazu ist die Aufstellung der SS 20-Raketen eine Lappalie. Darüber hinaus würde ein Vertrauensbruch zwischen den westlichen Verbündeten die Wirksamkeit der NATO gefährlich beeinträchtigen. Sie wissen ja sicher, daß der Weltfriede von einem Gleichgewicht der Kräfte abhängt. Sollte sich eine der Supermächte plötzlich in die Enge gedrängt fühlen, könnte sie in Versuchung geraten, einen Präventivschlag auszuführen. Julia Woronkows Erklärungen drohen der Anfang eines nicht rückgängig zu machenden Prozesses zu sein...«

»Um so mehr, da die Präsidentschaftswahlen bei uns immer näher rücken.«

»Sehr richtig. Die Geiselaffäre im Iran hat Carter den Gnadenstoß gegeben; ich glaube kaum, daß Reagan die Absicht hat, ähnlich mit sich umspringen zu lassen. Patriotische Gefühle sind endlich wieder gefragt... Wir können es uns einfach nicht mehr erlauben, lächerlich gemacht zu werden. Die Reaktion unserer Regierung könnte sehr heftig ausfallen, denn sie ist sich der Unterstützung durch die Bevölkerung sicher. Sollten die Vereinigten Staaten ein totales Embargo im Handel mit dem Osten beschließen, wird zwar unsere eigene Wirtschaft sehr darunter leiden, aber gleichzeitig wird der Ostblock in die Knie gezwungen – und dann kann er nur noch mit Gewalt antworten. Auf jeden Fall erteile ich Ihnen den Auftrag, Julia Woronkow folgende Nachricht zu übermitteln: Die amerikanische Regierung ist fest entschlossen, nicht länger nachzugeben; jeder Versuch, den Westen zu destabilisieren, wird uns zu Schritten veranlassen, die der Einflußnahme der UdSSR überall auf der Welt Einhalt gebieten sollen. Solange die UdSSR das Risiko eines Krieges nicht vermindert, werden auch wir es nicht tun.«

»Das also soll ich Julia sagen? Glauben Sie denn überhaupt, was Sie da von sich geben?«

»Selbst wenn ich der Meinung wäre, diese apokalyptischen Aussichten seien übertrieben, würde ich es Ihnen bestimmt nicht sagen. *Sie* müssen davon so überzeugt sein wie nur irgend möglich. Wir stehen am Rande des Abgrunds – glauben Sie mir. Sie sind unsere letzte Hoffnung, Brendan. Tun Sie Ihre Pflicht. Und vor allem – haben Sie keine Skrupel davor, Ihre ganz persönliche Lebensgeschichte und die Gefühle, die sie einst mit dieser Frau verbunden haben, einzusetzen ...«

»Sagen Sie, Woodward«, meinte Brendan mit seltsam farbloser Stimme, »warum haben Sie vorher nie mit mir über Julia Woronkow gesprochen?«

»So kann man es natürlich sehen; man könnte aber genausogut sagen, daß *Sie* nie von ihr gesprochen haben. Obwohl es ein leichtes gewesen wäre, festzustellen, ob Julia Woronkow tatsächlich die Julia ist, die Sie einst kannten, haben Sie sich nie darum bemüht, es herauszufinden. Dieses Verhalten hat das Interesse unserer Psychologen geweckt ...«

»Ach? Und was haben sie daraus geschlossen?«

»Daß Sie noch immer die Erinnerung an jene Julia hoch in Ehren hielten, die Sie einmal gekannt haben, und daß Sie sie nicht mit der Realität dessen konfrontieren wollten, was aus ihr geworden ist.«

»Ich verstehe. Ich nehme an, Ihre Psychologen waren der Überzeugung, daß ein solcher Geisteszustand bestens für die Art von Mission geeignet ist, die Sie mir heute übertragen?«

»So ist es. Ihre Gefühle für diese Frau können uns nur von Nutzen sein.«
»Ich darf also davon ausgehen, daß ich von Anfang an nur deswegen eingestellt worden bin, weil Sie dachten, daß ich Ihnen eines Tages in einer Situation wie der heutigen sehr nützlich sein könnte... Auf welchem Computer haben Sie mich eigentlich programmiert? Finden sie nicht auch, daß diese Methoden Ähnlichkeit haben mit denen von Big Brother? Ich dachte, man hätte mich eingestellt, weil ich ein hervorragender Informatiker bin; dabei benutzt man mich als Staats-Gigolo! Haben Sie tatsächlich schon in dem Augenblick, als Sie in Erwägung zogen, mich einzustellen, mit dem Gedanken gespielt, meine Beziehung zu Julia auszunutzen?«
»Brendan, lassen Sie uns auf dem Boden der Tatsachen bleiben«, erwiderte Woodward sarkastisch. »Daß Sie Julia Woronkows Gemüt mit Ihrem Charme möglicherweise bewegen können, ist selbstverständlich ein Element, das heute zählt – aber es ist nur ein Element von vielen! Von mir aus können Sie glauben, daß meine Absichten dem Zerrbild, das man sich von der Informatik macht, entsprechen: der Manipulation des Menschen. Sie müßten allerdings einsehen können, daß das Ganze viel eher der grundlegenden Taktik des Informatikers entspricht, der sich mit einem komplexen Problem konfrontiert sieht: er stellt Versuchsprogramme auf und beobachet, ob sie sich auswerten lassen. Ihre frühere Liaison war einer der Gründe, weshalb Sie eingestellt wurden; doch es hätte ebensogut sein können, daß man nie davon Gebrauch gemacht hätte.«
»Allmählich komme ich mir vor wie eine Laborratte...«
»Eine Ratte, die immerhin ihren freien Willen hat. Ich wiederhole noch einmal: Sie hätten gleich zu Anfang zu mir kommen und mir sagen können: ›Ist diese Julia Woronkow die Frau, die ich einst gekannt habe? Und wenn ja, was führen Sie eigentlich im Schilde?‹ Daß Sie es nicht taten, lag

wohl allein daran, daß Sie Angst vor der Antwort hatten«, sagte Woodward unerbittlich.
»Sie haben also meine Reaktion beobachtet, mich getestet? Wie ich vorhin sagte: eine Laborratte!«
Aber Brendan wußte, daß Woodward recht hatte. Daß er nicht versucht hatte, mehr herauszubekommen, lag eindeutig daran, daß die Emotion ihm immer noch die Kehle zuschnürte, wenn er an einen ganz bestimmten Thanksgiving-Ball zurückdachte... und an eine junge Frau, die, in Tränen aufgelöst, im Lichtstrahl seiner Scheinwerfer stand, damals, in einer Oktobernacht des Jahres 1973...
»Brendan, darf ich Sie darauf hinweisen, daß Ihre Gemütsbewegungen nur insofern wichtig sind, als sie uns die Aufgabe erleichtern können? Falls Sie tatsächlich begreifen, was für uns auf dem Spiel steht, werden Sie sicher meinen Standpunkt verstehen.«
Brendan betrachtete stumm dieses strenge Gesicht, das weiße Haar, den harten, blitzenden Ausdruck der Augen. Er hatte diesen Mann bewundert, und er bewunderte ihn noch immer. War er ein größenwahnsinniges Genie, das ihn nur mit der Absicht eingespannt hatte, seine intimsten Gefühle auszunutzen, oder ganz einfach ein bedeutender Informatiker, ein Wissenschaftler, der über eine große Intuition verfügte?
Als hätte er seine Gedanken erraten, fügte Woodward hinzu:
»In Anbetracht dessen, was auf dem Spiel steht, sind unsere persönlichen Gefühle belanglos. Ich hoffe, Sie sind sich – genau wie ich – darüber im klaren?«
»Ja, Sie haben recht.«
»Schön. Dann lassen Sie uns jetzt überlegen, auf welche Weise diese Begegnung stattfinden könnte.«

»Oh, sieh doch nur, Mama, schau dir diesen Kuchen an! Eine Uhr aus lauter Buttercreme!«

Die Bedienung im schwarzen Kleid und weißer Schürze, die bereits ein überladenes Tablett in der Hand hielt und mit einem Tortenheber bewaffnet war, erklärte mit der nötigen Würde: »Das ist eine Schweizer Kuckucksuhr aus Marzipan, mit Schokoladenüberzug, Nougatcreme und einer Krönung aus Schlagsahne.«
»Was sagt sie? Was sagt sie?« fragte Swetlana aufgeregt. Die herrlichen Torten und Kuchen um sie herum hatten es ihr angetan.
Julia, die einen Arm um die Schulter ihrer Tochter gelegt hatte, zog sie lachend an sich und übersetzte ihr die Erläuterungen der Verkäuferin.
»Oh, Mama, nehmen wir auch ein Stück davon?!«
»Nein, mein Schatz, wir wollen doch nicht die ganze Konditorei leerkaufen. Ich glaube, das genügt. Wenn du Ballettänzerin werden willst, mußt du auf deine Linie achten, das weißt du doch, oder?«
»Also gut, einverstanden«, gab Swetlana sich mit einem leisen, sehr tapferen Seufzer geschlagen.
Draußen auf dem Trottoir trafen Mutter und Tochter wieder auf die von der Botschaft abgeordneten Bewacher – und sie begegneten den neugierigen Blicken der Schweizer, die durch diese große Genfer Einkaufsstraße flanierten. Ihr Fernsehauftritt hatte sie beide in der ganzen Welt berühmt gemacht – und auch in der Schweiz, was viel heißen wollte.
Sie waren noch keine fünf Minuten in der Botschaft zurück, da hatte Swetlana ihre Mutter unablässig belagert, damit sie wieder in die Stadt gingen, um »shopping« zu machen. Dieses Wort wiederholte sie mit nicht nachlassendem Eifer. Das Kind brach vor jedem Schaufenster in Entzückensschreie aus, wollte in jeden Laden gehen und alles kaufen – ohne sich um solch prosaische Dinge zu scheren wie zum Beispiel den Wechselkurs des Rubel in Schweizer Franken.
Julia ließ sich von der kindlichen Fröhlichkeit ihrer Tochter anstecken. Die Sorge um Alexej und die Angst vor dem ihr

am nächsten Tag bevorstehenden Kampf drängte sie in eine entlegene Ecke ihres Geistes. Sie schritt inmitten dieser lebhaften, hektischen Menschenmenge voran, die so anders war als die trostlosen, griesgrämigen Massen in Moskau oder anderen sowjetischen Großstädten, die sie kannte. Julia gab sich ganz dem herrlichen Gefühl hin, das ein Schaufensterbummel in einem kapitalistischen Land vermitteln kann.

»Schau, Mama – Computerspiele!«

Swetlana zerrte ihre Mutter zu einem weiteren Schaufenster voll unbekannter Dinge. Während Swetlana vollends aus dem Häuschen geriet, betrachtete Julia sich in der Fensterscheibe, strich sich eine rebellische Locke aus dem Gesicht. Und plötzlich ließ eine Spiegelung im Fenster sie herumfahren.

Brendan stand vor ihr.

Ein wenig schlanker, der Blick ein wenig trauriger, aber das Haar und die Augen noch immer genauso schwarz. Er stand da, einfach so: als wäre es das Natürlichste von der Welt, daß sie sich vor einem Schaufenster in Genf wiedersahen; als hätte er hier auf sie gewartet, wie bei einem Rendezvous – nach nur ein paar Tagen der Trennung.

»Brendie ...!«

»Du bist noch schöner, als ich dich in Erinnerung hatte«, sagte er. Sein leises, nervöses Lachen brach unvermittelt ab.

»Wer ist das?« fragte Swetlana, die sich vom Schaufenster losriß, das sie voller Begeisterung betrachtet hatte.

Mit einer Handbewegung erteilte Julia ihren Bewachern den Befehl, auf Distanz zu bleiben; dann antwortete sie: »Ein Phantom ... aber ein sehr nettes Phantom. Ein Professor, den ich kennengelernt habe, als ich in Amerika studierte.«

»Ist er ein Imperialist?» fragte Swetlana und starrte ihn interessiert an.

»Ich weiß, daß du sehr gut Englisch sprichst«, sagte Brendan zu dem Mädchen. »Ich habe dich im Fernsehen bewundert.

Ich habe hier ein kleines Willkommensgeschenk für dich...»
Er hielt ihr die Kuckucksuhr-Torte hin. Seit einer Weile schon war er Mutter und Tochter gefolgt und hatte auf eine günstige Gelegenheit gewartet, um sie anzusprechen. Als er sah, wie sie die Konditorei verließen, hatte er die Idee gehabt, hineinzugehen, um die Bedienung ein wenig auszuhorchen...
Swetlana trat erschrocken einen Schritt zurück, als Brendan sich direkt an sie wandte. Julia nahm ihm die Torte ab. Ihre Blicke, die sich bis dahin gemieden hatten, trafen sich. Julias Hände fingen an zu zittern. Brendan räusperte sich.
»Julia, ich muß mit dir reden. Unbedingt!«
»Das ist unmöglich, völlig unmöglich«, antwortete sie aufgeregt.
»Es ist furchtbar dringend, glaube mir.«
Aus dem Augenwinkel heraus sah Brendan, wie einer der Botschaftsangestellten sich näherte, obwohl Julia ihm energisch Einhalt gebot.
»Es geht um Leben und Tod. Für dich, für mich, für alles, was uns auf dieser Welt lieb ist«, flüsterte Brendan rasch.
Dann zog er etwas aus seiner Tasche, das auf den ersten Blick wie ein rechteckiges Stück Papier aussah, und schob es zwischen die Finger der Hand, mit der Julia die Torte hielt.
»Der Magnetschlüssel zu meinem Zimmer im ›Hilton‹. Wenn es wirklich keine andere Möglichkeit gibt, dann sieh zu, daß du dorthin kommst. Der Portier weiß, wo er mich schnell erreichen kann.«
Ein massiger Körper drängte sich zwischen Brendan und Julia. Der Botschaftsangestellte schickte sich offensichtlich an, Brendan wegzustoßen, doch der entfernte sich rasch aus seiner Reichweite. Bevor er in der Menge verschwand, vernahm Brendan ein letztes Mal Julias Stimme.
»Es ist unmöglich, absolut unmöglich...«

Brendan war seit kaum einer Stunde wieder zurück in seinem Hotelzimmer, als das Telefon klingelte. Ein Angestellter vom Empfang meldete ihm einen Anruf aus der sowjetischen Botschaft und stellte das Gespräch durch; dann hörte er Julias Stimme.

»Falls du heute abend frei bist, könnten wir vielleicht gemeinsam irgendwo essen gehen?«

13. Kapitel

Genf, 3. September 1984

In sämtlichen Etagen des Grand Théâtre – vom Parkett bis hinauf zum Olymp – sputeten sich die Zuschauer, angetrieben vom Schrillen der Klingel, das jeden Moment aufhören würde, um ihre Plätze einzunehmen.
»Beug dich nicht zu weit hinaus«, sagte Julia leise und strich dabei über Swetlanas Haar. Ihre Tochter lehnte über der Brüstung ihrer Loge, hielt den Kopf über dem Nichts und verfolgte hingerissen das Geschehen im Saal.
Das Mädchen gab keine Antwort, so bezaubert war es vom Anblick der Damen in ihren langen Roben und der Herren im Abendanzug, von den Goldverzierungen und der zauberhaften Deckenbeleuchtung, dem Widerschein auf den Blechinstrumenten im Orchester und den verheißungsvollen Bewegungen des roten Samtvorhangs. Das Licht verlosch.
Julia wies mit dem Kinn auf die Botschaftsangestellte, die hinter ihnen saß, und flüsterte: »Ich laß dich jetzt mit Mania allein, mein Schatz. Ärgere sie nicht, hörst du? Und iß nicht zuviel Eis in der Pause. Ich werde versuchen zurückzusein, bevor du schläfst, aber du mußt mir versprechen, daß du sofort ins Bett gehst, sobald ihr wieder in der Botschaft seid.«
Das Mädchen nickte stumm, ohne den Blick von der Bühne zu nehmen. In dem Moment, als Julia sich erhob, ging die Tür auf – und Sergej stand vor ihr.

Das Orchester spielte die ersten Takte von »Schwanensee«.
»Ach, da bist du ja.«
»Was für eine freudige Begrüßung! Ich komme geradewegs aus Paris.«
Swetlana drehte sich um und brach in einen Freudenschrei aus. Sie lief zu Sergej und küßte ihn stürmisch auf beide Wangen.
»Schaust du dir die Vorstellung mit mir an?«
»Nein. Ich muß mit deiner Mutter reden. Setz dich wieder hin.«
»Was ist denn los, Papa? Hab' ich was getan?«
»Nein, nein! Laß uns trotzdem bitte allein.«
Swetlana warf ihrem Vater einen bekümmerten Blick zu und nahm dann wieder ihren Platz an der Brüstung ein; ihre Eltern zogen sich in die hintere Ecke der Loge zurück.
»Was ist los?« fragte Julia mit gedämpfter Stimme. »Du scheinst furchtbar wütend zu sein ...«
»Das bin ich auch – auf dich!«
»Na wunderbar!« sagte Julia und nahm ihre Handtasche, die über einer Sessellehne hing. »Das trifft sich gut – ich wollte nämlich gerade gehen.«
»Ich weiß, wo du hin willst – du triffst dich mit deinem amerikanischen Liebhaber auf seinem Hotelzimmer. Er hat die Frechheit besessen, dich auf offener Straße einzuladen.«
»Sprich nicht so laut, Sergej«, flüsterte Julia.
»Ich rede so laut, wie es mir paßt!« bellte er.
Von allen Seiten ertönten Aufforderungen, doch leiser zu sein; Swetlana zog den Kopf zwischen die Schultern und wurde rot vor Scham.
»Du willst mir doch hier keine Eifersuchtsszene machen?« flüsterte Julia hämisch. »Ausgerechnet du – das wäre wahrhaftig ein starkes Stück.«
»Du bist also bereit, deine Familie zu opfern, nur um ihn zu treffen. Du willst dich doch in den Westen absetzen, nicht wahr?«

»Red keinen Unsinn! Ich werde mit Brendan Barnes zu Abend essen, das ist alles. Deine und meine Vorgesetzten sind damit einverstanden. Auch der Botschafter findet, daß es eine gute Idee ist. Nimm dich zusammen, Sergej! Du bist dabei, die Kontrolle zu verlieren. Dein Auftritt ist einfach lächerlich.«

»Der Botschafter kennt dich nicht. Er findet, daß es eine gute Idee ist, weil du deine Tochter im Theater läßt und er der Meinung ist, das sei für dich Grund genug, um wieder zurückzukommen. Aber ich, ich weiß, daß du fähig bist, sie zu verlassen.«

»Halt den Mund, Sergej! Du widerst mich an. Du bist betrunken – leg dich schlafen. Morgen wirst du dich ganz elend fühlen und mich um Verzeihung bitten.«

Julia wandte sich zur Tür. Sergejs riesige Pranke hielt sie brutal an der Schulter zurück. Sie versuchte, sich von ihm loszumachen, und dabei riß ein Riemen ihrer Handtasche.

»Phantastisch! Schau nur, was du getan hast«, sagte Julia gelassen.

Sie bückte sich, um den auf den Boden verstreuten Inhalt ihrer Tasche aufzusammeln: eine geöffnete Puderdose, ihre Papiere, einen kleinen Spiegel ... Sie gab alles Mania. Als sie sah, wie Swetlana sich über die Brüstung beugte, den Hals langgestreckt und den Oberkörper in den Zuschauerraum hinausgelehnt, damit ihr auch nicht die kleinste Einzelheit dieser Vorstellung entging, war Julia beruhigt.

Sie ging zur Tür, doch Sergej versperrte ihr den Weg.

»Ich weiß jetzt, daß du in Amerika seine Geliebte warst.«

»Und ich war der Meinung, du wüßtest das schon seit langem ... Offenbar bist du doch nicht über alles informiert; in deinem Beruf ist so etwas schon verwunderlich ...«

»Welche Ruhe du an den Tag legst, Julia. Du bist immer so ausgeglichen und selbstsicher«, zischte Sergej aufgebracht. »Du verachtest mich seit langem, das weiß ich. Du bist davon überzeugt, daß du deinen Aufstieg deiner Intelligenz zu verdanken hast, und daß ich den meinen nur deswegen geschafft habe, weil ich vor nichts zurückschrecke, um voranzukommen, weil ich mir stets die richtigen Freunde aussuche... und weil ich dich geheiratet habe; das denkst du doch, nicht wahr? Glaubst du tatsächlich, es wäre deine Intelligenz, die Afanasjew und Andropow vorrangig interessiert hat? Glaubst du allen Ernstes, daß es das ist, was diesem Schwein von Gorbatschow an dir gefallen hat? Was sie an dir interessiert, ist dein...«

Julia maß Sergej mit einem Blick, der ihn auf der Stelle verstummen ließ.

»Du bist ekelhaft! Versuch einmal dir vorzustellen, was deine Tochter von uns denken muß, falls sie uns gehört hat...«

»Sie ist mit den Gedanken ja ganz woanders...« Und bissig lächelnd fügte er hinzu: »Außerdem ist sie gar nicht meine Tochter. Sie ist Brendans Kind. Von mir aus kannst du dich mit ihr in den Westen absetzen, das ist mir gleich; aber ich behalte Alexej...«

»Sergej, du verläßt sofort diese Loge und schläfst irgendwo deinen Rausch aus!« befahl Julia mit eiskalter Stimme. »Tust du das nicht, werde ich dich von meinem Leibwächter hinauswerfen lassen, der draußen im Flur wartet. Und dann gebe ich telefonisch in der Botschaft Bescheid, daß du in der Oper randalierst... Verschwinde jetzt, Sergej, und zwing mich nicht, Meldung davon zu machen, daß du mich verleitet hast, in den Westen überzulaufen...«

Sergej blieb einen Augenblick stumm. Sein massiger Körper schwankte leicht. Er atmete geräuschvoll, und seine Hände gingen ein paarmal auf und zu, so als bereite er sich darauf vor, Julia zu erwürgen; dann machte er plötzlich kehrt und stieß die Tür auf.

Julia warf ihrer Tochter, die noch immer zur Bühne schaute, einen Blick zu. Sie hatte nichts gehört... sie durfte nichts gehört haben! Julia trat hinter Swetlana und strich ihr übers

Haar. Das Kind reagierte nicht. Es folgte gebannt dem Pas de deux von Odette und Rothbart, dem bösen Zauberer ...

»Für Madame einen Gratin von Froschschenkeln und für mich eine Cassolette mit Krebsschwänzen.«
Der Ober notierte die Bestellung und zog sich nach einer knappen Verbeugung zurück.
»Ich hätte dich sehr gern in das Restaurant im Parc des Eaux Vives ausgeführt; aber ich glaube, hier wird man dich nicht gar so schnell erkennen«, sagte Brendan.
»Wo befinden wir uns?« fragte Julia.
»Hinter der Place de la Taconerie.«
»Nein, so meinte ich das nicht... Ich habe das Gefühl, außerhalb der Zeit zu stehen. Es ist so seltsam.«
»Das alles hier ist Wirklichkeit und doch ...«
Brendan wies mit der Hand auf den winzigen hinteren Raum des Restaurants, wo sie allein an ihrem Tisch saßen, der mit einem rot-beige-karierten Tischtuch bedeckt war – im übrigen dasselbe Muster, das auch die Straßenbahnen in der Stadt zierte. An den Wänden hingen Stiche aus dem 19. Jahrhundert, die Jean-Jacques Rousseau beim Sammeln von Pflanzen auf einer Alm zeigten.
»... und doch kann ich sehr gut nachempfinden, was du fühlst«, fuhr Brendan fort. »Wir sind allein auf einer Insel – für die Dauer einer Mahlzeit.«
»Ich habe den Eindruck, daß das Essen auf deiner Insel vorzüglich sein wird.«
»Bist du immer noch so ein Schlemmer?«
»Na, das finde ich aber lustig! In deiner Erinnerung bin ich also eine Frau, die gerne schlemmt?«
»Eine Frau, die das Leben genießt, ja... alle Freuden, die das Leben zu bieten hat.«
Julia ärgerte sich, weil sie rot wurde. Trotzdem hielt sie Brendans Blick stand. Sie fühlte, wie sie in einen Strudel aus vergessenen Bildern und Gefühlen hinabgerissen wurde. Ich

bin 37 Jahre alt, sagte sie sich. Sie senkte den Blick und klammerte sich an diesem Gedanken fest.

Der Oberkellner brachte eine Flasche Chablis, und Brendan fügte sich dem Ritual, das von ihm erwartet wurde. Er spielte den Weinprüfer, dann schenkte der Oberkellner ihre Gläser voll und verschwand wieder.

»Wie hast du es bloß angestellt, die Erlaubnis zu bekommen, dich mit mir auf diese Weise zu treffen?«

»Ganz einfach – ich habe von unserer Begegnung erzählt und darum gebeten, dich sehen zu dürfen. Man hat es mir ohne weiteres gestattet.«

»Soll das ein Witz sein?«

»Aber nein! Hältst du die Russen für Unmenschen? Was ist schon Schlimmes dabei, wenn sich ein ehemaliges Liebespaar wiedersieht, um gemeinsam der Vergangenheit nachzutrauern? Es mag zwar ein etwas alberner Zeitvertreib sein, aber gleichzeitig ist er doch auch ganz angenehm und völlig harmlos...«

»Ist das alles, worüber du dich mit mir unterhalten willst – die Vergangenheit?«

Auf Julias Lippen erschien zaghaft ein ironisches, trauriges Lächeln.

»Ich stelle mit Interesse fest, daß du ›alles‹ so sehr betonst. Nein, natürlich ist das nicht alles, was wir besprechen werden. Die Russen sind sehr sentimental – aber wir sind nicht nur Russen, wir sind auch Sowjets. Wir waren alle der Meinung, daß diese Unterhaltung meiner Mission nur dienlich sein kann. Du wirst vermutlich versuchen, mich auszuhorchen, und ich werde dasselbe tun. Ein kleines Spielchen, das sehr nützlich sein kann, selbst wenn es ein paar Risiken birgt, insbesondere für mich...«

»Insbesondere für dich?«

»Du weißt genau, daß unsere politischen Systeme nicht ganz... wie soll ich sagen?... sich nicht hundertprozentig gleichen. Sollte ich dir geheime Auskünfte anvertrauen, so wären die Konsequenzen für mich weitaus schlimmer, als wenn du das gleiche tätest. Ich habe einen kleinen Jungen, der noch in Rußland ist...«

»Ich weiß. Sein Name ist Alexej.«

»Du bist gut informiert. Was weißt du sonst noch über mich?«

»Daß du einen Ehemann hast – Oberst beim KGB, verantwortlich für wissenschaftliche Fragen in Südsibirien – und eine reizende kleine Tochter namens Swetlana; reizend... aber ziemlich schüchtern.«

Julia griff nach ihrem Glas, stieß es beinahe um, hielt es fest, führte es an die Lippen.

»Du bist ganz schön nervös.«

»Ist das verwunderlich? Oder war es etwa nicht dein Ernst, als du davon sprachst, es ginge um Leben und Tod? Ich habe Swetlana mit ihrem Vater in der Oper gelassen, wo ein Ballett aufgeführt wird, um mit dir reden zu können... Wenn es nicht so dringend ist, wäre es wahrhaftig nicht nötig gewesen, mich zu bitten, dich in deinem Hotelzimmer aufzusuchen!«

»Es hat manchmal ganz banale Gründe, weshalb ein Mann eine Frau in sein Hotelzimmer einlädt...«

»Brendan, es mag ja sein, daß sich die Männer in deiner Heimat so aufführen, aber bei uns wird noch Wert auf die äußere Form gelegt.«

Brendan starrte sie einen Moment verblüfft an, und dann brachen beide gleichzeitig in Lachen aus. Er erkannte jene Zurechtweisung wieder, die er ihr an dem Tag gemacht hatte, als sie sich ihm mit einer – zumindest in seinen Augen – verblüffenden Selbstverständlichkeit dargeboten hatte. Der Ober brachte die noch brutzelnden Vorspeisen. Über die wohlriechenden Dämpfe hinweg, die von ihren Tellern aufstiegen, lächelten sie sich zu.

»Julia, warum hast du mir nie auf meine Briefe geantwortet?«

»Glaubst du allen Ernstes, daß ich dir das abnehme?«
»Du hast meine Briefe also nicht erhalten?«
Julia schüttelte den Kopf. Sie sahen sich wortlos an. Dann sagte Brendan: »Wir sollten vielleicht mit dem Essen beginnen...«; doch er machte keine Anstalten und fügte hinzu: »Ich habe dir nicht nur geschrieben, ich bin auch in die Sowjetunion gefahren, um Kontakt mit dir aufzunehmen. Aber ich nehme beinahe an, daß du mir auch dann nicht glauben würdest, wenn ich dir die Visastempel in meinem Paß zeige...«
»Wie recht du hast! Schon möglich, daß du in unser Land gekommen bist; aber was beweist mir, daß es nicht zu dem Zweck geschah, Aktivitäten nachzugehen, die nichts zu tun haben mit der Suche eines Verehrers nach seiner Angebeteten...«
»Hältst du mich für einen CIA-Agenten?«
»In welcher Eigenschaft hast du denn mit mir Kontakt aufgenommen, wenn du kein CIA-Agent bist?«
Sie begann zu essen, und Brendan tat es ihr nach. Nach zwei Bissen legte Julia ihre Gabel wieder hin und sagte: »Siehst du, es ist aus zwischen uns...«
»Ja. Das Vertrauen, das einmal zwischen uns herrschte, können wir beide nicht mehr aufbringen. Aber ich arbeite wirklich nicht für die CIA.«
»Das weiß ich. Du bist bei der NSA, jener Behörde, die das meteorologische Programm in Krasnojarsk manipuliert hat. Und du hast bei dieser Sache wahrscheinlich deine Finger mit im Spiel gehabt?«
Brendan gab es weder zu, noch stritt er es ab.
»Wir vergeuden unsere Zeit!« rief er schließlich. »Da sitzen wir am Vorabend einer weltweiten Katastrophe herum und reden belangloses Zeug...«
Brendan übermittelte Julia Woodwards Botschaft. Während er sprach, schüttelte sie ab und zu den Kopf, ohne daß er hätte sagen können, was diese Geste bedeutete. Er hatte

sogar den Eindruck, daß sie immer stärker ihren eigenen Gedanken nachhing, sich entfernte, je mehr er erzählte. Brendan kämpfte gegen die Unruhe an, die ihn in seinem Bericht ein paarmal stocken ließ; er wehrte sich gegen das Gefühl, daß seine Anstrengungen von vornherein umsonst waren, gegen den Eindruck, den Boden unter den Füßen zu verlieren...

»Welche Folgen auch immer die ideologische Offensive haben mag, die ihr zu starten beabsichtigt, am Ende steht doch nur das eine«, schloß er: »Krieg! Das Leben ist wie ein Boxkampf; man muß eine Menge einstecken können, aber irgendwann ist Schluß! Die USA haben die Nase voll, immer nur einzustecken, so einfach ist das...«

»Boxt du immer noch?« fragte sie abwesend.

»Wenn ich Zeit habe... Aber ich merke schon, ich habe umsonst geredet. Du bist bloß ein Befehlsempfänger – genau wie ich. Und dann ist da auch noch Alexej...«

»Durch euren Sabotageakt habe ich einen sehr lieben Freund verloren, einen großen Informatiker, dem es gelungen war, die Jungferninsel-Falle zu entdecken... Ihr habt Zauberlehrling gespielt, und jetzt schreit ihr laut: Halt! Aus welchem Grund sollte ich mich wohl dazu verleiten lassen, mein Land zu verraten? Deinen geopolitischen Vortrag kaufe ich dir einfach nicht ab. Nimm einen Boxer, der vom Gegner in eine Ecke des Rings gedrängt worden ist; wenn er zu ihm sagen würde: ›Hör auf zu schlagen und gib mir deine Boxhandschuhe, oder ich werde böse!‹, fändest du nicht auch, daß der betreffende Boxer verrückte Forderungen stellt?«

»Ja – es sei denn, er hat ein Maschinengewehr in Reserve. Dann wäre nämlich das Risiko, daß er tatsächlich böse wird, bedeutend größer...«

Brendan irritierte der Lauf, den die Unterhaltung nahm. Julia debattierte. Sie lachte ihn nicht aus.

»Du hättest wohl gern, daß ich dir Informationen liefere, die

die Auswirkungen meiner morgigen Rede aufwiegen könnten? Aber das würde bedeuten, euch auch weiterhin zu gestatten, unser EDV-System zu infiltrieren!«

»Julia, dein Land macht sich ohne Unterlaß die Tugenden der Demokratie zunutze, um diese zu bekämpfen. Alles, was ihr wissen wollt, erfahrt ihr bei uns aus den Fachzeitschriften; dagegen kommen selbst unsere Geheimagenten bei euch kaum an nennenswerte Informationen heran. Ihr nutzt die Presse- und Versammlungsfreiheit dazu aus, das demokratische System zu unterminieren und eure Herrschaft dort zu stärken, wo es diese Freiheiten nicht gibt. Unsere Infiltration hatte nichts weiter zum Ziel, als das Gleichgewicht wiederherzustellen . . .«

»Das Gleichgewicht wiederherstellen!« rief Julia und lachte düster.

»Eine elegante Umschreibung, um zu sagen: die EDV-Intelligenz zu zerstören und das Land in die Knie zu zwingen. Eure Doppelzüngigkeit ist auch nicht besser als die unserer Führer. Ihr seid nicht mehr wert als sie! Der Unterschied besteht allein darin, daß sie bereits das erreicht haben, was ihr so mühsam zu erreichen versucht, mit all euren schmutzigen Tricks.«

Brendan glaubte nicht recht zu hören. Julia distanzierte sich von ihren Führern. Der Apparatschik, den er im Fernsehen hatte schwadronieren und dabei die üblichen Propagandaphrasen von sich geben hören, saß jetzt in Fleisch und Blut vor ihm und prangerte die Doppelzüngigkeit an! Die Julia, die er einst gekannt hatte, wurde von der Begeisterung eines Eroberers beseelt. Die Frau, die heute mit ihm am Tisch saß, wirkte müde und verbittert; der Elan, der sie getragen hatte, war zerstört.

»Was willst du damit sagen? In welcher Hinsicht haben sie bereits das Ziel erreicht, das wir noch verfolgen? Haben sie etwa unsere Computer manipuliert?«

Julia lachte verächtlich. Sie fuhr mit dem Finger die bau-

chige Form des Glases entlang und starrte gedankenverloren in das goldschimmernde Getränk.
Brendan respektierte ihr Schweigen. Als sie den Kopf wieder hob, war der Blick aus ihren blaßblauen Augen von Tränen verschleiert. Brendan hielt den Atem an. Er konnte es sich nicht erklären, spürte aber, daß etwas in ihr zerbrochen war.
»Du weißt ebensogut wie ich«, sagte sie endlich, und ihre Stimme klang so monoton, daß Brendans Unbehagen wuchs, »daß die westlichen Länder, insbesondere jedoch die Vereinigten Staaten, über Datennetze verfügen, die so dezentralisiert und heterogen sind, daß eine Sabotage wie die von Krasnojarsk niemals die gleichen Auswirkungen haben könnte wie bei uns...«
Plötzlich, fast brutal, ergriff ihre Hand, die neben dem Glas gelegen hatte, Brendans Hand, und sie senkte ihren Blick tief in die schwarzen Augen des Amerikaners.
»Brendan, ihr seid verrückt! Ihr macht euch keine Vorstellungen... Deine Vorgesetzten sind wie die Kinder. Sie haben einen dummen Streich ausgeheckt, und jetzt bereuen sie es. Aber der Bär ist aufgewacht, er ist bereit zu kämpfen. Ihr könnt euch einfach nicht vorstellen, zu was sie fähig sind!«
Die letzten Worte hatte sie fast geschrien. Der Oberkellner steckte kurz den Kopf zur Verbindungstür herein.
»Beruhige dich, Julia. Erklär mir: wer ist zu was fähig?«
»Die Parteileute. Die Elite. Die Obrigkeit unseres Landes. Ich war der Meinung, an ihrem Kampf gegen Verfilzung und Privilegien teilzunehmen, hielt es für vernünftig, diejenigen zu unterstützen, die nach Andropows Tod von Rationalisierung und Modernisierung sprachen... In gewisser Hinsicht war ich ein Mitglied ihres Klubs... des Klubs der Besitzer der UdSSR. Aber ihr macht euch einfach keine Vorstellungen...«, sagte sie und ließ unvermittelt Brendans Hand los.

Sie warf sich in ihrem Stuhl zurück und stieß dabei mit der Hand ihr Glas um. Der Chablis ergoß sich auf die Tischdecke. Keiner von beiden machte Anstalten, größeren Schaden zu verhindern. Julia riß sich zusammen und fuhr mit ruhigerer Stimme fort.
»Ihr kennt sie nicht. Ihr gebt vor, sie zu bekämpfen, und dabei kennt ihr sie nicht einmal. Sie besitzen alle nur erdenklichen irdischen Güter: luxuriöse Häuser, Hausangestellte, die köstlichsten Speisen, alle westlichen Konsumartikel... aber das ist es nicht, was ihnen auf der Welt am liebsten ist. Viele von ihnen sind alte Männer, die keine Sinnesfreude mehr empfinden. Ihre Mägen vertragen die viel zu fette Kost nicht mehr, sie sind krank, es fällt ihnen schwer, einen Fuß vor den anderen zu setzen, sie interessieren sich nur noch für eine Sache: die Macht. Im Grunde lieben sie nur die Macht. Und um die Macht nicht aus den Händen zu geben, sind sie zu allem bereit... sogar dazu, das eigene Volk hungern zu lassen, riesige Gebiete ins Dunkel zu stürzen, Krankenhäusern den Strom abzuschalten...« Julias Stimme brach ab. Brendan stellte das umgefallene Glas wieder auf und füllte es zur Hälfte mit Wein. Julia trank einen Schluck. Brendan, fasziniert, brach das Schweigen. »Ich verstehe nicht ganz, Julia. Du mußt schon deutlicher werden.«
Sie stellte ihr Glas hin, wischte sich über die Augen und lächelte. »Entschuldige. Ich werde langsam überempfindlich. Die Müdigkeit... All die Jahre habe ich einen viel zu großen Druck ertragen müssen; und heute, da ich dich wiedersehe, sorgt die Erinnerung dafür, daß ich den Halt verliere. Es ist schlimmer, als wenn ich diese Flasche Wein ganz allein getrunken hätte.«
Brendan fuhr der Gedanke durch den Kopf, daß es eine solche Reaktion sein mußte, auf die Woodward und dessen Psychologen gehofft hatten. Doch dann verdrängte er diesen Gedanken mit aller Kraft.

»Gibt es immer noch Magnolienbäume entlang der Commonwealth Avenue?« fragte Julia.
»Ja, und im Frühling duften sie noch immer so gut.«
Julia schenkte seiner Antwort kaum Beachtung. Sie schien gedankenverloren. Dann stieß sie einen Seufzer aus und fing wieder an zu sprechen. Ihre Stimme klang wieder fest. Ihre Aussprache war ruhig und präzise, als würde sie vor einer Klasse von Informatikstudenten einen Vortrag halten; doch was sie sagte, klang so unglaublich, daß Brendan sich zeitweise fragte, ob er nicht das Opfer einer Halluzination wurde.
»Du kannst mit mir zufrieden sein, Brendan, denn ich werde der Bitte deiner Vorgesetzten entsprechen. Und ihre Erwartungen sogar noch übertreffen. Ich werde morgen keine aufsehenerregende Erklärung abgeben. Und weißt du auch, warum? Ich werde meinen Vorgesetzten mitteilen, daß ihr damit droht, eine vernichtende Propagandakampagne in die Wege zu leiten, falls ich meine Ideologieoffensive starte. Und sobald ich ihnen gesagt haben werde, um was genau es sich dabei handelt, werden sie mich inständig darum bitten, eine nichtssagende Rede zu halten, die sämtliche Medien, die geradezu an meinen Lippen hängen, schwer enttäuschen wird.«
»Und was soll das für eine Kampagne sein?«
»Das gesamte sowjetische Datennetz ist manipuliert worden. Allerdings nicht von den Amerikanern, sondern von den Führern der UdSSR höchstpersönlich. Sie brauchten sich keine komplexen Fallen auszudenken, wie ihr das getan habt; sie haben sich nicht an die Software herangewagt. Sie haben ganz spezielle Wartungsteams – bestehend aus Agenten des KGB und der GRU – damit beauftragt, parasitäre Plättchen in die Zentralcomputer aller Sowjetrepubliken einzubauen.«
»Was?! Wie kannst du dir so sicher sein?«
Julia erzählte von ihren Nachforschungen, wie sie einem

Teil der Wahrheit in Nowosibirsk auf die Spur gekommen war und wie ihr Assistent – auf ihre Veranlassung hin – überprüft hatte, daß sich ihre Entdeckung auf das gesamte Territorium der UdSSR bezog.

»Fast zum gleichen Zeitpunkt mußte ich vor einer Untersuchungskommission der Partei erscheinen, und anschließend hatte ich ein Gespräch unter vier Augen mit Gorbatschow. Er setzt große Hoffnungen auf mich. Er hat mir durch die Blume zu verstehen gegeben, welche Kluft zwischen den Verfechtern der Modernisierung und den Traditionalisten besteht und daß er letzteren Konzessionen einräumen mußte. Ich hätte allerdings niemals gedacht, daß sie solche Ausmaße haben würden . . .«

»Aber wozu sollte ihnen eine solche Falle nützen?« fragte Brendan. »Wenn sie sie aktivieren, sägen sie doch an dem Ast, auf dem sie selber sitzen!«

Als der Oberkellner ihnen erneut die Speisekarten reichte, verstummten sie; doch beide schlugen sie beinahe gleichzeitig zu, ohne darin gelesen zu haben.

»Die Falle, die ich entdeckt habe, macht es möglich, die Störungen zu modulieren, eine bestimmte Region ins Chaos zu stürzen, während andere verschont bleiben. Wie du weißt, verfügt die Armee über ein eigenes, paralleles Kommunikationsnetz, über eigene Speicher und eigenständige Leitungen. Sie stellt sozusagen eine unabhängige, parallele Gesellschaft dar. Sie würde durch die Störung nicht direkt beeinträchtigt, selbst wenn ihre Truppenbewegungen etwas verzögert werden sollten. Diese Falle wird es ermöglichen, Präventivkrisen auszulösen. Beispielsweise könnte eine Region ausgehungert werden, in der die Unzufriedenheit in der Bevölkerung zu groß geworden ist; man würde vorzeitig Unruhen auslösen, die von der Armee bloß noch mit der ganzen Effektivität, zu der sie fähig ist, niedergeschlagen zu werden brauchen, bevor das Volk Zeit hat, sich zu organisieren. Oder man könnte eine Region völlig lahmlegen, bevor das Militär eingreift. Das Datennetz der UdSSR ist für unsere Führer zur absoluten Waffe gegen das eigene Volk geworden.«

»Langsam begreife ich...«

Er wartete, bis der Kellner ihnen die Speisekarten wieder abgenommen hatte, um fortzufahren:

»Es handelt sich um eine Waffe, die leicht zu bedienen ist. Ist die Hardware manipuliert, genügt es wohl – so nehme ich an –, ein Codewort von einem x-beliebigen Computer innerhalb der Sowjetunion in einen anderen x-beliebigen oder mehrere oder an alle Computer einzuspeisen, um den gewünschten Effekt zu erzielen.«

»Genau so ist es.«

»Warum erzählst du mir das alles? Warum hast du dich auf einmal entschlossen...«

»Na los, sprich den Satz ruhig zu Ende«, sagte Julia bitter. »Mein Land zu verraten? Ich finde nicht, daß ich es verrate... eher schütze ich es vor dem Wahnsinn seiner Führer. Ich habe dir vorhin gesagt, daß ich wegen der Sabotage des meteorologischen Programms einen Freund verloren habe. Das stimmt nicht ganz. Der Hauptgrund für das Verschwinden meines Assistenten ist wohl darin zu suchen, daß er bei seinen Bemühungen, eure Falle ausfindig zu machen, möglicherweise auch jenes Störsystem entdeckt hätte, das von unseren Führern höchstpersönlich aufgestellt worden ist. Wenn sie erfahren, daß die Amerikaner von der Existenz dieses Systems wissen, werden sie es schnellstens wieder beseitigen. Sie würden sicher nicht das Risiko eingehen wollen, daß es von anderen benutzt wird. Mag dieses System – technisch gesehen – auch eine absolute Waffe sein, so hat es doch eine grundlegende Schwäche: jeder, der davon weiß, kann nämlich darüber verfügen...«

»Vorausgesetzt, man kennt das Codewort.«

»Das Codewort, sehr richtig. Aber es genügt, daß sie erfahren, daß ihr von der Existenz des Störsystems wißt und damit

droht, die ganze Sache an die Öffentlichkeit zu bringen. Das wird sie kopflos machen.«
»Julia, du mußt mir sagen, wie das Codewort lautet.«
»Das werde ich bestimmt nicht tun. Ich habe in deine Führer genausowenig Vertrauen wie in meine. Das Weiße Haus könnte beschließen, das Codewort zu benutzen, und wenn unsere Führung dahinterkommt, daß dieses einzigartige Instrument ihrer Macht von den Amerikanern benutzt wird, könnten die Parteifunktionäre zum Äußersten fähig sein. Sie werden sich niemals damit abfinden, daß man ihnen die Kontrolle über das ganze Land oder Teile davon stiehlt...«
»Wenn wir das Codewort nicht kennen, wie sollen sie deiner Geschichte Glauben schenken?«
»Sie werden mir glauben, denn bei euch wird, sobald die Genfer Konferenz zu Ende ist, die Presse beginnen, die Meldung zu verbreiten – wenn auch ohne genaue Einzelheiten. Allein dadurch werden sie schon gezwungen, das Störsystem aufzugeben. Ihre Angst wird zu groß sein, daß ein gewöhnlicher sowjetischer Bürger auf den Gedanken kommen könnte, es zu benutzen...«
»Unsere Gegenoffensive würde bedeutend wirksamer ausfallen, wären wir in der Lage, das Codewort bekanntzugeben.«
»Ich habe einst einen Mann geliebt, der Brendan hieß; aber ich habe nicht die geringste Veranlassung, einem patriotischen Agenten namens Barnes Vertrauen zu schenken.«
»Während wir hier miteinander gesprochen haben, ist wieder die Julia zum Vorschein gekommen, die ich früher gekannt habe; jetzt hast du nichts mehr von diesem Apparatschik, den ich im Fernsehen sah. Kannst du denn nicht glauben, daß ich mich genausowenig geändert habe? Uns beiden ist eine gewisse Ehrlichkeit gemeinsam. Warum vertraust du mir nicht? Was für die USA zählt, ist, überzeugend zu klingen, und nicht, einen dritten Weltkrieg auszulösen, indem wir versuchen, die Wirtschaft der UdSSR lahm-

zulegen. Du weißt genau, daß ihr das Codewort sehr schnell ändern könntet...«

»Brendie, du verlangst sehr viel von mir... Und wenn du mich so anschaust, mit deinen Zigeuneraugen, dann fällt mir wieder die Straße mit den Backsteinhäusern ein, in der du gewohnt hast, der Ast, der am Fenster kratzte...«

Als er hörte, wie Julia seinen Kosenamen mit ihrem reizenden rollenden Akzent flüsterte, durchflutete Brendan für einen kurzen Augenblick ein ungetrübtes Glücksgefühl.

«... aber nein, es ist unmöglich«, meinte Julia scharf. »Mehr werde ich dir nicht sagen. Bestellst du mir bitte einen Tee? Ich habe zwar nicht mehr viel Zeit, aber ich würde sehr gern noch ein Weilchen mit dir plaudern – wie damals, als wir noch jung waren...«

»Wie eine alte Dame siehst du aber noch nicht aus!«

»Da wir schon beim Austauschen von Komplimenten sind: die vierzig Jahre stehen dir nicht schlecht. Wäre ich noch das romantische junge Mädchen, das du gekannt hast, würde ich mich auf der Stelle wieder in dich verlieben. Aber ich weiß nichts von deinem Leben – du dagegen weißt alles von meinem. Bist du verheiratet?«

»Ja. Mit einer wundervollen Frau...«

»Du bist zu beneiden.«

Julia wollte weitersprechen, doch plötzlich schien sie etwas ganz Bestimmtes hinter Brendans Rücken anzustarren. Er drehte sich um. Es war der Botschaftsangehörige, der sich am Nachmittag zwischen sie und Brendan gestellt hatte. Er stand in der Tür, durch die man in den Hauptsaal des Restaurants gelangte.

»Mein Chauffeur«, sagte Julia. »Ich nehme an, er hat eine wichtige Nachricht für mich.«

Sie stand auf und ging zu ihm. Sie steckten kurz die Köpfe zusammen, und dann entfuhr Julia ein erstickter Schrei. Brendan erhob sich halb, wollte ihr zu Hilfe eilen, doch sie kam bereits zurück. Ihr Gesicht war kreidebleich.

»Brendan«, sagte sie mit abgehackter Stimme, »ich weiß zwar nicht, ob und wie weit du etwas damit zu tun hast, aber dein Verhalten ist auf jeden Fall ganz niederträchtig! Und du sprichst von Vertrauen ...«
Sie schnappte sich ihre Jacke, die auf einem Stuhl lag, und wandte sich zum Gehen.
Brendan sprang auf und packte sie an der Schulter. Sie entwand sich seinem Griff mit angewiderter Miene. Der Chauffeur machte einen Schritt auf ihn zu, doch blieb er stehen, nachdem Julia ihn scharf angeblickt hatte.
»Was ist eigentlich los? Wieso willst du schon gehen?«
Sie musterte ihn abschätzend, dann meinte sie mit verächtlicher Stimme: »Sollten dich deine Vorgesetzten nicht einmal unterrichtet haben? Welch eine Idee, einen subalternen Agenten zwecks Verhandlungen zu mir zu schicken!«
»Was soll das alles bedeuten, verdammt nochmal!?«
»Swetlana ist verschwunden. Alles deutet darauf hin, daß sie entführt worden ist. Deine Vorgesetzten sind wahrscheinlich der Meinung, das sei ein Argument, das überzeugender ist als alle, die dir hätten einfallen können. Richte Ihnen von mir aus, daß ich Swetlana sehr schnell wiederhaben will. Aber ich werde auf keine Forderungen eingehen. Bis dahin ist selbstverständlich alles, was ich dir gesagt habe, null und nichtig. Wenn ich meine Tochter zurückbekomme, gilt mein Versprechen ... vielleicht.«

Als Brendan in Woodwards Büro stürmen wollte, stellte sich ihm ein Hüne mit Bürstenhaarschnitt und Boxernase in den Weg. »Worum geht's?«
»Laß mich vorbei! Ich hab keine Zeit zu verlieren ...«
»Ich muß erst fragen, ob man Sie empfangen kann. So lautet nun mal die Vorschrift.«
»Ich sage dir, du sollst mich vorbeilassen!«
Der Koloß blieb unerschütterlich.
»Warten Sie hier, ich gehe fragen.«

»Hab' ich dich nicht schon mal in Paris gesehen?«
»Ja. Ich gehöre zu Thomas' Mannschaft. Warum?«
»Wenn es auf der Welt noch so einen Hornochsen wie dich gäbe, wäre es schlimm um die Menschheit bestellt.«
»Ed, lassen Sie ihn durch«, rief Woodward im Rücken des Beamten, der sofort zur Seite trat und Brendan einen vernichtenden Blick zuwarf.
»Was geht hier vor, Clive? Ist sie entführt worden?«
Woodward bot Brendan einen Stuhl an und setzte sich dann hinter seinen Schreibtisch.
»Sprechen Sie von Swetlana Woronkow, der Tochter unserer Julia?«
»Unsere Julia, wie Sie so schön sagen, ist völlig außer sich. Sie ist davon überzeugt, daß *wir* ihre Tochter entführt haben, um sie unter Druck zu setzen.«
»Das ist in der Tat ein Gedanke, der einem spontan in den Sinn kommen muß. Die Presse wird ihn sicherlich aufgreifen.«
»Ist dieser Gedanke etwa falsch?«
»Brendan, können Sie sich vorstellen, daß wir uns hier als Kidnapper betätigen? Es ist nicht unser Stil, auf solch plumpe Methoden zurückzugreifen. Nicht einmal der der CIA.«
»Unter den gegebenen Umständen muß man auf alles gefaßt sein, sogar darauf, daß diese ehrenwerte Behörde solch brutale Methoden anwendet...«
Woodward nahm seine Brille ab und rieb sich mit den Fingerspitzen über die Lider. Er wirkte müde.
»Das Mädchen ist gegen Ende der Ballettaufführung verschwunden, in die sie von ihrer Mutter gebracht worden war. Die Botschaftsangestellte, die auf sie aufpassen sollte, hat für kurze Zeit die Loge verlassen, und als sie wieder zurückkam, war Swetlana nicht mehr da. Zumindest lautet so die Darstellung, die die Russen der Schweizer Polizei gegeben haben. Es würde mich nicht wundern, wenn die ganze Geschichte von den Sowjets selbst inszeniert worden

ist, damit sie ihrerseits Julia noch mehr unter Druck setzen können.«
Brendan zuckte die Schultern. »Das ist doch lächerlich. So was haben sie nicht nötig...«
»Vielleicht«, sagte Woodward und setzte seine Brille wieder auf. »Aber stellen Sie sich einmal vor, Julia Woronkow erhebt von ihrem Rednerpult im Kongreßpalast aus Anklage gegen uns – trotz ›unserer‹ schändlichen Erpressung. Das wäre noch viel wirkungsvoller!«
»Vielleicht hat Swetlana sich ja nur im Theater verirrt?«
»Es ist vom Keller bis zum Speicher durchsucht worden. Aber es ist gut möglich, daß sie das Theater verlassen hat, um sich die Stadt anzusehen... und sich dabei verlaufen hat. Kinder haben manchmal originellere Einfälle als wir Erwachsenen.«
»Ich nehme an, daß die Schweizer Polizei nach ihr sucht?«
»Nicht nur die. Sollte Swetlana bloß einen kleinen Ausflug unternommen haben, wird man sie sehr rasch wiederfinden.«
»Es gibt genügend Beispiele von Ausreißern, die man nicht wiedergefunden hat – trotz intensiver Suche.«
Woodward breitete mit einer machtlosen Geste die Arme aus. »Wir müssen abwarten. Ansonsten tun wir, was in unserer Macht steht. – Was hat Ihre Unterhaltung mit Julia Woronkow gebracht?«
»Glauben Sie, daß jetzt der passende Augenblick ist?!« rief Brendan aufgebracht.
»Immer mit der Ruhe. Weder Sie noch ich werden das Kind wiederfinden. Sein Verschwinden ist eine unangenehme Sache, aber es ist wirklich nicht nötig, schon jetzt die Angelegenheit zu dramatisieren. Also können wir ebensogut unsere Arbeit fortsetzen und abwarten, wie die Situation sich entwickelt.«
Brendan stieß einen tiefen Seufzer aus. Genaugenommen hatte Woodward recht.

»Also gut. Das Dumme ist nur, daß alles, was ich Ihnen jetzt erzählen werde, durch das Verschwinden des Kindes in Frage gestellt ist.«
Brendan gab eine kurze Zusammenfassung seiner Unterredung mit Julia. Als er die Falle beschrieb, die die Sowjets in ihr eigenes Datennetz eingebaut hatten, beugte Woodward sich über seinen Schreibtisch. Er hing wie gebannt an Brendans Lippen, seine Augen funkelten vor Interesse, jede Spur von Müdigkeit war aus seinem Gesicht verschwunden.
»Ich war auf etwas Ähnliches gefaßt«, murmelte er. »Es ist erstaunlich, daß die Russen nicht eher daran gedacht haben. In einem totalitären Staat sind die Führer von dem Gedanken, alles unter Kontrolle zu haben, regelrecht besessen. Sie können es sich erlauben, am Werkzeug EDV zu manipulieren. In demokratisch regierten Systemen ist das viel schwieriger. Sie haben sehr gute Arbeit geleistet, Brendan, und dabei sämtliche Erwartungen übertroffen ...«
»Für Sie ist mein Gespräch also ein voller Erfolg?« fragte Brendan bitter. Plötzlich fiel ihm etwas ein: »Wer sagt mir eigentlich, daß es nicht dieses Resultat ist, das Sie zu erhalten hofften?«
Woodward lehnte sich mit einem genervten Seufzer zurück. »Schießen Sie los, erläutern Sie mir Ihre Theorie. Wissen Sie, Brendan, allmählich wird mir die Dämonenrolle, die Sie mir unbedingt anhängen wollen, ein wenig lästig.«
»Sie haben vorhin erst gesagt, daß Sie auf etwas Ähnliches gefaßt gewesen waren ... Sie hofften, indem Sie mich als Abgesandten zu Julia schickten, zumindest einen kleinen Hinweis auf die Existenz eines solchen Störsystems innerhalb der Datenzentren zu erhalten. Ich war der Ansicht, wir wollten versuchen, das Schlimmste zu verhüten, in Wirklichkeit jedoch handelte es sich nur um ein Fortführen des Computer-Krieges.«
Woodward klopfte mit der Spitze seines Federhalters auf die vor ihm liegende Schreibunterlage. »Es war nie die Rede

davon, den Computer-Krieg zu beenden«, sagte er kühl. »Wie auch immer – Sie haben auf meine Aufrichtigkeit gezählt, auf die Heftigkeit, mit der ich versuchen würde, an Julias Gefühle zu appellieren. Sie haben mich veranlaßt, mit einer Kriegsgefahr zu drohen – und wozu das alles? Weil diese tatsächlich existiert? Weit gefehlt! Nur weil es darum ging, jemandem eine Information zu entreißen.«

Woodward legte seinen Federhalter auf den Schreibtisch; die Geste wirkte pedantisch und irgendwie lächerlich, denn es hatte den Anschein, als habe er ihn in einer exakt parallelen Linie zur Schreibunterlage plazieren wollen.

»Der Umgang mit den riesigen Datenmengen, die Ihre Computer enthalten, müßte Sie eigentlich mit der Idee vertraut gemacht haben, daß die Wirklichkeit äußerst vielschichtig ist. Können Sie sich nicht vorstellen, daß im vorliegenden Fall alle Interpretationen gleichermaßen zutreffen? Nun, wie auch immer, die internationale Lage ist tatsächlich so gespannt, wie Sie sie auf meine Bitte hin Julia Woronkow schildern sollten.«

Woodward rückte seine Brille zurecht, um auf der Digitaluhr, die auf dem Schreibtisch stand, nach der Zeit zu sehen.

»Zwei Uhr!« rief er aus. »Morgen steht uns ein anstrengender Tag bevor. Mein Vater sagte immer: ›Wenn du keinen Einfluß auf das hast, was passiert, dann leg dich schlafen.‹ Ich glaube, ich werde jetzt seinen Rat befolgen. Und Sie sollten es auch tun.«

Als Brendan die Botschaft verließ, wünschte er Woodward, dessen Vater, Großvater und sämtliche Ratschläge erteilenden Vorfahren bis zurück in die hundertste Generation zum Teufel. Er verspürte nicht die geringste Müdigkeit.

Was tun? Solange sie nicht wußten, was mit Swetlana geschehen war, würde die Lage völlig unvorhersehbar bleiben. Brendan hatte Lust, zu Fuß zu gehen. Er ließ seinen Wagen, den er in der Nähe der Botschaft geparkt hatte, stehen und wanderte ziellos durch die Straßen von Genf. Nach einer Weile wurde ihm bewußt, daß er die unsinnige Hoffnung hegte, Swetlana zufällig an einer Straßenecke zu begegnen.

Er lief die ganze Nacht, durchstreifte Genf von einer Richtung in die andere, von der Place du Pleinpalais bis zur Gare des Eaux Vives, von der Place Cornavin bis zum Rondpoint des Philosophes. Dort hielt ihn eine Polizeistreife an und überprüfte umständlich seine Papiere. Ein paarmal waren Brendan uniformierte Polizistengruppen und solche in Zivil aufgefallen, die in den Parks und an den Ufern der Rhône patrouillierten. In einem Wagen, der auf der Höhe der Straßenbahnhaltestelle nach Annemasse parkte, saßen zwei Männer, die ihm mißtrauische Blicke zuwarfen. Einer der beiden sprach in ein Mikrofon. In dieser Nacht war Brendan nicht der einzige, der die Straßen von Genf durchstreifte.

Es war schon lange wieder hell, als er sich endlich entschloß, ein paar Minuten auszuruhen. Die Müdigkeit kam mit einemmal über ihn; und zugleich auch das Bewußtsein, daß sein Umherschweifen allein aus dem Grund erfolgt war, weil er seine Schuldgefühle gegenüber Julia loswerden wollte.

Er trank gerade einen Renversé – einen Milchkaffee, der im Glas serviert wird –, als ein Zeitungsverkäufer das Café betrat. Die Titelseite der »Tribune de Genève« wurde in riesigen Lettern von folgender Schlagzeile eingenommen: »TOCHTER DER SOWJETISCHEN DELEGIERTEN BEI GENFER KONFERENZ VERSCHWUNDEN! CIA IN AFFÄRE VERWICKELT?«

14. Kapitel

Die um 11 Uhr, gleich nach der Eröffnungsansprache der Genfer Konferenz über die Regelung grenzüberschreitenden Datenaustauschs bekanntgegebene Nachricht, daß die Rede der russischen Delegierten um 24 Stunden verschoben würde, schlug wie eine Bombe ein. Reporter stürzten durch die Bankreihen, um die Meldung telefonisch an ihre Redaktionen weiterzugeben. Der Vertreter Indiens trat im Namen der anwesenden Delegationen ans Rednerpult und versicherte Julia Woronkow »in dieser schmerzlichen Stunde des tiefsten Mitgefühls aller Konferenzteilnehmer und unserer Entschlossenheit, die Forderung nach weltweiten Sanktionen zu unterstützen, sollte sich herausstellen, daß das Verschwinden der kleinen Swetlana von irgendeiner Regierung inszeniert worden ist, um Frau Woronkow unter Druck zu setzen.« Es war allen Anwesenden klar, daß mit dieser diplomatischen Formulierung nur die USA gemeint sein konnte. In den Räumen, die neben dem Konferenzsaal lagen, standen die Delegierten in kleinen Gruppen zusammen und diskutierten. Viele der blockfreien Staaten traten dafür ein, noch bedeutend weiter zu gehen, als es die von dem indischen Vertreter abgegebene Erklärung tat, und verlangten, unverzüglich über einen Antrag abzustimmen, der die USA namentlich verurteilte. René Duvallons persönlicher Referent, der die Delegation seines Landes anführte, teilte seinem italienischen Kollegen mit, daß Frankreich in Erwägung ziehe, das COCOM zu verlassen.

»Wir haben nicht die Absicht, noch länger die logischen Konsequenzen jener verbrecherischen Methoden hinzunehmen, die von manchen skrupellos angewendet werden!« rief er laut genug, damit ihn einige umstehende Journalisten hörten. Brendan hatte sich in einem der Räume unter die Delegierten gemischt und verfolgte in trübseliger Stimmung die Fernsehnachrichten. In Moskau erklärte Michail Gorbatschow, daß sein Land sich nicht vom Treiben internationaler Banditen würde einschüchtern lassen. Die Grünen im deutschen Bundestag forderten ihre Regierung auf, »in der Frage der Regelung der Verbreitung der EDV eine unabhängige Position« zu beziehen. Das Politbüro der Kommunistischen Partei Frankreichs rief »alle Demokraten dazu auf, von der französischen Regierung endlich restlose Aufklärung über die Affäre der Software von Krasnojarsk zu verlangen«, und fügte hinzu, daß man jedoch auch weiterhin die Regierung solidarisch zu unterstützen gedenke. In einem vielbeachteten Leitartikel der »Washington Post« empfahl Bill Bradley die Bildung einer Untersuchungskommission, die die Aktivitäten von »dem Pentagon nahestehenden Computerfirmen« unter die Lupe nehmen sollte. Ronald McFarlane, der Direktor der CIA, veröffentlichte ein Kommuniqué, in dem er »voller Empörung die übelgesinnten Behauptungen und Gerüchte zurückweist, die im Zusammenhang mit dem Verschwinden einer jungen Sowjetbürgerin in Genf aufgekommen sind.«
Brendan wechselte einen betroffenen Blick mit Ken Chowder, der zusammengesunken im Sessel neben ihm saß.
»Ist doch nicht zu fassen!« stöhnte Chowder. »Hätte er nicht den Mund halten können? Das macht ja alles noch viel schlimmer...«
»Stimmt«, sagte Brendan, »diese Art von Erklärung dient nur dazu, jene Gerüchte zu bestätigen, die sie eigentlich entkräften soll. Na, aber die übrigen Meldungen sind auch nicht sehr viel angenehmer...«

»Um die Lage kurz zu umreißen: wir stecken ganz schön in der Scheiße!«
Eine schwere Pranke legte sich auf Brendans Schulter, der mit raubtierhafter Schnelligkeit herumfuhr.
»Ach«, meinte er, als er Ed erkannte, »du bist das. Hat man dich aus deinem Käfig rausgelassen?«
»Woodward sucht Sie überall, Brendan. Er ist furchtbar wütend. Sie sollen ihn anrufen.«
»Okay, später... Nimm die Hand von meiner Schulter.«
»Rufen Sie sofort an!« sagte er mit Nachdruck und verstärkte seinen Druck auf Brendans Schultermuskel.
Brendan warf Ken Chowder einen Blick zu, woraufhin dieser sagte: »Es ist bestimmt wichtig.«
»Das will ich hoffen«, meinte Brendan und stand auf.
Es bereitete ihm einige Mühe, eine leere Telefonzelle zu finden.
Er wählte die Nummer des Büros, das die Botschaft Woodward zur Verfügung gestellt hatte.
»Wo haben Sie bloß gesteckt?« rief dieser aufgebracht.
»Schreien Sie nicht so, mir brummt der Schädel. Ich hab die ganze Nacht Genf nach Swetlana abgesucht. Sollten Sie es allerdings sein, der sie in einem Schrank versteckt hält, wirke ich natürlich ziemlich lächerlich...«
»Darüber macht man keine Scherze, Brendan. Das WIMEX ist in Alarmbereitschaft versetzt.«
Brendans Stimme überschlug sich: »Was?! Das ist doch Wahnsinn!«
»Begreifen Sie jetzt endlich, daß die Botschaft, die Sie in meinem Auftrag übermitteln sollten, keine Lüge war? Wundert Sie das? Haben Sie denn die Nachrichten nicht gesehen? Wir werden von allen Seiten verdächtigt. Sollten uns die Europäer auf der Konferenz im Stich lassen, so ist der Präsident fest entschlossen, mit der Faust auf den Tisch zu hauen. Und alles so kurz vor den Wahlen – was kann das für Auswirkungen haben!«

»Und das erzählen Sie mir so einfach am Telefon?«
»Falls uns jemand zuhört – um so besser!« rief Woodward mit einer Heftigkeit, die Brendan an ihm nicht kannte. »Dann erfährt er zumindest, daß wir nicht länger bereit sind, immer nur nachzugeben. Möglich, daß die Europäer Selbstmord begehen wollen – wir jedoch nicht. Den Forderungen der Sowjetunion nach einem völlig ungehinderten Transfer westlicher Technologien in den Osten nachzugeben, käme einem Kollektivselbstmord des Westens gleich.«
»Ich weiß... Was erwarten Sie von mir? Es hat doch einen Grund, daß Sie mir Ihren Gorilla hinterher geschickt haben, nicht wahr?«
»Versuchen Sie einen neuen Vorstoß bei Julia Woronkow. Sie hat sich schon so weit mit uns eingelassen, daß wir sie in der Hand haben.«
»Ich ziehe es vor, nicht zu begreifen, was Sie damit andeuten wollen. Es wäre zu –«
»Schluß damit!« schrie Woodward. »Werden Sie nicht sentimental, Brendan. Heben Sie sich Ihre großen Gefühle für friedlichere Zeiten auf. Unsere Gegner kennen keine solchen Skrupel. Sie wissen selber, wozu sie fähig sind. Wir zählen auf Sie, Brendan. Das WIMEX ist in Alarmbereitschaft, vergessen Sie das nicht.«
»Ich will sehen, was ich tun kann«, murmelte Brendan, bevor er auflegte.
Er ließ die Hand auf dem Hörer liegen und blieb unbeweglich stehen. Der Computerkrieg war nun zweitrangig geworden. Die Operationen würden sich jetzt auf einem Terrain der Informatik abspielen, das bedeutend gefährlicher war als das meteorologischer Programme oder von Börsendaten. Das WIMEX, aussprechbares Kürzel für WMCCS: Worldwide Military Command and Control System, das amerikanische System für weltweites Militärkommando und -kontrolle, bestehend aus 158 EDV-Systemen, die an 81 Punkten der Erde aufgestellt und an einen Komplex

von Satelliten, Radarstationen und anderen streng geheimen Frühwarnsystemen angeschlossen sind, ist ein Netz, das dem Pentagon Aufschluß darüber gibt, welche Streitkräfte, welches Material und welche Logistik an einem bestimmten Ort der Erde verfügbar sind, und das es ihm jederzeit ermöglicht, die geopolitischen Daten in seine Computer einzuspeisen.
Die Welt schlitterte auf einen Konflikt zu, der immer bedrohlichere Formen annahm.

Botschafter Ewtuschenko wischte sich, nach Luft schnappend, über die Stirn. Da der Fahrstuhl außer Betrieb war, hatte er die Treppe der Botschaft benutzen müssen, um zu der Wohnung zu gelangen, die man den Woronkows für die Dauer der Konferenz überlassen hatte. Julia machte ihm auf.
»Haben Sie etwas Neues erfahren?« fragte sie, als sie ihn in den Salon führte.
»Nein, nichts.«
Ewtuschenko musterte Sergej mit eisigem Blick.
»Ich muß mit Ihrer Frau unter vier Augen sprechen.«
Sergej wurde blaß; diese Demütigung war besonders schmählich.
Doch Julia sagte mit einem müden Lächeln: »Mein Mann kann alles hören. Haben Sie etwas über den Verbleib unserer Tochter in Erfahrung gebracht?«
»Leider nein. Die Schweizer Polizei hat damit begonnen, die Rhône abzusuchen...«
Julia ließ sich auf einen Stuhl fallen. Dicke Tränen rollten ihr still über das Gesicht, in dem eine schlaflose Nacht ihre Spuren hinterlassen hatte.
»Ich kann mir einfach nicht vorstellen, daß sie ertrunken ist...«
»Ich auch nicht«, sagte der Botschafter. »Wir haben allen Grund zur Annahme, daß die Amerikaner dahinterstecken.«
»Haben Sie Beweise?«

»Nicht die geringsten, nur vage Hinweise von unseren Agenten.«
Er warf Sergej einen vielsagenden Blick zu. Daraufhin stand dieser auf und ging wortlos hinaus.
»Fahren Sie fort«, sagte Julia, nachdem ihr Mann das Zimmer verlassen hatte.
»Das ist alles, was Ihre Tochter angeht...«
»Das ist alles?! Machen Sie sich über mich lustig? Glauben Sie, daß Sie mich mit schönen Phrasen abspeisen können?«
»Julia Woronkow«, sagte der Botschafter unwirsch, »ich respektiere Ihren mütterlichen Kummer, aber Sie müssen auch meine Stellung respektieren. Vergessen Sie nicht, daß ich hier Ihr Vorgesetzter bin.«
»Ja, theoretisch...«, setzte sie kühl hinzu.
Sie maßen sich einen Moment lang mit Blicken, der Botschafter aufrecht, imposant und würdevoll, Julia auf ihrem Stuhl, gerade und stolz. Schließlich setzte sich Ewtuschenko auf den Rand eines Sessels.
»Theoretisch – da haben Sie allerdings recht«, seufzte er. »Ich kann Ihnen wirklich nicht mehr sagen... Alles, was ich weiß, ist mir von unserem hiesigen verantwortlichen KGB-Agenten berichtet worden. Wir glauben, daß die Amerikaner hinter der ganzen Sache stecken, aber es kann natürlich auch ein anderer Geheimdienst gewesen sein.«
»Beispielsweise unser eigener.«
Ewtuschenko zuckte zusammen, als hätte ihn eine Wespe gestochen. Er wischte sich den Schweiß von der Stirn.
»Sagen Sie doch so etwas nicht, Julia«, beschwor er sie und blickte ängstlich um sich, als müßte er befürchten, daß hinter einem der Möbel ein KGB-Agent hervorstürzte.
»Ich kann nicht umhin festzustellen, daß diese Entführung unserer Propaganda wie gerufen kommt...«
»Na, ich glaube, solche Anspielungen sollten doch besser unterbleiben! Ihre Behauptung ist einfach lächerlich.«
»Sollte es tatsächlich zutreffen«, fuhr Julia fort, ohne sich um

die Warnung des Botschafters zu kümmern, »daß die Entführung meiner Tochter von irgendeinem Geheimdienst meines Landes für Propagandazwecke inszeniert worden ist, so weiß ich nicht, ob ich mich entscheide, als Patriotin oder als Mutter zu handeln.«

Der Botschafter sprang auf. »Ich will nichts mehr davon hören! Falls Sie meine Loyalität testen wollen, so kann ich Ihnen gleich sagen, daß ich unverzüglich an maßgeblicher Stelle über Ihre Äußerungen Bericht erstatten werde.«

»Das will ich auch hoffen«, versetzte Julia, die von eiskaltem Zorn übermannt wurde. »Sagen Sie auch gleich, daß alle Welt auf meine morgige Rede gespannt ist, und daß es einen sehr schlechten Eindruck machen würde, sollte ich bis dahin plötzlich verschwinden.«

Der Botschafter machte Anstalten, das Zimmer zu verlassen, doch Julia sprach unbeirrt weiter:

»Warten Sie, ich bin noch nicht fertig. Ich werde an der Konferenz wie vorgesehen teilnehmen, um mir die anderen Vorträge anzuhören. Trotz meines Kummers werde ich, wie es sich für eine echte Sowjetbürgerin gehört, meine Arbeit erledigen.«

»Das ist doch nicht nötig. Sie werden nur noch mehr leiden. Die Fotografen werden sich auf Sie stürzen, man wird Sie belästigen ...«

»Ich denke, daß sich dabei die Gelegenheit bieten wird, Brendan Barnes noch einmal zu sehen.«

»Und wozu? Ihre erste Unterredung war nicht gerade sehr ergiebig ...«

»Sie wurde unterbrochen – wie, das wissen Sie ja. Ich hoffe, von Brendan etwas über den Verbleib meiner Tochter zu erfahren. Wenn es die Amerikaner sind, die sie entführt haben, so wird er das nicht vor mir verbergen können.«

»Wie wollen Sie ihn zum Reden bringen?«

Julia lächelte bitter: »Oh, ich verfüge über ein paar ziemlich handfeste Argumente.«

»Ich fürchte fast, daß er überhaupt nichts weiß... selbst wenn es seine Landsleute sind, die Ihre Tochter entführt haben.«

»Er weiß über vieles Bescheid. Er ist der Schützling von Clive Woodward, dem wirklichen Leiter der amerikanichen Delegation.«

»Selbst wenn er Ihnen sagen kann, was mit Ihrer Tochter geschehen ist, was würde das schon ändern?«

»Eine solche Frage kann auch nur ein Mann stellen! Was glauben Sie wohl, wie einem zumute ist, wenn man über das Schicksal des eigenen Kindes im Unklaren ist?«

Der Botschafter zog erneut das Taschentuch aus seiner Tasche und wischte sich die Stirn trocken.

»Ich bin für Ihre Sicherheit verantwortlich, und deswegen muß ich in Moskau Bericht erstatten...«

»Tun Sie das ruhig. Aber ich bin nicht mehr in Gefahr... zumindest nicht in Genf. Ich bin mittlerweile viel zu bekannt, als daß man noch versuchen könnte, mich brutal zu eliminieren. Für die Amerikaner würde das nur eine schreckliche Gegenpropaganda zur Folge haben. Das einzige Land, das ein Interesse an meinem Verschwinden haben könnte, ist mein eigenes. Ich würde so zur Märtyrerin für Frieden und Sozialismus verklärt, und andere könnten an meine Stelle treten, um mit hundertfach verstärkter Wirksamkeit die amerikanische Sabotage anzuprangern.«

»Julia, Sie phantasieren!« rief der Botschafter erschrocken.

»Sie sollten Moskau dieses Drehbuch vorschlagen. Oder wird es bereits in die Tat umgesetzt?«

Ewtuschenko zog sich zur Tür zurück und rief, bevor er hinausging: »Ich werde augenblicklich in Moskau Meldung erstatten!«

Als der Zug der Staatskarossen mit den roten Wimpeln, auf denen Hammer, Sichel und ein goldener Stern abgebildet waren, am Ende der Avenue de la Paix auftauchte, die zum

Palais des Nations führt, wurde die Menge der Fotografen, die entlang der Straße warteten, von einem Schauer der Erregung ergriffen.
Die Bilderjäger fingen an zu rennen und versuchten, Julias Gesichtsausdruck im Fond eines der Wagen auf ihre Filme zu bannen.
Vor dem Kongreßpalast war das Gedränge der Journalisten so groß, daß trotz der strengen Sicherheitsvorkehrungen die Wagen nur im Schrittempo vorwärtskamen und sogar einen Moment anhalten mußten. Sicherheitsbeamte der sowjetischen Botschaft und Schweizer Polizisten gerieten für kurze Zeit in Panik, als sie sich – ohne jede Rücksichtnahme – bemühten, den Fahrzeugen einen Weg durch die Masse der Sonderkorrespondenten zu bahnen.
Julia drehte eines der Fenster herunter und gab vor den zahlreichen Mikrofonen, die ihr sofort entgegengestreckt wurden, folgende Erklärung ab:
»Ich bin fest davon überzeugt, daß es der Schweizer Regierung gelingen wird, meine Tochter zu finden. Ich weiß, daß alles nur menschenmögliche unternommen wird. Ich hoffe inständigst, daß meine Tochter bald gefunden wird. Wir sollten die Behörden dieses Landes in Ruhe arbeiten lassen... Was meine Gefühle angeht, so sind es die einer Mutter. Alle Mütter dieser Welt wissen, wie es in mir aussieht, da bin ich ganz sicher.«
Dann wurde das Fenster wieder hochgekurbelt, und der Wagen legte die letzten Meter bis zum Eingang in raschem Tempo zurück.

Ein paar Minuten später gesellte sich Ken Chowder im großen Saal des Kongreßpalastes zu Brendan. Die hohen Bronzetüren, die riesigen Wandgemälde, die in blassen Farben die Geschichte des Friedens erzählten, die zwei Engel am Proszenium, die Möbel aus dunklem Nußbaumholz, dieser ganze antiquierte Pomp erschien Brendan unwirk-

lich; dennoch fühlte er sich hier in diesem Saal wohler als in den angrenzenden Räumen, wo ihm die lärmenden Kongreßteilnehmer mit der Zeit auf die Nerven gegangen waren.
»Julia Woronkow ist eben angekommen«, teilte Chowder ihm mit. »Sie ist sofort zum Büro der sowjetischen Delegation gegangen. Sie will momentan niemanden sehen.«
Dann wiederholte Chowder die Erklärung, die Julia den Journalisten gegeben hatte.
»Echt stark«, sagte er anerkennend. »Sie überläßt es den anderen, Anspielungen zu machen, begnügt sich mit gemäßigten Worten und spielt würdevoll die ins Unglück gestürzte Mutter.«
»Müssen Sie hinter allem, was die Menschen tun und sagen, eine Komödie wittern?«
»Ich bin ein eifriger Kinogänger, und ich muß sagen, daß mich die Ereignisse, die seit gestern Schlag auf Schlag aufeinanderfolgen, wie ein Actionfilm begeistert haben. Sie müssen doch zugeben, daß meine Art, die Dinge zu sehen, gar nicht mal so unrealistisch ist. Politik ist Schaugeschäft – und ausnahmsweise ist das Spektakel, das wir zu sehen bekommen, mal nicht gar zu langweilig.«
Ein Mann trat auf sie zu. Brendan erkannte ihn sofort. Es war der Chauffeur und Leibwächter von Julia.
»Frau Woronkow möchte Sie sehen«, teilte er Brendan in einem schlechten Englisch mit. »Sofort, wenn das möglich ist.«
»Der Drehbuchautor hat sich wahrhaftig selbst übertroffen!« rief Chowder und brach in schallendes Gelächter aus.
Brendan erhob sich und folgte dem Russen, neugierig beobachtet von den umsitzenden Kongreßteilnehmern. Vorn am Rednerpult fuhr der japanische Delegierte mit seiner antiprotektionistischen Rede fort, die allgemein jedoch auf wenig Interesse stieß.
Als der Chauffeur zur Seite trat, um Brendan in das Büro hineinzulassen, wo Julia ihn erwartete, fiel Brendan plötz-

lich ein, daß er seit fast 24 Stunden nicht mehr in seinem Hotel gewesen war und daß er in seinem zerknitterten Anzug vermutlich eine ziemlich klägliche Figur abgab. Er hatte sich in der Toilette des Kongreßgebäudes rasiert, und eine Schnittwunde zog sich über seine rechte Wange.
Julia, die ein schlichtes Kostüm in Hellblau – ihrer Lieblingsfarbe – trug, erschien ihm schöner denn je. Die Müdigkeit hatte ihre Wangen ein wenig einfallen lassen, was dazu führte, daß ihre Augen riesengroß wirkten und ihre Backenknochen betont wurden. Sie gab ihm nicht die Hand, forderte ihn nur mit abwesender Geste auf, Platz zu nehmen.
»Du mußt wissen«, begann Brendan, der sich schrecklich unbeholfen vorkam, »daß es mir unendlich leid tut, was geschehen ist. Wir haben nichts damit zu tun, das schwöre ich...«
»Bist du auch ganz sicher?«
Ihr Tonfall war trocken und hart.
»Absolut. Was hätten wir in der augenblicklichen Lage davon?«
»Es wäre nicht das erste Mal, daß eurem Geheimdienst ein schlimmer Patzer unterläuft, weil er seine Sache besonders gut machen wollte.«
Brendan steckte diese Anschuldigung weg, ohne etwas zu erwidern, denn in diesem einen Punkt hatte sie sicher recht. Es war besser, mit einem Gegenangriff abzuwarten, bis sie ihm die Gelegenheit dazu gab.
»Und es wäre auch nicht das erste Mal, daß man auf die Ungeheuerlichkeit eines Patzers verweist, um sich aus der Verantwortung zu ziehen. ›Das kann doch nicht die CIA gewesen sein, das wäre doch zu plump!‹ ist eine Erklärung, die schon oft herhalten mußte.«
»Du bist wahrhaftig eine hundertprozentige Sowjetrussin.«
»Hast du daran gezweifelt?« fragte sie eisig.
»Ich dachte, da wäre noch irgendwo ein wenig Platz für die Mutter.«

In Julias Augen flackerte es kurz, doch dann erschien ein verächtliches Lächeln auf ihren Lippen.

»Willst du mir etwa Nachhilfe in Mutterinstinkt geben?«

»Das steht mir wohl nicht zu, aber ich denke, daß eine amerikanische Mutter alle Möglichkeiten – unter jedem Blickwinkel – in Betracht ziehen würde, um ihre Tochter wiederzufinden. Sie würde sogar Vermutungen darüber anstellen, ob nicht die eigene Regierung für das Verschwinden verantwortlich sein könnte ...«

»Du glaubst also, daß ich das noch nicht getan habe?« erwiderte Julia.

Ihre Frage klang wie ein spontaner Protest. Tränen verschleierten ihren Blick. All ihr Hochmut war plötzlich verflogen. Brendan wäre am liebsten aufgestanden und um den Schreibtisch gelaufen, um sie in seine Arme zu nehmen und sanft und tröstend zu wiegen; doch er umklammerte die Lehnen seines Stuhles nur noch fester.

»Verzeih mir, Julia. Ich wollte dich nicht provozieren ...«

»Ich habe keinerlei Nachricht«, erklärte sie und machte eine hilflose Geste, »nichts, woran ich mich halten könnte. Niemand hat sie gesehen. Alle Zeugenaussagen, die die Polizei aufgenommen hat, haben sich als frei erfunden herausgestellt. Die ganze Gegend ist durchkämmt worden. Jetzt wird sogar schon die Rhône abgesucht ...«

Ein Schluchzer unterbrach sie. Sie senkte den Kopf. Brendan fühlte sich elend.

»Hör zu«, rief er, »es gibt keinen Grund, warum sie ertrunken sein sollte. Am Flußufer befindet sich ein Geländer, das so hoch ist wie sie selbst. Ist deine Tochter ein rechter Wildfang?«

»Nein.«

»Na siehst du, es ist also unmöglich, daß sie in den Fluß gefallen ist.«

»Und wenn sie sich hineingestürzt hat?«

»Was?«

»Oh«, machte Julia und schlug die Hände vor das Gesicht, »es ist furchtbar! Mir ist vorhin ein Gedanke gekommen... Bevor ich dich zum Abendessen traf, saß ich doch mit Swetlana im Grand Théâtre in einer Loge. Sergej ist gekommen und hat mir eine häßliche Szene gemacht. Ich war der Meinung, sie hätte nichts davon mitbekommen... sie schien mir so vom Ballett gefesselt. Aber stell dir vor, sie hat...«
Das alles ergab keinen Sinn. Brendan mußte daran denken, daß Ken Chowder jetzt gesagt hätte, daß der Drehbuchautor merkwürdige Einfälle hatte. Da bestellte die Leiterin der sowjetischen Delegation einen amerikanischen Delegierten in ihr Büro, nur um ihm ihre Mutterängste mitzuteilen! Doch dann wurde Brendan von tiefem Mitleid für Julia ergriffen, denn er war sicher, daß er der einzige war, dem sie sich auf diese Weise anvertrauen konnte.
»So etwas darfst du nicht denken«, protestierte er. »Swetlana ist nicht das erste Mädchen, das Zeugin eines Ehekrachs zwischen ihren Eltern geworden ist. Wenn alle Kinder, die etwas Ähnliches erlebt haben, sich umgebracht hätten, gäbe es nicht mehr viele Kinder auf der Welt.«
Julia schüttelte den Kopf.
»Das kannst du nicht verstehen... Wenn sie gehört hat, was wir geredet haben... es wäre zu schrecklich für sie.«
Brendan antwortete nicht. Er fühlte sich machtlos.
Julia stieß einen tiefen Seufzer aus und sah Brendan voll in die Augen.
»Sergej ist gekommen, um mir eine Eifersuchtsszene zu machen. Er war eifersüchtig auf dich...«
Brendan wollte schon anfangen zu lachen, doch das Lachen blieb ihm im Halse stecken, als er den Rest vernahm.
»...denn er hatte herausgefunden, daß du Swetlanas Vater bist.«
Es war, als hätte ihn eine Gerade am Plexus getroffen. Er mußte erst einmal diesen Schlag wegstecken, an nichts

denkend den Schock verkraften. Brendan atmete tief aus. Er hatte sich stets dagegen gewehrt, sich diese eine Frage zu stellen, denn er hatte Angst, daß die Antwort darauf zu eindeutig ausfallen würde. Er wußte, wie alt Swetlana war, er hatte ihre schwarzen Augen gesehen, er wußte, daß Julia zu der Zeit ihrer Liebesbeziehung Verhütungsmittel mit der Entschlossenheit einer weißrussischen Bäuerin ablehnte. Als hätte sie seine Gedanken erraten, murmelte Julia voller Bitterkeit:

»Wir waren keine Kinder mehr; wir wußten, was wir taten ... Und das ist nun das Ergebnis. Wir waren dumm. Eine Liebschaft zwischen zwei Menschen in unserer Position konnte ja nur zu einer Katastrophe führen.«

»Nein. Die Welt ist dumm, nicht wir ...«

Julia zuckte die Achseln.

»Trotzdem sind wir die Leidtragenden ... Glaubst du vielleicht, daß es ein Zufall ist, daß wir uns hier wiederbegegnet sind? Von Anfang an stand fest, daß unsere Vorgesetzten versuchen würden, Kapital aus unserer Liebesbeziehung zu schlagen.«

»Du und dein slawischer Fatalismus«, sagte Brendan mit einem traurigen Lächeln. »Warum hast du mir verschwiegen, daß ich eine Tochter habe?«

»Möchtest du das wirklich wissen? Weil es so das beste war für alle. Sergej hatte sich bereit erklärt, die Rolle des Vaters zu übernehmen, und anfangs war er auch ein sehr guter Vater ... Ich hatte mir vorgenommen, Swetlana eines Tages die Wahrheit zu sagen. Ich habe eine Art Beichte aufgeschrieben, die für sie bestimmt ist ...«

»Was erwartest du jetzt von mir?«

»Ich will meine Tochter wiederhaben – unsere Tochter.«

»Ich weiß wirklich nicht, wo sie ist; und ich glaube auch nicht, daß es meine Landsleute sind, die sie entführt haben.«

Er hielt ihrem Blick ein paar Sekunden lang stand, die ihm

wie eine Ewigkeit vorkamen, und dann senkte sie die Augen.

»Ich glaube dir«, sagte sie. »Ich glaube, daß du ehrlich bist. Aber wie sagt einer meiner Freunde immer? Die Ehrlichkeit ist eine vorsichtig zu handhabende Waffe. Es wäre doch möglich, daß deine Ehrlichkeit in den Händen deiner Vorgesetzten zu einer Waffe wird. Allein der Umstand, daß du nicht weißt, wo meine Tochter ist, verschafft den Amerikanern noch lange keine weiße Weste.«

»Wir drehen uns im Kreis«, erwiderte Brendan gekränkt. »Ich weiß nicht, was diese Unterhaltung überhaupt noch soll...«

»Ich möchte deine Hilfe erbitten. Ich weiß nicht mehr, was ich tun soll. Hilf mir, ich flehe dich an... Du mußt Woodward sagen, daß ich bereit bin, alles zu tun, um meine Tochter wiederzubekommen, verstehst du, alles... Ich habe meine Rede um einen Tag verschoben, bis ich Genaueres über Swetlanas Schicksal erfahren habe; alles ist noch möglich...«

»Und was haben deine Vorgesetzten zu dieser Verschiebung gesagt?«

»Gorbatschow ist ganz auf meiner Seite. Er ist der Meinung, daß meine Rede um so größeren Widerhall finden wird, je höher die Spannung steigt.«

»Und je mehr wir auf eine Katastrophe zutreiben...«

»So ist es. Wie auch immer, ich kann meine Rede nicht unbegrenzt verschieben. Sollte ich morgen meine Tochter wiederhaben, werde ich – wie ich es dir vorgeschlagen habe – Gorbatschow darüber in Kenntnis setzen, daß ihr mit Hilfe der Software, die wir kürzlich in Krasnojarsk installiert haben und die es euch ermöglicht, sämtliche Aktivitäten auf dem Gebiet der EDV unseres Landes zu kontrollieren, entdeckt habt, daß die wichtigsten Computer der Sowjetunion bereits manipuliert sind; daß sie dem KGB eine direkte und absolute Kontrolle des ganzen Landes ermöglichen. Ich bin sicher, daß er mir daraufhin empfehlen wird, eine völlig belanglose Erklärung abzugeben. Sollte Swetlana jedoch bis morgen nicht aufgetaucht sein, werde ich die Rede halten, die von mir erwartet wird . . .«

»Aber wenn wir nicht hinter dieser Sache stecken, besteht doch nicht die geringste Veranlassung, daß du deine Versprechen nicht einhältst! Das, was du von den Führern unserer beider Länder denkst, müßte dich doch eigentlich davon überzeugen, daß eine offene Krise unbedingt vermieden werden muß. Ich kann dir versichern, daß unser Präsident niemals seine Zustimmung geben wird zu einer Aufhebung der Kontrollen von EDV und hochentwickelter Technologie, die in den Osten exportiert werden. Das wäre Selbstmord. Wir steuern auf eine Katastrophe zu. Du kannst doch nicht das Schicksal der Welt von dem eines Kindes abhängig machen.«

»Deiner Tochter, Brendan.«

»Einverstanden, meiner Tochter . . . Na und?«

»Der pflichtbewußte Brendan Barnes wird sich nicht von persönlichen Überlegungen beeinflussen lassen.«

»Wenn es dir in den Kram paßt«, rief Brendan heftig, »dann sieh die Sache doch von mir aus so!«

Die Ellbogen auf den Tisch gestützt, vergrub Julia das Gesicht in ihren Händen, mit einer Geste, die verzweifelt und unendlich müde wirkte.

»Brendan, ich bitte dich um Hilfe, und du sprichst vom Schicksal der Welt. Denkst du etwa, ich wüßte nicht, wie schlimm diese Krise ist? Aber wer mag bloß versuchen, sie dadurch zu verschlimmern, daß er meine Tochter entführt? Wenn ich sie wiederbekomme, werden sich die Wellen sicher glätten . . .«

Sie hob den Kopf.

»Brendie«, flüsterte sie mit dieser sanften Stimme, die Brendan so sehr zu Herzen ging, »ich habe nicht vergessen, was wir einmal einander bedeutet haben. Ich glaube zwar, daß ich für meine beiden Kinder die gleiche Liebe empfinde, doch die zärtlichen Gefühle, die ich Swetlana entgegenbringe, sind geprägt von etwas ganz Besonderem, einem Traum, der Erinnerung an einen Traum, dessen Mittelpunkt du warst... Aber du hast recht: genug der Gefühle! Unsere Unterredung läßt sich mit folgenden Worten zusammenfassen: Sag Woodward, daß ich zu allem bereit bin, um meine Tochter wiederzubekommen.«

»Auch dazu, uns das Codewort zu nennen?«

Sofort bereute Brendan, diese Frage gestellt zu haben. Die ganze Zeit hatte er die Verantwortung der Amerikaner an Swetlanas Verschwinden zurückgewiesen, doch nun gab er sich plötzlich den Anschein, als wolle er über ihre Befreiung verhandeln. Eine immense Verachtung zeichnete sich auf Julias Zügen ab.

»Auch die Lüge ist eine vorsichtig zu handhabende Waffe... Du hast von Anfang an nur an das Codewort gedacht, nicht wahr?«

Das Telefon auf dem Schreibtisch summte. Julia nahm den Hörer ab und sprach ein paar kurze Worte, die von langen Pausen unterbrochen wurden.

»Ja... Gut... Ja, die Lage verschlimmert sich unaufhörlich. Ich werde in spätestens einer halben Stunde da sein.«

Sie legte auf und schaute Brendan an, ohne ihn wirklich zu sehen.

»Die UdSSR hat sich entschlossen, ihren Washingtoner Botschafter zu Konsultationen nach Moskau zurückzurufen. Gorbatschow will mit mir sprechen. Ich muß in die Botschaft zurück.«

Sie stand auf, Brendan ebenfalls.

»Wenn ich dir doch nur vertrauen könnte, Brendan...«, wiederholte sie.

Sie trennten sich, und Brendan fuhr mit seinem Wagen ebenfalls zurück in die Botschaft.

Durch das Autoradio erfuhr er weitere Einzelheiten über die

Entscheidung der Sowjets. In einer Verlautbarung der »Prawda« hieß es: »Die Kommission für Außenpolitik des Obersten Sowjet der UdSSR hat erklärt, daß bei einer Fortsetzung der amerikanischen Störmanöver, die einen normalen Ablauf der Genfer Konferenz über die Regelung grenzüberschreitenden Datenaustauschs nicht mehr gewährleisten, die Sowjetunion nicht zögern wird, die Konferenz nach einigen erschreckenden Enthüllungen zu verlassen.« Der Kommentator des französischsprachigen Schweizer Rundfunks wies darauf hin, welch ungewöhnliche Rolle die Kommission für Außenpolitik in dieser Angelegenheit spiele und daß der politische Einfluß von Michail Gorbatschow in der UdSSR immer größer würde.

»Wie schön – es gibt also doch nicht *nur* schlechte Nachrichten!« rief Woodward aus, nachdem Brendan das Gespräch mit Julia Woronkow in einer kurzen Zusammenfassung wiedergegeben hatte – dabei allerdings verschwieg, daß Swetlana seine Tochter war.

»Was empfinden Sie denn als gute Nachricht?« fragte Brendan erstaunt.

»Na, die Tatsache, daß Julia Woronkow uns noch immer so wohlgesonnen ist. Zu schade, daß wir dieses Kind nicht tatsächlich entführt haben.«

»Sehr richtig«, sagte Brendan und warf seinem Gesprächspartner einen mißtrauischen Blick zu. »Wir bräuchten sie nämlich nur herauszugeben und schon wären alle Probleme aus der Welt geschafft.«

»Das würden wir garantiert nicht so ohne weiteres tun«, wehrte Woodward ab. »Wir würden darauf bestehen, zuvor das Codewort zu erfahren. Das wäre nämlich die einzige Garantie dafür, daß Julia tatsächlich eine harmlose Erklärung abgibt.«

»Sie würden ein Kind also für eine Erpressung benutzen?«

»Wissen Sie, daß Sie mir mit Ihrer Gefühlsduselei langsam auf die Nerven gehen? Wir haben andere Sorgen im Kopf.

Und außerdem führen diese Hirngespinste zu nichts, schließlich haben wir Swetlana ja nicht entführt.«
»Ich weiß nicht, ob ich mich über Ihre Worte freuen soll.«

Als Brendan Woodwards Büro verließ, fühlte er sich schwindelig. Er überlegte, daß er seit 36 Stunden nicht mehr geschlafen hatte, und beschloß, ins Hotel zurückzukehren. Er war so unglaublich müde, daß ein unsinniger Gedanke den anderen jagte.
Was heißt eigentlich Papa auf Russisch? fragte er sich, während er den Zündschlüssel ins Schloß steckte. Er lachte gezwungen und fuhr los. Woher sollte er wissen, ob Julia ihm die Wahrheit gesagt hatte? Und wenn ja, inwieweit? Es war gut möglich, daß Swetlana seine Tochter war; aber es gab auch keinen hundertprozentigen Beweis dafür...
Seine Gedanken waren absolut typisch für den Verführer, der seine Vaterschaft nicht annehmen will. Es war einfach lächerlich! Wie auch immer: ob er nun Swetlanas Vater war oder nicht, es änderte nichts an der Gefahr, die die amerikanischen Interessen und die des Westens im allgemeinen bedrohte. Vielleicht hatte Woodward recht. Er ließ sich wirklich zu sehr von seinen Gefühlen leiten. Da die Zukunft der Welt auf dem Spiel stand, mußte das Schicksal eines kleinen Mädchens eben zweitrangig werden.
Brendan fühlte sich unglaublich hilflos und ohnmächtig. Wo steckte Swetlana? Als er Julia versicherte, daß das Kind sich nicht in die Rhône gestürzt haben konnte, hatte er sich zuversichtlicher gegeben, als er in Wahrheit war. Wenn es nicht die CIA war, die sie entführt hatte, wer dann? Die Russen? Schon möglich. Und sie waren durchaus fähig, diese Komödie noch eine ganze Weile andauern zu lassen. Aber eigentlich konnte jeder hinter der Affäre stecken.
Dutzende von Bekenneranrufen – von denen einer unglaubhafter klang als der andere – waren bei der Genfer Polizei und verschiedenen Nachrichtenagenturen eingegangen.

Die Schweizer Polizei ging jedem Hinweis gewissenhaft nach, hörte jeden Zeugen an, befragte das Personal des Theaters und ganz besonders Mania, die Botschaftsangestellte, die viel zu lange gebraucht hatte, ehe sie Alarm schlug – aus dem einfachen Grund, weil sie zu sehr in ein Gespräch mit dem Leibwächter vertieft war, der sie und Swetlana eigentlich bewachen sollte.
Brendans Gedanken kehrten zu Swetlana zurück. Sally und er hatten sich geeinigt, keine Kinder zu bekommen, denn sie waren beide davon überzeugt, daß der Lebensstil, den sie gewählt hatten, sich nicht dafür eignete, Kinder großzuziehen. Aber war das tatsächlich der einzige Grund? Sally hatte möglicherweise auch Angst davor, sich allzusehr mit einem Menschen einzulassen, den sie zwar aus vollem Herzen liebte, der seinerseits jedoch ständig auf dem Sprung zu sein schien. Lachend hatte sie ihm das eines Tages erklärt, doch ihr Lachen hatte einen falschen Klang gehabt. Und er selbst? Lag es bei ihm nicht daran, daß der einzige Mensch, mit dem er je das Bedürfnis gehabt hatte, sein Leben zu teilen, Julia war?
Erst als er die Halle des »Hilton« betrat, fiel ihm ein, daß er den Magnetschlüssel zu seiner Zimmertür Julia gegeben hatte.
Er ging zur Rezeption, verärgert über diese Verzögerung; jetzt würde er sein Mißgeschick erklären, um einen Ersatzschlüssel bitten müssen...
Beim Durchschreiten der Eingangshalle sah Brendan, daß Ed, die »Herald Tribune« lesend, in einem Sessel saß. Die beiden Männer grüßten sich flüchtig.
Brendan stellte mit Erleichterung fest, daß an der Rezeption ein Angestellter stand, der normalerweise im Nachtdienst arbeitete. Er kannte ihn ganz gut, denn sie hatten sich über das Boxen unterhalten.
»Guten Tag, Jean«, sprach Brendan den Mann an, der ihm den Rücken zukehrte.

Jean drehte sich um. Als er Brendan erkannte, lächelte er breit und sagte: »Oh, guten Tag, Monsieur Barnes. Wie geht's denn heute Ihrer kleinen Tochter?«

15. Kapitel

Brendan Barnes starrte Jean an. Er fragte sich, ob er richtig gehört hatte.

»Meine kleine Tocher?« stammelte er.

Dem Angestellten wurde sofort klar, daß irgend etwas nicht stimmte.

»Ja«, sagte er und erklärte eilig: »Ich hab gestern Ihre kleine Tochter dabei überrascht, wie sie versuchte, den Magnetschlüssel in das Schloß Ihrer Zimmertür zu stecken. Sie war sehr schüchtern; trotzdem hat sie mir gesagt, Sie seien ihr Vater. Na ja, wär mir bestimmt auch aufgefallen... die Augen, die Nase... sie ist Ihnen wie aus dem Gesicht geschnitten, das steht fest! Ich hab ihr dann gezeigt, wie man den Schlüssel...«

Er sprach sehr schnell. Es schien, als wolle er gegen die Panik ankämpfen, die in ihm aufstieg, und sich im voraus rechtfertigen. Als er das ungläubige Erstaunen auf Brendans Gesicht sah, war er sicher, einen Patzer begangen zu haben.

»Ist sie noch auf dem Zimmer?«

»Daß weiß ich nicht, Monsieur«, sagte Jean und lächelte gezwungen. »Sie müßten das doch besser wissen...«

»Können Sie mir einen Zweitschlüssel besorgen?« fragte Brendan. »Den anderen habe ich meiner Tochter gegeben.«

»Ach so... Warten Sie, ich will gleich mal fragen gehen«, erwiderte Jean. Er rührte sich nicht vom Fleck. »Wissen Sie, normalerweise arbeite ich ja nicht hier an der Rezeption. Ich bin Etagenkellner. Die anderen Angestellten kenne ich nur flüchtig, wir sprechen kaum miteinander. Aber ich werde fragen gehen. . . «

»Ich hab's sehr eilig!« sagte Brendan ungehalten.

Jean machte keine Anzeichen zu gehen. Er faßte sich ein Herz: »Monsieur Barnes, falls. . . ich etwas falsch gemacht haben sollte, so wäre es mir lieber, wenn Sie selber fragen gehen. Sie müssen aber nicht erzählen, daß ich derjenige war, der. . . «

»Wo denken Sie hin – Sie haben möglicherweise die Heldentat Ihres Lebens vollbracht. Aber geben Sie mir jetzt, um Himmels willen, diesen Zweitschlüssel!«

Jean zog widerwillig einen Schlüsselbund aus seiner Tasche; eine Magnetkarte, mit der man alle Türen öffnen konnte, hing daran.

»Sie geben sie mir doch sofort wieder zurück, nicht wahr?«

»Selbstverständlich.«

Während der Angestellte sich bemühte, die Magnetkarte vom Schlüsselbund zu lösen, fragte Brendan: »Ach, sagen Sie, lesen Sie eigentlich nie Zeitung? Sehen Sie niemals fern?«

»Ich lese nur Sportzeitungen. Und vom Fernsehen kriege ich Kopfweh. . . «

Brendan schnappte sich die Karte und eilte zum Fahrstuhl.

Er fand Swetlana im Badezimmer. Sie hockte in dem Wandschrank, in dem sie sich versteckt hatte, als die Putzfrau zum Saubermachen hereingekommen war. Die Tür ließ sich wohl von außen öffnen, nicht aber von innen. Swetlana bekam kaum noch Luft, und ihr Blick war starr.

Brendan legte sie auf das Bett, fühlte ihren Puls und nahm den Telefonhörer ab. Er verlangte nach der Adresse des nächstgelegenen Krankenhauses. Man nannte ihm drei Adressen, darunter auch die einer Kinderklinik.

Brendan legte auf und wandte sich dem Mädchen zu. »Swetlana, hörst du mich? Ich bin es. . . «

Er konnte sich nicht dazu überwinden, »dein Vater« zu

sagen; dann hätte er sich gar zu lächerlich gefühlt. Mit behutsamen, beinahe schüchternen Gesten fuhr er mit einem feuchten Handtuch über die schweißglänzende Stirn des kleinen Mädchens.

»Du darfst Mama nichts verraten«, flüsterte sie auf russisch. Auf halbem Weg zwischen Bett und Telefon blieb Brendan unentschlossen stehen. Das kleine Mädchen stöhnte. Zuletzt nahm Brendan doch den Hörer ab und wählte die Nummer der Kinderklinik. Am anderen Ende der Leitung meldete sich augenblicklich die Stimme einer tüchtig klingenden Person. Sie teilte ihm mit, daß innerhalb weniger Minuten eine Ambulanz eintreffen werde. Die Klinik lag nur ein paar Straßen weiter.

Brendan ging zum Bett zurück. Swetlana sah ihn durchdringend an. Er nahm ihre Hand und lächelte beruhigend.

Fieberhaft versuchte Brendan sich der Koseworte in russischer Sprache zu entsinnen, die Julia ihm manchmal ins Ohr geflüstert hatte.

Jemand klopfte an die Tür. Brandan stieß einen Seufzer der Erleichterung aus. Der Krankenwagen war ja besonders schnell gewesen! Brendan machte auf... und stand unverhofft Ed gegenüber.

»Na, haben Sie sie gefunden?« fragte er dümmlich grinsend.

»Wen meinen Sie?«

»Machen Sie mir doch nichts vor, Brendan! Ich hab Sie an der Rezeption gesehen. Ganz aus dem Häuschen waren Sie! Da hab ich den Etagenkellner gefragt, was los sei, und der hat mir was von einem Mädchen erzählt. Die Beschreibung paßt haargenau auf Swetlana Woronkow. Ich habe sofort Woodward angerufen, und der hat mir aufgetragen, zu Ihnen hinaufzugehen. Er wird gleich hier sein.«

Er war ins Zimmer getreten. Brendan wies auf das Mädchen, das auf dem Bett lag.

»Sie hat einen Schock. Ich muß sie unbedingt ins Krankenhaus bringen.«

»Warten wir, bis Woodward und die anderen da sind. Dann können wir immer noch entscheiden, was mit der Kleinen geschieht«, sagte Ed gelassen.
»Ich weiß nicht, was ihr fehlt... vielleicht ist es ja etwas Ernsthaftes.«
»Sie bleibt solange hier, bis Woodward gekommen ist! Zwingen Sie mich nicht, Ihnen zu nahe zu treten, Brendan. Es wäre mir nämlich ein großes Vergnügen...«
Brendan ballte die Fäuste.
Woodward hatte die Angewohnheit, jedem der es hören wollte, ständig zu wiederholen, daß die wesentlichste Eigenschaft eines Informatikers die Intuition sei, daß es häufig scheinbar unsinnige Einfälle und Ideen gewesen seien, die der Wissenschaft zu beachtlichen Fortschritten verholfen hätten. Seit der Computer-Krieg in seine erste Phase getreten war, hatte man ihn, Brendan, ununterbrochen kontrolliert, ihn gezwungen, auf diese oder jene Weise zu handeln; man hatte ihn ermuntert, ein Verhältnis mit Françoise anzufangen, dann hatte man ihn aufgefordert, dieses wieder zu beenden. Als man ihn angeworben hatte, war es mit dem Hintergedanken geschehen, daß sein früheres Verhältnis mit Julia nützlich würde sein können, und man hatte es tatsächlich ausgenutzt. Es war an der Zeit, nach Woodwards Devise zu handeln und einem unvernünftigen Einfall nachzugeben. In dieser Hinsicht stimmten die Lehren seines Informatikprofessors mit denen seines Boxtrainers überein: »Das Leben ist wie ein Boxkampf...«
Ihm war, als hörte er Jerrys Stimme: »Deine Linke, verdammt, schlag doch zu!«
Er rammte seine Faust in die Leber des Kolosses.

Fünf Minuten später stand Brendan vor dem Eingang des »Hilton« und sah der Ambulanz nach, die – begleitet von zwei Wagen der Schweizer Polizei – in Richtung Kinderklinik davonfuhr. Das Fahrzeug kreuzte den Wagen der Bot-

schaft. Woodword kletterte hastig aus dem Buick mit dem Diplomatenkennzeichen. »Wo ist sie?«
Brendan wies auf den Krankenwagen, der in diesem Moment um die Ecke bog. Er erzählte, was vorgefallen war, verschwieg aber wohlweislich, daß er der Vater des Kindes war.
»Eine Ausreißerin...«, flüsterte Woodward und schüttelte seine Mähne. »Die Welt steht am Rand des Chaos wegen einer Ausreißerin! Und Sie entscheiden sich für den humanitären Weg?« feixte er. »Sie nehmen die Dinge mit entwaffnender Gelassenheit.«
»Ich bin doch nicht derjenige, der ein Risiko eingegangen ist – Sie waren es. Außerdem können wir jetzt nichts mehr tun. Ich kann mir nicht vorstellen, daß die CIA ein ehrenwertes Schweizer Krankenhaus angreift.«
Woodward wandte sich an Ken Chowder, der der Unterhaltung mit maßlosem Erstaunen gefolgt war.
»Informieren Sie die Presse. Man soll uns zumindest nicht mehr des Kidnappings beschuldigen. Swetlanas Erklärung und die der Schweizer Ärzte werden alle Unklarkeiten aus der Welt schaffen.«
Dann wandte er sich wieder an Brendan. »Ich glaube, ich werde Sie feuern müssen. Durch Sie ist uns die Gelegenheit verpatzt worden, das Paßwort des Blockierungssystems zu erfahren.«
»Sie wissen genausogut wie ich, daß es viel zu riskant gewesen wäre, Julia zu erpressen. Damit hätten die Russen endgültig den Beweis für unsere Machenschaften in der Hand gehabt.«
»Julia Woronkow hätte auf unsere Forderungen eingehen können, ohne ihre Vorgesetzten darüber zu informieren. Ihnen haben wir es zu verdanken, daß uns eine einmalige Gelegenheit durch die Lappen gegangen ist.«
Die Telefonistin der sowjetischen Botschaft war nicht leicht zu bewegen, Brendan mit einem Sekretär zu verbinden. Als

dieser seinen Namen hörte, legte er das Gespräch sofort in Julias Appartement. Brendan lächelte. Der Sekretär war vermutlich vom KGB und würde die Unterhaltung Wort für Wort aufmerksam verfolgen.

Julias Stimme klang weit fort, als wäre sie bereits wieder in Sibirien.

»Gibt es etwas Neues, Brendie?«

»Swetlana ist wohlauf.«

Brendan erzählte ihr von seiner Entdeckung.

»Ich vermute, daß sie den Magnetschlüssel aus deiner Handtasche genommen hat. Sie muß beobachtet haben, wie ich ihn dir vor dem Spielzeugladen in der Rue du Rhône zusteckte. Hast du eine Ahnung, wieso sie mich unbedingt sehen wollte?«

Julia wußte, daß diese Frage rein rhetorisch und für eventuelle Mithörer bestimmt war.

»Ja, ich denke schon...«

An ihrer Stimme merkte Brendan, daß sie weinte.

»Ich glaube, wir müssen jetzt Schluß machen«, sagte er. »Ich denke, es ist besser, wenn wir uns nicht wiedersehen. Neulich abends haben wir uns alles gesagt, was es zu sagen gab.«

»Ich habe immer nur dich geliebt, Brendan.« Es klang wie ein Aufschrei.

»Ja, es sind schöne Jugenderinnerungen...« Er mußte sich zu dieser Antwort regelrecht zwingen.

Als Julia weitersprach, hatte sie ihre Stimme wieder in der Gewalt. »Ich habe unser Gespräch im Restaurant nicht vergessen. Weißt du, alles was ich dir gesagt habe, hat immer noch Gültigkeit...«

»Soll das heißen, daß ich bei dir hereinschauen darf, wenn ich mal zufällig in Sibirien vorbeikomme?« witzelte Brendan. Er gab vor, nicht zu verstehen. »Okay, einverstanden. Ich verlasse mich auf dich, Julia. Ich verlasse mich auf dich.«

Das Gespräch wurde unterbrochen. Hatte Julia plötzlich aufgelegt, oder war es der KGB, der es für richtig befunden hatte, die Unterhaltung zu beenden?

Woodward saß an der Bar des »Hilton« und trank ein Guiness-Bier. Brendan bestellte einen Tequila Sunrise und erzählte Woodward von seinem Gespräch mit Julia.

»Ich bin überzeugt, daß sie Wort halten wird. Sie weiß, daß sie mir vertrauen kann. Und ich vertraue ihr. Das Verschwinden ihres Assistenten hat ihr die Augen geöffnet. Julia fühlt sich nicht länger zu Solidarität verpflichtet.«

»Ihr Wort in Gottes Ohr«, murmelte Woodward. »Trotzdem sähe die Welt ganz anders aus, wenn wir das Paßwort hätten...«

Sie leerten ihre Gläser. Brendan bestellte eine weitere Runde beim Barkeeper.

»Wo steckt eigentlich der arme Ed?« fragte Woodward. »Sollten Sie ihn so übel zugerichtet haben, daß er sich nicht mehr zeigen kann?«

»Ich habe ihn in meinem Zimmer eingesperrt. Bis ich ging, hatte noch niemand auf sein Geschrei reagiert. Inzwischen wird man ihn aber wohl befreit haben... oder es dauert zumindest nicht mehr lange. Bedauern Sie ihn nicht zu sehr, denn wenn er mich findet, bin *ich* derjenige, den man bedauern muß...«

Woodward konnte sich ein Lachen nicht verkneifen. »Sie sind ein Mann der Tat, Brendan.«

»Machen Sie sich nicht über mich lustig!«

Das Gesicht der grauen Eminenz der NSA wurde plötzlich wieder ernst.

»Tja, morgen werden wir wohl alle nichts mehr zu lachen haben. Und jetzt gleich steht mir noch eine peinliche Unterhaltung mit McFarlane bevor. Ich habe nicht vor, Sie zu decken, Brendan.«

»Sie gehen mir auf die Nerven«, meinte Brendan und rief erneut nach dem Barkeeper.

»Ist Ihr Glas schon wieder leer?«
»Ich denke, daß ich noch eine Menge Gläser leeren werde...«

Die Rede der sowjetischen Delegierten auf der Genfer Konferenz am nächsten Tag verlief enttäuschend. Sie begnügte sich damit, die unzulässige Einmischung der USA in den Handel mit Programmen und Hardware mit floskelhaften Phrasen anzuprangern.
Die Verbündeten der UdSSR behaupteten, daß die Delegierte nur deswegen keine präzisen Anschuldigungen vorbrachte, weil sie unter Druck stand; allerdings war dieses Argument hauptsächlich für die interne Propaganda im Ostblock gedacht, denn im Westen konnte sich niemand vorstellen, daß die friedliebende Schweiz geduldet hätte, daß Julia Woronkow erpreßt wird. Das Mädchen wurde von einem der besten Kinderärzte Europas behandelt und würde in Kürze zu seiner Mutter zurückkehren können. In den Zeitungen stand nichts Genaues über ihr Verschwinden; es hieß lediglich, ein amerikanischer Delegierter habe das kleine Mädchen gefunden, nachdem es durch Genf geirrt und schließlich im »Hilton« gelandet sei. Das Hotelpersonal erwies sich als sehr diskret. Diejenigen unter den Angestellten, die genau wußten, was vorgefallen war, schwiegen aus Korpsgeist – und weil sie entsprechende Anweisungen erhalten hatten.
Die Nachrichtenagentur TASS verbreitete die Meldung, daß der sowjetische Botschafter in den USA doch nicht zu Beratungen nach Moskau zurückgerufen worden sei; er sei aus rein privaten Gründen in seine Heimat gereist.
»Sie befürchteten eine Eskalation«, meinte Woodward lebhaft, als er Brendan in sein Büro führte. »Wir haben mittels Wanzen abgehört, daß Julia Woronkow tatsächlich die Order erhalten hat, nicht, wie ursprünglich vorgesehen, zum ideologischen Großangriff überzugehen... Stellen Sie

sich vor, wir hätten das Codewort besessen – dann hätten wir die Russen in der Hand gehabt!«
»Die hätten sich das garantiert nicht so ohne weiteres gefallen lassen.«
Woodward machte eine abwehrende Geste.
»Brendan, ich habe eine gute Nachricht für Sie. An maßgebender Stelle ist man der Meinung, daß Sie nicht ganz unrecht hatten, so zu handeln, wie Sie gehandelt haben. Sie bleiben also bei der NSA.«
Es ärgerte Brendan, daß er sich so sehr über diese Nachricht freute.

Einen Blumenstrauß und eine Schachtel in den Händen, stand Brendan im Flughafengebäude von Genf-Cointrin. Er kam sich lächerlich vor. Er wartete vor der Kontrolle am Flugsteig 5. Hier mußten die Passagiere des Fluges der »Aeroflot« nach Moskau-Scheremetiewo durchkommen. Am Abend zuvor hatte er 20 Minuten mit Sally telefoniert. Als er ihr alles berichtet hatte, meinte sie ganz einfach: »Du könntest ihr wenigstens am Flughafen auf Wiedersehen sagen.«
Dann hatte sie von Sommerset House erzählt und von den prächtigen Farben des Indian Summer.
»Ich werde ein paar Wochen Urlaub nehmen«, hatte er gesagt. »Du wirst mich die ganze Zeit ertragen müssen.«
»Ich werd's schon überleben! Komm schnell – bevor du wieder fort mußt.«
Drei schwarze Limousinen, rote Fähnchen mit Hammer, Sichel und Stern auf der Kühlerhaube, hielten vor den Glastüren der Wartehalle des Flughafens.
Die russische Delegation bewegte sich vollzählig auf Ausgang 5 zu. Als Brendan Julia erblickte, die einen Pelzmantel trug, schnürte es ihm die Kehle zu. Ihre Blicke trafen sich nur kurz. Sie schüttelte kaum merklich den Kopf, so als wolle sie ihm sagen: »Nein, Brendan, laß uns schweigen, es

ist zu spät. Es wäre zu gefährlich – für mich ebenso wie für meine Kinder.«

Die Russen durchliefen einer nach dem anderen die Polizeikontrolle. Als Julia auf Brendans Höhe war, wandte sie den Kopf in die andere Richtung und lief weiter. Brendan lächelte der kleinen Swetlana zu, die fast gleichzeitig mit ihrer Mutter in der elektronischen Kontrollkabine verschwand.

Brendan machte kehrt und steuerte auf einen Papierkorb zu. Da hörte er eilige Schritte und drehte sich um. Es war Swetlana. Julia rief ihr auf russisch hinterher und befahl ihr zurückzukommen.

Er fing das kleine Mädchen in seinen Armen auf. Er hielt sie kurz ein Stückchen von sich ab, prägte sich ihr spitzes Gesicht mit den großen dunklen Augen ein.

»Ich hab' dich gern, Brendie. Mama hat mir von dir erzählt. Ich schreibe dir – großes Ehrenwort!«

Brendan hielt sie fest an sich gedrückt.

Ein Mann im Persianermantel und Pelzhut kam auf sie zu und rief dabei Swetlanas Namen. Brendan erkannte Sergej.

Mit kindlichem Ungestüm drückte das kleine Mädchen Brendan zwei Küsse auf die Wangen und flüsterte ihm ins Ohr:

»Mama hat mir gesagt, ich soll dir ein großes Geheimnis verraten: das Wort heißt WENIK.«

Roman

Als Band mit der Bestellnummer 10 212 erschien:

Evan Hunter

SCHOCK

Ein Mann wacht eines Morgens auf einer Bank im New Yorker Central Park auf und weiß nicht mehr, wer er ist. Er ist gut angezogen, hat aber keine Brieftasche, keine Papiere bei sich – nur ein neues Adreßbuch mit einer Telefonnummer auf der ersten Seite. Er ruft an und lernt eine Frau kennen, die ihn auf ihre Art zu trösten versucht. Dann kommt er in Gegenden New Yorks, die gewisse Erinnerungen in ihm wecken. Er geht ihnen nach, findet Spuren, setzt Bruchstücke zusammen und rekonstruiert so langsam die Geschichte seiner Ehe – bis er zu einer grauenvollen Entdeckung gelangt: dem Schock, der ihn seines Gedächtnisses beraubte!

Roman

Als Band mit der Bestellnummer 10 210 erschien:

Irving Wallace

DOPPELSPIEL MIT DAME

Einer der aufregendsten Spionageromane der letzten Jahre! Wochenlang auf der Bestsellerliste!

Ein gewagtes Spiel: Amerikas First Lady wird entführt. Eine Doppelgängerin, die russische Agentin Vera, übernimmt ihre Rolle. Sie soll dem Präsidenten der Vereinigten Staaten das Staatsgeheimnis entlocken, womit das Gleichgewicht der Kräfte drastisch zugunsten der Sowjetunion verschoben würde. Aber Vera muß vorsichtig sein. Ein einziger Fehler kann alles zerstören . . .